RHEINTAL KRIMI 3

Oliver Buslau, 1962 geboren, lebt in Bergisch Gladbach. Er studierte Musikwissenschaft und Germanistik und ist freier Mitarbeiter mehrerer Musikzeitschriften. Er schrieb an Veröffentlichungen wie dem »Harenberg Opernführer« mit und ist Autor der Serie »Klassik – Alles was man kennen sollte« (Weltbild Verlag). Im Emons Verlag erschienen bisher fünf Kriminalromane um den Wuppertaler Privatdetektiv Remigius Rott: »Die Tote vom Johannisberg« (2000), »Flammentod« (2001), »Rott sieht Rot« (2002), »Bergisch Samba« (2004) und »Bei Interview Mord« (2005). 2003 erschien der Rheintal-Krimi »Schängels Schatten«.
www.oliverbuslau.de
www.remigiusrott.de

OLIVER BUSLAU

DAS GIFT DER ENGEL

RHEINTAL KRIMI

Emons Verlag

Umschlagzeichnung: Heribert Stragholz
Druck und Bindung: Clausen & Bosse GmbH, Leck
Printed in Germany 2006
ISBN-10: 3-89705-480-9
ISBN-13: 978-3-89705-480-6

Für Claudia,
die sich beim Lesen dieses Buches zu Hause fühlte

Lass mich beweinen
Mein grausames Schicksal,
Lass mich ersehnen
Die Freiheit.
Der Schmerz zerbreche
Diese Fesseln
Meines Leidens
Nur aus Erbarmen.

Lascia ch'io pianga
Mia cruda sorte,
E che sospiri
La libertà.
Il duolo infranga
Queste ritorte
De'miei martiri
Sol per pietà.

Giacomo Rossi: Rinaldo
(vertont von Georg Friedrich Händel
und Domenico Carini)

Prolog

Sie trat auf das Plateau hinaus und betrachtete die nächtliche Landschaft. Die bewaldeten Hügel wirkten im Licht des vollen Mondes wie Berge aus grau schimmernder Watte.

Die Welt ist selbst ergriffen von diesem Bild und lauscht, dachte sie.

Der tief dunkle Himmel hinter der hellen Scheibe spannte sich wie ein Gewölbe über das silbrige Land, nur manchmal unterbrochen von einem weißen Nadelstich.

Ein Gefühl von Schwindel erfasste sie. Die Wanderung hatte sie angestrengt, und es dauerte eine Weile, bis sich ihr Herzschlag beruhigte. Und je mehr sich in ihrem Innern die Stille ausbreitete, desto mehr verschmolz sie mit der Nacht um sich herum. Kein Laut war zu hören. Das dumpfe Brummen des Verkehrs aus dem Flusstal drang nicht hierher, und die Vögel würden erst in einigen Stunden erwachen.

Der Wind strich um ihr Haar und ihre Haut. Sanft, dann wieder fordernd und stark. Die Brise rauschte durch das Laub über ihr und zog fort, bis weit hinunter ins Tal.

Der Wind ist mein Freund, denn er begrüßt mich, wenn ich sein Land betrete …

Sie breitete die Arme aus. Sie war kurz davor, sich dem Zauber dieser Sommernacht hinzugeben wie so viele Male vorher. In dieser Atmosphäre konnte sie ewig verharren.

Doch heute war es anders.

Reiß dich los, mahnte sie sich. *Er wartet. Und er leidet. Reiß dich los, nur dieses eine Mal …*

Etwas in ihr drängte sie, alles doch noch hinauszuschieben, die Nacht weiter zu genießen. Einen Moment lang war sie versucht, nachzugeben.

Sie schloss die Augen. Das Mondlicht zauberte einen kreisrunden, vom hellen Gelb ins Grün übergehenden Reflex hinter ihre geschlossenen Lider, der langsam abklang.

Voller Befriedigung spürte sie, wie der Wind wieder stärker wurde, an ihrer Kleidung zerrte.

Reiß dich los …

Sie öffnete die Augen, sog noch einmal so viel wie möglich von der sommerlichen Luft ein, schmeckte den Wald mit seinem Laub, seiner Erde, seinem Gras, seinen Blüten.

Es muss sein. Jetzt.

Sie würden vereint sein. Endlich vereint, nachdem er ihre Sehnsucht unstillbar geweckt hatte.

Vereint …

Sehnsucht gestillt …

Das war es wert, dass sie ein einziges Mal den Verlockungen der Nacht widerstand.

Ein paar Schritte, und sie gelangte an die Stelle, wo der kleine gewundene Pfad ins Tal hinunterführte. Sie zögerte. Die Dunkelheit dort unten wirkte wie eine stumme Drohung.

Sie überwand sich, ging weiter hinab und spürte, wie die Luft kälter wurde. Noch wenige Meter, und der Mondschein würde nicht mehr durch die Wipfel dringen. Der Wald würde sie verschlucken, und sie würde voll und ganz ihrem Instinkt ausgeliefert sein.

Hüte dich!

Wieder blieb sie stehen. Etwas beunruhigte sie. Es war kaum ein Gedanke, nur eine Ahnung.

War sie wirklich allein hier?

Es ist nicht weit. Und so dunkel der Wald auch ist, dort bist du geschützt.

Sie hatte den Rand der Schwärze erreicht und sah sich um. Im Mondlicht wirkte der Hügel hart. Wie aus Stein gemeißelt.

Was will dieses Grau'n bedeuten?

Ihre Furcht steigerte sich, wollte ihr den Atem nehmen. Sie musste Schutz suchen, musste hinunter in den Wald, weg von dieser Drohung, die von dem Hügel hinter ihr auszugehen schien. Sie kämpfte, um sich aus der Erstarrung zu lösen.

Gerade wollte sie sich wieder dem Tal zuwenden, da sah sie den Schatten.

Eine leichte Verschiebung der changierenden weißlichen und dunklen Flächen dort oben, fast nicht zu bemerken. Sie verharrte stocksteif – genau in dem hellen Fleck des Mondlichts, auf halber Strecke zwischen dem Plateau und den ersten Büschen des Tals.

Unsicher suchte sie den Waldrand ab.

Sie hatte sich nicht getäuscht. Langsam schälte sich aus dem Grau zwischen den Bäumen etwas Dunkles heraus. Eine finstere Kontur, die zu wachsen schien. Ein Tier, dachte sie, nur ein Tier. Doch nach und nach nahm die schwarze Kontur die Umrisse eines Menschen an.

Jemand trat ins Licht. Noch immer war sie regungslos – wie mit der erstarrten Landschaft verschmolzen.

Das Geräusch der Schritte schnitt in die tiefe Lautlosigkeit der Nacht. Die Gestalt blieb stehen, und sie erkannte, wer es war. Fast gleichzeitig explodierte die Welt in grellem Weiß.

Die Stille, die folgte, war dunkler als die Finsternis aller Nächte.

1

Von irgendwoher fiel Licht durch das Fenster, und Alban bemerkte, wie dunkel es bereits geworden war.

Der Bewegungsmelder am Tor ist angegangen, dachte er. Jemand hatte also das Grundstück betreten. Sicher ein Austräger, der Werbung in den Briefkasten werfen wollte – nur um dann festzustellen, dass dort ein großes Schild »Keine Reklame« angebracht war. Hoffentlich hielt er sich daran.

Alban knipste die große Schreibtischlampe mit dem birnenförmigen Porzellanfuß an, die seine Schreibunterlage, ein Blatt Papier und einen scharf gespitzten Bleistift sofort in gelbliches Licht tauchte. Der Rest des Raumes versank in diffuser Dämmerung. An der gegenüberliegenden Wand waren schwach die digitalen Ziffern eines Zählwerks zu erkennen, das stetig aufwärtslief – fast im Takt der Mozart-Sinfonie, die das Arbeitszimmer erfüllte. Das Kammerorchester auf der CD arbeitete sich gerade den letzten Takten des Finales entgegen. Ein paar Sekunden noch, und das Stück war zu Ende.

Alban nahm den Bleistift und schrieb.

Der erste Akkord ist unsauber, ebenso wie der letzte. Dazwischen herrscht nichts als Langeweile. Viel zu viel Vibrato in den Streichern. Das Andante zu langsam.

Nachdenklich griff er zu der CD-Hülle und betrachtete das Bild auf dem Cover. Etwas lenkte ihn ab, und er blickte auf. Weiter hinten im Raum, im Sessel in der Ecke neben dem Konzertflügel, regte sich ein kleiner dunkler Haufen Fell. Er hob sich, dann wurden Pfoten sichtbar, und das Ganze wurde ein ausgewachsener schwarzer Kater, der gähnend sein rosa Mäulchen aufsperrte.

Zerberus hat das einzig Richtige getan, dachte Alban. Er hat die Musik verschlafen.

Er stand auf, holte die CD aus dem Player, drückte sie in das Plastikgehäuse und legte sie auf den Stapel, durch den er sich bereits gearbeitet hatte. Gleich daneben wuchs ein weiterer quadratischer

Turm aus dem Perserteppich. Er war deutlich höher. Das war die Musik, die es noch zu hören galt.

Alban beschloss, einen Moment die Ruhe zu genießen. Wenn er zwei schlecht gespielte Mozart-Sinfonien hinter sich hatte und dann sofort eine unter Umständen mittelmäßige CD auflegte, konnte es sein, dass ihm der tief empfundene Wunsch nach schöner Musik einen Streich spielte. Es konnte geschehen, dass ihm die neue Aufnahme viel besser vorkam, als sie es war. So wie kaltes Wasser warm wirkt, wenn man sich vorher eisig abgeduscht hat.

Unter Zerberus' trägem Blick ging Alban ans Fenster und blickte auf die herbstlichen alten Bäume in seinem Garten. Das Unterholz am Rande des Rasens verdeckte die Grenze zum Godesbach und zu den anderen Grundstücken, die nur einen Steinwurf entfernt lagen.

Alban bemerkte Simone, die im letzten Licht des Tages unten auf dem Rasen stand, gestützt auf ihren Rechen, mit dem sie einen großen Haufen Laub zusammengescharrt hatte. Ihr Blick ging in Richtung des Eingangs, und sie sprach mit jemandem, der vor der Haustür stand. Alban konnte nichts verstehen, und er sah auch nicht, wer es war. Vielleicht der Werbeausträger. Simone schüttelte ein paarmal den Kopf und schien über etwas zu diskutieren. Offenbar wollte der Mann nicht einsehen, dass man hier keine Reklame wünschte.

Alban wandte sich wieder den beiden CD-Stapeln zu. Zerberus kauerte im Sessel und beobachtete ihn aufmerksam.

Womit soll es weitergehen?

Ein buntes Stillleben mit Blumen schmückte das Cover. Der Grafiker hatte zwischen die Blüten geschickt den Namen »Georg Philipp Telemann« eingearbeitet.

Als Alban sich bückte, um die Compact Disc einzulegen, hörte er Simone unten im Flur. Ihre Stimme klang laut und aufgeregt. Dazwischen war eine weitere Person zu hören, offenbar ein Mann.

Er schüttelte den Kopf. Was war dort unten nur los?

Mehrmals wöchentlich, immer zwischen sechzehn und neunzehn Uhr, beschäftigte sich Alban mit dem, was die Schallplattenindustrie an klassischer Musik herausgab. Nach und nach, mit unerbittlicher Präzision, und das nicht etwa aus finanziellen Gründen, sondern aus purer Leidenschaft für die Musik. In dieser Zeit konnte

Bonn im Rhein versinken – Alban wünschte auf keinen Fall gestört zu werden. Er hatte es Simone immer wieder gepredigt.

Der Schlitten mit der aufliegenden Silberscheibe fuhr mit einem leisen schleifenden Geräusch ins Innere des Players. Alban drückte die Starttaste, kehrte an seinen Schreibtisch zurück und setzte sich in den lederbezogenen Sessel. Getragene, ernste Musik erfüllte den Raum. Zwei Violinen erklangen, begleitet vom Streichorchester und den weich gezupften Akkorden von Laute und Cembalo.

Ausgewogenes, reizvolles Klangbild, notierte Alban.

Der zweite Satz begann – ein temperamentvolles Allegro, das Alban wieder zu einer Notiz inspirierte.

Hochvirtuos!

Zerberus schien das schnelle Stück Energie verliehen zu haben. Er sprang von seinem Schlafplatz, lief durch den Raum und war mit einem Satz auf der Fensterbank, wo er schlagartig zur Statue erstarrte und sich auf den Garten konzentrierte.

Voller Bewunderung verfolgte Alban die Dialoge der beiden Violinen im Wechsel mit den Orchesterpassagen, als plötzlich von außen gegen die Tür geklopft wurde. Noch bevor er etwas sagen konnte, steckte Simone den Kopf herein.

Er warf ihr einen unmissverständlichen Blick zu. Es war noch nicht sieben, noch lange nicht.

Simone sagte etwas, doch das Streicherensemble brach gerade in rasende Läufe aus. Die Hoffnung, dass sie wieder gehen würde, wenn sie sah, dass er in seine Arbeit vertieft war, schmolz dahin, als Simone in ihrer schmutzigen grünen Arbeitshose und mit dicken grauen Socken an den Füßen das Zimmer betrat, schnurstracks auf den CD-Player zuschritt und ihn ausschaltete. Telemanns Musik erstarb. Wie ein abgebrochener Zweig.

»Ich habe gesagt, da ist Besuch für dich!«, schrie Simone, als müsse sie immer noch gegen die Musik ankommen.

Alban schnaufte. »Ich arbeite!«

»Ich weiß, aber da ist jemand, der dich unbedingt sprechen will. Er sagt, er sei ein Bekannter. Ich hab keine Lust, mich weiter mit ihm herumzuärgern. Schließlich hab ich auch meine Arbeit zu machen.«

»Wer ist es?«

»Ein Herr Zimmermann.«

»Kenne ich nicht, und außerdem …«

Alban verstummte, als sich die Tür ein Stück weiter öffnete und ein junger schmächtiger Mann sichtbar wurde. Kurzes Haar umschloss wie dunkler Flaum den runden Kopf.

»Ich gehe dann mal wieder«, sagte Simone und drängte sich an dem jungen Mann vorbei nach draußen. Dann hörte Alban ihre gedämpften Schritte auf der Treppe.

So viel zu meinem dringenden Wunsch, bei der Arbeit auf keinen Fall gestört zu werden, dachte er und presste die Kiefer aufeinander. Er bemühte sich, seinen Zorn im Zaum zu halten.

»Kommen Sie doch bitte herein«, sagte Alban gequält.

»Es tut mir furchtbar leid, wenn ich störe«, sagte der Mann. »Arne Zimmermann. Es dauert nur eine Minute.«

»Kennen wir uns?« Alban war aufgestanden. Er wies auf Zerberus' Schlafplatz und forderte den Besucher auf, sich zu setzen. Alban war sicher, dass er den jungen Mann noch nie gesehen hatte. Und plötzlich ahnte er, was hier los war. Zimmermann musste ein Musiker sein. Einer von den Unbekannten, die sich nach eigener Ansicht am Beginn einer großen Karriere befanden. Die bei irgendeinem Minilabel eine CD herausgebracht hatten und von Alban beurteilt werden wollten. Vielleicht fand auch in den nächsten Tagen in irgendeiner Kirche oder in einem kleinen Saal hier in der Nähe ein Konzert statt, zu dem man Alban einladen wollte. Und man versprach sich etwas davon, Albans Wohlwollen zu gewinnen.

Normalerweise wurde man als Kritiker mit solchen Angeboten postalisch überhäuft. Dass jemand zu ihm nach Hause kam, und das auch noch unangemeldet, war neu. Aber es passierte ja alles irgendwann zum ersten Mal.

»Was kann ich für Sie tun?«, fragte Alban und machte sich bereit, den Mann sofort abzuwimmeln. Er betrachtete Zimmermanns Hände, die eine schmale Aktentasche festhielten. Darin befanden sich aller Voraussicht nach eine Mappe mit Lebenslauf, ein paar bescheidenen Kritiken, einer CD vielleicht. Was für ein Instrument er wohl spielte? Die Finger waren lang und dünn. Vielleicht war er ja auch Sänger.

»Kennen Sie Wolfgang Joch?«, fragte Zimmermann.

Alban stutzte. »Wie bitte? Joch? Wer ist das?«

Lag es an der schwachen Beleuchtung, dass ihm Zimmermann so blass vorkam? Seine Lippen schienen unnatürlich rot zu sein. Er sieht krank aus, dachte Alban. Auf jeden Fall übermüdet. Die Haut wirkt wie aus Wachs.

»Wolfgang Joch«, wiederholte der Mann. »Denken Sie doch bitte einen Moment nach. Wolfgang Joch ...«

Vielleicht war dieser Joch sein Hochschullehrer, und der junge Mann würde ihm gleich ein Zeugnis oder ein Empfehlungsschreiben präsentieren. Dumm nur, dass Alban der Name gar nichts sagte.

Zimmermann drehte den Kopf und sah sich in Albans Arbeitszimmer um. Sein Blick fiel auf die hohen Regale mit Büchern, Schallplatten, CDs und Noten. Er streifte den schwarz glänzenden Steinwayflügel hinten in der Ecke, und ihm blieben auch die Fotos nicht verborgen, die gleich neben Albans Schreibtisch auf einem Beistelltischchen standen. Sie zeigten Alban mit seiner verstorbenen Frau, der Pianistin Lea Rosemann, und ihn als jungen Violinstudenten, noch mit ganz dunklem Haar, in der Hand die Geige.

»Wolfgang ist Abonnent der Konzerte des Beethovenorchesters. Dort sind Sie doch auch regelmäßig. Ich dachte, Sie kennen ihn vielleicht. Er ist Arzt im Ruhestand ...« Zimmermann verstummte.

»Es tut mir leid, aber ich kenne keinen Wolfgang Joch. Und Sie haben es ja mitbekommen: Ich habe zu tun. Das muss ein Missverständnis sein.«

Der junge Mann senkte den Blick. »Wolfgang ist mein Freund. Und er ist verschwunden.« Er räusperte sich. »Es kommt Ihnen vielleicht eigenartig vor, dass ich gerade Sie damit belästige. Aber ich war einmal mit Wolfgang im Konzert, und da sind wir Ihnen begegnet. Er hat Sie im Vorbeigehen gegrüßt. Später haben wir Sie dann von oben im Zuschauerraum auf dem Rang gesehen, und ich habe bemerkt, wie Sie sich Notizen machten. Wolfgang hat mir gesagt, dass Sie Musikkritiker sind. Und wie Sie heißen.«

»Und Sie dachten, ausgerechnet ich wüsste, wo Ihr Freund ist? Wie kommen Sie darauf?«

»Ich weiß nicht, wen ich sonst fragen soll. Ich kenne sonst niemanden aus Wolfgangs Bekanntenkreis. Aber ich habe mich wohl geirrt.«

Plötzlich erinnerte sich Alban vage. Er war Joch einmal vorgestellt worden. Es musste bei der Abschiedsvorstellung des damaligen Bonner Generalmusikdirektors Marc Soustrot gewesen sein. Auf dem Empfang nach dem Konzert.

»Doktor Wolfgang Joch«, sagte Alban. »Er kennt sich mit Sängern aus. Das ist er, oder?« Er nahm nachdenklich den Bleistift und setzte die Spitze auf das Notizpapier. »Ja, ich habe Herrn Dr. Joch kennengelernt. Es ist schon eine Weile her … Was meinten Sie denn damit, er sei verschwunden?«

»Er hat sich seit Tagen nicht mehr bei mir gemeldet. Ich mache mir Sorgen.«

»Sollte man nicht die Polizei informieren? Entschuldigen Sie, ich möchte die Sache nicht dramatisieren, aber …«

Alban wurde bewusst, dass seine Höflichkeit langsam, aber sicher über Gebühr strapaziert wurde. Was ging ihn die ganze Sache an? Er musste zusehen, dass er den jungen Mann schnellstens loswurde.

»Ich kann nichts für Sie tun. Das müssen Sie verstehen.«

Zimmermann nickte nachdenklich und stand auf. Er wollte Alban die Hand geben, hielt dann jedoch in der Bewegung inne.

»Ach, das hätte ich beinahe vergessen.« Er öffnete die Mappe, die er die ganze Zeit in der Hand gehalten hatte, und holte einen braunen Umschlag hervor. »Da Sie ja Musikexperte sind, können Sie damit vielleicht etwas anfangen.«

Zimmermann brachte ein Heft zum Vorschein. Alban erkannte sofort die Notenlinien.

»Vor ein paar Monaten gab mir Wolfgang diesen Umschlag und bat mich, ihn aufzubewahren. Als er nun verschwand, dachte ich, ich könnte darin einen Hinweis finden. Aber es war nur das hier drin.«

Zimmermann trat vor und legte die Noten in den warmen Lichtkegel der Schreibtischlampe. »Wir leben nicht zusammen, wissen Sie. Ich habe von seiner Wohnung am Poppelsdorfer Schloss noch nicht mal einen Schlüssel.«

Alban betrachtete die Titelseite und blätterte um. »Handgeschrieben«, stellte er fest. »Eine Arie. Offenbar für Sopran.«

Das Manuskript bestand aus mehreren Seiten. Die Handschrift war sauber und schön. Alban liebte die ästhetische Ausstrahlung von Partituren fast genauso sehr wie die klingende Musik selbst.

Und was er hier vor sich hatte, war eine wahre Augenweide. Wer immer das geschrieben hatte, war sehr sorgfältig ans Werk gegangen. Das Schriftbild – die akkuraten Notenköpfe, Hälse und Fähnchen, die saubere Niederschrift des Gesangstextes, die fein geschwungenen Schlüssel – zog Alban sofort in seinen Bann.

Er wischte ein paarmal über die Blätter. Die Noten hatten zuerst den Eindruck erweckt, von einem Grafiker mit Tinte oder Tusche gezeichnet worden zu sein. Doch es war profaner Filzstift, den der Schreiber verwendet hatte. Das Papier war brandneu – übliches Material, das man in jedem Musikaliengeschäft bekam.

Alban suchte einen Komponistennamen und blätterte zur Titelseite zurück. Doch da stand nur ein einziges Wort in riesigen, etwas geschnörkelten Großbuchstaben: »Aria«. Darunter hatte der unbekannte Autor einen einzelnen Buchstaben gesetzt; dahinter einen Punkt. Der Buchstabe war kaum zu entziffern. Es konnte ein »D«, aber auch ein »O« sein.

»Sagt Ihnen das was?«, fragte Zimmermann.

Alban konzentrierte sich auf die Musik, die hinter den Zeichen verborgen war. Sie begann in seinem Kopf Gestalt anzunehmen, nach und nach zu tönendem Leben zu erwachen. Eine Gesangsstimme zog ihre Bahn – in einer bestürzend schönen Kantilene über sanft begleitenden Streichern. Sehr langsames Tempo, fast träumerisch, hypnotisch ... Alban lief ein Schauer über den Rücken. Das Stück war faszinierend.

»Ich weiß nicht, weshalb er darum so ein Geheimnis macht«, sagte Zimmermann. »Bis heute Nachmittag wusste ich noch nicht einmal, dass in dem Umschlag überhaupt Noten waren. Ist das denn etwas Besonderes?«

Alban löste sich aus der Welt der imaginären Klänge, auch wenn es ihm schwerfiel. Was war mit dem Text? Italienisch – wie die meisten Opern der Barockzeit. Er kannte die Worte. Es war der Text einer berühmten Arie von Georg Friedrich Händel. *Lascia ch'io pianga.* Aus der Oper »Rinaldo«.

Aber die Musik! Das war nicht Händels Arie. Das war etwas völlig anderes. Als habe jemand das Stück neu komponiert. Den Text noch einmal vertont. Seltsam.

»Und?«, fragte Zimmermann.

Alban schlug wieder das erste Blatt um und nahm noch einmal den Beginn des Stückes in Augenschein. Er ging erneut ein paar Seiten durch und suchte Korrekturen, die normalerweise mit Überklebungen gemacht wurden. Er fand keine. Der Autor hatte die Partitur in einem Durchgang fehlerlos in allerschönster Handschrift geschrieben.

Er riss sich endgültig los und wandte sich wieder seinem Besucher zu.

»Also, Herr Zimmermann, Ihr Privatleben geht mich nun wirklich nichts an. Was ich Ihnen über Herrn Dr. Joch sagen kann, wissen Sie bereits. Diese Partitur allerdings ...«

»Ja?«

»Sie ist interessant.«

»Tatsächlich?«

Alban sah auf und blickte in Zimmermanns Gesicht, das eine Mischung aus Neugier und Unverständnis zeigte. Wie sollte er dem jungen Mann, der offensichtlich wenig von Musik verstand, sein plötzlich aufgeflammtes Interesse erklären? Es war ein Gefühl, eine Ahnung. Oder einfach der Wunsch zu hören, was in diesen Noten verborgen war.

»Ich habe einige Kontakte zu Bonner Musikwissenschaftlern. Ich könnte mich erkundigen, was Fachleute von dem Manuskript halten. Unter der Voraussetzung, dass Sie mir die Partitur ausleihen.«

Zimmermanns Blick rutschte ins Unschlüssige.

»Die Entscheidung liegt selbstverständlich bei Ihnen«, setzte Alban nach.

»Na ja. Es ist ja nur Musik ... Hoffentlich ist Wolfgang nicht böse, dass ich den Umschlag geöffnet habe. Aber jetzt ist es ja sowieso zu spät. Brauchen Sie die Noten lange?«

»Ein paar Tage vielleicht.«

»Ist die Partitur denn wertvoll?«

»Ich kann bestenfalls herausfinden, ob sie künstlerischen Wert hat. Jedenfalls dürfte die Handschrift selbst nicht alt sein. Wenn das Werk von einem großen Klassiker stammt, handelt es sich lediglich um eine Abschrift. Wertvoll wäre dann nur das Original. Aber ich muss sagen, was ich beim ersten Überfliegen gesehen habe, hat mein Interesse geweckt.«

Zimmermann nickte. »Behalten Sie die Noten eine Weile. Als Wiedergutmachung für die gestohlene Zeit. Ich melde mich wieder bei Ihnen. Vielen Dank für alles.«

Alban begleitete den jungen Mann die Treppe hinunter und bis an die Haustür. Im Flur duftete es nach Abendessen. Aus der Küche drang lautes Brutzeln, und dazu lief noch lautere Popmusik aus dem Radio. Simone hatte ihren Arbeitsplatz im Garten mit dem hinter dem Herd vertauscht.

Zimmermann verabschiedete sich, verließ das Haus und winkte Alban an dem kleinen eisernen Tor noch einmal zu.

Ein paar Sekunden lang waren seine Schritte noch auf der abendlichen Beethovenallee zu hören. Dann war er verschwunden.

♪

Der Junge steht am Fenster und beobachtet, wie sich die Dunkelheit über das Land senkt. Ihm ist nicht bewusst, dass er schon eine halbe Stunde völlig reglos an dieser Stelle verharrt.

Er fühlt sich leer. Die Freude über die eigenen Fähigkeiten, die ihn noch vor Monaten beseelt hat, ist verschwunden und hat nichts als ein großes schwarzes Loch hinterlassen.

Er hat es aufgegeben, darüber nachzudenken, was geschehen ist. Zu lange hat er die Nächte damit verbracht, zu grübeln. Zu lange hat er versucht zu ergründen, warum man ihn verlassen hat.

Im Schein der Lampe glänzt rotes Holz in der einen Ecke des Raumes. Der Junge streicht mit der Hand über die lackierte Oberfläche. Es hätte eine liebevolle Geste sein können, doch sie erfüllt ihn mit noch stärkerem Schmerz. Etwas ist zerbrochen. Es fühlt sich an, als sei er ein anderer geworden.

Er legt sich auf das schmale Bett. Lange starrt er an die Decke. Ist das der Tod? Steht er ihm bevor?

Es ist besser, völlig mit der Dunkelheit zu verschmelzen. Sich unsichtbar zu machen. Die Dunkelheit in seiner Seele muss mit der Dunkelheit da draußen eins werden. Dann wird der Schmerz nachlassen. Vielleicht.

Sein Blick fällt auf das grau schimmernde Fenster. Früher hat etwas Aufregendes in dieser Dunkelheit gewartet, hat ihn gelockt und hat ihn herausgeholt. Es ist etwas gewesen, das er nie gekannt hat, und ihm ist versprochen worden, dass er es nun sein Leben lang genießen darf.

Auf der Tischplatte liegt ein Blatt Papier, handbeschrieben. Runde, blaue Buchstaben. Die letzte Botschaft.

Er kennt den Text auswendig, schon lange.

Und er hat noch genau den Klang der Stimme im Ohr, die ihm diese drei Worte immer wieder eingeflüstert hat.

Dort draußen war es gewesen, in weichen, warmen, duftenden Nächten. Er hat nicht die Spur von Falschheit in der Stimme erkannt. Er besitzt dafür ein Gespür. Er spürt die Lüge am Klang. Wie eine Dissonanz in einem Akkord.

Alles wird gut!

Diese drei Worte, gesprochen von der schmeichelnden Stimme, die aus dem Wald gekommen ist. Die ehrlichsten Wörter, die er je gehört hat. Der reinste Wohlklang, nur mit einem perfekt gestimmten Dreiklang zu vergleichen.

Drei Worte – so schön wie eine Sommernacht.

So schön …

Und trotzdem haben sie ihn getötet.

2

Lea war eine haarlose Puppe. Milchig glänzend, wie Marmor, verschmolz ihre bewegungslos daliegende Gestalt mit dem dünnen Laken, das ihren Körper bedeckte. Die Arme, aus denen transparente Plastikschläuche wie die Fäden einer leblos daliegenden Marionette heraustraten, ruhten unbeweglich an ihrer Seite. Nur ihr Kopf, eine kahle, helle Kugel, wandte sich Alban zu, der mit sich kämpfen musste, um seinen Schmerz nicht hinauszuschreien.

Wir haben ihr verschwiegen, dass es zu Ende geht, dachte er, während er sich zwang, die Augen nicht abzuwenden. Wir haben es ihr verschwiegen. Aber sie weiß es!

Tränen verschleierten den Blick auf Lea, auf ihren Kopf, der früher einmal von vollem Haar bedeckt gewesen war. Alban wischte sich über das Gesicht, und da bemerkte er, dass sie die faltigen, grauen Lippen bewegte. Sie flüsterte etwas, und obwohl er keinen Millimeter näher an sie herangerückt war, verstand er jedes Wort, als läge Lea nicht vor ihm auf dem Krankenbett, sondern befinde sich irgendwo in seinem Inneren.

»Es ist wie Musik«, hauchte sie, »wie eine Melodie, die mich hinüberlockt. Ich höre sie ... schon seit Tagen. Sei nicht traurig. Ich weiß alles. Die Musik sagt es mir. Und die Musik ist schön ... Sie kommt immer näher.«

Sie schwieg, ermattet von der Anstrengung, und Alban drang es wie ein glühendes Schwert durchs Herz. Er hielt es nicht mehr aus und schloss die Augen. Und da hallten ihre Worte durch seinen Kopf und wurden leiser und leiser, wie ein Echo, das sich immer mehr verliert.

»Die Musik sagt es mir. Die Musik ist schön ... ist schön ... ist schön ...«

Alban stöhnte auf und öffnete die Augen.

Sein Radiowecker zeigte kurz vor halb neun. WDR 3 war angesprungen, und leise Musik zog durch den Raum. Der langsame Satz eines Vivaldi-Konzerts. Eine Oboe klagte, und es kam Alban vor, als liefere sie einen melancholischen Kommentar zu seinem Traum.

Er spürte seinen feucht geschwitzten Schlafanzug, verließ das Bett und ging unter die Dusche. Als er angekleidet vor dem Spiegel stand und versuchte, sein graues Haar mit einem Kamm in Fasson zu bringen, ließ der Schmerz, den er im Traum empfunden hatte, endlich ein wenig nach.

Unten in der Küche war für ihn ein Frühstücksgedeck vorbereitet. Im Korb lagen noch zwei Brötchen. Alban hob prüfend die Kaffeekanne an; sie war halb voll.

Simone war längst zur Arbeit aufgebrochen. Sie hatten gestern noch zusammen zu Abend gegessen. Angesichts der wunderbaren Lammfilets, die Simone zubereitet hatte, und mit der Aussicht auf die Beschäftigung mit der Partitur, die ihm Arne Zimmermann überlassen hatte, war er, was die Störung in seinem Arbeitszimmer betraf, bald wieder versöhnt gewesen. Später am Abend war es ihm dann gelungen, die Gattin von Professor Gräber von der Bonner Uni telefonisch zu erreichen. Gräber war Musikwissenschaftler und sicher ein geeigneter Ansprechpartner, um etwas über die Handschrift zu erfahren.

Von der Frau Professor, wie sich die Dame anreden ließ, hatte Alban erfahren, dass Gräber heute Morgen Vorlesung hatte – eine günstige Gelegenheit, um ihn zu treffen.

Um zwanzig nach neun hatte Alban den Bonner Generalanzeiger überflogen, dabei die Kaffeekanne geleert und sich die beiden Brötchen einverleibt. Er zog seinen Mantel an, setzte seinen dunklen Hut auf und wollte das Haus verlassen. Auf der inneren Klinke klebte ein Notizzettel. *Kammermusikabend!*, hatte Simone geschrieben. *Was wollt ihr essen?*

Alban holte einen Stift, notierte etwas für Simone und legte den Zettel auf den Küchentisch. Er zückte gerade den Schlüssel, um das Haus abzuschließen, da fiel ihm ein, dass er das Wichtigste beinahe vergessen hätte. Er eilte die Treppe zu seinem Arbeitszimmer hinauf, legte die Partitur in eine schmale Mappe und verließ das Haus erneut.

Es macht sich eben bemerkbar, wenn man auf die sechzig zugeht, dachte er, als er seinen schwarzen Volvo anließ und ihn aus der Einfahrt lenkte.

Gräbers Vorlesung zum Thema »Brahms, die Neudeutschen und das Problem der absoluten Musik« begann um zehn. Alban wusste natürlich, dass diese Zeitangabe in akademischen Kreisen eigentlich Viertel nach zehn bedeutete. Und nun, als Alban die Stufen der Tiefgarage am Bonner Schloss heraufstieg, kam Gräber gerade durch den Hofgarten vom musikwissenschaftlichen Seminar herüberspaziert.

Der Professor, leicht zu erkennen an seinem klotzigen schwarzen Brillengestell, arbeitete sich gerade durch einen Pulk von Studenten. Sein heller offener Trenchcoat flatterte, und die dicke Aktentasche schien schwer zu sein, denn sie verursachte deutliche Schlagseite. Alle paar Schritte wischte sich Gräber über die Haare, doch der Wind schob die graue Strähne immer wieder zur Seite und gab den Blick auf eine fleckige Glatze frei.

Als der Professor näher gekommen war, blickte er zunächst unbeteiligt durch Alban hindurch. Von diesem angesprochen, veränderte sich sein Gesichtsausdruck. Für Sekundenbruchteile konnte man es in Gräbers Gesicht arbeiten sehen.

»Herr ... Herr Arnold, richtig? Der Herr Rezensent!«

»Alban«, korrigierte Alban, und Gräber wechselte die schwere Tasche von rechts nach links, um seinem Gegenüber die Hand zu schütteln

»Schnuppern Sie ein wenig akademische Luft, oder machen Sie nur einen Herbstspaziergang bei dem herrlichen Wetter?«

»Ich möchte Ihnen etwas zeigen, das Sie sicher interessieren wird.«

Gräber blieb stehen. »Das tut mir leid, Herr Alban, aber ...«

»Ich weiß, Sie halten jetzt gleich eine Vorlesung, und ich möchte Sie auch keinesfalls lange aufhalten.«

Alban deutete auf eine der Bänke, die die Allee neben der Hofgartenwiese säumten.

»Na ja, wenn es wirklich nur einen Moment ...«

Gräber stellte seine Tasche ab, und Alban zog die Partitur hervor. Der Professor zog die Augenbrauen hoch, als er erkannte, dass es sich um Noten handelte.

»Na, Sie werden doch nicht etwas Verschollenes entdeckt haben? Mozarts Cellokonzert vielleicht? Darüber habe ich nämlich neulich einen Aufsatz von ... wie hieß er doch gleich ... In den osteuropäischen Ländern tauchen jetzt immer mehr Handschriften auf, die Leute fangen an, ihre alten Möbel auf den Dachböden genauer zu untersuchen, und da finden sie ...« Er brachte seine Haare in Ordnung, an denen der leichte Herbstwind wieder gezupft hatte.

»Ich denke, das ist die Abschrift einer barocken Arie«, sagte Alban. »Mich würde interessieren, wer sie komponiert hat.«

Der Professor nahm das Titelblatt in Augenschein. »Es ist kein Name angegeben«, sagte Alban.

»Aber vielleicht gibt es andere Anhaltspunkte – zum Beispiel den Stil.«

Gräbers Augen hinter den dicken Brillengläsern verfolgten aufmerksam die Noten. *»Lascia ch'io pianga«*, sagte er. »Eigenartig ...«

Der Professor hatte entdeckt, was Alban am Abend zuvor aufgefallen war und worüber er nach dem Abendessen in seiner Bibliothek noch ausführliche Nachforschungen angestellt hatte. Es gab in der Oper »Rinaldo« von Georg Friedrich Händel die berühmte Arie »Lascia ch'io pianga«. In dem Stück besingt die Prinzessin Almirena, von einer bösen Zauberin entführt und auf deren Schloss gefangen, ihr trauriges Schicksal. Im weiteren Verlauf der Handlung tritt der junge mutige Held Rinaldo auf den Plan, der eigentlich gerade die Stadt Jerusalem von den Heiden befreien wollte. Vorher gelingt es ihm jedoch, Almirena zu retten.

»Die Musik weist ganz andere harmonische und formale Eigenschaften auf als die von Händel«, konstatierte Gräber.

»Das ist es ja«, sagte Alban. »Kennen Sie jemanden, der den Text noch einmal vertont hat?«

Gräber ließ das Heft sinken. »Von einer anderen Vertonung habe ich noch nie etwas gehört. Die Melodie, die Händel für die Arie verwendet hat, taucht jedoch mehrmals in seinen Werken auf. In einer anderen, etwas älteren Oper als Instrumentalstück und in einem Oratorium, das Händel in Rom komponiert hat. 1707, wenn ich mich nicht irre.«

»Vollkommen richtig.« Genau das hatte Alban zu Hause nachgelesen.

»Aber das hier ist ein ganz anderer Fall. Bei Händel finden wir die Musik an verschiedenen Stellen seines Gesamtwerks. Hier dagegen geht es um eine Neuvertonung des Textes. Und das scheint mir doch außergewöhnlich zu sein. Denn der Dichter dieser Zeilen, der Opernlibrettist Giacomo Rossi, hat sie schließlich eigens für Händels Rinaldo gedichtet.«

Auch das wusste Alban bereits. »Könnte es denn sein, dass auch dieses Stück hier von Händel stammt? Könnte es sich um eine unbekannte Fassung der Arie handeln? Ein bisher unbekanntes Händel-Werk?«

Gräber konzentrierte sich wieder auf die Partitur, während um sie herum Studenten dem Schlossgebäude zustrebten.

»Wo haben Sie das her?«, fragte er schließlich. »Kommen Sie mir jetzt nicht mit der Geschichte vom Manuskript, das auf dem Dachboden lag.«

»Es stammt von jemandem aus meinem entfernten Bekanntenkreis. Er selbst weiß auch nicht, woher die Handschrift kommt.«

»Und die Idee von der Alternativfassung der Händel-Oper stammt von ihm?«

»Nein, das hatte ich mir überlegt.«

Gräber schüttelte den Kopf und hielt Alban die Noten hin. »Ich muss Sie leider enttäuschen. Das Stück ist nie und nimmer von Händel. Auch nicht von einem anderen Barockkomponisten.«

»Aber klingt es denn nicht, als wäre es aus dieser Zeit?«

Gräber überlegte kurz, sah dann noch einmal auf die Uhr, und sagte: »Ich gebe zu, dass es darin auch viele barocke Stilelemente gibt. Aber sie wirken zitiert. Nachgeahmt. Sie sind nicht echt. Nicht wirklich aus der Zeit. Verstehen Sie, was ich meine?«

»Das Stück ist also zu modern, um aus der Barockzeit zu stammen?«, versuchte Alban Gräbers Erkenntnisse zusammenzufassen.

»Ich wüsste auch keine spätere Epoche, für die dieser Stil typisch wäre. Das Werk wirkt eher wie ein kompositorisches Experiment. Entschuldigen Sie, aber ich muss jetzt wirklich los.«

»Können wir uns noch einmal unterhalten, wenn Sie etwas mehr Zeit haben? Vielleicht finden Sie ja doch noch einen Hinweis?«

»Tut mir leid. Morgen Abend fliege ich zu einem Symposion nach Wien, und dann habe ich noch viel für das anfangende Semester zu tun. Aber ich habe eine andere Idee. Haben Sie etwas zu schreiben?«

Alban holte seinen goldenen Kugelschreiber und einen Zettel aus der inneren Jackettasche und reichte beides Gräber, der etwas darauf notierte. »Das ist ein Student von mir. Er beschäftigt sich mit einem Projekt, das Ihnen vielleicht weiterhelfen kann. Es nennt sich ›Musica‹.«

»Musica?«

»Musikalische Interpretation mittels computergestützter Analysemethoden. Eine faszinierende Sache, Sie werden staunen. Der junge Mann brennt darauf, unbekannte Werke wie Ihre Partitur computertechnisch zu analysieren.«

»Und was kommt am Ende dabei heraus? Sagt der Computer, welcher unbekannte Händel-Zeitgenosse seine Arien mit Septakkorden beginnt?«

Gräber lächelte. »Lassen Sie sich überraschen. Auf Wiedersehen, Herr Alban.« Er streckte Alban die Hand hin, verabschiedete sich und ging in Richtung Hauptgebäude davon, nicht ohne sich noch einmal sorgsam über den Kopf zu fahren.

Alban setzte sich auf die Bank und dachte nach. Gräbers Reaktion hatte ein Gefühl der Enttäuschung bei ihm hinterlassen. Sicher, er hatte den Professor auf dem falschen Fuß erwischt. Der Mann war natürlich sehr beschäftigt. Gleichzeitig empfand Alban fast so etwas wie Scham. Hatte er sich mit seiner Theorie, vielleicht auf ein bisher unbekanntes Werk von Händel gestoßen zu sein, lächerlich gemacht? Doch es war ja überhaupt nicht gesagt, dass es sich bei der Arie um ein unbekanntes Stück handelte. Es konnte gut sein, dass es manchen Insidern bekannt war, nur Alban hatte vielleicht noch nie etwas von einer zweiten Vertonung des berühmten »Lascia ch'io pianga« gehört.

Alban betrachtete den Zettel, auf den Gräber Namen, Adresse und Telefonnummer seines Studenten notiert hatte. Er hieß Peter Jung und wohnte nur ein paar Minuten zu Fuß von der Uni entfernt. Alban tastete seine Taschen ab und kam zu dem Ergebnis, dass er sein Handy im Wagen gelassen hatte.

Er sah sich um. Vor dem grauen Gebäude auf der anderen Seite des Hofgartens, in dem unten eine Autovermietung und oben das musikwissenschaftliche Seminar untergebracht waren, gab es ein öffentliches Telefon.

Wer A sagt, muss auch B sagen, dachte Alban. Und wo er schon einmal hier war ... Vielleicht war das Computerprojekt ja tatsächlich die Lösung.

Eine Viertelstunde später klingelte Alban an der Tür eines Mietshauses in der Südstadt.

Jung war am Telefon unkompliziert gewesen. Kaum hatte Alban sich gemeldet, da hatte der Student in ihm den bekannten Rezensenten erkannt. Er hatte sich sofort interessiert gezeigt und vorgeschlagen, sich gleich zu treffen, denn Zeit sei ja schließlich Geld. Alban hatte diesen Ausspruch noch nie aus dem Mund eines Studenten gehört. Was vielleicht daran lag, dass er seit Jahren mit keinem Studenten mehr gesprochen hatte.

Auch als er Jungs Wohnung betrat, war er gezwungen, sein Bild von der heutigen studierenden Jugend zu revidieren. Zu Albans Zeit hatte es noch richtige Studentenbuden gegeben. Man wohnte irgendwo zur Untermiete. Bad und Toilette teilte man sich mit mindestens einer zweiten Person. Die Zimmer waren meistens nur mit Bett, Schrank und Tisch ausgestattet – ausrangierte Möbel der Vermieter. Eine Schreibmaschine war bereits extremer Luxus, und Papier musste man ebenso sparen wie Tinte. Vorlesungsmitschriften entstanden meist mit Bleistift. Bücher konnte man sich überhaupt nicht leisten, und so verbrachte man die meiste Zeit in der Bibliothek.

Jungs Wohnung, unter dem Dach gelegen, war eng und mit technischen Geräten vollgestopft. Alban erkannte mehrere Computer, eine Hi-Fi-Anlage, einen Fernseher. Überall auf dem Boden schlängelten sich Kabel, und Alban musste aufpassen, dass er nicht stolperte. Um Platz für seinen Besucher zu schaffen, räumte der Student einen Stapel CD-Rohlinge von einem Stuhl.

Jung sah nicht aus, wie Alban sich einen Studenten vorstellte. Er wirkte eher wie ein Dressman oder eine dieser Figuren aus den Musikvideos, die Simone manchmal ansah. Sein Haar war strähnenweise blond gefärbt, und in seiner Nase steckten spitze Metallgegenstände. Diese Art des Schmucks, die man als »Piercing« bezeichnete, verwirrte Alban. Manchmal hegte er den Verdacht, die Jugend von heute sei auf geheimnisvolle Art und Weise von Schmerz befreit. Ob das auch für andere Gefühle galt?

»Kann ich Ihnen etwas anbieten?«, fragte Jung. »Einen Espresso vielleicht?«

Alban drehte sich um, blickte durch eine Tür in die schmale Küche und bemerkte eine chromglänzende Espressomaschine.

Er lehnte dankend ab, Jung nahm auf einem quietschenden Bürodrehstuhl Platz, schlug die nackte, behaarte Wade des einen Beines lässig über das andere und fragte: »Was kann ich denn genau für Sie tun?«

Alban holte die Partitur heraus und erklärte kurz, was es damit auf sich hatte. Wie er zu dem Manuskript gekommen war, verschwieg er. Jung nahm die Noten, würdigte sie aber keines Blickes, sondern klappte mit der anderen Hand ein technisches Gerät neben sich auf, das wie ein flacher Kopierer aussah. Eine Glasplatte wurde sichtbar.

»Möchten Sie sich die Handschrift nicht erst einmal ansehen?«, fragte Alban.

»Ich möchte es gar nicht erst zu einer subjektiven Wahrnehmung kommen lassen. Es ist besser, wenn ich mir selbst kein Urteil bilde und das Stück direkt einscanne.«

Alban war verblüfft. »Es ist besser, wenn Sie sich selbst kein Urteil bilden? Ich denke, Sie wollen herausfinden, was es damit auf sich hat? Wann es komponiert wurde und von wem?«

Der Scanner kam in Gang und gab ein quietschendes Geräusch von sich.

»Das wird uns vielleicht auch gelingen. Aber ich denke, wir sollten uns ganz auf das konzentrieren, was der Computer errechnet.«

»Professor Gräber hat sich schon ein Bild gemacht«, sagte Alban. »Er hat gesehen, dass die barocken Stilelemente nicht ...«

Jung unterbrach. »Entschuldigen Sie, aber sprechen Sie bitte nicht weiter. Es ist besser, wenn ich das alles nicht weiß.«

Alban schwieg pikiert. Er empfand es als grobe Unhöflichkeit, dass ihm dieser Student, der an die dreißig Jahre jünger war als er, das Wort verbot.

Jung legte eine Seite nach der anderen auf die Glasplatte. »Die Partitur wird nach dem Einlesen elektronisch mit dem Datenstamm verglichen, den wir bereits eingegeben haben.«

Nachdem er auch die letzte Seite eingescannt hatte, nahm er vor einem Monitor Platz. Der Bildschirmschoner bestand aus den Buchstaben M, U, S, I, C und A, die langsam über eine dunkle Oberfläche trieben. Jung berührte eine Taste, der Bildschirmschoner verschwand, und er gab etwas ein. Alban konnte erkennen, dass sich die Notenseiten, die er mitgebracht hatte, nun auf dem Bildschirm befanden. Jung schob sie mit der Maus in eine bestimmte Reihenfolge, klickte ein paarmal, und nun erschien eine große Ziffer mit einem Prozentzeichen dahinter. Sie stieg langsam. Gleichzeitig wuchs ein dicker blauer Balken am unteren Rand des Monitors von links nach rechts.

»Der Computer wandelt die Scans um. Jede Informationseinheit der Partitur wird in ihre Bestandteile zerlegt und in eine Datenbank eingegeben. Früher musste man, wollte man ein Musikstück analysieren, von seiner eigenen Erfahrung ausgehen. Sie kennen das sicher: Sie nehmen sich die Partitur eines unbekannten oder weniger bekannten Komponisten vor und fangen an zu vergleichen: Dieses Thema klingt wie Haydn, jener Formverlauf erinnert an Beethoven, dieser Instrumentationskniff an Berlioz, eine bestimmte harmonische Fortschreitung an Wagner.«

Natürlich, dachte Alban. Das nennt man musikalische Analyse. So etwas hatte er in seinem Studium an der Musikhochschule absolvieren müssen. Er erinnerte sich, wie er dabei geschwitzt hatte. Am Anfang zumindest. Doch dann war diese Arbeit für ihn immer faszinierender geworden. Und die Faszination war bis heute geblieben. Jedes Mal, wenn er eine Partitur in die Hand bekam, versenkte er sich in die Architektur der Töne, in die Konstruktion der Beziehungen von Themen, Motiven, Melodien und Harmonien.

»Diese Art der Analyse«, sagte Jung, »ist vollkommen von gestern.« Es klang schneidend arrogant.

»Warum?«, fragte Alban. »Ich finde, das ist eine sehr sinnvolle Sache. Wir haben damals auf diese Weise eine Menge über Musik gelernt.«

»Der Erfolg dieser Methode hängt aber einzig und allein von dem ab, was der Analytiker kennt. Aber Sie können so viele Werke kennen, wie Sie wollen. Sie sind niemals auf dem Stand, dass Sie *alles* kennen. Und Sie haben niemals *alles*, was es gibt, im Moment der Analyse präsent. Das schafft nur ein Datenspeicher.«

Er blickte auf den Bildschirm. Der blaue Balken hatte knapp die Hälfte seines Weges erreicht. Die Prozentzahl zeigte »47«.

»Zwei Jahre lang haben wir den Rechner mit Werken der Musikgeschichte gefüttert. Er kennt alle klassischen Sinfonien und die bekannteste Klavier- und Kammermusik von Haydn, Mozart und Beethoven. Das meiste von Schubert, Brahms, Bruckner, Wagner, Liszt und Schönberg. Außerdem alle exakt datierbaren Kompositionen von Händel, Bach und Vivaldi sowie die Partituren von Richard Strauss, Ravel, Debussy und noch viel mehr. Zum Beispiel viele, viele Werke der sogenannten Kleinmeister, die heute kaum noch auf den Konzertprogrammen auftauchen. Die Einspeisung dauert noch an. Wir werden Jahre brauchen, bis sie fertig ist. Wenn wir überhaupt jemals damit fertig werden.«

»Und was macht Ihr Computer mit den Kompositionen?«

»Wir haben ein System entwickelt, mit dem das Programm jedes Musikstück in seine Parameter zerlegt: harmonische Fortschreitungen, formale Abläufe, Rhythmen und anderes. Außerdem die Beziehungen dieser Parameter zueinander.«

»Aber erkennen Sie denn nicht, dass Sie einem Irrtum unterliegen?« Alban holte Luft und suchte nach Worten. Dabei spürte er, wie er sich ereiferte. »Sie untersuchen ja nur Übereinstimmungen. Wo bleibt denn das Besondere? Das Genie eines Komponisten besteht doch gerade darin, etwas völlig Neues zu schaffen! Etwas, das Ihre Maschine gar nicht erfassen kann!«

Jung blieb ruhig. »Sie werden sehen – je mehr Informationen wir haben, desto genauer liegen wir. Der Rechner ist unbestechlich. Er vergleicht die Daten hundertprozentig genau. Sollte die Arie in ihrer verborgenen Struktur zum Beispiel einem Lied von Richard Strauss ähneln – er wird es uns sagen. Sollte der Modulationsplan derselbe sein wie in einem Beethoven-Scherzo – wir werden es wissen.«

»Aber das meine ich ja. Sie erkennen Übereinstimmungen. Aber erkennen Sie denn auch Neues, Unerhörtes?«

»Die Aufgabe besteht nun einmal darin, unbekannte Musik einer bestimmten Epoche zuzuweisen. Der Rechner sucht und vergleicht nicht nur Stilelemente, sondern er ermittelt auch Häufungen bestimmter Eigenarten. Und diese Häufungen verbinden sich dann zu einer gnadenlos zwingenden Aussage.«

Alban konnte es nicht fassen. Gnadenlos! Wie das klang! Hatte diese computergestützte Auswertung noch etwas mit Kunst zu tun? Konnte man auf diese Weise die Bedeutung von musikalischen Werken ermitteln? Wenn es so war, dann würde ein Rechner vielleicht demnächst auch seine Rezensionen schreiben ...

Alban versuchte sich vorzustellen, wie im Inneren dieser Maschine seine Arie, die bestürzend einschmeichelnde Melodielinie, zerlegt, verglichen, eingeordnet wurde. Es verursachte ihm beinahe Schmerzen.

Der Balken hatte die »96« erreicht.

»Jetzt haben wir es gleich geschafft. Der Rechner hat alles abgespeichert und die Partitur analysiert. Möchten Sie das Stück mal hören?«

»Wie meinen Sie das? Kann Ihre Maschine auch singen?«

»Ich habe das Stück in eine Midi-Datei umwandeln lassen. Technisch gesehen ist es nicht mit einer echten Aufführung zu vergleichen. Aber es verschafft einen Eindruck. Also, wie wär's?«

»Gerne.«

Jung klickte noch ein bisschen am Computer herum, wandte sich dann der Stereoanlage in der Ecke zu und drückte ein paar Knöpfe.

»Es geht los«, sagte er.

♪

Jedes Mal, wenn er versucht, es in Worte zu fassen, entgleitet ihm die Sprache. Wenn er Worte schreiben soll, erscheint ihm die Welt der Buchstaben wie eine Landschaft hinter Glas. Er kann verstehen, was die Buchstaben bedeuten. Er kann die Wörter lesen und ihnen einen Sinn geben. Aber es ist nicht seine Welt.

Früher hat er sich dabei ertappt, wie er in Zeiten des Unglücks und des Kummers einfach vor sich hin sang. Er ahnte nicht, dass dieser Gesang, der tief aus seinem Inneren kam und ihn durchdrang wie ein endloser Strom von Gedanken, für andere hörbar war.

Er sieht aus dem Fenster, blickt auf gelb gefärbtes Herbstlaub und verliert sich in dem trüben Bild.

Er spürt nicht die Tränen, die an seinen Wangen hinunterlaufen.

♪

Als Alban seinen Volvo aus der Tiefgarage lenkte, klangen in ihm immer noch die eigenartigen Töne nach, die Jungs Lautsprecherboxen ausgestoßen hatten.

Das Stück begann mit einer weiten Strecke dicker, dumpfer Akkorde, die nach und nach immer dissonanter wurden und sich nirgendwohin aufzulösen schienen. Alban war klar, dass er sich darunter anstelle der sterilen Synthesizerklänge ein federndes, pulsierendes Streichorchester hätte vorstellen müssen.

Dann war über den Akkorden, die sich der unbekannte Komponist wohl als weiches, langsames Beben vorgestellt hatte, die einzelne, lang hingezogene Melodie des Soprans erschienen – die Kantilene, die Alban beim Lesen so berührt hatte, die in den Lautsprechern jedoch grob, blechern und primitiv geklungen hatte.

Jung war von der Dürftigkeit der Darbietung unbeeindruckt geblieben. Als der letzte Akkord verklungen war, machte er ein Gesicht, als sei es ihm gelungen, Beethoven wiederauferstehen zu lassen.

»Das Maschinchen wird jetzt ein bisschen arbeiten«, sagte er. »Die Vergleichsphase dauert immer am längsten. Ein paar Tage werde ich schon brauchen. Dann rufe ich Sie an.«

Alban legte ihm seine Visitenkarte hin. Rasch hatte er sich dann verabschiedet und die Partitur eingesteckt, wobei er das Gefühl hatte, er müsse sie aus dieser Umgebung in Sicherheit bringen.

Er bog auf die Konrad-Adenauer-Allee ab und drückte auf den Knopf des Radios. Klassikforum auf WDR 3. Der Moderator kündigte das erste Brandenburgische Konzert von Bach an. Als das Stück begann, genoss Alban die Klänge wie ein Verdurstender ein Glas Wasser.

Die Erinnerung an die Synthesizerversion der unbekannten Arie verlor sich, während er sich Godesberg näherte. Kaum war er in die Beethovenallee eingebogen, endete das Bach-Finale, und der letzte üble Nachgeschmack von dem Besuch bei Jung war verschwunden.

3

Die vier Notenpulte in Albans Arbeitszimmer waren so angeordnet, dass sich jeweils zwei Musiker gegenübersitzen konnten. Das Licht war gedämpft; nur die Noten mussten gut beleuchtet sein. Dafür hatte Alban schon vor Jahren teure Pulte mit integrierten Lampen gekauft, deren Aufbau ebenfalls ein wenig Vorarbeit kostete. Verlängerungsschnüre und Verteilerstecker mussten hervorgeholt und verlegt werden. Während er den Probenraum herrichtete, war Simone damit beschäftigt, ein Abendessen vorzubereiten, das man bequem in einer kleinen Probenpause einnehmen konnte.

Bis um zehn vor sieben, kurz bevor Albans Mitstreiter erwartet wurden, war Alban mindestens achtmal in die Küche gelaufen und hatte Simone dabei beobachtet, wie sie Blattspinat mit Ziegenkäse zubereitete. Ebenso oft hatte er kontrolliert, ob auch die richtigen Weinflaschen parat standen. Dabei war ihm auch der amüsierte Blick nicht entgangen, den Simone ihm immer wieder zuwarf. Es gab praktisch nichts, was Alban ernsthaft aus der Ruhe bringen konnte, aber das wöchentliche Musizieren ließ seinen Adrenalinspiegel in ungeahnte Höhen schnellen.

Dabei ging es gar nicht darum, einen Musikpreis zu gewinnen oder gar eine Aufführung in einem Konzertsaal vorzubereiten. Das Quartettspiel war eine reine Privatunterhaltung ohne Publikum. Nur Simone, die selbst kein Instrument spielte, durfte zuhören, wenn sie wollte. Alban träumte jedoch insgeheim davon, mit seinem Ensemble eines Tages öffentlich aufzutreten. Vielleicht sogar im Beethovenhaus. Irgendwann. Wenn sie genug geprobt hatten ...

Die Türklingel ging genau um drei Minuten nach sieben. Wie immer kamen Dr. Stollmann und Fiona Bertram als Erste. Albans pensionierter ehemaliger Hausarzt ließ es sich nicht nehmen, die attraktive Kölner Musikstudentin am Godesberger Bahnhof abzuholen und nach dem Musizieren wieder dorthin zu bringen. Stollmann war seit Jahren Witwer und hatte nach und nach gewisse Fähigkeiten als Charmeur wiederentdeckt, die ihm wohl auch in seiner Jugend zu eigen gewesen waren. Dass er in Albans Quartett nur die zweite Geige übernahm, störte ihn nicht.

»Da sind wir nun!«, rief er überschwänglich. »Einen schönen guten Abend allerseits.«

In der Linken trug er seinen Geigenkasten, mit der Rechten schob er Fiona sanft durch die Tür. Unter der schwarzen Baskenmütze flossen rote Haare auf ihre Schultern. Auch sie trug einen Instrumentenkoffer. Kaum war sie hereingekommen, verdrängte blumiger Parfümduft den Essensgeruch, der aus der Küche drang.

Stollmann nahm seinen Hut ab, stellte die Geige in die Ecke und hatte rasch seinen Mantel ausgezogen, um dann Fiona behilflich zu sein. Doch sie beachtete die Geste des alten Kavaliers gar nicht, sondern begrüßte schüchtern, aber mit strahlendem Gesicht Alban. Endlich durfte Stollmann Fionas Mantel und Mütze versorgen, während Simone mit einer bunten Schürze über Jeans und Pullover aus der Küche kam, die Ankömmlinge ebenfalls begrüßte und ihnen etwas zu trinken anbot.

»Danke, für mich nicht«, sagte Fiona. Stollmann ließ sein übliches »Da sage ich nicht nein« hören und folgte Simone in die Küche. Es war jedes Mal dasselbe Ritual, und dazu gehörte auch, dass Fiona Alban fragte: »Haben Sie wieder interessante CDs bekommen?«, und Alban sagte: »Der Turm ist wieder gewachsen. Wenn Sie Lust haben, können Sie gern nachsehen, ob Sie etwas interessiert.«

Alban sah auf die Uhr. Gerhard Kessler, der das Cello übernahm, würde hoffentlich jeden Moment auftauchen. Er war Kriminalkommissar, und sie waren es gewohnt, dass er mitunter etwas unpünktlich war.

Fiona nahm ihren Bratschenkasten und folgte Alban die Treppe hinauf. Als sie das Arbeitszimmer betreten hatten, das sich jetzt in einen Probenraum verwandelt hatte, klingelte das Telefon.

»Einen Moment bitte«, sagte Alban und deutete auf die CD-Stapel, die vor der Stereoanlage standen. Dann umrundete er die vier Stühle und nahm das Telefon ab. Es war Kessler.

»Es tut mir leid«, sagte er. »Aber ich hänge noch im Präsidium fest.«

»Heißt das etwa, du kommst nicht?«

»Doch, doch. Ich denke, dass ich mich in zehn, fünfzehn Minuten loseisen kann. Du weißt ja: Verbrecher ...«

»... richten sich nicht nach Dienstzeiten. Ist bekannt.«

»Sind unsere Mitstreiter denn schon da?«

»Gerade eingetroffen. Aber im Moment interessieren sie sich noch für andere Dinge als Beethoven. Fiona sieht meine aktuellen Neuzugänge durch, und Dr. Stollmann hat sich unten bei Simone festgebissen. Ganz in der Nähe des Weinvorrats, wie üblich.«

»Sag ihm, er soll noch was übrig lassen. Ich beeile mich.«

Als Alban aufgelegt hatte, öffnete sich die Tür, und Stollmann kam strahlend herein – in der einen Hand ein Glas, in dem dunkelrote Flüssigkeit schimmerte, in der anderen den Geigenkasten. »Na, wollen wir ein wenig aufspielen?«, rief er aufgeräumt. »Wo ist denn unser Cellist?«

»Noch verhindert«, sagte Alban. »Aber angeblich kommt er gleich.«

»Ja, ja«, sagte Stollmann. »Verbrecher richten sich nicht nach Dienstzeiten. Das wissen wir bereits. Vielleicht können wir ja schon mal stimmen.« Er stellte das Glas auf Albans Schreibtisch und legte den Geigenkasten quer auf den Sessel, der sonst Zerberus' Refugium war. Angesichts der Menschenmassen, die jetzt eingefallen waren, hatte sich der Kater in die unteren Räume zurückgezogen.

Die Noten lagen bereit: Ludwig van Beethovens Streichquartett op. 59 Nr. 1. Vor der Entscheidung, sich gerade dieses Werk vorzunehmen, hatte es lange Debatten gegeben. Alban war der Ansicht, dass es eigentlich zu schwer war. Stollmann dagegen sah das ganz anders. »Beethoven muss es auf jeden Fall sein«, hatte er ins Feld geführt. »Schließlich leben wir in Bonn.« Dass er als Bonner aber noch lange nicht von Geburt an in der Lage war, den mitunter ziemlich heiklen Part der zweiten Violine zu beherrschen, hatte er nicht bedacht. Kessler hatte dem Stück ebenfalls zugestimmt, was vor allem an den dankbaren Cellopassagen lag. Fiona hatte keine Meinung geäußert, und Alban hatte schließlich eingewilligt, es einfach mal zu versuchen. Das war ein knappes halbes Jahr her, und seitdem verbissen sie sich Woche für Woche in das Stück.

Fiona setzte sich Alban gegenüber, lächelte ihm zu und blätterte dann in den Noten. Stollmann nahm neben Alban Platz. Alle drei begannen, ihre Instrumente zu stimmen, und Stollmann fing an, leise ein paar schwierige Stellen vor sich hinzuspielen.

»Geübt wird zu Hause«, mahnte Alban, der gerade mit der richtigen Stimmung der G-Saite kämpfte. Der zweite Geiger setzte gehorsam sein Instrument auf dem Schoß ab und sah erwartungsvoll in die Runde.

»Machen wir einen kleinen Durchgang ohne Gerhard«, sagte Alban. »Auch wenn es sicher komisch klingt. Herr Beethoven wird es uns verzeihen. Beginnen wir mit dem ersten Satz. Bitte mäßiges Tempo.«

Für ein paar Sekunden trat Stille ein, dann begannen sie. Alban wurde sofort klar, dass es keinen Zweck hatte. Man konnte das Stück nicht spielen, wenn der Cellist fehlte. Abgesehen davon, dass jedes Quartett ohne das Bassinstrument sprichwörtlich in der Luft hing und sogar dann, wenn die drei übrigen Musiker korrekt spielten, klanglich unbefriedigend blieb, steigerte sich das Problem gerade bei diesem Stück, weil Beethoven dem Cellisten fast so etwas wie eine Solistenrolle anvertraut hatte.

Wie ein Autorennen mit Plattfuß, dachte Alban, als sie sich durch die stupide Wiederholung der immer gleichen Noten kämpften, die eigentlich als Begleitung der eröffnenden Cellomelodie gedacht waren. Immerhin gab es etwas später einen kleinen Dialog der anderen Instrumente, sodass die Abwesenheit der tiefsten Stimme ein nicht ganz so großes Loch riss. Das Ganze klang einfach nur ziemlich dünn.

Und es gab ein weiteres Hindernis: das Spiel von Stollmann. Wie Alban befürchtet hatte, war er wieder einmal völlig unvorbereitet. Fiona dagegen ging der Bratschenpart leicht von der Hand, und sie verzog angesichts Stollmanns katastrophal schiefem Spiel keine Miene. Alban erkannte aus den Augenwinkeln, dass der zweite Geiger seine Einsätze mit großem Körpereinsatz verband. Er holte mächtig aus, bevor er sich zur Vorstellung einer längeren Passage aufschwang, und sein Gehabe stand zu dem, was er klanglich von sich gab, in geradezu lächerlichem Kontrast.

Je länger sich das Quartett hinzog, desto klarer sah Alban den heimlich gehegten Plan, ein öffentliches Konzert zu geben, wieder einmal schwinden. Und je länger Kessler auf sich warten ließ, desto mehr verschlechterte sich seine Laune. Diesmal stellte sie der Kommissar wirklich auf eine harte Probe. Denn er kam nach fünfzehn Minuten nicht und nach dreißig auch nicht.

So spielte das unvollständige Ensemble das ganze Beethoven-Quartett ohne die vierte Stimme durch.

»Goethe hat das Streichquartett einmal mit einem Gespräch von vier Menschen verglichen«, sagte Alban, als sie endlich den Schlussakkord hinter sich gebracht hatten. »Aber wenn einer der vier fehlt, dann wirkt es wie ...«

»... wie eine Liebesszene, in der einer der beiden Schauspieler fehlt«, vollendete Fiona den Satz und schenkte Alban ein unergründliches Lächeln.

Alban nickte. »Ich denke, es war schon mal eine gute Übung für uns.«

»Herr Kessler wird begeistert sein, wie großartig wir gleich seine Solostellen begleiten werden«, verkündete Stollmann selbstzufrieden und langte nach dem Weinglas.

»Na ja, an so einigem muss man ja noch arbeiten«, wandte Alban vorsichtig ein. »Vor allem im Finale. Also von vorne.« Er blätterte die Noten zurück.

»Wollen wir nicht vielleicht eine kleine Pause machen?«, fragte Fiona. »Herr Kessler wird doch sicher gleich kommen.«

Alban nickte. »Also gut.«

»Tun wir uns an Simones Leckereien gütlich«, schlug Stollmann vor. Er deponierte seine Violine sorgfältig im offenen Kasten, nahm das Glas und verließ den Raum. Alban war ebenfalls aufgestanden und wollte Fiona den Vortritt lassen.

»Warten Sie bitte einen Moment«, sagte sie. »Ich möchte Ihnen noch etwas zeigen.« Sie klappte ihren Bratschenkoffer auf und entnahm der Seitentasche, die eigentlich für Noten gedacht war, ein gelbes Blatt Papier.

»Ich hatte Ihnen doch erzählt, dass meine Schwester Gesang studiert.« Sie hielt Alban das Blatt hin. »Sie hat in drei Wochen ein kleines Konzert an der Kölner Musikhochschule. Vielleicht haben Sie ja Lust zu kommen.«

Alban studierte die Konzertnotiz. »Frederike Bertram, Sopran«, las er. Auf dem Programm standen Arien von Mozart, begleitet vom Hochschulorchester.

»Ein richtiges Orchesterkonzert«, setzte Fiona nach. »Wenn Sie kämen, könnten wir vorher bei mir ein bisschen den Mozart üben. Die Duette für Geige und Bratsche. Was halten Sie davon?« Sie sah ihn erwartungsvoll an.

Alban nickte, aber es sollte keine Zustimmung sein. Eher ein Zeichen von Nachdenklichkeit. Er wusste, dass Fiona in der Nähe der Kölner Musikhochschule in einer Altbauwohnung lebte. Den Vorschlag, gemeinsam zu musizieren, hatte sie schon häufig gemacht – schüchtern, aber stetig.

»Vielen Dank«, sagte er. »Wenn es meine Zeit erlaubt …«

»Ich weiß, Sie sind sehr beschäftigt. Aber es würde mich sehr freuen.«

»An der Musikhochschule finden Sie doch sicher viel bessere Duettpartner.« Alban legte das Blatt auf einen Beistelltisch, direkt neben das Foto von Lea. Es war keine Absicht gewesen, doch er bemerkte, dass Fionas Blick einen Moment auf dem Bild hängen blieb, bevor sie sich wieder an Alban wandte.

»Sicher. Aber mit Ihnen ist das Musizieren viel unkomplizierter.«

»Tatsächlich? Warum das denn?«

»Ach, ich weiß nicht … Vielleicht weil kein Leistungsdruck dahinter steht.«

»Wie meinen Sie das?«

»Die Studenten sind sehr verbissen, und vor lauter Perfektion bleibt die eigentliche Musik oft auf der Strecke. Das gefällt mir ja auch so an diesem Musizierabend hier.«

Das konnte Alban sich gut vorstellen. Zu seiner Zeit war es an den Hochschulen noch ruhiger zugegangen. Das fing schon bei der Aufnahmeprüfung an. Sie hatte den Sinn gehabt, Talent zu beweisen. Nicht mehr und nicht weniger. Perfektion war viel, viel später gekommen. Heute musste man bereits ein echter Meister sein, um überhaupt zugelassen zu werden.

»Lassen Sie uns hinuntergehen und sehen, was Simone gezaubert hat«, sagte Alban.

Von unten scholl laut Stollmanns Gelächter. Er und Simone pflegten kumpelhafte Sympathie füreinander, wobei Simone den alten Arzt immer wieder mit Erkenntnissen zum Thema Gartenpflege überraschte. Stollmann gab dafür allerlei gesundheitliche Ratschläge zum Besten. Wie es dabei immer wieder zu Ausbrüchen geballter Heiterkeit kommen konnte, hatte Alban noch nie verstanden.

»Na, amüsiert ihr euch gut?«, fragte er und bemerkte, dass es fast etwas grantig klang. Wo blieb Kessler nur?

»Simone hat mir gerade erklärt, dass man gegen Wühlmäuse am besten Kaiserkronen pflanzt«, sagte Stollmann kauend.

Und das ist so lustig?, dachte Alban.

Damit sie nicht alle in der Küche stehen mussten, war das Essen als Minibüfett im Speisezimmer angerichtet, das im Erdgeschoss lag und gleich an die große Küche angrenzte. Es waren die einzigen Räume, die Alban und Simone gemeinsam nutzten. Stollmann und Simone hatte schon bei der Blätterteigpastete zugegriffen. Darüber hinaus gab es noch eine weitere Simone-Spezialität: mit Speck umwickelte Backpflaumen, mit einem Zahnstocher durchspießt. Als Nachtisch stand eine Schüssel Obstsalat bereit.

»Das sieht ja herrlich aus«, sagte Fiona, blickte aber Alban an, als habe sie ihm das alles zu verdanken, und nahm sich einen der bereitstehenden Teller.

»Was ist denn jetzt mit eurem Vierten im Bunde?«, fragte Simone.

»Er hat noch beruflich zu tun«, erklärte Stollmann und nahm einen Schluck aus seinem Glas, das mittlerweile neu gefüllt worden war. Wie auf Kommando ertönte die Türklingel. Alban öffnete, und dann schob sich Kessler mitsamt seinem großen Cellokasten durch die Tür.

»Guten Abend allerseits. Es tut mir unendlich leid …«

»Ist jemand ermordet worden?«, fragte Stollmann heiter.

Der Kommissar zog seinen Mantel aus. Alban nahm ihn entgegen und brachte ihn zur Garderobe. »So ist es. Heute Nachmittag haben Bauarbeiter in Poppelsdorf einen Toten gefunden.«

»Mord?«, fragte Stollmann.

»So sieht es aus.« Kessler blieb ernst.

»Wie spannend«, setzte Stollmann nach.

»Sagen wir lieber, es ist mühsam. Obwohl – eine interessante Komponente hat der Fall schon. Das mutmaßliche Mordwerkzeug lag direkt neben dem Toten. Er wurde mit einer Beethovenbüste erschlagen.«

Alle lachten, und Alban war der Ansicht, das sei ein guter Moment, um sein Ensemble zur Disziplin zu mahnen. Er wollte etwas sagen, doch Kessler kam ihm zuvor.

»Sie haben das für einen Scherz gehalten, was? Es ist aber keiner. Der Mann wurde wirklich mit dem Abbild Beethovens ermordet. Das passt doch wunderbar nach Bonn, oder?«

»Und zu unserem Quartettabend«, fand Alban, der wieder auf das Musizieren zurückkommen wollte.

»Weiß man denn schon, wer es war?«, wollte Stollmann wissen, als sie die Treppe hinaufgingen. »War der Tote vielleicht Musiker, der Beethoven schlecht gespielt hat? Und der vielleicht einem heimtückischen Racheakt eines Konzertbesuchers zum Opfer fiel?«

Alban sah Fiona grinsen. Kessler seufzte. »Sie können morgen alles in der Zeitung lesen. Wir haben um sechs sogar noch eine Pressekonferenz gegeben. Deswegen hat es so lange gedauert. Aber um Ihre Frage zu beantworten – weder noch.«

»Was heißt das denn?«, fragte Fiona.

»Wir wissen weder, wer ihn getötet hat, noch, wer er ist. Der Mann hatte keine Papiere dabei.« Kessler holte sein Cello aus dem Kasten und zupfte über die Saiten. »Übrigens, Nikolaus«, sagte er, »es kann sein, dass noch ein Anruf für mich kommt. Ich habe im Präsidium deine Nummer hinterlassen. Das ist doch in Ordnung, oder?«

»Wenn sie dich nicht gleich wieder von hier wegholen. Wir haben eben den Beethoven ohne dich versucht, und es war eine Katastrophe.«

»Es ist doch immer wieder schön zu hören, dass man unentbehrlich ist«, sagte Kessler. »Legen wir los.«

Alle vier stimmten erneut ihre Instrumente und begannen den ersten Satz. Kessler hatte seinen Part offensichtlich geübt und legte die Kantilene seines Themas sehr schön hin. Alban griff den Faden auf, und kaum hatte er die Wiederholung beendet, geriet er in den Zustand, den er am Musizieren so liebte und der für ihn auch nach der jahrelangen Beschäftigung mit Musik ein so großes Geheimnis war. Es schien, als würde das bewusste Denken, das Notenlesen, die Beachtung all der vielen kleinen gedruckten Zeichen, zurücktreten und Platz schaffen für etwas anderes, das nach und nach zum Leben erwachte.

Als sie beim Schlussakkord des ersten Satzes ankamen, bemerkte

Alban, dass sein Ärger über Kesslers Verspätung verflogen war. Er wollte gerade dazu ansetzen, etwas über das gelungene Musizieren zu sagen, da klingelte das Telefon.

»Und wieder eine Pause«, stellte Stollmann fest und beäugte sein leeres Glas. »Wo ist die Weinflasche?«

Alban ging an den Apparat. Eine männliche Stimme verlangte kurz angebunden Hauptkommissar Kessler.

»Für dich«, sagte Alban und hielt dem Kommissar den Hörer hin. Kessler lehnte sein Instrument an den Stuhl und nahm das Telefonat entgegen. Stollmann war schon hinausgegangen und strebte wahrscheinlich wieder dem Esszimmer oder der Küche zu. Fiona hatte ihre Bratsche ebenfalls auf ihrem Stuhl abgelegt und schlenderte vor Albans riesigen Regalen auf und ab. Neugierig ließ sie den Blick über die langen Reihen von Büchern, CDs, Tonbändern und Schallplatten streifen. Manchmal hielt sie den Kopf schief und studierte einen Titel.

»Einen Moment bitte«, sagte Kessler ins Telefon und wandte sich an Alban, der sitzen geblieben war und eine Passage in seinen Noten näher in Augenschein nahm. »Hast du bitte mal was zu schreiben?«

Alban stand auf und reichte Kessler eines der Blätter, auf denen er immer seine Bemerkungen für die Rezensionen aufschrieb, und einen Bleistift. Er schaltete die Lampe ein, und Kesslers Notizen gerieten in den Lichtkegel. Der Hauptkommissar schrieb zügig; der Bleistift kratzte.

Fiona hatte zwischen Albans Büchern das Faksimile von Mozarts Originalhandschrift der »Jupiter-Sinfonie« entdeckt.

»Darf ich mir das mal ansehen?«, fragte sie.

»Selbstverständlich.« Er zog das querformatige große Buch heraus und schlug es auf. Die Nachbildung der jahrhundertealten Partitur wurde sichtbar.

»Das sieht verblüffend echt aus«, stellte Fiona fest. »Als hätte Mozart wirklich genau hier hineingeschrieben.«

Alban nickte. Das war die Faszination, die von einem solchen Faksimile ausging. Alles war genau wiedergegeben: die Bräunung des Papiers, Unregelmäßigkeiten wie kleine Tintenflecken. Und darauf, ebenfalls in manchmal blassem, manchmal kräftigem Sepia, Mozarts Schrift. Akkurate, konzentriert und flüssig geschriebene

Noten, die Mozart – ein Wunder an schöpferischer Fruchtbarkeit – wahrscheinlich so schnell auf die Linien gesetzt hatte, als hätte er lediglich einen Brief geschrieben.

Fiona blätterte völlig gefangen in dem Faksimile, während sich Kessler mit seinem Kollegen unterhielt.

Er drehte sich zu Alban herum und wedelte mit dem Blatt, das vorne und hinten dicht beschrieben war. Er benötigte Nachschub.

Alban eilte heran, ging um den Schreibtisch herum, zog die Schublade auf und holte gleich zwei neue Blätter hervor.

»Ja, alles klar. Holt mir Müller her. Ich warte.« Kessler hielt den Hörer zu und bedankte sich bei Alban. »Es dauert nicht mehr lange«, sagte er gedämpft.

Alban machte eine beschwichtigende Handbewegung und schloss die Schublade wieder.

»Alles klar«, sagte Kessler. »Du hast die Personalien? Her damit, ich notiere. Wie heißt er? Wolfgang wie? Ach so ... Wolfgang Joch.« Er schob das Blatt in eine günstigere Position. Dabei stieß er an die Mappe mit der Partitur, die seit Albans Rückkehr von Jung noch auf der Schreibtischplatte lag.

Alban blieb stocksteif stehen, während Kessler weitere Informationen niederschrieb.

»Geboren 1945 in Köln ... Wohnhaft Bonn, Poppelsdorfer Allee ...«

Schließlich beendete er das Gespräch, nahm die Blätter, faltete sie und bemerkte Alban, der neben ihm stand. »Entschuldige die Umstände«, sagte er. »Aber sie haben die Papiere des Toten gefunden ... Was ist denn los?«

»Der Tote, der mit der Beethovenbüste erschlagen wurde, heißt Wolfgang Joch?«

Kessler nickte. »Warum? Kennst du ihn?«

Alban blickte auf die Mappe mit der Partitur. Daneben stand Fiona, die noch immer das Faksimile in der Hand hielt.

»Kaum«, sagte Alban.

»Was heißt das?«

Stollmann kam herein. Sein Gesichtsausdruck war fröhlich; das Weinglas war wieder gefüllt. »Ich sehe, der Dienst ist beendet«, verkündete er. »Lassen wir uns also nieder zum zweiten Satz.« Er stellte sein Weinglas auf den Boden und setzte sich. Dabei nickte er Fiona zu, die das Buch ins Regal zurückschob.

»Einen Moment noch«, rief Kessler und sah Alban eindringlich an. »Was ist nun, Nikolaus? Kennst du Joch, oder kennst du ihn nicht?«

Alban wich dem Blick aus. Wenn sie heute noch mit der Probe weiterkommen wollten ... »Können wir das nicht wenigstens eine Stunde verschieben?«

»Gerade in den ersten Stunden nach einem Verbrechen ist es extrem wichtig, allen greifbaren Spuren nachzugehen.« Kessler fixierte Alban weiter. »Also?«

Alban seufzte. »Joch ist ab und zu in Bonn ins Konzert gegangen. Er wurde mir bei einer solchen Gelegenheit einmal vorgestellt. Das ist Monate her.«

»Na, das ist doch schon mal was. Weißt du etwas über sein Privatleben? Freunde? Wer hat euch denn damals miteinander bekannt gemacht?«

»Ich weiß es nicht mehr. Jemand vom Orchester, glaube ich. Wahrscheinlich war Joch Abonnent. Man kennt sich da. Aber gestern ...« Alban stockte. Wenn er jetzt erzählte, dass Jochs Freund bei ihm war, konnten Fiona und Stollmann sofort nach Hause fahren.

»Sprich weiter. Was war gestern?«

Alban spürte, wie sich in seinem Inneren etwas verhärtete. Kessler war nicht mehr der Quartettkollege, sondern der Profi von der Kripo. Eiseskälte schien von ihm auszugehen.

»Entschuldige, Gerhard, soll das jetzt ein Verhör werden?«

»Bitte sieh es nicht so dramatisch. Sag mir einfach, was du zu sagen hast.«

»Wollen wir denn so unhöflich sein und Herrn Beethoven warten lassen?«, versuchte Stollmann die Situation zu entschärfen. Aber es gelang nicht. Kessler war unerbittlich.

»Erinnere dich«, forderte der Hauptkommissar. »Jede Angabe kann nützlich sein. Schon der Mann vom Orchester wäre ein wichtiger Hinweis. Sag mir, wie er heißt. Und was du über gestern erzählen wolltest. Dann können wir von mir aus weiterspielen. Nachdem ich die Kollegen benachrichtigt habe.«

Alban nahm seinen Platz ein. Kessler machte keine Anstalten, sich dazuzusetzen.

Alban dachte nach. Ob Zimmermann die Nachricht über Jochs Tod bereits erhalten hatte? Kaum – wenn es ihnen gerade erst gelungen war, den Toten zu identifizieren.

»Wenn es einen Hinweis gibt, muss ich ihm nachgehen«, setzte der Hauptkommissar nach. »Es tut mir leid, dass ich euren Quartettabend ruiniere.«

»Es ist auch Ihr Quartettabend, Herr Kessler«, sagte Stollmann, und alle Heiterkeit war aus seiner Stimme verschwunden.

Kessler presste die Lippen zusammen. Offensichtlich bemerkte er erst jetzt die Spannung, die er verbreitete.

»Das ist richtig. Entschuldigung! Also, es tut mir leid, dass ich *unseren* Quartettabend ruiniere. Aber da ist ein Mord geschehen, und wir haben keine Zeit. Nikolaus, ich sage es ungern, aber wenn du mir nicht so schnell wie möglich alle Angaben zu Joch machst, die du machen kannst, kannst du dir juristische Probleme einhandeln. Du wirst morgen sowieso ins Präsidium kommen müssen – so oder so. Glaub mir, ich bedaure die Umstände. Aber es geht nicht anders.«

Wenn Alban Kessler jetzt die Geschichte von Zimmermanns Besuch erzählte, würde der Hauptkommissar wieder am Telefon hängen, wenn er nicht direkt zu seinen Kollegen fuhr. Er würde Zimmermann ausfindig machen, mit ihm reden, sich berichten lassen, dass Joch so lange schon verschwunden gewesen war. Für Zimmermann würde es ein Schock sein, dass sein Lebensgefährte auf so grausame Art ums Leben gekommen war.

Keine Frage: Der Quartettabend war geplatzt – auch wenn Fiona und Stollmann das noch nicht wussten und gespannt auf ihren Plätzen saßen und darauf warteten, dass der zweite Satz begann.

»Also?«, fragte Kessler.

»Dr. Stollmann, Frau Bertram«, sagte Alban. »Es tut mir leid, aber ich muss mich jetzt eine Weile mit Gerhard unterhalten.«

»Proben wir denn nachher noch weiter?«, fragte Fiona.

Alban sah auf die Uhr. Es war kurz nach halb zehn.

»Es ist schon spät«, sagte er. »Und Gerhard …« Er machte eine Pause, bevor er das Unabwendbare in Worte fasste. »Er wird sicher nach unserer Unterhaltung keine Muße mehr zum Musizieren haben, fürchte ich.«

Kesslers Augen verengten sich. Der Blick erinnerte Alban an den eines Raubtiers, das sich seiner Beute sicher ist. Es war ein Gesichtsausdruck, den er an Kessler nicht kannte.

»Wie schade«, sagte Fiona. »Dabei hat es gerade heute solchen Spaß gemacht.«

Sie stand auf und verließ das Arbeitszimmer, nicht ohne Alban noch einen Blick zuzuwerfen, den Alban nicht genau deuten konnte. Er enthielt ein bisschen Mitleid, aber auch etwas Aufmunterung. Stollmann folgte ihr, nachdenklich dreinblickend. Er hatte die Tür schon hinter sich zugezogen, Alban wollte mit seinem Bericht beginnen, da kam er noch einmal zurück, um sein Glas zu holen.

Alban fragte sich plötzlich, warum Kessler eigentlich noch nie eine Bemerkung darüber hatte fallen lassen, dass Stollmann nach ihren Zusammenkünften regelmäßig mit mindestens einer drei Viertel Flasche Wein intus durch Godesberg fuhr.

»Ich bin froh, dass du dich durchgerungen hast, auf den Beethoven zu verzichten«, sagte Kessler. »Ich weiß, wie viel dir an unseren Musikabenden liegt.« Er holte Luft und fixierte Alban. »Aber jetzt erzähl mir bitte, was du weißt.«

♪

Hinter ihm öffnet jemand die Tür. Der Junge braucht sich nicht umzudrehen, um zu wissen, wer da gekommen ist.

Lange steht der Mann hinter ihm. Stumm.

Dann beginnt er zu sprechen.

Die Stimme klingt raunend, und dem Jungen ist klar, dass sie lügt.

Er will sich dieser Stimme entziehen. Aber wo soll er denn hin? Er muss warten, bis der Mann von selbst geht.

Die Stimme trieft vor Begehren.

Der Junge schüttelt den Kopf, ohne daran zu denken, dass der Mann ihn in der Dunkelheit nicht sehen kann.

Zeit vergeht. Beide schweigen. Der Junge steht starr. Kein Geräusch. Der Mann ist immer noch da.

Nun spricht er wieder.

Die Stimme hat eine andere Färbung angenommen. Der Junge hört etwas Lauerndes heraus. Etwas Gefährliches.

4

Als Alban am nächsten Morgen die Treppe hinunterging, hörte er Simone in ihrem Bad duschen. In der Küche röchelte die Kaffeemaschine vor sich hin, und auf dem gedeckten Tisch stand ein Korb mit Brötchen.

Simone joggte jeden Morgen in der Rheinaue und brachte auf dem Rückweg von der Bäckerei Markmann in der Plittersdorfer Straße eine Tüte Brötchen mit.

Als er sich setzte, fiel sein Blick auf die Küchenuhr. Sie zeigte kurz nach acht. Alban hätte am liebsten sofort eine Tasse Kaffee hinuntergestürzt, aber die Kanne, die sich in der Maschine tropfenweise füllte, war gerade erst einen Finger hoch voll.

Er starrte vor sich hin, bis Simone hereinkam, einen Schwall von Duschgel-Duft hinter sich herziehend.

»Guten Morgen«, rief sie fröhlich, machte jedoch ein besorgtes Gesicht, als sie Albans Miene sah. »Was ist los?«

»Kopfschmerzen«, brummte er.

Es war nicht nur das. Er hatte schlecht geschlafen. Er hatte sich geärgert. Darüber, dass die Probe geplatzt war. Darüber, dass Kessler ihn so in die Mangel genommen hatte. Über sich selbst. Schließlich machte Kessler ja nur seinen Job als Kriminalbeamter. Und wenn der Freund des Ermordeten kurz zuvor zufällig bei Alban gewesen war, musste Kessler das natürlich wissen.

Ihm klang Kesslers Stimme von gestern Abend im Ohr.

»Zufällig?«, hatte Kessler gefragt. »Was Zufall ist, werden wir herausfinden.«

»Du glaubst doch nicht etwa, dass Zimmermann etwas mit dem Mord zu tun hat?«, hatte Alban einzuwerfen versucht.

»Hat der Mann gesagt, wo er wohnt?«

»Nein, wieso?«

»Hast du ein Telefonbuch von Bonn?«

Alban hatte ihm schweigend das Buch gereicht, und Kessler hatte nach kurzem Suchen etwas gefunden und einen Pfiff ausgestoßen.

»Arne Zimmermann, richtig? Es gibt nur einen einzigen in Bonn. Und er wohnt in der Lotharstraße. Auch ein Zufall?«

»Ich habe keine Ahnung, wovon du sprichst.«

»Der Tote wurde in der Lotharstraße gefunden.«

Kessler schrieb die Adresse auf und reichte Alban das Buch.

Alban hatte den Kopf geschüttelt. Er hatte daran gedacht, wie der junge Mann hier vor ihm gestanden hatte. »Ich kann mir nicht vorstellen, dass Zimmermann etwas mit der Sache zu tun hat. So unsicher und schüchtern, wie er wirkte.«

»Lass das unsere Sorge sein. Gibt es noch mehr, was du mir sagen kannst? Zum Beispiel, was er von dir wollte, wo du doch Joch kaum gekannt hast?«

»Das wusste er doch nicht.« Dann berichtete Alban die Sache mit der Partitur.

»Wo sind diese Noten?«

Alban griff nach der Mappe, zeigte Kessler das Heft und erklärte ihm, dass er versucht hatte, mehr über die Partitur herauszufinden. Er schilderte das Treffen mit Gräber und den Besuch bei Jung. Als er fertig war, erlebte er Kessler zum ersten Mal, seit das Gespräch begonnen hatte, unschlüssig.

»Hm – diese Noten scheinen wohl kaum etwas mit dem Mord zu tun zu haben«, sagte er.

»Ach? Aber dass Zimmermann etwas damit zu tun hat, weißt du ganz sicher?« Alban konnte sich die spitze Bemerkung nicht verkneifen. Auch wenn sie reichlich unlogisch war.

»Welche Rolle dieses Manuskript auch immer in dieser Geschichte spielt, ich werde es mitnehmen müssen.«

»Tatsächlich?« Alban hatte sich zwar mit dem Gedanken abgefunden, keinen neuen Händel entdeckt zu haben, aber er hatte sich doch innerlich darauf gefreut, sich noch eine Weile mit der Partitur zu beschäftigen. Die schön geschriebenen Noten reizten ihn, und er brannte darauf zu hören, wie das Stück wirklich klang. Jungs klägliche Computersimulation hatte er mittlerweile erfolgreich aus dem Gedächtnis verdrängt.

»Wenn stimmt, was Zimmermann behauptet hat, gehörte das Manuskript dem Opfer«, stellte Kessler klar. »Wir müssen es daher in jedem Fall beschlagnahmen.«

Als Simone ihm ein Glas Wasser mit einer dicken sprudelnden Tablette darin hinstellte, schrak Alban aus seinen Gedanken auf.

»Danke«, sagte er.

Sie holte den Kaffee, der mittlerweile ganz durchgelaufen war, und brachte ihn an den Tisch. »Und jetzt erzähl mir mal genau, was da gestern passiert ist. Die Gesellschaft hat sich so schnell aufgelöst, und du bist danach so flugs in deiner Kemenate verschwunden, dass ich kaum etwas mitbekommen habe. Alles, was ich weiß, ist, dass jemand umgekommen ist, den du offenbar kanntest.«

Alban schüttelte den Kopf und starrte auf das Wasserglas, in dem sich die Tablette langsam auflöste. Dann fiel sein Blick auf die Brötchen. In seinem Kopf wummerte es. Er hatte keinen Hunger, aber es war vernünftiger, etwas zu essen, bevor er sich das Kopfschmerzmittel einverleibte.

»Der Lebensgefährte von dem Mann, der neulich abends hier war, wurde ermordet.«

Simone stand auf und ging nach draußen. Als sie zurückkam, hielt sie die aktuelle Ausgabe des Generalanzeigers in den Händen. Sie blätterte kurz und hielt Alban einen Artikel hin. »Geht es um das hier?«

Alban legte die angebissene Brötchenhälfte auf den Teller und las: »MIT BEETHOVEN ERSCHLAGEN – LEICHE AUF DER BAUSTELLE«.

Der Artikel fasste zusammen, was Kessler am Tag zuvor mitgeteilt hatte. Dass man den Toten mittlerweile identifiziert hatte, war noch nicht zu lesen. Es stand nur da, die Leiche habe bereits mehrere Tage an der Fundstelle gelegen. Alban überlegte. Joch war bei Zimmermanns Besuch also schon tot gewesen.

»Woher wusstest du, dass das in der heutigen Zeitung steht?«, fragte er.

»Beim Bäcker musste ich zwei Minuten warten. Und da redeten die Leute über nichts anderes. Jetzt erzähl schon. Wieso ist wegen dieser Sache da euer Quartettabend geplatzt? Und was hat der Mann mit dir zu tun?«

Alban nahm einen Schluck Kaffee und berichtete über Kesslers Verhör. Als er fertig war, griff er zu dem Wasserglas und stürzte es mit einem Zug hinunter. Dann stand er auf. »Ich muss jetzt los.«

»Gibt's irgendwas Besonderes?« Normalerweise ging Alban morgens nie aus dem Haus. Sein Vormittagspensum bestand darin, Fachpresse zu studieren und seine Rezensionen zu redigieren.

»Die Bürokratie. Gerhard muss meine Aussage noch offiziell aufnehmen. Ich soll ins Polizeipräsidium kommen.«

Alban liebte Godesberg und Bonn. Aber die Gegend dazwischen, wo die B9 auf die Autobahnbrücke der A562 abzweigte, erfüllte ihn mit Abscheu. Genau an dieser Stelle befand sich ein gigantischer grauer Kasten, der auf Alban immer den Eindruck eines monströsen futuristischen Bunkers machte: das Polizeipräsidium. Kesslers Arbeitsplatz.

Bis zu diesem Tag war Alban noch nie im Inneren des grauen Kastens gewesen, und er hoffte, dass sich das auch nicht wiederholen würde. Die Chancen dafür standen nicht schlecht. Immerhin wusste man seit längerer Zeit, dass die Polizei demnächst auf die andere Rheinseite ziehen würde. Dann wäre man diesen Bunker los, aber ein Trost war das noch lange nicht. Erstens entstand drüben in Ramersdorf gerade ein neuer, wahrscheinlich noch viel scheußlicherer Kasten, und zweitens befand sich hier der in Albans Augen auch nicht gerade dekorative Sitz der Telekom, die bereits gegenüber, wo einst das Konrad-Adenauer-Haus gestanden hatte, mit einem neuen Bauprojekt zugange war.

Kessler studierte gerade eine Akte beschäftigt, als Alban sein Büro betrat. »Bitte setz dich«, sagte der Hauptkommissar. Er blätterte in einem Ordner; dann zog er einen beschriebenen Bogen Papier hervor. Sein Gesicht besaß eine ungesunde, fast graue Farbe. Immer wieder fuhr er sich durch sein ungekämmtes braunes Haar. »Wir haben hier alles schon mal zu Protokoll gebracht, was du mir gestern erzählt hast.«

Alban bemerkte, dass sich Kesslers Stimme rau anhörte. Schlafmangel leistet Infektionen Vorschub, dachte er.

»Lies es dir bitte durch. Wenn alles in Ordnung ist, unterschreibst du bitte hier unten.« Er deutete auf eine Linie am Ende des Schriftstücks, wo er ein Kreuz gemacht hatte.

Alban studierte den Schriftsatz. Er fand seine Darlegungen in präzisem Bürokratendeutsch wiedergegeben und konnte keine sachlichen Abweichungen feststellen.

Er hob den Blick. Dabei fiel ihm die Aussicht auf das trostlose Brachland gegenüber auf. Die Autobahn, die gleich daneben in einer schnurgeraden Piste über den Rhein führte, schien das schöne Tal zu vergewaltigen.

Kessler, der sich wieder einer Akte zugewandt hatte, tat ihm leid. Im Grunde litt er wahrscheinlich mehr darunter, dass der Quartettabend ausgefallen war, als er, Alban, der sich tagtäglich in seiner Villa mit Musik beschäftigen durfte und seine Zeit nicht in einem so trostlosen Büro zubringen musste.

Alban holte seinen Stift hervor und unterschrieb. Kessler schreckte hoch. »Vielen Dank, Nikolaus. Und glaub mir, es tut mir wirklich leid wegen gestern.«

Alban schüttelte den Kopf. »Das macht doch nichts. – Du hast wenig geschlafen heute Nacht, oder?«

»Gar nicht.«

»Ihr habt Herrn Zimmermann doch sicher Bescheid gesagt, dass sein Freund tot ist?«, fragte Alban. »Wie hat er denn reagiert? Es muss furchtbar für ihn gewesen sein.«

»Wir haben es ihm mitgeteilt.« Kesslers Blick wurde hart. »Und wir haben ihn festgenommen.«

»Was?«

»Wir sind sicher, dass Zimmermann Joch ermordet hat.«

»Das ist nicht dein Ernst!«

»Du hast uns auf die richtige Spur gebracht, Nikolaus. Vielen Dank.«

»Aber er war doch bei mir und ...«

»Das weiß ich. Du hast es ja ausgesagt.«

»Er hat sich nach seinem Freund erkundigt. Er hat ihn gesucht!«

»Er hat dir was vorgemacht. Zu diesem Zeitpunkt hatte er ihn bereits umgebracht. Erschlagen.«

»Aber warum ist er denn dann überhaupt zu mir gekommen?«

Kessler hob die Schultern und streckte die Arme von sich. Offensichtlich war er nicht nur übermüdet, sondern auch verspannt. »Damit wollte er den Unschuldigen spielen, denke ich.«

»Ihm hätte aber doch klar sein müssen, dass ihm das nichts nützt!«

»Mörder reagieren nicht logisch und zielgerichtet. Manche verraten sich sehr schnell. Sie sind geradezu darauf aus, Indizien zu hinterlassen, die zu ihrer Festnahme führen. Im Grunde war es für Zimmermann eine Erlösung, als wir ihn verhaftet haben. Glaub mir, ich habe so was nicht zum ersten Mal erlebt.« Kessler stöhnte leise und ließ sich in seinen Sessel zurückfallen. In seinem Blick war etwas Melancholisches, als er aus dem Fenster blickte. »Ich will dich nicht länger aufhalten, Nikolaus. Du hast sicher noch ein paar CDs, die du hören musst.«

Es klang bitter, und Alban wusste, warum. Kessler beneidete ihn. Der Mann hatte drei Kinder, wohnte in einem Reihenhäuschen in Hardtberg, für das er im Monat neunhundertfünfzig Euro Darlehensrückzahlung an die Bank zu leisten hatte, und konnte sich gerade so ein Auto leisten, das jedoch seine Frau fuhr. Sie arbeitete stundenweise in einem Sonnenstudio, damit sie überhaupt über die Runden kamen. Kessler hatte Alban vor einigen Monaten nach einem Quartettabend sein Herz ausgeschüttet. Dabei hatte Alban auch erfahren, dass Kessler nur Polizist geworden war, weil sein Vater, ein einfacher Arbeiter aus Siegburg, es so gewollt hatte. Kessler hätte viel lieber Musik studiert.

»Ich kann nicht glauben, dass Zimmermann einen Mord begangen hat, Gerhard«, sagte Alban entschieden. »Was habt ihr denn überhaupt gegen ihn in der Hand?«

Kessler warf Alban einen abschätzigen Blick zu. »Wir haben unsere Informationen, glaub mir.«

»Informationen? Welche denn?«

»Das ist Polizeisache.« Er schwieg einen Moment und blickte auf die Tischplatte. Alban konnte fast körperlich spüren, wie er sich zusammenriss, um wach zu bleiben.

Plötzlich ging die Tür auf. Ein Polizist in Uniform kam herein, legte Kessler wortlos etwas auf den Tisch und verließ das Büro sofort wieder.

Der Hauptkommissar zog die Papiere zu sich und überflog sie kurz. »Das hab ich mir gedacht«, murmelte er. Er rieb sich über das Gesicht.

»Wann kannst du nach Hause?«, fragte Alban.

»Jetzt. Ich habe nur noch auf dich und deine Unterschrift gewartet.«

»Ich hätte das Protokoll doch auch bei einem Kollegen unterschreiben können.«

»Wenn du mit irgendeinem Passus darin nicht einverstanden gewesen wärst, wäre ich gern dein Ansprechpartner gewesen.«

»Vielen Dank. Das weiß ich wirklich zu schätzen, Gerhard. Aber tu mir bitte den Gefallen und sag mir, warum ihr Zimmermann verhaftet habt. Und was mit der Partitur passiert.«

»Die Partitur kannst du haben. Zimmermann hat sie dir geliehen, und dabei bleibt es jetzt erst mal. Es kann natürlich sein, dass Forderungen von Angehörigen des Besitzers kommen ...« Er blätterte wieder durch einen Stapel Papier. Zwischen Aktennotizen tauchte das Notenheft auf. Kessler zog es heraus und reichte es Alban. Dann stand er auf, ging zur Tür und nahm seinen Mantel vom Haken.

Alban blieb sitzen. »Was ist jetzt mit Zimmermann?«

Kessler seufzte. »Gibst du denn gar nicht auf?«

»Nein«, sagte Alban trotzig. »Und ich habe noch viel Energie.«

»Du kannst gern bleiben, wenn es dir hier gefällt. Ich fahre jetzt jedenfalls.«

Alban stand auf. »Wie kommst du nach Hause?«

»Mit der Bahn. Sie fährt vor dem Präsidium ab.«

»Ich weiß was Besseres«, sagte Alban.

Minuten später bog Alban auf die Konrad-Adenauer-Allee in Richtung Norden ein. »Also – raus mit der Sprache«, sagte er und blickte Kessler, der neben ihm auf dem Beifahrersitz saß, auffordernd an.

Der Hauptkommissar schwieg.

Alban ließ nicht locker. »Es ist klar, dass du mir im Präsidium nichts sagen durftest. Aber jetzt sind wir unter uns, Gerhard. Sag mir endlich, warum Zimmermann den Mord begangen haben soll.«

Kessler hielt seine Tasche stocksteif auf dem Schoß fest. »Warum willst du das denn so genau wissen?«

»Erstens, um meine Menschenkenntnis zu verbessern. Mir kam dieser junge Mann alles andere als gewalttätig vor, und er tat mir leid. Ich bin hundertprozentig sicher, dass er Angst um seinen Freund hatte. Zweitens interessiert mich immer noch, wo diese Partitur herkommt. Und in diesem Zusammenhang hätte ich gern noch mal mit Zimmermann über das Manuskript gesprochen. Vielleicht ist ihm ja dazu noch was eingefallen.«

Alban hatte die Abzweigung zur Reuterstraße erreicht und hielt an der Ampel. »Komm schon«, sagte er. »Ihr habt ihn doch nicht nur festgenommen, weil er mit Herrn Joch befreundet war und weil er in derselben Straße wohnt, in der die Leiche gefunden wurde.«

Die Ampel wurde grün, und der Wagen erklomm die Reuterbrücke.

»Nein, haben wir nicht. Zimmermann, der dir bei seinem Besuch leid getan hat, ist ein vorbestrafter Ex-Stricher, der schon mal wegen Körperverletzung im Gefängnis saß.« Kessler machte eine Pause, um seine Worte wirken zu lassen. »Außerdem sind auf der Beethovenbüste seine Fingerabdrücke. Das ist aber immer noch nicht alles. Gerade, als du da warst, habe ich eine weitere interessante Nachricht auf den Tisch bekommen.«

»Nämlich?«

»In der Nacht, in der Joch getötet wurde, hat es einen Anruf von Jochs Handy zu Zimmermanns Festnetzanschluss gegeben. Das Gespräch wurde von der Gegenseite entgegengenommen. Sie hatten also Kontakt.«

Alban dachte an sein Gespräch mit Zimmermann zurück. Von einem letzten Telefonat war nicht die Rede gewesen. Aber Alban hatte den jungen Mann auch nicht so genau gefragt. Und dass er ein Stricher gewesen war ... ein *gewalttätiger* Stricher ...

»Und das reicht für eine Verhaftung aus?«, fragte er.

»Es geht schließlich um ein Kapitalverbrechen. Übrigens kannst du getrost davon ausgehen, dass es bald noch weitere Indizien geben wird.«

»Was meinst du damit?«

»Die Lotharstraße ist kein Niemandsland und auch keine Wildnis. Jemand könnte beobachtet haben, wie Zimmermann Jochs Leiche auf der Baustelle versteckte.«

»Oder die Beethovenbüste.«

»Oder die.«

Sie quetschten sich weiter durch die schmale Straße, erreichten die Auffahrt zum »Endenicher Ei« und standen im Stau. Alban stoppte. »Warum hat es eigentlich so lange gedauert, bis man Jochs Leiche gefunden hat?«, fragte Alban.

»Die Arbeiter waren ein paar Tage nicht da. Es hat einen kurzen

Baustopp gegeben. Der Platz war verwaist. Es lagen ein paar Plastikplanen herum, und darunter war der Tote versteckt.«

»Aber warum?«

»Damit wir dem Täter nicht so schnell auf die Schliche kommen, natürlich. Im ersten Affekt machen Mörder so was. Sie verstecken die Leiche.«

»Ich meine, warum hat es Zimmermann deiner Meinung nach überhaupt getan?«

»Das wird er uns spätestens heute Nachmittag im nächsten Verhör erzählen. Das heißt, dem zuständigen Kollegen. Ich habe ja frei.«

»Aber du musst doch einen Verdacht haben.«

»Ich schätze mal, aus Habgier. Joch war anscheinend ziemlich vermögend. Er dürfte Zimmermann ausgehalten haben.«

»Man bringt doch nicht die Kuh um, die man melken will.«

»So denkst du dir das«, sagte Kessler, und seine Stimme wurde schwer von Müdigkeit. »Aber so ein Typ wie Zimmermann will immer mehr und mehr. Vielleicht hatte Joch vor, sich von ihm zu trennen, und es wäre aus gewesen mit dem Geldsegen. Das wird er uns schon noch sagen. Im Moment leugnet er alles noch.«

Alban konnte auf die Autobahn abbiegen. Er blieb auf dem rechten Fahrstreifen, denn er wollte in Hardtberg wieder abfahren.

»Und wenn er doch unschuldig ist?«, fragte Alban. »Nur mal angenommen, es war alles ein Zufall ...«

»Kaum. Wir sind in Jochs Wohnung gewesen. Ich habe selten eine Wohnung gesehen, die so unbewohnt wirkte. Als hätte Joch sich dort praktisch nie aufgehalten.«

»Ja und? Was besagt das denn?«

»Wir glauben, dass Zimmermann Sachen aus Jochs Wohnung geholt hat, um sie zu verscherbeln. Er wird finanzielle Probleme haben. Auch das kriegen wir heraus. Und es wird jemanden geben, dem er die Sachen verhökert hat.«

»Was für Sachen können das denn gewesen sein?«

»Unterhaltungselektronik. Einrichtungsgegenstände. Antiquitäten. Was sich in einer Nobelwohnung in der Poppelsdorfer Allee eben so findet.«

»Eine Beethovenbüste ...«

»Auch die. Obwohl es sich dabei nicht gerade um etwas Wertvolles gehandelt hat. Das Ding war eins von denen, die man im Andenkenladen kriegt. Zimmermann hatte sogar eine Erklärung dafür, wie seine Fingerabdrücke draufgekommen sind.«

»Und welche?«

»Er hat behauptet, er hätte Joch den Kopf zum Geburtstag geschenkt.«

»Das ist doch eine schlüssige Erklärung.«

»Oder eine Schutzbehauptung.«

Alban dachte nach. »Hatte Joch eigentlich Verwandte?«

»Einen Bruder, der in Koblenz lebt.«

Die Abfahrt Hardtberg war ausgeschildert. Kessler war tiefer in den Sitz gesunken und hatte die Augen geschlossen. Als sie in die Leuschnerstraße einbogen, war Alban sicher, dass der Hauptkommissar fest eingeschlafen war.

Auf der linken Seite reihten sich die Häuschen aneinander. Sie wirkten wie vom Fließband. Alban stieß Kessler leicht in die Seite.

»Was ist?«

»Wir sind da. Wo genau ist euer Haus?«

Kessler dirigierte Alban ein Stück weiter. »Danke fürs Fahren, Nikolaus. Ich hoffe, ich habe dich mit den Fakten überzeugen können. Du kannst davon ausgehen, dass es Zimmermann war. Hundertprozentig.« Er löste den Gurt.

»Glaubst du, ich könnte ihn in der U-Haft besuchen?«, fragte Alban. »Mich würden noch einige Dinge zu dieser Sache interessieren.« Er wies auf die Partitur, die auf dem Rücksitz lag.

Kessler schüttelte den Kopf. »Vergiss es.«

»Kannst du da nicht dran drehen?«

»Ausgeschlossen. Dein Name steht in der Akte, und wessen Name in der Akte steht, kriegt kein Besuchsrecht. Das ist nun mal so. Und noch was. Was ich dir hier gesagt habe, bleibt unter uns, klar?«

»Natürlich.«

Kessler stieg aus. Mit der Aktentasche in der Hand näherte er sich einem der Häuschen, suchte nach seinem Schlüssel, öffnete die Tür und verschwand in seinem Haus.

Die Garageneinfahrt neben Albans Villa war leer. Simone hatte sicher das Wetter genutzt, um einige ihrer Kunden zu besuchen. Klar und kalt: Das war die beste Wetterlage, um herbstliche Gärten in Ordnung zu bringen.

Er betrat das Haus, und ein leises »Tipp, tipp, tipp« kam die Stufen herunter. Es war Zerberus, der sich wieder mal irgendwo oben in Albans Gefilden aufgehalten hatte. Der Kater blieb auf den schwarzweißen Fliesen sitzen und sah ihn aufmerksam an.

»Na, du vermisst wohl das Musikhören?«, sagte Alban.

Zerberus folgte ihm wieder hinauf. Kaum hatte Alban die Tür zum Arbeitszimmer geöffnet, war er mit zwei Sätzen auf dem Sessel.

Alban war nicht nach neuen CDs zumute. Auf dem Weg nach Hause hatte er unentwegt darüber nachgedacht, was Kessler ihm erzählt hatte. Es ließ ihm keine Ruhe.

Sein Blick fiel auf eine CD, die immer auf der Stereoanlage lag. »Lea Rosemann, Klavier« stand auf dem Schwarzweiß-Cover, das eine sehr jung aussehende Frau zeigte.

Alban sah dieses Foto nicht in Grautönen, sondern für ihn war es farbig. Das lange Haar der Frau war kastanienbraun, das Kleid dunkelblau, und der Stein in dem Ring, den sie trug, war leuchtend rot. Alban hatte ihr den Ring selbst geschenkt. Er verwahrte ihn heute in einem kleinen Kästchen, in dem sich noch andere Hinterlassenschaften Leas befanden.

Er holte die Silberscheibe heraus, legte sie in den Player und drückte die Starttaste. Sekunden später durchstach ein einzelner Klavierton den Raum, warm und doch entschlossen angeschlagen, und sofort zersplitterte der Klang in eine Wolke aus tausend kleinen Mosaiksteinchen, die in Tausenden von Farben zu glitzern schienen.

Was war das? Das Flirren und Summen einer geheimnisvoll belebten Natur? Das Wogen eines Getreidefeldes, durch das der Wind strich?

Die rasenden Akkorde schienen zu tanzen wie die Planeten des Universums in einem gigantischen Zeitraffer, und dann erschien irgendwo in den Tiefen dieses Klangrauschs wie eine raunende Stimme eine Melodie – gesanglich, weich, geheimnisvoll. Wie ein uraltes Lied, dessen Text längst niemand mehr verstand, in einer archaischen Sprache, ein fernes Echo …

Alban ließ sich nicht auf dem Stuhl hinter dem Schreibtisch nieder, sondern nahm auf dem kleinen Sofa Platz, das an der hinteren

Wand stand. Von hier aus hatte er den Schreibtisch und Leas schwarz glänzenden Flügel im Blick.

Die Einspielung mit romantischer Klaviermusik war die einzige CD, die Lea vor Ausbruch der Leukämie hatte aufnehmen können. Sie hatte der Beginn einer großen Karriere sein sollen. Doch das Schicksal, Gott oder wer auch immer zog einen dicken Strich durch diesen hoffnungsvollen Plan. Genauso wie durch viele andere: Lea war schwanger gewesen, als sie starb. Kurz vor ihrem Tod, als alle wussten, dass das Ende unmittelbar bevorstand, war Alban fünfzig Jahre alt geworden.

Drei Jahre lang hatte er sich in dieser Villa, die er eigentlich für das gemeinsame Leben mit Lea gekauft hatte, zurückgezogen. Als er eines Tages gezwungen war, wegen plötzlich auftretender Kreislaufprobleme und allgemeiner Erschöpfung Dr. Stollmanns Praxis in der Hensstraße aufzusuchen, verschrieb ihm der Hausarzt nicht einfach nur Medikamente, sondern redete ihm ins Gewissen. Er sollte wieder etwas unternehmen, unter Leute gehen. Leben. Er, der selbst Witwer war, lud Alban ein, ihn hin und wieder zu besuchen, zum Musikhören oder zum Musizieren.

Später verlegten sie ihre Musikabende dann in Albans Haus, und gleich beim ersten Besuch sprachen sie darüber, dass man dort dieses oder jenes reparieren müsste. Damit hatte Stollmann den Finger in die Wunde gelegt: Als Alban das Haus gekauft hatte, wäre noch so viel zu erledigen gewesen, was durch Leas Krankheit verhindert worden war. Der Garten war ein einziger Wildwuchs, die Mauern rund um neu eingesetzte Fenster warteten immer noch auf den Putz. Drei Zimmer im Erdgeschoss waren untapeziert.

Stollmann bot Hilfe in Form einer kompetenten Handwerkerin an – eine Patientin von ihm, die gerade Arbeit suchte.

»Eine Frau?«, hatte Alban ungläubig gemurmelt und in sein Rotweinglas geblickt. Stollmann hatte sich erlaubt, daran zu erinnern, dass mittlerweile das 21. Jahrhundert angebrochen sei.

So kam Alban an Simone. Eine professionelle Gärtnerin mit Installateurslehre und viel praktischem Sinn für alles, was in einem Haus zu tun war. Sie war damals fünfundzwanzig Jahre alt, auf einem Bauernhof in der Eifel aufgewachsen und hatte gedacht, man könnte sein Leben am besten gestalten, wenn man bei Knauber in der Endenicher Straße arbeitete.

Bald zeigte sich, dass es ihr wesentlich besser gefiel, solche Aufträge anzunehmen, wie Alban sie zu vergeben hatte: in Eigenregie Häuser herrichten. Als Simone aus ihrer Wohnung in Endenich ausziehen musste, weil der Vermieter Eigenbedarf angemeldet hatte, war bei Alban das Erdgeschoss gerade fertig renoviert. Ein neues Bad war eingebaut, ein Schlafzimmer, das eigentlich für Gäste gedacht war. Simone fragte Alban, ob sie dort übernachten könnte, bis sie etwas anderes gefunden hätte. Alban sagte zu. Simone zahlte keine Miete, bekam Geld dafür, dass sie sich um das Haus kümmerte und Albans Hauswirtschaft übernahm. Und sie fand in Godesberg so viele Kunden, die ihre Gärten gepflegt haben wollten, dass sie davon gut leben konnte. Jetzt waren sie schon über ein Jahr eine Wohngemeinschaft.

Alban konzentrierte sich auf die Musik. Wie immer, wenn die CD erklang, sah er Lea vor seinem geistigen Auge, wie sie die Finger weich über die Tasten gleiten ließ. Doch manchmal kam es ihm vor, als löse sich das Bild auf und verschmelze mit den immer deutlicher werdenden Konturen einer Landschaft. Das Wogen der Schumann-Fantasie war für Alban das Musik gewordene Abbild des Rheintales.

Er schrak auf, als es laut an der Tür klopfte.

Alban blieb nachsichtig angesichts der Störung, denn erstens war jetzt gerade nicht seine Schreibzeit, und zweitens konnte Simone nicht wissen, dass er Leas Musik hörte. Sie wusste zwar von der Aufnahme, aber sie war nicht in der Lage, sie zu erkennen. Simone konnte die Werke der klassischen Musik kaum auseinanderhalten.

»Herein«, rief er.

Simone betrat wie meistens nicht gleich den Raum, sondern steckte zunächst nur den Kopf herein.

»Entschuldige, aber ich muss dir was erzählen.« Sie machte ein erschrockenes Gesicht. »Oh, du sitzt ja dort drüben. Soll das heißen …«

Alban winkte ab und stand auf. »Die CD war ohnehin gerade zu Ende.«

Simone kam ins Zimmer. »Ich war heute Morgen unterwegs. Auf dem Rückweg von den Gärten in der Offenbachstraße habe ich im Auto Radio gehört. Es gibt Neuigkeiten in diesem Mordfall.«

Alban drückte den Auswurfknopf und verstaute die CD. »Neuigkeiten?«

»Sie haben jemanden festgenommen. Und ich wusste doch, dass du heute Morgen im Polizeipräsidium warst. Ich dachte schon, du hättest was damit zu tun.«

Alban lächelte. »Solange du nicht glaubst, sie hätten mich verhaftet, ist ja alles in Ordnung.«

»Nein, das habe ich nicht gedacht, aber …«

»Sie haben Herrn Zimmermann verhaftet. Den jungen Mann, der vorgestern Abend hier war. Gerhard ist davon überzeugt, dass er seinen Freund umgebracht hat. Zimmermann hat eine kriminelle Vorgeschichte. – Wenigstens hat er mir die Partitur zurückgegeben.«

»Welche Partitur?«

Alban sah Simone überrascht an. Natürlich, dachte er, davon weiß sie gar nichts. Er berichtete, was Zimmermann mitgebracht hatte, und ließ auch das Gespräch mit Gräber und den Besuch bei Jung nicht aus.

Simone trat an den Schreibtisch, wo die Noten lagen.

»Schau sie dir nur an, wenn du willst«, sagte Alban.

»Darfst du sie denn behalten?«

»Wohl eine Weile. Genau genommen stammt sie aus Herrn Jochs Besitz. Zimmermann hat gesagt, Joch habe ihm die Noten nur zur Aufbewahrung gegeben.«

»Ohne zu wissen, wo sie herkommen?« Simone strich über das Papier.

»Er hat angeblich selbst nicht gewusst, um was es sich handelte. Joch hatte ihm einfach einen Umschlag gegeben. Als er dann verschwand, hat Zimmermann ihn geöffnet.«

»Er hat aber nicht so was gesagt wie ›Wenn ich mal für ein paar Tage verschwunden sein sollte, dann öffne diesen Umschlag, und du wirst darin einen Hinweis finden, was aus mir geworden ist‹?«

»So dramatisch war es wohl nicht. Aber als Joch plötzlich verschwand, machte sich Zimmermann Sorgen und suchte nach Anhaltspunkten. Deswegen hat er den Umschlag aufgemacht. Es war aber kein Hinweis drin. Die Polizei glaubt, dass Zimmermann das alles nur vorgetäuscht hat, um den besorgten Lebensgefährten zu spielen.«

Simone zog die Stirn kraus. »Sehr plump, würde ich sagen. Wieso hat er nicht stattdessen die Beine unter die Arme genommen und ist abgehauen? Ins Ausland oder so was? Jemand, der einen Mord begangen hat, läuft doch nicht seelenruhig in der Gegend herum und tut so, als würde er den Ermordeten suchen!«

»Ziemlich kaltblütig. Das finde ich ja auch.«

»Hat Zimmermann denn irgendwas zugegeben?«

»Nein. Aber die Polizei rechnet wohl mit einem Geständnis.« Alban senkte den Blick. Ein plötzlicher Schmerz durchzuckte seine Schädeldecke.

»Was ist mit dir?«, fragte Simone. »Du siehst auf einmal so blass aus.«

»Ach, nur die Kopfschmerzen. Sie sind wieder da.«

»Ruh dich ein bisschen aus. Konzentrier dich auf deine Musik. Die Sache mit Zimmermann hat dich aus dem Gleichgewicht gebracht, was?«

»Kann sein. Der Tipp mit der Musik ist gut. Fangen wir doch gleich mal hiermit an.« Er tippte auf das Manuskript. »Es ist ein seltsames, irgendwie faszinierendes Stück.«

»Warum? Nur weil kein Komponistenname draufsteht?«

»Nein. Die Komposition selbst ist merkwürdig.«

Alban erklärte Simone in knappen Worten, was ihn an dem Manuskript stutzig machte. Der Text, der aus einer Händel-Oper stammte, der eigenartige Stil, der weder modern noch klassisch war.

»Und dann sind da noch Dinge, die ich nicht erklären kann. Die Aura dieser Musik. Bestimmte Gefühlsbereiche. Schwer in Worte zu fassen.« Alban schlug das Heft auf und zeigte auf den Anfang. »Diese eigenartigen Akkordverschiebungen. Sie schaffen eine sehr, sehr dichte Atmosphäre. Ich habe selten erlebt, dass ein Komponist die Aussage eines Textes mit so einfachen Mitteln darstellt, noch bevor dieser Text überhaupt gesungen wird. Es ist ein bisschen wie in den romantischen Klavierliedern von Schumann. Das, was der Text sagen will, steht schon in diesen paar Akkorden.«

»Was will denn der Text sagen?«, fragte Simone.

»Es geht um die Trauer über ein grausames Schicksal. Jemand sehnt sich nach Freiheit. Er fühlt furchtbaren Schmerz, weil er gefangen ist.«

Simone blickte auf die Noten und sagte nichts. Ihr Gesichtsausdruck zeigte Unverständnis.

»Ich weiß«, fuhr Alban fort, »das klingt etwas platt, aber es ist nun mal der Zauber der Musik, der diesen Ausdruck lebendig macht.«

Simone musste lächeln. »Zauber der Musik. Das klingt wie ein Werbespruch. Nach dem Motto: Kaufen auch Sie ein Abo für die Oper!«

Alban lächelte zurück. »Man muss Musik erleben. Und zwar abseits von der alltäglichen Berieselung. Ganz konzentriert. Du musst dir mal klarmachen, was ›erleben‹ überhaupt bedeutet. Das Wort ›Leben‹ steckt darin. Es bedeutet also, dass etwas Teil deines Lebens werden muss. Sonst kannst du es nicht nachvollziehen.«

Alban konnte Simones Miene ansehen, dass seine Worte für ihren Geschmack zu sehr nach Sonntagspredigt klangen. Aber wie sollte er es anders ausdrücken? Wie konnte man das Gefühl beschreiben, das einen erfüllte, wenn man plötzlich glaubte, nein, korrigierte sich Alban, wenn man *wusste*, dass eine kleine Melodie, eine Phrase oder ein Motiv, eine winzige Veränderung der Klangfarbe in gefühlsmäßige Tiefen führte ...

»Kannst du dir vorstellen, wie sich das anhört?«, fragte Simone. »Ich meine, auch wenn du das Stück gar nicht kennst?«

»Sicher. Das gehört zum Kritikerhandwerk.«

Simone sah sich plötzlich neugierig um, und Alban fragte sich, was sie suchte. Ihr Blick blieb an dem bis zur Decke reichenden Regal hängen, das die ganze Längsseite des Raumes einnahm. Im oberen Bereich reihte sich eine CD an die andere. Alban hatte einmal geschätzt, dass es ungefähr sechstausend sein mussten.

»Und die Aufnahmen, die du da hast«, fragte Simone, »kennst du die alle? Ich meine, kannst du sie auseinanderhalten?«

Alban musste lächeln. »Natürlich. Die Musik ist doch sehr unterschiedlich. Da gibt's Bach, Beethoven, Mozart ...«

»Nein, ich meine ...« Simone suchte nach Worten. »In der klassischen Musik ist es doch so: Es gibt bestimmte Werke, und die werden von den Musikern immer und immer wieder gespielt ...«

»Und gesungen«, fügte Alban hinzu. Simones direkte Art hatte eine erfrischende Wirkung. Er spürte, wie er sich entspannte.

»Und gesungen. Natürlich. Was ich meine ist ... Wie soll ich das sagen ...«

»Du meinst, ob das nicht immer dasselbe ist, wenn der Geiger X Beethovens Violinkonzert spielt oder der Geiger Y. Es ist dasselbe

Werk, und wenn sie beide gut spielen, dann muss es sich doch gleich anhören?«

Simone nickte. »Genau das meine ich. Bei Sängern unterscheiden sich natürlich die Stimmen, und wenn Pavarotti eine Arie singt, dann klingt das anders als bei Andrea Bocelli.«

»Das ist sowieso der Fall«, sagte Alban kühl. »Bocelli kann nämlich überhaupt nicht singen.«

»Mag ja sein. Aber du verstehst, was ich meine.« Sie wies auf das Regal. »Für mich klingt das alles gleich.«

Alban zuckte mit den Schultern und empfand es als Befriedigung, dass er nach diesem für ihn eher unangenehmen Tagesanfang einmal dazu kam, über sein Fachgebiet zu sprechen. »Für mich eben nicht«, sagte er.

»Darf ich das mal testen?«, fragte Simone und stellte sich vor das Regal. »Guck mal weg.«

Alban drehte sich gehorsam mit seinem Bürosessel zur Wand, wo ebenfalls ein Regal stand, das allerdings mit Büchern gefüllt war. Er hörte, wie sich Simone hinter ihm an der Stereoanlage zu schaffen machte.

Plötzlich kam Musik aus den Boxen. Ein ziemlich lauter Orchestereinsatz.

»Das ist leicht«, rief Alban. »Das ist so leicht, dass es schon fast eine Beleidigung ist. Beethovens Fünfte. Kennt jedes Kind.«

Simone ließ das Stück weiterlaufen. An der Stelle, an der das Hornsignal als Überleitung zum zweiten Thema erklang, stellte sie die Musik ab.

»Natürlich weißt du, was das ist. Aber weißt du auch, wer da gespielt hat?«

Automatisch ließ Alban in seinem Kopf den Klangeindruck Revue passieren. Der Klang war straff und klar gewesen. Der Dirigent hatte den berühmten Anfang mit dem Schicksalsmotiv ziemlich schnell, fast etwas gehetzt genommen und den Holzbläsern auch noch kleine Akzente verordnet …

»Das war das Orchester der Tonhalle Zürich. Der Dirigent heißt David Zinman.«

Simone nickte. »Dafür, dass du insgesamt siebzehn Aufnahmen von diesem Stück im Regal stehen hast, nicht schlecht. Aber das kann ja Zufall sein. Bitte immer noch nicht umdrehen. Das Spiel geht weiter. Beethovens Fünfte in einer anderen Interpretation.«

Wieder hämmerte das berühmte Motiv durch den Raum. Die Aufnahme klang verwaschen. Es lag mehr Hall darin. Der Dirigent setzte auf Pathos – nicht viel, aber es war deutlich zu hören. Wieder diese Akzente in den Bläsern.

»John Eliot Gardiner«, sagte Alban, als Simone abgestellt hatte. »Orchestre révolutionaire et romantique.«

»Wow. Das hat sich für mich jetzt absolut gleich angehört. Machen wir weiter. Ein anderes Stück.«

»Bitte wieder an der richtigen Stelle einordnen«, mahnte Alban.

»Keine Sorge«, sagte Simone. »Versuchen wir's mal damit.«

Wieder erkannte Alban das Stück sofort. Es war der Anfang von Bachs E-Dur-Partita für Violine solo. Er hatte sie selbst oft gespielt. Allerdings nicht so meisterhaft wie der Geiger hier. Der Klang war weich. Eine Analogaufnahme. Schon älter.

»Arthur Grumiaux«, stellte Alban fest.

»Toll. Und jetzt dasselbe Werk noch mal«, kündigte Simone an und wechselte die CD. Bachs gebrochene Dreiklänge flossen in wesentlich moderner Tontechnik durch die Boxen. Die Aufnahme war auch nicht schlecht, aber man spürte zwischen den Noten doch eine Spur von interpretatorischer Unsicherheit, die der Solist mit virtuoser Glätte auszugleichen versuchte … Obwohl, nein, es war gar kein Solist, es war eine Frau, die da spielte, eine sehr junge …

»Hilary Hahn. Sie war siebzehn Jahre alt, als diese Aufnahme entstand.«

»Von dem Stück hast du immerhin acht CDs«, sagte Simone. »Ich bin beeindruckt. Da du dich so chefmäßig mit klassischer Musik auskennst, kann ich dir nur einen Rat geben.«

Alban drehte sich um. Simone brachte die CDs wieder an ihren Platz zurück.

»Ach, und welchen?«

»Du solltest versuchen, dem Geheimnis dieser Partitur auf die Spur zu kommen. Wenn das einer schafft, dann du. Offensichtlich lässt dir die Sache ja sowieso keine Ruhe.«

»Danke für den Ratschlag. Aber was tue ich denn gerade?«

Simones Blick wurde streng. »Im Moment überlässt du das Feld anderen. Diesem Jung mit seinen Computeranalysen zum Beispiel. Du musst selbst etwas unternehmen.«

»Und was?«

»Dir besser über diese Arie klar werden.«

»Über die Musik bin ich mir schon im Klaren, keine Sorge.«

»Aber wo hatte dieser Dr. Joch das Stück her? Du musst mit Leuten reden, die er kannte. Und außerdem – hast du nicht eben davon gesprochen, dass man Musik erleben muss? Und das heißt doch, man muss sie zum Klingen bringen, oder?«

Alban starrte die triumphierend lächelnde Simone an, und plötzlich fiel es ihm wie Schuppen von den Augen. Sie hatte recht! Natürlich! Man konnte noch so viel über die Noten reden, man musste erst einmal Musik daraus machen, um sich ein Urteil bilden zu können. Man musste ...

»Ich sehe, mein Vorschlag fällt auf fruchtbaren Boden.« Simone wandte sich zur Tür. »Ich gehe mal runter und richte was Kleines zum Mittagessen. Heute Nachmittag muss ich mich nämlich noch um ein paar Büsche kümmern.«

Alban blieb sitzen und ließ seinen Plan eine Weile reifen. Dann stand er auf und begann etwas zu suchen. Nach allerlei Abtragungen von Büchern, Noten und Zeitschriften sah er schließlich in seinem Papierkorb nach. Dort fand er nach kurzem Wühlen die Ankündigung, die ihm Fiona dagelassen hatte: den Hinweis auf das Konzert in der Kölner Musikhochschule.

Was bin ich doch für ein Esel, dachte Alban, denn die Suche war vergebens gewesen. Natürlich stand die Telefonnummer der Sängerin nicht auf dem Zettel. Er würde sich also an Fiona wenden müssen, aber die musste er ja sowieso anrufen.

Ein anderes Problem war Kessler. Den würde er brauchen, aber war es wirklich günstig, ihn in seinen Plan einzuweihen? Andererseits – warum nicht? Die Erforschung dieser Partitur war ja nicht illegal.

Er würde mit ihm sprechen. Aber später.

Alban machte sich ein paar Notizen. Dann nahm er sich einen weiteren Stapel CDs von dem Turm mit den Neueingängen.

5

Als Alban am nächsten Morgen erwachte, wunderte er sich selbst, wie gut er geschlafen hatte. Lea war seinen Träumen ferngeblieben.

Bis in die Nacht hinein hatte er sich mit seinen CDs beschäftigt. Vor allem eine neue Aufnahme mit Klavierwerken von Bach hatte ihn begeistert. Ein französischer Pianist, dessen Name Alban noch nie begegnet war. Ein feiner Anschlag, die Notenketten der ausgedehnten Kontrapunkte angetupft und doch so ausdrucksvoll. Es war eine Lust gewesen, über diese CD zu schreiben. Und am späten Abend war es ihm auch noch gelungen, seine Quartettkollegen zusammenzutrommeln und Fionas Schwester zu erreichen.

Simone war schon vom Joggen zurück, Alban hörte das Wummern der Dusche, und ein Blick in die Küche verriet ihm, dass der Kaffee fast durchgelaufen war. Er ging nach draußen, atmete die würzige Herbstluft ein, holte die Zeitung aus dem Briefkasten und war erstaunt, dass ihm gleich die Post entgegenfiel. Der Briefträger war früh dran gewesen.

Alban nahm den Stapel, ging hinein und kam Simone in die Quere, die gerade in die Küche wollte.

»Na, du bist ja heute temperamentvoll«, sagte sie. »Offensichtlich sind deine Kopfschmerzen verschwunden.«

»Vollkommen«, sagte Alban und blätterte die Post durch. Er reichte Simone zwei dicke Umschläge; für ihn selbst war nur ein einziger Brief gekommen: ein blaues DIN-A-5-Kuvert. Alban betrachtete es nachdenklich und setzte sich an den Tisch.

»Was Unangenehmes?«, fragte Simone und warf ihre eigene Post in die Kiste für das Altpapier. »Für mich gab's wieder nur Kataloge für Gartengeräte.«

»Justizvollzugsanstalt Rheinbach«, las Alban.

»Post aus dem Knast?« Simone kam näher. »Vielleicht eine Vorladung oder so was. Wegen deiner Aussage.«

Alban öffnete den Umschlag. Ein zweiter Brief kam zum Vorschein – einfach und weiß, ebenfalls mit Albans Adresse, jedoch in anderer Schrift und mit einem anderen Stift geschrieben. Er war bereits säuberlich aufgerissen. Innen steckte ein zusammengefaltetes Blatt. Ein handschriftlicher Brief.

Alban überflog die Zeilen. »Der Brief ist von Zimmermann. Datiert auf gestern. Offenbar hat er sich gleich drangesetzt, als er ins Gefängnis kam.«

»Und was schreibt er?«

»Er beteuert seine Unschuld ... Eigenartige Sache. Es würde mich interessieren, was du davon hältst. Ich lese dir den Brief mal vor. – *Sehr geehrter Herr Alban, ich wende mich an Sie, weil ich das Gefühl habe, dass ich Ihnen vertrauen kann. Wir sind uns nur ganz kurz begegnet, aber Sie erschienen mir wie ein Mann von Welt.*«

»Komische Ausdrucksweise«, unterbrach Simone. »Aber er hat natürlich recht. Obwohl du andererseits auch ein bisschen weltfremd bist, aber das kann er ja nicht wissen.« Sie grinste.

Alban fuhr fort. *»Ich habe von meinem Anwalt erfahren, dass ich es Ihrer Aussage zu verdanken habe, dass man mich festgenommen hat. Zuerst war ich wütend auf Sie, aber das ist vorbei. Ich kann es Ihnen nicht verdenken; schließlich konnten Sie ja die Polizei nicht anlügen. Ich bitte Sie jedoch, mir zu glauben, dass ich Wolfgang nicht ermordet habe. Alles, was ich an dem Abend bei Ihnen berichtet habe, stimmt. Wolfgang ist verschwunden, nachdem er in der Oper gewesen war. Er hat mich danach noch kurz angerufen. Das vergaß ich an dem Abend bei Ihnen vor lauter Aufregung zu erwähnen.«*

Alban sah auf. »Dass Herr Joch am Abend seines Todes in der Oper war, höre ich jetzt zum ersten Mal.«

»Das mit der Aufregung klingt aber plausibel«, sagte Simone. »Er wirkte tatsächlich ziemlich nervös. Das habe ich schon gemerkt, als er unten auftauchte.«

Alban las weiter. *»Niemand bei der Polizei glaubt mir. Alle denken, ich wäre es gewesen, und sie lassen keinen Einwand gelten. Dass Wolfgang zum Beispiel diese Noten bei mir deponiert hat, wundert niemanden. Dabei ist das doch ziemlich geheimnisvoll, oder nicht? Da muss doch etwas dahinterstecken! Vielleicht sind die Noten wertvoll. Oder sie besitzen irgendeine Bedeutung. Vielleicht führen sie auf die Spur eines anderen Bekannten von Wolfgang. Vielleicht hatte er ja ein*

Verhältnis? Tun Sie mir den Gefallen und helfen Sie mir. Ich weiß, dass Sie mich selbst nicht besuchen dürfen. Daher bitte ich Sie, sich mit meinem Anwalt in Verbindung zu setzen. Er heißt Dr. Thomas Schneider und hat seine Kanzlei in Bonn in der Wilhelmstraße. Sagen Sie ihm bitte, was Sie im Fall der Partitur herausgefunden haben. Ich bin der festen Überzeugung, dass dieses Manuskript etwas mit Wolfgangs Tod zu tun hat. Bitte glauben Sie mir. Nur Sie können das Geheimnis lüften. Es grüßt Sie Ihr dankbarer Arne Zimmermann.« Alban ließ das Blatt sinken.

»Oh Mann«, sagte Simone. »Das klingt ja wirklich verzweifelt.«

»Allerdings.«

»Was willst du jetzt machen?«

»Ich könnte natürlich mit diesem Dr. Schneider sprechen. Es gibt aber nichts Außergewöhnliches zu berichten.«

»Andererseits hast du das Gefühl, dass es sich bei dieser Musik um etwas Besonderes handelt. Das hast du selbst gesagt.«

»Natürlich, aber das ist ja subjektiv. Du hast mich übrigens gestern auf die richtige Idee gebracht. Ich habe mich entschlossen, die Probe aufs Exempel zu machen.«

»Und was heißt das?«

»Heute Abend gibt es einen Musizierabend. Einen außerplanmäßigen sozusagen. Auf dem Programm wird diesmal nicht Beethoven stehen, sondern diese Arie.«

»Brauchst du dann nicht noch andere Musiker? Ich meine, bisher habt ihr doch immer was ganz anderes gespielt?«

»Wir nehmen das Streichquartett als Begleitung. Das reicht vollkommen aus. Außerdem brauchen wir noch eine Sopranistin. Aber die habe ich auch gefunden.«

»Ist Herr Kessler auch dabei?«

»Sicher. Er muss ja den Cellopart spielen.«

»Und wie hat er reagiert, als du gesagt hast, dass die Arie gespielt wird?«

»Er weiß es noch nicht. Es wird eine Überraschung für alle Beteiligten. Heute Abend werden wir erleben, wie die geheimnisvolle Arie wirklich klingt.«

»Und bis dahin?«

»Was meinst du?«

Simone deutete auf den Brief. »Willst du sonst nichts unternehmen?«

Alban dachte schweigend nach. Schließlich nickte er.

»Du hast recht. Ich werde den Anwalt besuchen.«

Alban ließ sich die Telefonnummer des Rechtsanwalts von der Auskunft geben. Eine freundliche Damenstimme teilte ihm mit, dass Herr Dr. Schneider heute Vormittag in seinem Büro sei. Eine knappe halbe Stunde später fand Alban die Kanzlei genau gegenüber den klassizistisch angehauchten Säulen des Landgerichts in der schmalen Wilhelmstraße.

»Ich habe Sie bereits erwartet«, sagte Dr. Schneider, der über dichtes, fast golden schimmerndes blondes Haar verfügte. Das kantige Gesicht ließ den Anwalt fast heldisch wirken. Jung-Siegfried, dachte Alban sofort. Nur ein paar Aknestellen auf den Wangen störten das Bild. Sie ließen ihn jung und pubertär erscheinen.

Nachdem Dr. Schneider Alban begrüßt hatte, nahm der Anwalt hinter seinem Schreibtisch Platz, einer großen Glasplatte, die von einem blanken Chromgestell getragen wurde.

»Sie wussten, dass ich Sie besuchen würde?«, fragte Alban und ließ sich in den Besucherstuhl vor dem Schreibtisch sinken.

»Sie sind mir zuvorgekommen. Wenn Sie nicht angerufen hätten, hätte ich mich bei Ihnen gemeldet. Darf ich Ihnen einen Kaffee anbieten?«

»Vielen Dank, ja«, sagte Alban. »Ohne Milch und Zucker.«

Dr. Schneider gab die Bestellung über die Gegensprechanlage weiter, dann stützte er die Ellbogen auf seinen Schreibtisch und rieb die Handflächen langsam gegeneinander. »Arne Zimmermann scheint der Meinung zu sein, dass Sie ihm helfen können.«

Alban holte den Brief hervor und wollte ihn Dr. Schneider zeigen. Der Anwalt winkte ab.

»Lassen Sie nur. Ich kenne das Schreiben. Ich habe Herrn Zimmermann in der JVA besucht. Als wir über mögliche Verteidigungsstrategien sprachen, fiel sofort Ihr Name. Er sagte mir, dass er sich an Sie wenden wollte.«

Er musterte Alban auf eine eigenartig eindringliche Weise. »Sind Sie mit Herrn Zimmermann befreundet?«, fragte er.

Alban verstand, was er meinte. »Nein. Ich habe ihn an dem Abend, als er zu mir kam, zum ersten Mal gesehen. Ich bin hier, um Ihnen zu sagen, dass ich Herrn Zimmermann wirklich gern helfen würde. Mein Gefühl sagt mir, dass er unschuldig ist. Andererseits kann ich auch nicht verhehlen, dass ich keine Ahnung habe, wie man ihn entlasten könnte.«

»Mein Mandant erwähnte eine Partitur, die Herr Joch ihm zur Aufbewahrung gegeben hat. Herr Zimmermann sagte, diese Noten hätten Ihr Interesse geweckt. Stimmt das?«

Die Tür öffnete sich, und die Vorzimmerdame servierte den Kaffee.

»Das ist richtig. Viel habe ich jedoch noch nicht darüber in Erfahrung bringen können.«

Alban nippte an seiner Tasse, und über die Kante hinweg sah er, dass Dr. Schneider ratlos den Kopf schüttelte.

»Es ist sowieso eine komische Idee, anzunehmen, dass dieses Manuskript etwas mit Herrn Jochs Tod zu tun hat. Warum er meinem Mandanten den Umschlag gab, werden wir vielleicht nie erfahren. Eine Laune. Ich glaube, Herr Zimmermann hat sich da etwas in den Kopf gesetzt. Ich weiß aus den Akten, dass die Polizei die Noten untersucht hat. Wenn die Blätter eine Spur hergegeben hätten – man wäre ihr gefolgt.«

Alban sah überrascht auf. »Entschuldigen Sie, aber was Sie da sagen, klingt merkwürdig aus dem Munde eines Anwalts. Ich hatte den Eindruck, dass es die Polizei von Anfang an auf Ihren Mandanten abgesehen hatte.« Er beschloss, nicht darauf einzugehen, dass er einen der ermittelnden Kommissare sehr gut kannte.

Dr. Schneider zog die Augenbrauen hoch. »Ich kann verstehen, dass Sie das befremdet! Aber es sieht leider ganz so aus, als habe Herr Zimmermann die Tat begangen.«

Alban stellte die Tasse so heftig ab, dass es klirrte. »Aber Herr Dr. Schneider! Sie müssen doch für die Unschuld Ihres Mandanten kämpfen.«

»Ich muss dafür kämpfen, dass er eine möglichst niedrige Strafe bekommt«, sagte der Anwalt hart. »Hier wird man kaum auf unschuldig plädieren können. Glauben Sie mir, ich bedaure das sehr.«

Alban bemühte sich, im Geiste die belastenden Fakten zusammenzuklauben, die ihm Kessler mitgeteilt hatte. »Es gibt doch gar nicht so viele Indizien für Zimmermanns Schuld. Und von Beweisen kann man streng genommen gar nicht reden. Nur von Indizien.«

Dr. Schneider lehnte sich in seinem Sessel zurück. »Woher wissen Sie das? Haben Sie die Akten gesehen? Sie sind ein Zeuge, weiter nichts.«

Alban schwieg.

»Immerhin«, fuhr der Anwalt fort, »gäbe es noch Herrn Zimmermanns Vorstrafe zu erwähnen. Körperverletzung. Dafür hat er schon mal im Gefängnis gesessen.«

»Haben Sie ihn damals vertreten?«

»Allerdings.«

»Ich frage mich, wie so ein schmales Hemd gewalttätig werden kann.«

Dr. Schneider beugte sich vor. »Mithilfe einer Waffe zum Beispiel. Mit einem Springmesser, um genau zu sein. Vielleicht sind Sie ja trotz der Informationen, über die Sie anscheinend verfügen, doch nicht auf dem allerneuesten Stand.« Er zog einen Aktenordner heran und öffnete ihn. »Die Polizei hat herausgefunden, dass noch in der Nacht von Herrn Jochs Tod, und zwar mit höchster Wahrscheinlichkeit nach seiner Ermordung, mit dessen Kreditkarte online ein Flug für eine Person nach Los Angeles gebucht wurde. Raten Sie mal, auf welchen Namen.«

»Arne Zimmermann?«

»Ganz recht. Und das ist noch nicht alles. Jemand hat versucht, an einem Geldautomaten am Bahnhof mit Herrn Jochs Bankkarte Bargeld abzuheben. Die Person kannte allerdings die Geheimzahl nicht. Nach den drei möglichen Versuchen wurde die Karte eingezogen.«

»Und auf dem Video der Bank ist Herr Zimmermann zu sehen?«

Dr. Schneider schüttelte den Kopf. »Nicht alle Bankautomaten sind mit Videoüberwachung ausgestattet. Und noch etwas kommt hinzu: Herr Joch hat vor drei Monaten sein Testament gemacht. Wie Sie vielleicht wissen, war er nicht gerade ein unvermögender Mann. Jedenfalls hat er Herrn Zimmermann, seinen geliebten Freund, wie er im Testament schrieb, zu seinem Alleinerben bestimmt. Und jetzt sagen Sie mir bitte, wie ich bei diesen Indizien auf unschuldig plädieren soll.«

Alban schüttelte den Kopf. »Warum ist er denn nicht nach Los Angeles geflogen, wenn er es vorhatte?«

»Er wird geglaubt haben, dass er irgendwie an Bargeld kommt, und damit wollte er flüchten. Das scheint aber nicht funktioniert zu haben, und so hat er sich entschlossen, den Unschuldigen zu spielen. Der Besuch bei Ihnen war Teil des Plans. Ihm war klar, dass Sie auf seiner Seite sein würden.«

»Trotzdem passt einiges nicht zusammen. Zum Beispiel: Wenn er Herrn Joch wirklich mit dieser Beethovenbüste erschlagen hat, warum wirft er das Ding dann nicht in den Rhein, anstatt es am Tatort zu hinterlassen?«

»Verbrecher handeln nicht logisch. Vielleicht war er über seine Tat so schockiert, dass er in Panik geriet. Da macht man schon mal Dinge, die hinterher konfus wirken.«

Alban wusste darauf nichts zu sagen. Dieses Argument hatte er sich schon von Kessler anhören müssen.

»Sie müssen sich damit abfinden«, sagte der Anwalt, und Alban hörte deutlich Ratlosigkeit heraus. »Herr Zimmermann war es. Aber es wird Wege geben, um die Strafe nicht ganz so empfindlich werden zu lassen.«

Alban starrte Dr. Schneider an und wurde plötzlich von einem eigenartigen optischen Effekt verwirrt. Immer wenn Dr. Schneider sprach, blitzte etwas zwischen seinen Zähnen. Die Farbe harmonierte perfekt mit dem hellen Haar des Anwalts und mit dessen goldener Uhr.

Alban versuchte angestrengt, sich an den Abend zu erinnern, an dem Zimmermann bei ihm gewesen war. Er bemühte sich, noch einmal die Bilder zurückzuholen und damit den Eindruck, den er damals von Zimmermann gewonnen hatte.

Hatte der junge Mann wirklich gelogen? Hatte er ihm, einem völlig Fremden, eiskalt etwas vorgespielt, nur um wenigstens den Hauch eines Zweifels an seiner Schuld aufkommen zu lassen? War das alles geplant gewesen? Gnadenlos durchkalkuliert? Was hatte er, Alban, empfunden, als Zimmermann vor ihm stand? Zunächst einmal Widerwillen wegen der Störung. Und dann? Doch sicher Mitleid. Zumindest Mitgefühl …

All das sollte auf einer Täuschung beruht haben? In Alban entstand plötzlich ein ungeheurer Verdacht.

»Kann es sein, dass er auch die Geschichte von der Partitur erfunden hat, um eine falsche Spur zu legen?«, entfuhr es ihm. »Dass es gar keinen geheimnisvollen Umschlag gab? Dass die Noten einfach aus Jochs Wohnung stammen?«

»Na endlich! Ich sehe, Herr Alban, Sie beginnen, wie jemand zu denken, der meinen Mandanten wirklich verstehen will.« Er beugte sich vor. »Vielleicht hat er die Noten sogar selbst zusammengeschmiert, um Ihnen diese Story aufzutischen.«

Alban starrte den Anwalt an. Ein Gefühl des Unmuts überfiel ihn.

»Ich bin durchaus in der Lage zu erkennen, ob ein Musikstück einfach nur aus zusammengemalten Noten besteht oder wirklich einen Sinn ergibt, Herr Dr. Schneider.« Er erhob sich. »Ich denke, damit ist unser Gespräch beendet.«

Auch Dr. Schneider stand auf, offenbar etwas unsicher angesichts der Verärgerung, die er bei Alban hervorgerufen hatte.

»Es tut mir leid, wenn ich etwas gesagt habe, das …«

»Nein, nein, schon gut«, wehrte Alban ab.

»Ich glaube ja, dass Herr Zimmermann diese Noten eventuell von Herrn Joch bekommen hat. Wenn Sie der Meinung sind, dass es sich dabei um ein sinnvolles Musikstück handelt, nehme ich Ihnen das ab. Sie sind schließlich der Experte.«

Alban nickte nur. Dr. Schneider redete weiter. »Tun Sie mir einen Gefallen. Wenn Ihnen noch etwas auffällt an diesem Manuskript, teilen Sie es mir bitte mit. Das heißt: Hat die Polizei Ihnen die Partitur eigentlich wieder ausgehändigt?«

»Das hat sie. Allerdings wohl nur vorübergehend.«

»Na immerhin. Sagen Sie mir, welche Gedanken Ihnen dabei durch den Kopf gehen. Und wenn wir daraus etwas Entlastendes für meinen Mandanten zaubern können … Niemand wäre darüber glücklicher als ich.«

»Ich habe verstanden. Und im Übrigen: Es fällt mir durchaus eine Person ein, die glücklicher wäre. Mindestens.«

Alban stieg in den Volvo, den er in der Stiftsgarage in der Kölnstraße geparkt hatte, und hätte dabei die Tür vor lauter Erregung beinahe an die Seite des kleinen Mazda geschlagen, der neben ihm stand.

Er atmete ein paarmal tief durch, blickte auf die grauen Dächer hinter dem Parkhaus. Als er schließlich unten in die Kölnstraße einbog, hatte er sich wieder einigermaßen beruhigt.

Und er hatte eine Idee.

Als die erste rote Ampel kam, fischte Alban sein Handy aus dem Handschuhfach, wo es seit Wochen und Monaten einen tiefen Schlaf schlief. Er brauchte das Mobiltelefon nur, um bei Verabredungen unterwegs eventuelle Verspätungen anzukündigen. Die Rechnung überstieg, abgesehen von der Grundgebühr, nie die Drei-Euro-Grenze, und weil er das Handy so selten benutzte, besaß er auch keine Freisprecheinrichtung.

Während Alban den Wagen durch die Innenstadt rollen ließ, tippte er die Nummer der Auskunft ein, fragte nach Dr. Schneiders Kanzlei und ließ sich gleich verbinden.

»Ah, Herr Alban.«

»Ich möchte Sie noch um etwas bitten.«

»Wenn's der Wahrheitsfindung dient«, ließ Dr. Schneider den alten Juristenspruch ab – wahrscheinlich um Schönwetter zu machen. Alban bemühte sich, das Bild des gleißenden Goldes in dessen Mund zu verdrängen.

»Geben Sie mir bitte noch ein paar Daten zu Herrn Zimmermann und Herrn Joch.«

»Was meinen Sie mit Daten?«

»Ich möchte die Wohnadressen der beiden haben. Außerdem wüsste ich gerne, wo genau die Leiche gefunden wurde.«

»Sie haben doch schon so viele Informationen über diesen Fall, Herr Alban. Sollten Ihnen diese Details etwa bisher entgangen sein?«

»Sagen Sie mir nun, was ich wissen will, oder nicht?«

Alban war am Museum Koenig angekommen. Er hielt vor dem Gebäude.

»Das heißt, Sie wollen meinem Mandanten wirklich helfen?«

»Soweit es in meiner Macht steht. Er hat mich darum gebeten, und ich glaube nicht, dass er ein Mörder ist. Was soll ich also anderes tun?«

»Sehr edel, Herr Alban.« Es klang nicht ironisch.

»Also, was ist nun?«

Der Anwalt diktierte, und Alban beschrieb mit seinem goldenen Kugelschreiber einige Zettel.

»Ich würde noch gern mehr über Herrn Dr. Joch wissen«, sagte er. »Er war ja Arzt im Ruhestand. Hatte er eine Praxis?«

»Er war bis vor etwa zehn Jahren Chefarzt in einer Klinik in Eltville am Rhein. Wollen Sie diese Adresse auch?«

»Kann es schaden?«

»Dr. Joch war übrigens Urologe«, fügte der Anwalt an, nachdem er Alban die Angaben der Klinik diktiert hatte.

»Und er hat sich früh zur Ruhe gesetzt. Mit nicht einmal fünfzig.«

»Sie entwickeln bereits detektivische Fähigkeiten. Auf Wiederhören.«

»Einen Moment noch«, rief Alban.

»Ja, bitte?«

»Sie besuchen Ihren Mandanten doch sicher in absehbarer Zeit, oder?«

»Wahrscheinlich heute noch.«

»Sehr gut. Ich brauche auch von Herrn Zimmermann noch einige Details.«

»Und welche?«

»Ich möchte möglichst viel über Herrn Jochs Kontakte erfahren. Ich weiß bereits, dass er einen Bruder in Koblenz hat.«

»Dessen Adresse kann ich Ihnen auch gleich geben.«

»Das reicht mir aber nicht. Ich brauche Namen und Adressen von Freunden, Verwandten, ehemaligen Kollegen.«

»Herr Zimmermann kennt diese Leute doch gar nicht. Deswegen sind ja nur Sie ihm eingefallen, als er angeblich auf die Suche nach seinem Freund ging.«

»Vielleicht ist ihm ja trotzdem eine Idee gekommen. Außerdem muss ich wissen, ob Herr Joch in letzter Zeit auf Reisen war. Oder ob er eine Reise plante.«

»Sie zielen darauf ab, dass er vielleicht einen neuen Freund hatte?«

»Nicht unbedingt. Ich denke, diese geheimnisvolle Partitur könnte die Abschrift eines Manuskripts sein, dessen Original sich in irgendeiner Bibliothek befindet. Vielleicht hat Herr Joch ja ein Archiv oder eine Bibliothek besucht. Oder wenigstens mit einer solchen Einrichtung telefoniert … Und überhaupt – Herr Zimmermann soll Ihnen alles erzählen, was er über Dr. Joch weiß. Alles kann wichtig sein. Ich bin überzeugt, dass wir auf diesem Weg Klarheit in die Sache kriegen.«

Dr. Schneider lachte kurz. »Überzeugungen haben vor Gericht noch nie geholfen, Herr Alban. Was wir brauchen, sind Beweise.«

»Ich werde welche finden.«

♪

Luisa hat ihm zwei Scheiben Brot und Tee gebracht, und dann ist der Mann gekommen. Jetzt sitzt er vor ihm und sieht ihn schweigend an. Der Junge hält den Blick nicht aus. Er sieht weg. Das brennende Gefühl bleibt.

Er spürt, wie ihm die Tränen in die Augen steigen. Sein Hals schmerzt, als hätten sich die salzigen Tränen in seiner Gurgel angesammelt.

Mit einer einzigen Bewegung packt der Mann den Jungen und wirft ihn auf das schmale Bett. Es geht so schnell, dass der Junge erst versteht, was geschehen ist, als er schon auf dem Rücken liegt und nach Luft schnappt.

Der Mann sagt etwas. Der Klang seiner Stimme füllt den Raum mit Falschheit und Aggressivität. Dabei spricht der Mann nicht einmal laut. Nur scharf und kurz. Dem Jungen tut es weh. Er hört nicht darauf, was der Mann sagt. Für ihn hat nur Bedeutung, wie er es sagt, und dem Jungen kommt es vor, als schneide ihm jeder Ton in die Seele.

Er soll aufstehen, sagt der Mann. Er soll es tun, noch ein einziges Mal.

Die Stimme des Mannes wird schmeichelnd, aber sie trieft nur so vor Falschheit.

Für den Jungen werden die Worte zur Folter. Es ist, als würde ihm jemand Schrauben ansetzen, aber nicht an den Daumen, sondern an seinem Herzen, seiner Seele, seinen Empfindungen.

Irgendwann wird dem Jungen klar, dass der Mann das Zimmer nicht verlassen wird, bis er gehorcht.

6

Die Baustelle war schon von Weitem zu erkennen.

Ein großes Stahlgerüst führte wie ein Tor über der Straße Stromleitungen auf die gegenüberliegende Seite zu einem Verteiler; am Rande des Gehweges leuchtete hinter einer Absperrung ein blaues Mietklo. Die Baugrube selbst konnte Alban vom Wagen aus nicht sehen, aber er vermutete, dass sie sich irgendwo hinter den Holzstapeln befand, die sich neben dem Plastikhäuschen türmten.

Er musste sich zwei-, dreihundert Meter weit gedulden, bevor er einen Parkplatz fand. Als er sich dann zu Fuß dem Grundstück näherte, konnte er die Szenerie besser in Augenschein nehmen.

Zimmermanns Haus, das gleich neben dem Baugrundstück stand, war ein dreistöckiger, grauer Vorstadtbau. An der nackten Seitenwand war der Umriss von Dachschrägen zu sehen. Offenbar war das Nachbarhaus abgerissen worden, um Platz für ein neues Gebäude zu machen.

Alban näherte sich dem Zaun. Weiter hinten unterhielten sich ein paar Arbeiter. Fast jeder hatte eine Zigarette im Mund. Nur ein paar Meter von Alban entfernt führte eine schmale Rampe in die Erdgrube, in der ein kleiner gelber Bagger wartete. Einer der Arbeiter sonderte sich von der Gruppe ab, warf seine Zigarette weg und kam auf den Zaun zu. Kurz bevor er Alban erreichte, bog er auf die Rampe ab.

»Entschuldigung«, rief Alban, doch der Mann reagierte nicht. Alban rief noch einmal, daraufhin drehte sich der Arbeiter überrascht um und kam zum Zaun herüber. Er trug eine blaue Arbeitshose, ein kariertes Hemd und eine schwarze Wollmütze.

»Was gibt's?« Er sah Alban misstrauisch an und stellte das eine Bein auf einen Stapel Bretter. Die Geste erinnerte Alban an einen dieser alten Westernhelden. John Wayne.

Alban entschied, sich als neugierigen Spaziergänger auszugeben, der von dem Mordfall in der Zeitung gelesen hatte.

»Wo genau hat denn die Leiche gelegen?«

Der Arbeiter grinste. »Sie sind bestimmt schon der Zehnte, der uns das heute fragt. Manche latschen sogar einfach hier auf der Baustelle rum. Heute Morgen haben wir sogar ein paar Kinder verscheucht.« Er schüttelte den Kopf, zog eine neue Zigarette hervor und zündete sie an.

»Haben Sie den Toten gefunden?«

»Nee, das war der Chef. Da kommt der einmal als Erster auf die Arbeit, und dann so was.« Der Mann wies in die Grube. »Da unten, wo jetzt der Bagger steht. Sah wohl schon ziemlich grau aus, hat der Chef gesagt. Und der Dings lag gleich daneben.«

»Der Dings?«

»Na, der Marmorkopf. Der war so voll Dreck, dass der Helmut erst gar nicht gesehen hat, was das war. Sah aus wie ein Stein oder so was.«

Merkwürdig, dachte Alban, dass die Polizei auf der Beethovenbüste noch Fingerabdrücke feststellen konnte, obwohl sie so lange hier draußen im Matsch gelegen hatte.

»Warum wurde der Tote so spät gefunden? In der Zeitung stand, er hätte schon eine ganze Weile hier gelegen.«

Der Mann wies nach hinten. »Schauen Sie sich das mal an.«

Alban erkannte mehrere Schläuche, die aus der Grube herausführten und weiter entfernt in einem Kanaldeckel verschwanden.

»Ich hab neulich mit dem Bagger die Wasserleitung abgerissen. Beim Ausschachten. Das hat 'ne Menge Ärger gegeben. Ich konnte nichts dafür. Das war nur, weil der Chef die Pläne nicht richtig gelesen hat. Jedenfalls ist der ganze Zeitplan durcheinandergekommen.«

»Ist Ihr Chef heute auch hier?«

Der Mann runzelte die Stirn. »Sie sind doch nicht von der Polizei?«

»Ach was.« Alban versuchte harmlos zu wirken. »Wie kommen Sie denn darauf? Ich gehe hier nur ein bisschen spazieren, und eben fiel mir ein, dass das die Baustelle ist, über die in der Zeitung berichtet wurde. Krimis gibt's im Fernsehen ja genug. Selten, dass mal einer vor der Haustür passiert.«

Der Mann nickte, wirkte aber immer noch unsicher.

»Quatsch nicht! Arbeite lieber«, rief einer seiner Kollegen herüber. Der Arbeiter machte eine wegwerfende Handbewegung, stapfte zur Grube, ging die Rampe hinunter und steuerte den kleinen Bagger an.

Alban folgte dem Gehsteig bis zu dem Haus, in dem sich Zimmermanns Wohnung befand. Der Name stand auf dem obersten Klingelschild. Unschlüssig blieb Alban eine Weile vor dem Haus stehen. Dann ging er langsam zurück.

Die Ausrede, einen Spaziergang zu machen, hatte ihn auf den Gedanken gebracht, tatsächlich ein paar Schritte zu gehen. Er ließ den Volvo stehen und folgte der Lotharstraße, bis sie Sternenburgstraße hieß. Hinter der Post bog er in die Kurfürstenstraße ein, und kurz darauf öffnete sich der Blick auf die Rückseite des Poppelsdorfer Schlosses.

Die Straßenflucht mit dem breiten Rasenstreifen in der Mitte, die schnurgerade auf das Schloss zulief, zeigte sich nicht von ihrer schönsten Seite. Die Wolken hingen tief, die klassizistischen Fassaden, die zu beiden Seiten die Allee säumten, wirkten eher düster als herrschaftlich. Alban erinnerte sich, dass er hier manchmal mit Lea spazieren gegangen war – im Sommer, als die Wiesen von Studenten bevölkert gewesen waren. Jetzt waren nur ein paar vermummte Gestalten zu sehen, die sich in ihre Mäntel duckten.

Jochs Adresse lag vom Schloss aus gesehen auf der linken Seite. Das Haus war weiß und wirkte wie frisch gestrichen. In der Mitte der Fassade ragte ein Erker hervor, von Säulen getragen.

Alban drückte die Klinke einer schmiedeeisernen Tür und gelangte durch einen winzigen Vorhof zum Eingang. Die Namen an den Klingeln waren nicht wie bei Zimmermanns Haus primitiv mit Filzstift geschrieben, sondern nobel in glänzendes Messing graviert. Die Wohnung von Dr. med. Joch, wie es dort in schwungvollen, einer edlen Handschrift nachempfundenen Buchstaben hieß, befand sich im zweiten Stock.

Alban ließ seinen Blick eine Weile auf dem Schild ruhen. Er wäre gern einmal durch Jochs Wohnung gegangen. Es konnte gut sein, dass er dort einen Hinweis auf einen Besuch in einer Bibliothek oder einem Archiv fand. Auch wenn Zimmermann die Wohnung ausgeräumt haben sollte – alles würde er sicher nicht weggeschafft haben.

Hatte Joch eigentlich ein Auto besessen? Gab es darin irgendwelche Hinweise?

Alban würde mit Kessler sprechen müssen. Ob es wirklich unmöglich war, kurz in Jochs Wohnung gelassen zu werden? Vielleicht wenn ein Beamter dabei war?

Alban kehrte auf die schmale Straße zurück, überquerte sie und gelangte auf den Gehweg, der, von weißen Bänken und den Alleebäumen gesäumt, hinunter in die Stadt führte. Er drehte sich um und betrachtete das Haus noch einmal. Sollte er bei einem der Nachbarn klingeln? Was sollte er sagen?

Am besten die Wahrheit, dachte Alban. Dass er noch Noten von Herrn Joch habe …

Die Haustür öffnete sich. Eine junge Frau in hellem, elegantem Mantel trat heraus, blickte nach oben, als ob sie schauen wollte, ob es regnen würde. Auf dem Gehweg angekommen, blieb sie stehen und sah nervös auf die Uhr.

Alban näherte sich in gemessenem Tempo.

»Entschuldigen Sie«, sagte er. »Wohnen Sie in diesem Haus?«

Die Frau sah auf; ihr Blick war prüfend. Alban war eine seriöse Erscheinung und hielt der Musterung stand.

»Ja, wieso?«

»Mein Name ist Alban. Ich bin ein Bekannter von Herrn Dr. Joch. Kannten Sie ihn?«

»Nur vom Sehen.«

Die Frau sah links und rechts die Straße entlang.

»Ich habe noch ein paar CDs, die mir Herr Joch ausgeliehen hat.« Alban fand, dass diese Version glaubhafter wirkte, als wenn er etwas von der Partitur gesagt hätte. »Und ich zerbreche mir den Kopf, wem ich sie geben soll. Wohnt denn noch jemand in der Wohnung von Herrn Joch?«

»Nein, ich glaube nicht. Vielleicht sollten Sie deswegen zur Polizei gehen.«

»Aber Herr Joch muss doch Verwandte haben. Oder andere Freunde. Er hat mir einmal etwas von einem Bruder erzählt, der in Koblenz wohnt.«

»Mag sein. Ich weiß darüber nichts.«

»Herr Joch hat wohl sehr zurückgezogen gelebt?«

»Er war auf jeden Fall viel unterwegs. Manchmal hörte und sah man wochenlang nichts von ihm. Wenn er dann zurückkam, wusste es gleich das ganze Haus.«

»Wieso?«

»Er hörte dann sehr laut Musik. Opern vor allem. Im Sommer bei offenen Fenstern.«

»Hat es Sie gestört?«

Die Frau lächelte. »Überhaupt nicht. Ich liebe Puccini, Verdi und diese Sachen. Es ist mir lieber als dieser Krawall, den die jungen Leute hier auf der Wiese manchmal verbreiten.«

»Na, so alt sind Sie ja nun auch nicht«, versuchte Alban ein Kompliment. Und es stimmte. Die Frau war höchstens Mitte dreißig.

»Danke«, sagte sie. »Aber aus dem Studentenalter bin ich deutlich heraus.«

»Über Opern habe ich mich mit Herrn Joch auch unterhalten«, sagte Alban. »Wenn er unterwegs war, zog es ihn wahrscheinlich in die großen Opernmetropolen – Wien, Paris oder London.«

»Möglich. Soweit ich weiß, war er ja im Ruhestand. Ein beneidenswertes Leben.«

»Wenn Herr Joch unterwegs war, hat sich doch bestimmt jemand um seine Post gekümmert?«, tastete sich Alban weiter vor.

»Keine Ahnung. Ich habe darüber nie nachgedacht, aber jetzt, wo Sie es sagen ... Mir ist jedenfalls nicht aufgefallen, dass Herrn Jochs Briefkasten mal übergequollen wäre.«

Ein Wagen rollte aus Richtung des Schlosses heran. Die Frau winkte dem Fahrer. »Ich werde abgeholt«, sagte sie.

»Vielen Dank für Ihre Hilfe.«

»Es war ja gar keine.«

»Ich werde mit den CDs zur Polizei gehen. Das ist sicher die beste Lösung.«

Die Frau lief um das Auto herum und stieg auf der Beifahrerseite ein. Der Fahrer gab Gas.

Als das Auto verschwunden war, ging Alban noch einmal durch die Eisentür, zog einen Zettel und seinen Kugelschreiber hervor und schrieb die Namen auf den Klingelschildern ab.

Zurück in seinem Wagen, rief er erneut die Auskunft an, und zwei Minuten später hatte er sich die Telefonnummern von Jochs

Hausnachbarn notiert. Ohne mit der Wimper zu zucken, gab er sich als Meyer-Schmidt von der Staatsanwaltschaft Bonn aus und fragte jeden, den er erreichen konnte, ob er wusste, ob Dr. Joch Reisen unternommen habe und wohin.

»Aber darüber habe ich doch schon beim Protokoll Auskunft gegeben!«, rief ein Herr Uhlenbruch deutlich verärgert. Alban hatte notiert, dass der Mann in der obersten Etage wohnte. »Weiß denn bei Ihnen die linke Hand nicht, was die rechte tut?«

»Entschuldigen Sie«, sagte Alban, »aber wir haben jetzt ein paar Hinweise, wo er sich aufgehalten haben könnte, und ich muss das noch einmal überprüfen.«

»Herr Dr. Joch hat mir nie gesagt, wohin er wollte. Er war schweigsam und zurückhaltend. Er bat mich darum, seinen Briefkasten zu leeren. Wenn er zurückkam, hat er die Post bei mir abgeholt. Auch das wissen Sie bereits.«

»Können Sie sich daran erinnern, ob er einmal Post von einer Bibliothek oder einem Archiv bekam?«

»Darauf habe ich nicht geachtet, und das ging mich ja auch gar nichts an. Jedenfalls habe ich keine Ahnung, wohin er reiste. Und wenn Sie mir damit jetzt noch weiter auf die Nerven gehen, dann werde ich mich über Sie beschweren. Lesen Sie doch die Protokolle, die Sie angefertigt haben. Wie heißen Sie noch mal? Meyer-Schmidt? Ich habe mir Ihren Namen notiert!«

Alban probierte noch ein paar Nummern, aber die anderen Bewohner des Hauses wussten entweder nichts über Dr. Joch, oder sie waren nicht in ihrer Wohnung.

♪

Der Mann kann seine Ungeduld nicht beherrschen. Er geht schnell, macht große Schritte. Der Junge hat Mühe mitzuhalten und gerät außer Atem. Der Schweiß bricht ihm aus. Sie erreichen eine Tür.

Dahinter ist es kalt, und die Kälte strahlt ihm eisig in die Seele.

♪

»Und? Was hat der Anwalt gesagt?«

Alban zog den Mantel aus und hängte ihn ordentlich in die Garderobe. Simone war sofort in den Flur gekommen, als er das Haus betreten hatte.

»Um ein ausgedehntes Detektivspiel komme ich wohl nicht herum, wenn ich das Geheimnis der Partitur lüften will«, sagte er und ging in die Küche, wo eine dicke Plastiktüte mit Einkäufen auf der Arbeitsfläche stand. Simone ist bei Feinkost Schüller gewesen, dachte Alban.

Er öffnete den Kühlschrank, nahm eine Flasche Mineralwasser heraus und holte sich ein Glas aus dem Hängeschrank.

»Jetzt erzähl doch schon.«

Sie setzten sich an den Küchentisch, und Alban berichtete, wie er den Vormittag verbracht hatte.

»Hoffentlich beschützt mich das Schicksal vor so einem Anwalt – falls ich jemals vor Gericht muss.« Simone dachte einen Moment nach und sagte dann: »Du musst in Dr. Jochs Wohnung. Da führt kein Weg dran vorbei. Aber das muss man professionell machen.«

Alban lächelte gequält. »Professionell, soso. Was soll das denn heißen?«

»In den Krimis im Fernsehen oder in Büchern legen sich professionelle Detektive immer eine Legende zu.«

»Eine was?«

»Eine Legende. Sie tun so, als wären sie ein Verwandter oder ein Freund oder der Stromableser.« Simone schnippte mit dem Finger. »Das ist doch eine Superidee. Du gehst noch mal als Gasableser hin. Vielleicht hat ja einer der Nachbarn einen Schlüssel. Und schwupps, bist du drin.«

Alban schüttelte den Kopf. »Abgesehen davon, dass sich die Zähler meistens im Keller befinden und ich nicht gerade wie einer von der Energieversorgung aussehe: Was glaubst du, soll ich dann in der Wohnung tun? Wer auch immer mir da aufschließt, wird doch sehen, was ich mache. Und dabei kann ich ja schlecht nach Hinweisen suchen. Nein. Ich werde heute Abend erst mal Kessler fragen, ob die Polizei was über Jochs Reiseziele herausgefunden hat. Vielleicht hat ja auch der Anwalt schon mit seinem Mandanten gesprochen.«

Alban ging hinauf in sein Arbeitszimmer, wählte Dr. Schneiders Nummer, aber die Vorzimmerdame erklärte ihm, dass ihr Chef nicht da sei.

»War er schon in Rheinbach bei Herrn Zimmermann?«, fragte Alban.

»Ich glaube nicht. Er wird Sie anrufen.«

Alban bedankte sich seufzend und steckte das Mobilteil in die Station zurück. Dann legte er seinen Geigenkasten auf den Sessel, holte die Violine hervor und begann sie zu stimmen. Kaum hatte er zum ersten Mal prüfend über die Saiten gestrichen, wurde wie von Geisterhand die Tür aufgedrückt. Alban war sich gar nicht bewusst gewesen, dass er sie nur angelehnt hatte. Zerberus lugte ins Zimmer, kam herein und sprang auf die Fensterbank.

Alban hatte auf dem Nachhauseweg an einem Copyshop gehalten und Jochs Partitur für das Musizieren heute Abend vervielfältigt. Es war sicher nicht verkehrt, die Parts vorher einmal durchzugehen. Er legte einen Stapel Kopien auf das Pult und begann. Bei den gestoßenen Akkorden am Anfang hatte Alban nur einzelne Töne in der mittleren Lage zu wiederholen. Ein Kinderspiel. Danach kamen einige rhythmisch abwechslungsreichere Figuren, die aber über die Anforderungen an ein Schülerorchester nicht hinausgingen. Er wunderte sich über so manche merkwürdige Wendung. Es gab Stellen, an denen er eigentlich eine andere Setzweise erwartet hätte. Violine eins und Violine zwei spielten plötzlich einzelne Motive vertauscht, was gegen die Regeln der Stimmführung verstieß. Alban wusste natürlich, dass viele Komponisten diese Regeln bewusst brachen, aber auf die Weise, wie es in der Partitur stand, spielte es sich etwas schwerer – und das völlig unnötig.

Alban ließ die Geige sinken. Es gab nur eine Erklärung: Dem Menschen, der dieses Stück geschrieben hatte, fehlte Erfahrung mit Streichinstrumenten. Komponisten mussten während ihres Studiums alle Instrumente des Orchesters zumindest in der Theorie erlernen. Sie mussten wissen, was ein Instrument konnte, wie man es am besten einsetzte und welche Wirkung man damit erzielte. Der Streicherapparat, die Basis eines jeden klassischen Orchesters, war dabei gewissermaßen die Grundstufe. Jeder, der auch nur ein Semester an einer Musikhochschule war und darauf hinarbeitete, Komponist zu werden, konnte einen einfachen Streichersatz schreiben. Und jeder hätte die Aufgabenstellung, diese Arienbegleitung für vier Streicher zu schreiben, bewältigt. Jeder, der die fundamentalen Grundlagen verstanden hatte.

Vielleicht hat Gräber doch recht, dachte Alban. Das war kein bedeutender Meister, der das geschrieben hat. Eher ein ungeformter, unausgebildeter Komponist. Jemand, der vielleicht Talent besaß, aber das Handwerk nicht gelernt hatte …

Die Zeit bis in den späten Nachmittag verbrachte Alban mit seinen CDs. Als die Uhr auf sieben zuging, wuchs wie üblich seine Nervosität. Hektisch wanderte er zwischen seinem Arbeitszimmer und der Küche hin und her. Als es endlich klingelte, war es genau neunzehn Uhr acht.

Vor der Tür stand Stollmann, diesmal jedoch nicht mit einer, sondern mit zwei Damen im Schlepptau: mit Fiona Bertram und ihrer Schwester Frederike.

»Es freut mich außerordentlich, Ihre Bekanntschaft zu machen«, sagte die Sängerin, sichtlich weniger schüchtern als ihre Schwester. »Ich hätte nicht erwartet, dass der kleine Hinweis auf mein Konzert in Köln gleich dazu führen würde, dass Sie mich zu sich nach Hause einladen.«

»Die Freude ist ganz meinerseits«, sagte Alban. »Sie ahnen gar nicht, welchen Gefallen Sie mir damit tun.«

Frederike war etwas größer und schlanker als Fiona, doch die Ähnlichkeit war unverkennbar. Beide besaßen die gleichen vollen Lippen und das gleiche längliche Gesicht. Frederikes Haar war heller, nicht ganz so rot wie Fionas, eher blond. Alban versuchte zu schätzen, welche der beiden die ältere war. Er tippte auf die Sängerin. Der Unterschied mochte zwei, drei Jahre ausmachen.

Stollmann hatte sich schon seines Mantels entledigt; sein Geigenkasten stand in der Diele. Alban sah ihn durch die Küchentür mit Simone sprechen.

»Sind wir die Einzigen, die Bescheid wissen?«, fragte Fiona Alban leise.

Er nickte.

»Und wann lüften Sie das Geheimnis?«

»Wenn alle eingetroffen sind.« Er hoffte, dass es bei Kessler diesmal keine Verspätung geben würde. »Darf ich Ihnen in der Zwischenzeit etwas anbieten? Ein Glas Rotwein vielleicht?«

»Sehr gerne«, sagte Frederike, und auch Fiona nickte. Als Alban in die Küche hinüberging, bekam er aus den Augenwinkeln mit, wie sich die beiden Schwestern kurz zulächelten.

»Ich habe den gestrigen Tag nur damit verbracht, meinen Part zu üben«, verkündete Stollmann stolz. »Das wird heute laufen wie geschmiert.«

»Ja, üben kann wahre Wunder wirken«, bestätigte Alban und wechselte mit den beiden Schwestern einen verschwörerischen Blick. Mit geübten Griffen öffnete er eine Weinflasche.

Als alle versorgt waren, bat Alban seine Gäste hinauf ins Arbeitszimmer. Die kleine Gesellschaft setzte sich in Bewegung, geriet aber ins Stocken, als Frederike unterwegs Zerberus begegnete. Sie strich ihm sanft über das Köpfchen. Er ließ es sich gefallen und schnurrte laut.

»Ich liebe Katzen über alles«, erklärte sie. »Ich habe selbst eine.«

Die Türklingel ertönte. Es war Kessler. Ein Glück, dachte Alban.

»Guten Abend, Nikolaus«, rief der Hauptkommissar aufgeräumt. »Eine gute Idee, einen außerplanmäßigen Musizierabend einzuberufen. Nach all dem Stress im Präsidium genau das Richtige. Und weißt du was? Ich habe meine Überstunden genommen und richtig hart am Beethoven geübt.«

»Tatsächlich?«

»Na klar, ich denke, du willst doch auch, dass wir endlich mal einen Auftritt hinkriegen, oder? Und von nichts kommt nichts.«

»Das siehst du genau richtig, Gerhard.«

»Meine Frau war schon sauer und hat behauptet, ich sei mit dem Cello verheiratet, aber das war mir egal. Ich habe mich nach Dienstschluss drei geschlagene Stunden in unser Schlafzimmer zurückgezogen und bin unser Quartett durchgegangen. Zwischendurch habe ich mir nach Jahren wieder mal eine Suite von Bach vorgenommen. Am Anfang wollten ja die Finger nicht so richtig, aber dann … Herrlich, sage ich dir. Es gibt keine bessere Entspannung. Und es gibt Dinge, die man nicht verlernt. Gut zu wissen.«

Er hängte den Mantel in die Garderobe und begrüßte Simone. »Wo sind die anderen?«, fragte er dann.

»Bereits oben«, sagte Alban.

»Dann will ich sie nicht ein weiteres Mal warten lassen.«

Kessler erklomm mit seinem Cellokasten die Treppe. Alban kam hinter ihm her, nicht ohne Simone kurz zuzuzwinkern.

Oben angekommen, stellte Alban Kessler Frederike Bertram vor, und im Gegensatz zu Stollmann wollte Kessler gleich wissen, was ihm denn die Ehre ihrer Gegenwart verschaffte. Alban staunte über die Ausdrucksweise: So etwas hatte er bei dem Hauptkommissar noch nie erlebt. »Ich werde es gleich bekannt geben. Aber kannst du es dir nicht denken?«

Kessler machte ein verwundertes Gesicht, sagte aber nichts. Alle Quartettmitglieder außer Alban packten ihre Instrumente aus; seine Geige lag schon auf dem Stuhl bereit. So konnte er sich Frederike zuwenden, die an einem der riesigen Regale stand.

»So viele Schallplatten und CDs! Das ist ja wie im Paradies hier, Herr Alban.«

»Na ja, es sammelt sich schon einiges an.«

Sie nickte und nahm einen Schluck aus ihrem Weinglas. »Während Sie einstimmen, würde ich gern schon mal einen Blick auf das Stück werfen, von dem Sie sprachen.«

»Aber selbstverständlich.« Alban bahnte sich zwischen den Notenpulten und den instrumentenstimmenden Kollegen einen Weg zu seinem Schreibtisch und nahm die kopierten Notenstapel.

»Oh, eine Partitur«, stellte Frederike fest.

»Ich hoffe, sie ist ordentlich genug geschrieben«, sagte Alban. »Ich hatte den Eindruck, das müsste so gehen.«

Frederike nickte. »Durchaus. Eine sehr deutliche Schrift.« Sie las die Noten. »Lascia ch'io pianga. Den Text kenne ich.«

»Es gibt eine Arie von Händel auf diesen Text. Aus der Oper ›Rinaldo‹. Das hier ist aber ein anderes Stück.«

Sie blätterte in den Noten. »Von wem?«

»Ich weiß es nicht. Ich dachte, es wäre ganz spannend, es herauszufinden. Wenn wir das Werk hören, fällt uns vielleicht etwas dazu ein.«

»Wo haben Sie die Partitur denn her?«

»Das ist eine lange Geschichte, die ich vielleicht später erzählen kann.«

Das Quartett nahm Platz. Alban stützte die Geige auf dem Knie auf. »Sind alle so weit?«, rief er in die Runde. Man nickte. »Einige von Ihnen wissen es bereits. Ich möchte vorschlagen, heute nicht das Beethoven-Quartett zu proben, sondern etwas anderes.« Er verteilte die Noten.

»Das ist nicht dein Ernst, Nikolaus«, sagte Kessler, als er sein Exemplar bekommen hatte.

»Aber sicher.«

»Wieso willst du gerade dieses Stück spielen? Haben wir nicht mit anderen Dingen genug zu tun?«

»Was ist denn das?«, wollte Stollmann wissen und blätterte neugierig.

»Ich weiß nicht, ob wir das machen können, Nikolaus«, meldete sich Kessler wieder. »Ich habe dir die Partitur mitgegeben, weil ich weiß, dass du dich dafür interessierst. Und jetzt willst du das Stück spielen – womöglich auch noch öffentlich?«

»Von öffentlich kann gar keine Rede sein, Gerhard. Alles bleibt hier in diesem Raum. Unter uns.«

Frederike sah verständnislos in die Runde. »Gibt es Probleme?«, fragte sie.

»Ich erkläre das sofort«, sagte Alban. In diesem Augenblick senkte sich die Klinke an der Tür, und Simone kam herein. Alban nickte ihr zu, und sie setzte sich auf den Boden, den Rücken an die Wand gelehnt.

»Ihr habt sicher von dem Todesfall in der Lotharstraße gehört«, sagte Alban.

Fiona und Frederike machten ein verwundertes Gesicht. Sie kamen aus Köln; offenbar war die Nachricht nicht bis zu ihnen durchgedrungen. Alban erklärte in kurzen Worten, worum es ging und dass die Partitur aus dem Besitz eines Mordopfers stammte. Kessler schüttelte den Kopf, schwieg aber dazu.

»Ich möchte herausfinden, von wem das Stück ist. Bisher konnte ich weder bei den Bonner Musikwissenschaftlern noch über Herrn Jochs Bekannte etwas darüber erfahren. Und so kam ich auf die Idee, die Arie zu spielen. Vielleicht kommt uns ja ein fruchtbarer Gedanke.«

»Sieht barock aus«, sagte Frederike.

Alban nickte. »Aber es gibt ein paar Wendungen ... Na ja, Sie werden schon selbst sehen oder vielmehr hören. Fangen wir einfach mal an. Ich würde gern als Erstes den Streicherpart gesondert durchgehen. Falls es Schreibfehler oder Unklarheiten gibt. Das Tempo ist Adagio. Wir sollten das ernst nehmen, vor allem beim ersten Mal. Es gibt ein paar schwierige Sprünge, die leicht unsauber werden.«

Kessler brummelte etwas, gab sich aber geschlagen. Ein paar Sekunden herrschte konzentrierte Stille. Dann begannen sie zu spielen, und es erklangen die gestoßenen Akkorde, in die der Komponist bereits einige gewagte Rückungen und Modulationen hineingelegt hatte. Frederike stand mit ihren Noten in der Hand direkt neben Alban. Als die Stelle kam, an der die Streicher lange Noten zu spielen hatten und dazu die Sopranstimme einsetzte, hörte Alban, wie sie leise mitsummte. Sie probte ihren Part.

Danach kam die Passage, die Alban beim Üben aufgefallen war – an der die Streicherstimmen so eigenartig über Kreuz gingen.

Frederike entfernte sich von ihrem Platz. Als sie kurz darauf wieder neben Alban stand, hielt sie einen Bleistift in der Hand und markierte schnell etwas in den Noten. Das Quartett gelangte an den Schlussakkord. Alle sahen Alban an.

»Irgendwelche Probleme?«, fragte er.

»Das klingt manchmal ziemlich komisch«, sagte Fiona. »Und es sind eigenartige Sprünge drin.«

Kessler lächelte abschätzig zu Alban hinüber. »Und du hast gedacht, das wäre was Bedeutendes. Soll ich dir mal was sagen? Ich verstehe sicher weniger von Musik als du, aber ich würde drauf wetten, dass Joch das Ding selbst zusammengestümpert hat.«

»Warten wir mal, wie es mit Gesang klingt«, sagte Alban. Er wandte sich Frederike zu. »Sind Sie bereit?«

»Ich denke schon.«

Wieder begannen die Akkorde. Sie mündeten in die langen Noten, über denen die Solostimme einsetzen sollte. Frederike begann, und Alban war überrascht, wie mächtig ihr Sopran klang – fast zu voluminös für diesen kleinen Raum.

Erst jetzt, im Zusammenspiel, zeigte sich, dass die dünnen Akkorde des Quartetts nur ein Teppich waren, auf dem die Solostimme gewissermaßen die Bühne betrat. Und von der ersten Note an, in den ersten zaghaften Schritten der weit ausholenden Melodie, verbreitete der Sopran eine intensive Stimmung der Verlorenheit und der Trauer. Es war eine ganz andere Art, die Bedeutung des Textes zum Ausdruck zu bringen, als man sie bei Händel erlebte. Die beiden Stücke hatten musikalisch nicht das Geringste miteinander zu tun. Und Alban war erstaunt, als er feststellte, dass die kleinen Satzfehler in den Streichern der Intensität des Stückes keinen Abbruch taten.

Die Solostimme schwang sich ein zweites Mal auf, in langen Bogen und Kurven schraubte sie sich nach oben, als strebe sie dem Himmel entgegen.

Alban war in den hypnotischen Klängen völlig versunken, als Frederike plötzlich abbrach. Die Streicher kleckerten noch ein bisschen hinterher; dann herrschte Stille. Sie hatten gerade mal die Hälfte des Stückes geschafft.

»Was ist?«, fragte Fiona, und Alban drehte den Kopf zu Frederike. »Was haben Sie?«

Die Sängerin schüttelte den Kopf. »Ich weiß nicht. Fast würde ich sagen, man müsste das Stück etwas schneller nehmen ... aber vom musikalischen Standpunkt aus ...«

»Vorgeschrieben ist Adagio«, erinnerte Stollmann.

»Das ist mir klar«, sagte Frederike. »Aber schauen Sie hier.« Sie hielt Alban ihr Partiturexemplar hin. Sie hatte die langen Bindebogen mit Bleistiftstrichen unterteilt. »Ich kann diese Phrasen in diesem langsamen Tempo nicht singen, wenn ich nicht zwischendurch atmen kann. Schon der Teil, den wir bis jetzt probiert haben, ist sehr schwer durchzuhalten. Und weiter hinten ...«, sie blätterte um, »... steigert sich das noch. Die Phrasen werden immer länger, immer schwerer, immer intensiver.«

»Sind Sie denn sicher, dass man das singen soll, ohne Atem zu holen?«, wollte Alban wissen.

Frederike lächelte verlegen; es schien ihr peinlich zu sein, dass sie mit dem Stück nicht zurande kam. »Es geht ja nicht anders. Der Komponist will, dass das alles auf einer einzigen Silbe gesungen wird. Und diese Melismen sind unheimlich dicht komponiert. Es gibt nirgendwo einen Neuansatz. Man kommt einfach nicht dazwischen. Ich muss sagen, ich habe ja schon viel Repertoire geprobt, aber so was habe ich noch nicht gesehen.«

»Ein Stümperkomponist«, sagte Kessler laut in die Stille der allgemeinen Verwunderung hinein.

»Das würde ich nicht sagen«, sagte Frederike. »Diese Melodielinie könnte herrlich werden. Aber leider läuft man Gefahr zu ersticken, wenn man sie so singen will, wie sie hier steht. Verändert man sie, um sie leichter zu machen, zerstört man sie.«

»Was wir hören konnten, war fantastisch«, sagte Fiona, und auch Stollmann nickte: »Wunderschön!«

Kessler schüttelte den Kopf.

»Vier zu eins«, sagte Alban in seine Richtung. »Simone, was sagst du?«

Albans Mitbewohnerin zuckte mit den Schultern. »Ich verstehe ja nichts davon.«

»Das spielt keine Rolle. Sag einfach, was du davon hältst.«

»Es hat etwas ...«, Simone suchte nach Worten, »... etwas Erhabenes. Als würde jemand unter der Last der Welt zusammenbrechen, aber als sei er gleichzeitig zu stolz, sich darüber zu beklagen.«

»Gut gesagt«, warf Stollmann ein.

Frederike nickte. »Sie haben ein herrliches Stück entdeckt, Herr Alban. Aber so, wie es da steht, ist es unsingbar. Es ist technisch einfach nicht möglich. Ich kenne keine Sängerin, die das schaffen könnte.«

♪

Alles ist vorbei. Endgültig. Tot.

Mit schmerzerfülltem Gesicht hastet er die Stufen hinunter, vorbei an der schwarzen Gestalt, zur Tür und in den Gang.

Er kommt erst zur Ruhe, als er in seinem Zimmer ist. Er wirft sich auf sein Bett und presst krampfhaft die Lippen zusammen.

Der Tag vergeht.

Die Nacht zieht herauf.

7

Lea wandte ihm den Kopf zu und öffnete den Mund, um etwas zu sagen. Alban konnte nichts hören und beugte sich zu ihr hinunter. Und da vernahm er sie, die Arie, das weit geschwungene Melisma – weich und verführerisch, unendlich leise.

Wie Elfenmusik.

Was Alban dabei am meisten bestürzte, war die Erkenntnis, dass Lea sang.

Sekunden später wachte er auf.

»Was willst du denn schon hier unten?«

Simone saß auf dem unteren Absatz der Treppe und war gerade dabei, ihre Joggingschuhe zu schnüren. Alban konnte sich nicht erinnern, wann er das letzte Mal so früh herunterkommen war, dass er Simones Aufbruch miterlebt hatte.

»Ich konnte nicht mehr schlafen. Mir geht so vieles im Kopf herum.«

»Lass uns darüber sprechen, wenn ich zurück bin, okay?« Sie sprang auf die Beine, öffnete die Haustür, und weg war sie.

Alban holte die Zeitung herein und überflog die Überschriften. Nichts Neues über den Mord.

Er ging hinauf, studierte einen Autoatlas und ließ sich von der Auskunft die Telefonnummer von Jochs Bruder Sebastian in Koblenz geben. Er überlegte, ob er sich dort anmelden sollte, ließ es dann aber.

Die Haustür wurde aufgeschlossen. Simone kam zurück.

»Ich hab heute nur eine kleine Runde gemacht«, sagte sie. In der rechten Hand hielt sie die Brötchentüte. »Du hast nicht vielleicht schon Kaffee gemacht?«

»Tut mir leid. Wird sofort erledigt. Du kannst ja schon duschen.«

Sie legte die Tüte auf den Tisch und verschwand in Richtung Bad. Alban setzte Kaffee auf und deckte den Tisch. Als sie zurückkam, war alles fertig.

Simone starrte nachdenklich auf ihre Tasse. »Mir geht der Abend gestern auch nicht aus dem Kopf«, sagte sie. »Ich versteh ja nicht viel von Musik. Aber diese Arie wirkt eigenartig auf mich.«

»Das hat nichts damit zu tun, wie viel man davon versteht.«

»Sie klingt irgendwie ... hypnotisch. Wie Musik aus einer anderen Welt. Aber Herrn Kessler schien das Stück ja völlig kaltzulassen.«

Nachdem Frederike Bertram das Stück für unsingbar erklärt hatte, war der Hauptkommissar in seinem Spott nicht mehr zu bremsen gewesen. »Da hast du dein Geheimnis, Nikolaus«, hatte er gesagt. »Ein Stück, das man nicht aufführen kann! Und diese Arie soll es wert sein, dass du große Nachforschungen anstellst?«

Alban hatte angesetzt, Kessler zu erklären, dass es viele Werke in der Musikgeschichte gab, die zu Zeiten ihrer Entstehung neue Maßstäbe gesetzt hatten. Die man zuerst für nicht aufführbar hielt, die aber heute jeder Durchschnittsmusiker, jedes Durchschnittsorchester spielen konnte. Strawinskys »Sacre du printemps« zum Beispiel – ein rhythmisch extrem vertracktes Skandalballett aus dem Jahr 1913. Oder Richard Wagners Oper »Tristan und Isolde«. 1861 sollte das Werk in Wien uraufgeführt werden. Es war nach damaligen Maßstäben so schwer, dass man nach 77 Proben das Handtuch warf. Heute gehörten Strawinskys »Sacre« genauso wie der »Tristan« zum gängigen Repertoire. Aber er hatte darauf verzichtet, eine solche Diskussion in Gang zu setzen.

Der Abend war gewissermaßen versickert. Kessler war schnell wieder aufgebrochen, sichtlich erzürnt, dass er für das Experiment einen freien Abend geopfert hatte.

Frederike Bertram konnte man anmerken, dass sie sich für den misslungenen Abend die Schuld gab. Sie hatte versucht, das Quartett noch zu einer Beethoven-Probe zu ermuntern, aber Kesslers Abgang machte diesen Vorschlag zunichte.

Was war es nur, das dieses Musikstück für ihn so faszinierend machte? Was berührte Alban an dieser Musik?

Frederike Bertram hatte die Arie kein einziges Mal zu Ende gesungen. Er hatte sie also nie ganz gehört – nur in der lächerlichen Darbietung von Jungs Computer. Doch das wenige, das er von dem Stück im Ohr hatte, reichte, um eine geheime Saite in ihm zum Schwingen zu bringen.

Er verdiente seit Jahren Geld damit, niederzuschreiben, warum Musik gut oder weniger gut war. Doch in diesem Fall musste er passen. Er konnte es nicht erklären. Immerhin stand er nicht allein da. Den beiden Schwestern, Stollmann und Simone hatte das, was sie zu hören bekommen hatten, ebenfalls gefallen.

Die Noten auf dem Papier waren für ihn wie eine unbekannte Inschrift in fremdartigen Buchstaben, deren Zauber man schon bei der Betrachtung erliegt – obwohl man ihre Bedeutung gar nicht kennt.

Alban erinnerte sich an eine Reise nach Ägypten, die er 1998 mit Lea unternommen hatte. Sie waren damals gerade ein, zwei Monate zusammen gewesen. Alban hatte die Hieroglyphen bewundert und den Reiseleiter gebeten, einige davon zu übersetzen. Er war erstaunt gewesen, was für profane Dinge da zutage kamen: Rechnungen, buchhalterische Notizen, Verträge – aber eben alles mehrere tausend Jahre alt und hinter einer faszinierenden Fassade verborgen. Und deshalb umso interessanter.

Ob diese Arie ein Geheimnis barg? Womöglich ein ganz profanes Geheimnis? Eine so läppische verborgene Wahrheit, dass Alban sich lächerlich machen konnte, wenn er sie aufzudecken versuchte?

»Na, wieder eingeschlafen?«, fragte Simone.

Er erwachte aus seinen Gedanken und fand sich am Frühstückstisch sitzend wieder.

»Ich hab nur ein bisschen nachgedacht.«

Sie stand auf. »In der Offenbachstraße gibt es noch viel zu tun.«

»Viel Spaß.«

»Und dir viel Erfolg.«

Er sah ihr nach, wie sie ihren Parka anzog und das Haus verließ. Als sie weg war, ging er nach oben, holte die Partitur und sicherheitshalber den Atlas. Dann stieg er in den Wagen und fuhr los.

Hinter Andernach zog sich die vierspurige B9 wie eine kleine Autobahn schnurgerade an Möbel- und Autohäusern, Einkaufszentren und undefinierbaren, mit Riesenlogos verzierten Betonkästen vorbei.

Auf der Karte des Navigationssystems rückte der Koblenzer Stadtteil Bubenheim heran. Eingekeilt zwischen der Autobahnauffahrt Koblenz-Nord und der Bundesstraße wirkte die Besiedlung wie eine in einem Spinnennetz gefangene Fliege.

Alban verließ die Bundesstraße, kam an einem Stück übrig gebliebenen Ackerlandes vorbei, bog an einer Kreuzung ab und passierte einige Abzweigungen von Stichstraßen.

»Sie haben Ihr Ziel erreicht«, meldete die Frauenstimme im Navigationssystem. Die Häuschen standen Wand an Wand, und sie bildeten einen deutlichen Kontrast zu Jochs Eigentumswohnung in der Poppelsdorfer Allee. Der Bruder hatte es wohl nicht zu einem Chefarztposten gebracht.

»Hier wohnt die Familie Joch« war auf einem Tonschild an der Haustür zu lesen, und darunter waren in verschiedenen Farben die Namen der Familienmitglieder aufgeführt: oben ganz groß »Sebastian« und »Anna«, darunter etwas kleiner und in Schreibschrift »Julian«, »Isabell« und – noch etwas kleiner – »Moppel«.

Alban nahm die Mappe mit der Partitur in die linke Hand und wollte gerade mit der rechten auf den Klingelknopf drücken, da bemerkte er, dass die Tür nur angelehnt war. Durch das getönte Glas erkannte er eine Frau, die zielstrebig auf ihn zukam, aufblickte und zusammenzuckte.

»Du meine Güte, haben Sie mich jetzt erschreckt«, sagte sie und legte sich eine von einem grünen Gummihandschuh umhüllte Hand auf die Brust. Alban entschuldigte sich, und die Frau lächelte wie über eine eigene Dummheit. »Ist ja nichts passiert«, sagte sie und ging die paar Schritte zu dem winzigen Vorgarten, in dem ein kleiner Lorbeerbaum wuchs. »Kann ich etwas für Sie tun?« Sie holte eine Gartenschere aus der Brusttasche ihres Overalls.

»Frau Joch?«

»Ganz recht.«

Sie musterte ihn. Etwas Abweisendes lag in ihrem Blick. Alban konnte sich denken, warum. Vielleicht hielt sie ihn für einen Vertreter. Die traten ebenfalls in dunklem Anzug, weißem Hemd und Schlips auf.

»Mein Name ist Nikolaus Alban. Ich bin ein Bekannter Ihres verstorbenen Schwagers. Mein Beileid ... Wäre es vielleicht möglich, mit Ihrem Mann zu sprechen?«

Frau Joch, die vor einem Busch in die Knie gegangen war, richtete sich wieder auf. »Um den Wolfgang geht es? Mein Mann ist leider nicht da.«

»Arbeitet er? Vielleicht kann ich ihn an seiner Arbeitsstelle besuchen?«

»Nein, nein, er hat heute frei. Er holt gerade ein paar Sachen aus dem Baumarkt. Die Kinder sind auch mitgefahren.«

»Keine Schule?«

Die Frau schüttelte den Kopf. »Die sind noch klein.«

Eine schwarz-weiße Katze schritt träge aus dem Haus.

»Das ist sicher Moppel.« Alban bückte sich, um der Katze über den Kopf zu streichen. Sie ließ es sich gefallen und drückte sich an seine Hand.

Die Frau nickte. »Die findet Sie aber sympathisch.«

»Ich habe auch so ein Modell«, sagte Alban. »Allerdings in Schwarz. Er heißt Zerberus.«

Er streichelte die Katze noch ein bisschen, doch dann hatte sie genug davon, ging zurück auf die Stufe vor der Haustür und begann sich ausgiebig zu putzen.

»Sebastian müsste zwar gleich zurückkommen, aber vielleicht kann ich Ihnen ja auch weiterhelfen«, sagte Frau Joch.

Alban griff in die Mappe und holte die Partitur heraus. »Dieses Schriftstück gehörte Ihrem Schwager. Es sind Noten. Mich würde interessieren, woher er sie hatte.«

Frau Joch blickte auf das Manuskript, und ihr Blick war von Verständnislosigkeit geprägt. »Also, das sagt mir jetzt gar nichts.«

»Normalerweise steht ein Komponistenname auf einer solchen Partitur. Hier ist aber nur eine Abkürzung zu lesen. Ein großes O oder ein D. Ich wüsste gern, wer sich dahinter verbirgt.«

»Sind Sie Musiker?«

»Ich bin Musikjournalist. Klassische Musik ist mein Fachgebiet.«

»Ich kann Ihnen da nichts sagen. Wir hatten keinen sehr engen Kontakt zu Wolfgang.«

»Darf ich denn hier auf Ihren Mann warten?«

»Natürlich, kein Problem.«

Alban verstaute die Partitur wieder in der Mappe. Frau Joch blieb stehen.

»Ist das vielleicht was Bedeutendes, das Sie da haben? Ich meine, ist die Partitur viel Geld wert?«

»Das kann ich nicht sagen.«

»Hat Ihnen Wolfgang die Noten geschenkt? Oder hat er sie Ihnen nur geliehen?« Sie sah Alban prüfend an. Er ließ sich Zeit mit einer Antwort. Garantiert wussten die Jochs, dass es einen Verdächtigen gab, der jetzt in U-Haft saß. Wie würden sie reagieren, wenn sie erfuhren, dass Alban gerade von diesem Verdächtigen die Partitur bekommen hatte?

Besser war es zu behaupten, dass Joch ihm die Partitur direkt gegeben hatte. Eine kleine Lüge, die aber sicher nicht auffliegen würde, wenn Sebastian Joch wirklich kaum Kontakt zu seinem Bruder gehabt hatte.

Ein Wagen fuhr heran, eine Autotür klappte, und Alban hörte Kinderstimmen. Ein Junge und ein Mädchen, beide hellblond, kamen so schnell herangestürmt, dass die Katze erschreckt ins Haus lief.

Es folgte ein hochgewachsener Mann. Dichtes graues Haar, ein kurz gehaltener stachliger Vollbart in derselben Farbe. Eine Brille mit Messingfassung. Alban versuchte sich zu erinnern, wie Wolfgang Joch ausgesehen hatte. Der war ein dicker kleiner Glatzkopf gewesen. Zwischen den Brüdern gab es keine Ähnlichkeit.

»Da sind wir wieder«, sagte Sebastian Joch mit rauer Bassstimme.

»Habt ihr alles gekriegt?«, fragte seine Frau, und er nickte, allerdings ohne den misstrauischen Blick von Alban zu lösen. Offenbar geisterten durch seinen Kopf ebenfalls Gedanken an einen Vertreter oder ein missionseifriges Sektenmitglied.

»Guten Tag, Herr Joch«, sagte Alban und stellte sich vor.

»Er kommt wegen Wolfgang«, sagte die Frau.

Sebastian Joch nickte kurz. »Sind Sie von der Polizei? Die ist doch schon hier gewesen.«

»Nein, nein«, wehrte Alban ab. »Ich bin … Privatmann. Zunächst mal mein herzliches Beileid.«

Alban streckte dem Bruder die Hand hin. Ein lascher Händedruck. »Danke.«

»Ich habe Ihren Bruder gekannt. Ich bin Musikkritiker und habe ihn ab und an im Konzert getroffen. Er hat mir vor einiger Zeit etwas gegeben, das mich beruflich interessiert. Es sind Noten.«

»Noten?«, wiederholte Sebastian Joch ungläubig.

»Musiknoten. Eine Handschrift. Nichts Altes, wie Sie jetzt vielleicht vermuten. Aber trotzdem ein ganz interessantes Stück, dessen Komponist leider auf dem Manuskript nicht angegeben ist. Und ich bin jetzt dabei, herauszufinden, von wem es stammt.«

Sebastian Joch sah Alban immer noch misstrauisch an.

»Könnte ich vielleicht zehn Minuten mit Ihnen sprechen?«, bat Alban.

»Ich verstehe nichts von Musik.«

»Darum geht es auch gar nicht. Vielleicht können Sie mir trotzdem helfen.«

Sebastian Joch ließ wieder eine Pause entstehen, nickte und wirkte, als müsse er nachdenken. Seine Frau hatte sich wieder der Gartenarbeit zugewandt.

Schließlich wies er auf die offene Haustür. Alban konnte durch den Flur bis zur hinteren Terrassentür sehen. Dort tapsten die beiden Geschwister zwischen buntem Spielzeug herum.

»Lassen wir die Kinder im Wohnzimmer spielen. Ich hoffe, es macht Ihnen nichts aus, in der Küche Platz zu nehmen.«

»Natürlich nicht«, sagte Alban und bog nach links ab. Eine Einbauküche. Am Fenster stand ein Tisch. Alban nahm Platz. Hinter der Scheibe war Jochs Frau im Vorgarten zu sehen.

»Darf ich Ihnen etwas zu trinken anbieten?«

Alban lehnte höflich ab, und Joch setzte sich ihm gegenüber. Im Hintergrund schrien die Kinder. Alban legte die Partitur auf den Tisch. Die Reaktion war wie bei der Frau. Distanziertes Interesse. Kein Verständnis.

Kein Wunder, dachte Alban. Wenn ich mit einem Bild oder einem Buch gekommen wäre, hätte der Mann etwas zu sehen oder zu lesen gehabt. Noten ergeben für Laien keinen Sinn.

»Wie gesagt, ich verstehe nichts von klassischer Musik. Ich weiß aber, dass mein Bruder vollkommen besessen davon war.«

»Und Sie haben andere Interessen?«, fragte Alban.

»Diese Art von Musik ist etwas für Leute, die es sich leisten können, ihren nostalgischen Gefühlen nachzuhängen. Und die gern mit so etwas angeben. Nichts für normale Menschen.«

»Sind Sie auch Arzt?«

»Die Hochschulausbildung war meinem Bruder vorbehalten. Ich arbeite in Koblenz bei der Kreisverwaltung.«

Irrte sich Alban, oder klang da Bitterkeit durch?

»Ihre Frau deutete an, dass Sie wenig Kontakt zu Ihrem Bruder hatten.«

»Ich habe ihn auf meinem fünfzigsten Geburtstag das letzte Mal gesehen. Im Mai.«

»Die Polizei hat ja jemanden verhaftet. Man hält ihn für verdächtig …«

Joch warf Alban einen kalten Blick zu. »Verdächtig? Was heißt hier verdächtig? Natürlich war er es. Ich weiß nicht, wie gut Sie meinen Bruder kannten, Herr Alban …« Sein Blick blieb an Albans rechter Hand hängen. Was hatte das jetzt zu bedeuten?

»Sind Sie verheiratet?«, fragte er plötzlich. Alban stutzte einen Moment, dann ging ihm ein Licht auf. Er trug an seiner rechten Hand noch immer seinen Ehering.

»Verwitwet«, sagte Alban. »Meine Frau ist vor einigen Jahren gestorben.«

»Wenn Sie meinen Bruder kannten, dann wissen Sie ja, in welchen Kreisen er verkehrte.«

Alban schwieg. Er hatte keine Lust, sich auf eine Diskussion über Homosexualität einzulassen. Vor allem nicht mit jemandem, der offensichtlich intolerant war. Dafür redete Joch weiter.

»Ist es denn nicht sonnenklar, dass dieser Kriminelle meinen Bruder ermordet hat? Und er hat Wolfgang dazu gebracht, dass der auch noch sein Testament ändert … Ohne daran zu denken, dass er einen Neffen und eine Nichte hat.« Joch schüttelte den Kopf. »Aber das wird sich alles regeln, wenn der Mörder verurteilt wird. Dann ist das Testament ja hinfällig.«

Die Kinder johlten im Wohnzimmer, und Alban sah, dass Jochs Frau an der Küchentür vorbeikam. Er beschloss, zum eigentlichen Thema zurückzukehren.

»Sie haben also keine Idee, woher Ihr Bruder die Noten gehabt haben könnte?«

Joch blätterte die erste Seite auf, löste seinen Blick aber gleich wieder von dem Papier und sah Alban an.

»Hat er Ihnen die Noten geschenkt, oder hat er sie Ihnen nur gegeben, damit Sie sie für ihn überprüfen?«

Die gleiche Frage, die auch schon seine Frau gestellt hatte. Alban holte Luft. »Herr Joch, ich kann Ihnen versichern, dass ich kein Interesse habe, mir die Noten widerrechtlich anzueignen. Sie können Sie gern haben. Aber Sie werden auch weiter nichts damit anfangen können. Es handelt sich meines Wissens nicht um etwas Wertvolles. Nicht in materieller Hinsicht.«

»Wissen Sie das genau?«

»Ich habe bereits einen Bonner Musikwissenschaftler aufgesucht. Er war dieser Meinung.«

»Warum interessieren Sie sich dann dafür? Haben Sie nichts Besseres zu tun?«

Alban suchte nach Worten. Wie sollte er diesem Ignoranten klarmachen, dass ihn das Stück berührte, dass es ihn faszinierte – und das auf eine Art, die kaum in Worte zu fassen war?

»Vielleicht steckt ja doch mehr darin«, sagte er.

In Jochs Augen trat etwas Gieriges, als er seinen Blick wieder über das Papier schweifen ließ.

Alban klärte ihn über eine seiner Vermutungen auf – dass jemand ein Stück in einer Bibliothek abgeschrieben hatte. »Wenn wir dem Original auf die Spur kommen, geraten wir vielleicht an einen aufsehenerregenden Fund. Aber auch nur vielleicht.«

»Was hat mein Bruder denn gesagt, als er Ihnen die Noten gab?«

»Nichts.«

»Nichts? Bei welcher Gelegenheit war es denn? Hat er sie mit ins Konzert gebracht? Hat er Sie zu Hause besucht?«

Alban stutzte. »Warum wollen Sie das so genau wissen?«, versuchte er abzuwiegeln. »Ich kann mich nicht mehr so genau daran erinnern. Soweit ich weiß, hat er mir in einer Konzertpause davon erzählt. Er fragte mich, ob ich mir das Manuskript mal ansehen würde. Ich zeigte Interesse ...«

»Und Sie haben ihn nie gefragt, wo er die Noten herhat? Fragt man das denn nicht als Erstes?«

Joch ließ seine grauen Augen auf Alban ruhen, dem plötzlich ein rettender Gedanke kam.

»Ich hatte den Eindruck, dass er die Partitur auf nicht ganz geraden Wegen erhalten hatte.«

»Das heißt, er hat es Ihnen nicht sagen wollen?«

»So kam es mir vor.«

»Das sieht meinem Bruder ähnlich«, murmelte Joch.

»Wie darf ich das verstehen?«

»Herr Alban, ich glaube, Sie haben meinen Bruder nicht so gut gekannt, wie ich zuerst dachte. Er war pervers. Und ein Perverser spielt eben immer ein falsches Spiel. Er führt ein Doppelleben. Und damit kann er leicht unter Druck geraten. Er kann erpresst werden, muss vielleicht andere erpressen …« Joch schwieg nachdenklich. Dann sagte er: »Warum haben Sie nicht schon zu Lebzeiten meines Bruders damit begonnen, etwas über diese Noten herauszufinden?«

Wieder musste Alban lügen. »Wie das so geht. Ich habe mir das Stück natürlich gleich angesehen und Ihrem Bruder auch gesagt, was ich davon halte.«

»Und was haben Sie gesagt?«

»Es sei musikalisch ganz interessant.«

»Ist es ein Lied?«

»Es ist eine Opernarie. Es könnte sein, dass es sich um einen Teil einer großen Opernpartitur handelt.«

»Das haben Sie also meinem Bruder gesagt. Und was ist dann passiert?«

»Erst mal nichts«, führte Alban seine Geschichte weiter. »Ihr Bruder war eine Weile nicht zu erreichen. Offensichtlich ist er ab und zu auf Reisen gewesen. Und bevor ich ihn dann im Konzert treffen konnte, habe ich von seinem Tod erfahren.«

Joch sagte nichts, und Alban ergriff die Gelegenheit, das Gespräch wieder auf den Ausgangspunkt zurückzulenken.

»Um es kurz zusammenzufassen: Sie kennen also niemanden aus dem Bekanntenkreis Ihres Bruders?«

»So ist es.«

Alban steckte die Partitur zurück in die Mappe. »Dann hat es wohl keinen Sinn, Sie weiter zu stören.«

»Einen Moment«, sagte Joch. »So einfach geht das nicht. Warten Sie.« Er stand auf und verließ den Raum.

Alban blieb sitzen. Was war jetzt los? Er wartete und starrte dabei auf den Vorgarten mit dem beschnittenen Lorbeerbusch hinaus. Es war plötzlich still im Haus. Die Kinder schienen nicht mehr im Wohnzimmer zu spielen. Als Joch nach geraumer Zeit zurückkam, hielt er ein Blatt Papier in der Hand.

»Unterschreiben Sie das.«

Alban studierte den Text. »BESTÄTIGUNG« stand in großen Buchstaben ganz oben, dann folgte getippter Text, sauber ausgedruckt. Joch hielt Alban einen Stift hin.

Es war eine Art Vertrag. Joch ließ Alban bestätigen, dass er ihm die Partitur auslieh – und zwar für eine Woche, vom heutigen Datum an gerechnet. Im letzten Absatz verpflichtete sich Alban, Joch zehntausend Euro zu zahlen, wenn er die Originalhandschrift verlieren sollte.

»Was soll das?«, fragte Alban.

»Gehörte die Partitur nun meinem Bruder oder nicht?«

»Ja schon, aber ...«

»Er hat sie Ihnen nicht geschenkt. Und Sie haben eben noch gesagt, ich könne sie gern haben. Damit ist doch alles klar. Unterschreiben Sie. Dann können Sie das Manuskript mitnehmen und eine Weile weiterforschen. Sie haften dann dafür. Wenn nicht – lassen Sie das Heft einfach hier. Die Entscheidung liegt bei Ihnen.«

Alban sah sich das Schriftstück etwas genauer an. Hinter dem Wort »Partitur« war etwas Platz gelassen. »Wollen Sie hier noch etwas eintragen?«, fragte er.

»Die Bezeichnung des Manuskriptes«, sagte Joch.

Alban holte die Noten hervor, schrieb »Arie, handschriftlich« hin.

»Bitte notieren Sie dort unten noch Ihre Anschrift und Ihre Telefonnummer.« Alban trug die Daten gehorsam ein. So ein Unsinn, dachte er. Eigentlich brauchte er sich gar nicht darauf einzulassen – schließlich hatte er die Arie mehrmals fotokopiert.

»Und jetzt bräuchte ich noch Ihren Personalausweis.«

Alban zögerte, griff dann aber doch schweigend in seine Sakkotasche und sah zu, wie Joch die Angaben miteinander verglich.

»Danke«, sagte Joch und gab das Kärtchen zurück. »Es muss eben alles seine Ordnung haben. Darf ich Sie jetzt noch mal bitten?«

Alban unterdrückte ein Seufzen, als er seinen Namen unter das Schriftstück setzte. Sollte dieser Buchhalter seinen Willen haben.

Während er der Autobahn in Richtung Mainz folgte, tauchte vor seinem inneren Auge eine Szenerie in einer Kirche auf. Lea hinter dem schwarzen, glänzenden Flügel. Gedämpftes Licht. Kaskaden von Klavierklängen, die sich in dem weiten Raum der Kirche brachen …

Vor Jahren war er mit Lea in Eltville gewesen. Damals hatte sie hier einen Klavierabend gegeben. Alban hätte gar nicht mehr sagen können, wo genau er stattgefunden hatte. Eine weitere vage Erinnerung huschte vorbei. Ein Beisammensein in einer Weinstube – nach dem Konzert, mit Besuchern und Veranstaltern …

Die Klinik am Nonnenberg lag in einem kleinen Tal abseits der Stadt. Tausende von sauber in Reih und Glied stehenden bräunlichen Nadeln bedeckten die Hänge – herbstliche Weinreben. Die Straße führte am Taleingang unter einer weitgespannten Brücke hindurch. »Nach zweihundert Metern nach links abbiegen«, sagte die Frauenstimme, und als Alban die Abzweigung erreichte, wies ein großes weißes Schild auf die Klinik hin.

Das Gebäude war ein länglicher Kasten mit einigen unregelmäßig geschnittenen Anbauten, die sich oberhalb des Hauptgebäudes an den Berg drängten. Der Besucherparkplatz schob sich als Plateau vor die verschachtelten Bauten. Als Alban ausstieg, erkannte er hinter den gedrängten Dächern von Eltville das glitzernde Wasser des Rheins.

Eine Drehtür aus Glas führte in das Foyer der Klinik. Rechts am Eingang saß ein Mann in einer Loge. Darüber hing ein Schild mit dem Hinweis »Information.«

Alban wägte ab, ob er gleich hier nach ehemaligen Kollegen von Joch fragen sollte oder ob es besser war, sich zuerst an die urologische Abteilung zu wenden. Der Mann in der Loge war höchstens Mitte zwanzig. Als sich Joch zur Ruhe setzte, mochte er also um die fünfzehn Jahre alt gewesen sein. Viel zu jung.

»Wo geht es denn bitte zur Urologie?«, fragte Alban.

»Möchten Sie jemanden besuchen, oder haben Sie einen Termin?«

Alban stutzte. So was wurde man normalerweise nicht gleich am Eingang gefragt. Offenbar hielt man das in Privatkliniken anders.

»Nein, es geht um eine Beratung. Mein Internist aus Bonn hat mich hierher geschickt. Ich soll mich bei … Wie heißt doch gleich der leitende Chefarzt?«

»Dr. Eisenmenger«, sagte der Mann.

»Genau. Zu dem wollte ich.«

»Entschuldigen Sie, aber Sie müssen erst einen Termin ausmachen. Auch für eine Beratung hätten Sie sich vorher anmelden müssen.«

»Dann lassen Sie mich das doch bitte jetzt nachholen. Wo ich schon mal da bin, wird das doch sicher möglich sein, oder?«

»Natürlich, Herr …«

»Alban. Nikolaus Alban.«

Der Mann griff zum Telefon und meldete ihn an. Kurz darauf hatte er Alban den Weg erklärt. Alban kam an einer kleinen Cafeteria und einem Kiosk vorbei. Er umrundete Patienten in Bademänteln und ging emsigen jungen Menschen in weißer Krankenhauskluft aus dem Weg.

In ihm hämmerte es. Lea, dachte er. Lea, Lea, Lea.

Dieser chemische Geruch, diese Atmosphäre, diese Mischung aus Bahnhof und Hotel – all das sorgte dafür, dass die Erinnerungen wieder hochkamen. Als Lea endlich von ihren Leiden erlöst gewesen war, hatte er sich genau in einer solchen Szenerie wiedergefunden – im Eingangsbereich eines Krankenhauses, ohne Ziel und ohne Sinn. Alban hatte seitdem keines mehr betreten. Er kämpfte tapfer gegen die Beklemmung, die ihn zu lähmen drohte.

In den Aufzug stieg eine ältere Dame mit ein. Sie hielt eine Einkaufstüte mit Saftflaschen und Süßigkeiten in der Hand; offenbar war sie auf Krankenbesuch. Schließlich erreichte die Kabine die richtige Etage, und Alban kam nach einem kleinen Marsch durch einen spiegelblank geputzten Flur an eine Glastür.

Man musste auf eine Klingel drücken. Die Tür wurde geöffnet, und kaum hatte man die Station betreten, änderte sich der Geruch wieder. Jede Station hatte ihre eigenen feinen Unterschiede. Es musste an den Medikamenten liegen, die mit den Putzmitteln eine eigenwillige Verbindung eingingen.

Alban kam an einem Gummibaum und Plakaten mit schematischen Darstellungen der menschlichen Urinausscheidungsorgane vorbei und gelangte zu einem geöffneten Zimmer, das wie eine Anmeldung aussah. Er stellte sich an einen Tresen, und eine junge Frau in Weiß begrüßte ihn.

»Herr Alban, nehme ich an?«, sagte sie.

Die ist auch zu jung, dachte er.

»Es geht um einen Untersuchungstermin?« Sie blätterte in einem riesigen Tischkalender, der auf dem Tresen lag. »Haben Sie Informationen von Ihrem Hausarzt dabei?«

»Ich habe nichts dabei«, sagte Alban. »Und wäre es vielleicht möglich, mit Herrn Dr. Eisenmenger persönlich zu sprechen?«

Die Frau sah überrascht auf. »Aber das werden Sie dann schon, wenn Sie zu Ihrem Termin wiederkommen. Im Moment müssen wir doch nur den richtigen Zeitpunkt ...«

»Es tut mir leid«, fiel ihr Alban ins Wort. »Aber es geht um etwas sehr Spezielles.«

»Und das wäre?«

Alban holte seine Brieftasche hervor und entnahm ihr die Plastikkarte seiner privaten Krankenversicherung.

»Ist es jetzt möglich, mit Herrn Dr. Eisenmenger zu sprechen, oder nicht?«

Das Mädchen nickte und verließ das Zimmer. Zwei Minuten später kam sie zurück und bat Alban, ihr zu folgen.

Es ging ein Stück weit den Flur entlang. Das Mädchen öffnete eine weitere Tür. Hier sah es nicht mehr aus wie in einem Krankenhaus, sondern wie in der Chefetage einer großen Firma. Hinter einem halbrunden Schreibtisch residierte eine dunkel gekleidete Sekretärin.

»Das ist Herr Alban«, erklärte die junge Frau. »Er ist Privatpatient.« Sie schloss die Tür und verschwand.

Die Sekretärin stand auf und gab Alban die Hand. »Es tut mir leid, dass Sie noch ein paar Minuten warten müssen. Herr Dr. Eisenmenger wird gleich für Sie Zeit haben. Darf ich Ihnen einen Kaffee bringen?«

»Danke, nein«, wehrte Alban ab. Gerade wollte er auf einem der Besucherstühle Platz nehmen, da öffnete sich eine Tür, und ein großer, breitschultriger Mann im weißen Kittel kam herein. Die Haare fielen ihm bis auf die Schultern, und sie begannen mit dem Kittel synchron nach hinten zu wehen, als er auf Alban mit einer solchen Vehemenz zukam, als würde er einen alten Bekannten begrüßen.

Alban stellte sich vor. »Eisenmenger mein Name«, rief der Chefarzt daraufhin mit voller Stimme.

Er wurde in das Büro des Arztes geschoben – ein Raum mit dunkler Schrankwand auf der einen Seite und breiter Fensterfront auf der anderen. Der Blick ging hinaus auf die Hügel der Rheinlandschaft.

»Nehmen Sie doch bitte Platz«, dröhnte Eisenmenger. Alban ließ sich in einem der bequemsten Besucherstühle nieder, die er bisher im Sprechzimmer eines Arztes angetroffen hatte; der Chefarzt setzte sich hinter seinen Schreibtisch.

»Sie haben keine Unterlagen mitgebracht, sagte meine Mitarbeiterin?«

»Das ist richtig, weil ...«

»Nicht schlimm.« Der Arzt zog einen Notizblock zu sich heran. »Sie müssen nur gleich an der Anmeldung noch einen Fragebogen ausfüllen. Wie alt sind Sie?«

»Ich bin dreiundfünfzig, allerdings ...«

»Haben Sie schon mal Beschwerden an der Prostata gehabt?« Er sah Alban ernst an. »Ich hoffe, Sie haben wenigstens bereits entsprechende Untersuchungen machen lassen. In Ihrem Alter ...«

»Herr Dr. Eisenmenger, ich bin nicht wegen einer Untersuchung hier.«

Der Arzt runzelte die Stirn. »Nicht?«

»Das war ein Missverständnis. Es geht um etwas anderes.«

Dr. Eisenmenger legte den Stift hin, lehnte sich in seinem Sessel zurück und fixierte Alban streng. »Sie sind kein Patient?«

»Ich bin hier, weil ich Sie etwas wegen eines früheren Mitarbeiters fragen möchte.«

»Wie meinen Sie das?«

»Es geht um einen Bekannten von mir, der hier bis vor etwa zehn Jahren gearbeitet hat. Sagt Ihnen der Name Wolfgang Joch etwas?«

»Joch? Es geht um Dr. Wolfgang Joch?«, rief der Arzt.

»Soweit ich weiß, hatte er früher Ihre Position inne. Wie Sie vielleicht wissen, lebte er in den letzten Jahren in Bonn. Dort wurde er tot aufgefunden – erschlagen. Man hat bereits einen Verdächtigen festgenommen, und ...«

»Sind Sie von der Polizei?« Die Stimme des Arztes war um einiges leiser geworden.

»Nein. Ich habe Herrn Joch flüchtig gekannt und bin vor seinem Tod in den Besitz einer Partitur gekommen.«

»Einer Partitur?«

»Noten«, erklärte Alban, und wieder begann dasselbe Spiel wie bei Jochs Bruder. Alban holte das Manuskript aus der Mappe, stellte die Sache der Einfachheit halber wieder so hin, als sei er über Joch selbst an die Arie gekommen, und beobachtete, wie Dr. Eisenmenger die Seiten aufmerksam umblätterte.

»Als Kind hatte ich mal Geigenunterricht«, sagte der Arzt. »Leider hat es gerade bis zu einem Vivaldi-Konzert gereicht.«

»A-Moll. Opus 3 Nr. 6«, sagte Alban.

Dr. Eisenmenger blickte erstaunt auf. »Woher wissen Sie das?«

»Jeder spielt es. Es ist eines von den leichteren.« Alban erklärte, dass er Musikkritiker war und selbst Violine studiert hatte.

Dr. Eisenmenger dachte einen Moment nach. Dann begann er das markante Thema des Konzerts vor sich hin zu singen. Nach einigen Tönen wusste er offenbar nicht weiter und verstummte. »Eigenartig. So lange habe ich nicht mehr an dieses Stück gedacht, und jetzt fällt es mir wieder ein. Ich würde es gern mal wieder hören. Oder sogar spielen. Aber es ist so lange her, dass ich die Geige angefasst habe ...«

»Geben Sie sich einen Ruck und versuchen Sie es. Zum Hören empfehle ich Ihnen die Einspielung von Fabio Biondi mit dem Ensemble Europa Galante. Da kriegen Sie das Stück so flott geboten, wie Sie es sicher nie gehört haben.« Alban buchstabierte die Namen des Geigers und des Ensembles.

»Geht Ihnen der Tod von Herrn Joch nicht nahe?«, fragte er dann. »Ich hätte erwartet, dass Sie vielleicht ein kollegiales Verhältnis zu ihm hatten.«

Dr. Eisenmenger schüttelte den Kopf. »Als Herr Joch sich damals zur Ruhe setzte, war ich nicht mal einen Monat hier. Ich hatte kaum Gelegenheit, ihn näher kennenzulernen. Und über eine Partitur kann ich Ihnen gar nichts sagen. Sie werden auch sonst keinen Mitarbeiter mehr aus Jochs Zeit finden. Die Klinik ist in der Zwischenzeit an eine andere Betreiberfirma gegangen. Wir haben angebaut und auch personell viel verändert. Ich will Sie jetzt nicht mit den strukturellen Problemen eines Krankenhauses langweilen, aber Jochs Ära ist wirklich Geschichte. Und abgesehen davon: Wann hat er Ihnen denn die Partitur gegeben?«

»Vor ein, zwei Monaten«, sagte Alban ins Blaue hinein.

»Und zu dieser Zeit hat er sie womöglich auch selbst bekommen«, mutmaßte Dr. Eisenmenger.

Alban nickte. »Ich verstehe, was Sie sagen wollen. Sogar wenn es hier jemanden geben sollte, der Herrn Joch noch gekannt hat, wüsste er wohl nichts über diese Partitur.«

»So ist es.«

»Ich hätte aber noch eine andere Frage. Wie kommt es eigentlich, dass sich Herr Dr. Joch so früh zur Ruhe gesetzt hat? Wenn ich das richtig sehe, war er zu diesem Zeitpunkt gerade mal fünfzig Jahre alt. Oder nein … er war erst neunundvierzig. Ziemlich jung, um zu privatisieren, oder?«

Dr. Eisenmenger zuckte die Schultern. »Da haben Sie recht, aber ich bin überfragt. Vielleicht war er finanziell von Haus aus gut gestellt. Vielleicht hat er im Lotto gewonnen. Ich kann es Ihnen nicht sagen.«

Alban dachte an Jochs Bruder, der offensichtlich nicht mit Reichtümern gesegnet war. Wenn Geld da war, kam es wohl nicht aus der Familie.

»Es tut mir leid, dass ich Ihre Zeit in Anspruch genommen habe.«

»Ich bitte Sie«, sagte der Arzt. Er reichte Alban die Hand. »Aber vielleicht überlegen Sie es sich doch noch einmal mit einer Untersuchung. In Ihrem Alter …«

Als Alban auf den Parkplatz hinaustrat, kam ihm der Blick über den Rhein viel klarer vor. Der Himmel war aufgerissen und zeigte Streifen von hellem Blau. Das Beste war wohl, unten in Eltville irgendwo zu Mittag zu essen und dann nach Hause zu fahren. Er hätte sich bei Dr. Eisenmenger nach einem guten Restaurant erkundigen sollen.

Er zog den Autoschlüssel aus der Tasche, drückte auf den Knopf, und der schwarze Volvo signalisierte blinkend, dass er bereit war, seine Pforten zu öffnen. Gerade wollte Alban die Beifahrertür öffnen, da näherte sich eine Frau in einem hellbraunen Mantel. Alban erkannte sie nicht gleich, doch dann wurde ihm klar, dass es Dr. Eisenmengers Vorzimmerdame war.

»Herr Alban, entschuldigen Sie«, sagte sie und sah sich nervös um. »Mein Name ist Richter. Sie haben sich doch mit Herrn Dr. Eisenmenger über Herrn Dr. Joch unterhalten?«

Alban stutzte. Wie hatte sie das hören können? »Ganz recht. Ich bin ein Bekannter von ihm aus Bonn.«

»Wissen Sie …« Sie rang nach Worten.

»Ja?«, fragte Alban.

»Ich habe da etwas mitgehört, entschuldigen Sie …«

Alban nickte freundlich. »Was kann ich für Sie tun?«

»Stimmt es wirklich, dass Herr Dr. Joch ermordet wurde?«, brachte sie hervor. »Ich habe schon gedacht, ich hätte mich verhört.«

»Nein«, sagte Alban. »Es stimmt leider. Jemand hat ihn erschlagen.«

Die Frau schüttelte den Kopf. »Oh Gott, das ist ja entsetzlich. Wer hat das getan?«

»Die Polizei hat einen Verdächtigen festgenommen. Herrn Jochs Freund. Er hat die Tat aber bisher nicht zugegeben.«

Sie sah Alban ins Gesicht, und er konnte sehen, dass sich ihre Augen mit Tränen gefüllt hatten.

»Also doch …?« Ihr versagte die Stimme. Sie stand kurz davor, zu schluchzen.

»Was meinen Sie?«, fragte Alban und suchte in den Manteltaschen nach seinem Taschentuch. Die Frau war jedoch schneller und zog aus ihrer Handtasche ein blauweißes Plastikpäckchen hervor. Sie schnäuzte sich, sah sich dann unsicher um und schüttelte wieder den Kopf.

»Haben Sie Herrn Joch gekannt?«, fragte er.

»Allerdings. Ich bin auch schon seine Sekretärin gewesen.«

»Tatsächlich? Warum hat Herr Dr. Eisenmenger dann gesagt, es gäbe hier keine Mitarbeiter mehr aus Dr. Jochs Dienstzeit?«

Sie sah Alban überrascht an. »Das hat er gesagt?«

»Allerdings.«

Sie verzog verärgert den Mund und schüttelte den Kopf. »Eigentlich wundert es mich nicht.«

»Was heißt das?«

Sie zögerte und sah Alban ernst an. »Ich weiß nicht, ob ich Ihnen das sagen kann.«

Er sah eine Weile zu, wie Eisenmengers Sekretärin unschlüssig den Asphalt anstarrte, und fragte sich, warum sie ihm eigentlich nachgelaufen war.

»Bitte, Frau Richter, tun Sie mir den Gefallen. Ich bin hergekommen, um möglichst viel über Herrn Joch zu erfahren. Erlauben Sie mir, mich ein paar Minuten mit Ihnen zu unterhalten.«

»Aber was wollen Sie wissen?«

»Es geht nicht nur um seinen Tod, sondern auch um etwas anderes. Wo können wir ungestört sprechen? Das Krankenhaus hat doch eine Cafeteria ...«

»Etwas anderes?«, fragte sie. »Etwas, das mit seinem Tod zu tun hat?«

»Vielleicht. Vielleicht auch nicht.«

»Ich habe eine Dreiviertelstunde Mittagspause. Normalerweise verbringe ich sie zu Hause bei meiner Mutter.«

»Ich kann Sie hinbringen, und im Wagen unterhalten wir uns.«

Sie sah Alban prüfend an. »Nein, das ist nicht so gut. Ich habe mein eigenes Auto. Ich hole es und komme hier vorbei. Bitte fahren Sie mir dann einfach nach.«

Sie drehte sich um und ging auf hohen Absätzen davon. Offenbar gab es auf der anderen Seite einen Mitarbeiterparkplatz.

Alban blieb nichts anderes übrig, als in sein Auto einzusteigen und zu warten. Vor sich hatte er das Rheinpanorama, im Rückspiegel behielt er den Eingangsbereich der Klinik im Auge.

Mehrere Wagen rollten vorbei. Schließlich kam ein roter Polo, der kurz hinter Alban stoppte. Frau Richter saß am Steuer. Alban ließ sie vorbei, setzte zurück und folgte ihr.

Die Fahrt ging ein Stück über eine Hauptstraße das Tal hinauf. Nach wenigen Minuten bog der Polo in eine kleine Siedlung ein. »Georgenborn« las Alban auf dem Ortsschild. Sie durchquerten die kleine Ansammlung von Häusern und tauchten dann in herbstlichen Wald ein. Hinter einer lang gezogenen Kurve blinkte Frau Richter rechts und fuhr auf einen Wanderparkplatz. Alban registrierte, dass sie sich eine Ecke suchte, die von der Straße aus nicht sofort eingesehen werden konnte. Er ließ den Volvo behutsam über die platt gewalzte Erde rollen und stieg aus. Frau Richter stand bereits neben ihrem Wagen.

»Sie machen es aber geheimnisvoll«, sagte Alban.

»Das mag Ihnen so vorkommen. Aber in einem kleinen Ort wird viel geredet. Vor allem, wenn es um eine so delikate Geschichte geht.«

Frau Richter strich sich durchs Haar. Ihre Hand zitterte. »Mein Gott, ich kann es noch gar nicht glauben. Herr Dr. Joch ermordet …«

Alban sah sich um. Es war nicht besonders einladend hier. Pfützen standen auf dem Platz. Der Weg, der in den Wald abzweigte, war matschig. In tiefen Reifenspuren, die offenbar Waldarbeiterfahrzeuge hinterlassen hatten, hatte sich Wasser gesammelt. Alban hätte mit Frau Richter gern einen kleinen Spaziergang unternommen. Beim Laufen redete es sich besser. Aber weder Frau Richter noch er trugen Gummistiefel.

»Wäre es nicht vielleicht besser, wenn ich Sie zum Essen oder wenigstens zu einem Kaffee einlade?«, fragte er. »Hier auf diesem ungemütlichen Parkplatz – das ist doch kein Ort für ein Gespräch.«

Er ertappte sich dabei, wie er die Frau sachte am Oberarm berührte. Sie zuckte nicht zurück und schenkte ihm ein Lächeln. »Danke für Ihre Höflichkeit. Das findet man nicht sehr oft heutzutage …« Sie brach ab. Ein Auto fuhr auf der Hauptstraße Richtung Eltville vorbei. Frau Richter sah erschreckt auf und schien zu prüfen, ob man sie hier stehen sehen konnte. Doch diese hinterste Ecke des Wanderparkplatzes war vor Blicken geschützt.

»Was haben Sie damit gemeint – ›also doch‹?«, fragte Alban. »Was war mit Herrn Dr. Joch? Warum hat mich Herr Dr. Eisenmenger angelogen?«

Sie schüttelte den Kopf. »Nein, Herr Alban. Bitte erzählen Sie zuerst. Verstehen Sie mich nicht falsch, aber ich muss wissen, ob ich Ihnen vertrauen kann.«

Alban ging die paar Schritte zum Wagen zurück und holte die Mappe mit der Partitur. Dann begann er zu erzählen. Frau Richter hörte ihm aufmerksam zu und nickte hin und wieder. Am Ende nahm Alban das Manuskript heraus und zeigte es ihr. Sie strich vorsichtig darüber – mehr ehrfurchtsvoll als neugierig.

»Ja, so war er«, sagte sie leise. »Er war hochgebildet, und die klassische Musik faszinierte ihn.«

»Haben Sie mit ihm darüber gesprochen?«

»Nicht nur das. Wir sind zusammen ins Konzert gegangen. Und ins Staatstheater nach Mainz. Manchmal waren wir in einem der Konzerte des Rheingau Musikfestivals. Das waren herrliche Erlebnisse …«

»Hatte Herr Dr. Joch in seinem Bekanntenkreis jemanden, von dem er eine solche Partitur bekommen haben könnte?«

Frau Richter dachte nach. »Ich glaube, sein Bekanntenkreis bestand fast nur aus Menschen, die sich für Musik begeisterten. Aber er pflegte wohl keine sehr engen Freundschaften. Herr Dr. Joch war im Grunde ein Einzelgänger. Es gab keinen richtigen Freundeskreis.«

»Sie meinen, es gab nur Sie? Und was war mit Männern?«

Frau Richter wurde unsicher, sah zu Boden und rang nach Worten. »Ich gebe es zu«, sagte sie. »Ich habe mich damals benommen wie ein junges Mädchen. Ich hätte ja auch selbst darauf kommen können, dass Herr Dr. Joch gar keine Frau wollte.«

»War es das, was Sie vorhin dazu brachte zu sagen: ›also doch‹?«

»Als Sie erwähnten, dass er einen Freund hat.« Sie seufzte. »Wissen Sie, es war aber auch wirklich schwer, nicht zu vermuten, dass er etwas von mir wollte – wenn auch ganz auf die höfliche Art. Die Konzertbesuche, die netten Gespräche über klassische Musik. Und dann die Geschenke.«

»Welche Geschenke?«

»Jedes Jahr zum Geburtstag hat er mir eine schöne, sehr sorgfältig ausgesuchte CD geschenkt … Anne-Sophie Mutter, einmal eine Gesamtaufnahme der Oper ›Turandot‹ mit Luciano Pavarotti.«

»Die Einspielung mit Pavarotti und Joan Sutherland unter der Leitung von Zubin Mehta?«, sagte Alban. »Großartig!«

»Ja«, rief sie. »Nicht wahr? Vor allem die Schlussszene, in der die von Liebesunfähigkeit gepeinigte Prinzessin nach und nach erlöst wird – wie ein Eisberg, der langsam zu schmelzen beginnt. Ach, es ist schön, einem Menschen zu begegnen, dem diese Dinge etwas bedeuten.«

Alban konnte nur zustimmen. Trotzdem musste er zum Thema zurückkommen.

»Frau Richter, mir wäre wirklich sehr daran gelegen, herauszufinden, wer diese Partitur geschrieben hat … Hatten Sie eigentlich zu Herrn Dr. Joch noch Kontakt, nachdem er die Klinik verlassen hatte?«

Frau Richter nagte gedankenverloren an ihrer Unterlippe. »Kaum. Manchmal hat er mir noch geschrieben.«

»Zum Geburtstag?«

»Ja. Und ich bekam weiterhin noch einige Jahre eine CD geschenkt.« Sie sah Alban plötzlich unverwandt an. »Es muss ein, zwei Jahre nach Herrn Dr. Jochs Ruhestand gewesen sein. Ich bekam wie üblich meine Geburtstagspost von ihm, aber diesmal war es nicht nur eine CD und eine Karte, sondern noch eine Einladung zu einem Konzert.«

»Beim Rheingau Musikfestival?«

»Nein, nein. Herr Dr. Joch wohnte zu diesem Zeitpunkt ja schon in Bonn, und ich glaube, er hat seine Konzertinteressen auch dorthin verlagert. Es war eine Einladung zu einem Kammerkonzert irgendwo am Mittelrhein. Ich weiß nicht mehr genau, wo. Aber was Sie vielleicht interessiert: Der Veranstalter war ein kultureller Förderverein, dem Herr Dr. Joch angehörte. Ein paar Interessierte hatten sich zusammengetan, kleine Veranstaltungen durchzuführen.«

Alban spürte ein Kribbeln im Bauch. »Können Sie mir sagen, wie der Verein hieß? Oder kennen Sie den Namen eines Mitgliedes?«

Frau Richter schüttelte den Kopf. »Nein. Das ist bestimmt sechs, sieben Jahre her. Ich bin auch nie auf so einer Veranstaltung gewesen. Das war die Zeit, als meine Mutter so krank war. Ich hatte keine Zeit mehr für private Unternehmungen ...« Sie schlug die Augen nieder. »Aber ich habe einige Dinge aufgehoben.« Täuschte sich Alban, oder bekamen ihre Wangen plötzlich eine rote Farbe?

»Karten, und natürlich all die CDs. Die Dinge von Herrn Dr. Joch ... Es kann sein, dass ich diese Einladung noch habe.«

»Könnten Sie sie mir vielleicht schicken?«, fragte Alban. »Oder nein, entschuldigen Sie, Sie geben die Erinnerung sicher nicht gern aus der Hand. Vielleicht könnte ich Sie heute Abend anrufen, und Sie nennen mir einfach den Namen des Vereins?«

»Ich habe eine bessere Idee. Haben Sie ein Faxgerät?«

»Oh ja«, sagte Alban.

»Dann fahre ich gleich zu Hause vorbei, suche die Einladung und faxe sie Ihnen von der Klinik aus.«

»Das wäre natürlich sehr hilfreich.« Alban nickte. »Herzlichen Dank, Frau Richter.«

»Ich freue mich, dass ich Ihnen helfen kann. Wissen Sie – ich finde, Sie haben mit Herrn Dr. Joch sehr viel gemeinsam.«

»Was das Interesse an klassischer Musik betrifft, stimme ich Ihnen zu.«

»Nein, ich finde auch menschlich. Die heutige Zeit ist so roh und kalt, so empfindungslos gegenüber geistigen Interessen. Herr Dr. Joch gehörte zu den Menschen, die diesem Verfall etwas entgegensetzen konnten. Und bei Ihnen habe ich diesen Eindruck auch.«

»Oh, vielen Dank für das Kompliment, aber ...«

»Ihnen mag das nicht so vorkommen, weil die Welt der schönen Musik und dieser Dinge Ihre Heimat ist. Sie bewegen sich ständig in dieser Welt. Aber mir geht es anders. Tagtäglich erlebe ich, wie selbst hoch ausgebildete Menschen wie zum Beispiel Dr. Eisenmenger nur durch Intrigen und Niedertracht an ihre Ziele kommen.«

Alban verzichtete darauf zu sagen, dass auch in der Welt der klassischen Musik nicht auf Intrigen und Niedertracht verzichtet wurde, wenn es darum ging, ein bestimmtes Ziel zu erreichen. Stattdessen fragte er: »Worauf spielen Sie an?«

»Herr Dr. Eisenmenger hatte es von Anfang an auf Herrn Dr. Jochs leitende Position abgesehen. Und er ist auf sehr krummen Wegen an sein Ziel gelangt.«

»Wie hat er das geschafft?«

»Ach, das sind interne Dinge, Herr Alban, mit denen ich Sie nicht langweilen möchte. Man kann schon so einiges versuchen: Entscheidungen untergraben, indem man irgendwelche Forschungsergebnisse aus den USA aus dem Hut zaubert. Man kann sich systematisch Fälle vornehmen, in denen die Heilungsprozesse nicht so verlaufen sind, wie es eigentlich sein sollte. Todesfälle sogar – zum Beispiel bei Blasenkrebs oder Prostatakrebs. Und dann kann man hinter den Kulissen immer schön darauf hinweisen, dass man ja die besseren Voraussetzungen hat, weil man über diese oder jene neue Therapie besser informiert ist.«

»Und das hat Erfolg gehabt?«

»Zunächst konnte sich Herr Dr. Joch ganz gut wehren, denn er war ein sehr guter Arzt. Was ihn schließlich zu Fall brachte, war jedoch ein handfester Skandal. Ein Patient, gerade mal neunzehn Jahre alt, ein sehr gut aussehender junger Mann, beschwerte sich über sexuelle Belästigung bei einer urologischen Untersuchung. Es gab zwar keine Zeugen, aber eine Befragung. Herr Dr. Joch kam aus dieser Sache noch ganz glimpflich heraus, weil letztlich nichts zu beweisen war und Aussage gegen Aussage stand. Allerdings gab es ein, zwei Monate später einen zweiten Vorfall. Gewisse Zeitschriften, Sie wissen schon, mit bestimmten Bildern, tauchten in Herrn Dr. Jochs Büro auf. Mehr brauche ich wohl nicht zu sagen.«

»Und irgendwann legte man Herrn Dr. Joch nahe, zu kündigen?«

»So war es.«

»Kam davon jemals etwas an die Öffentlichkeit?«

»Nein«, sagte Frau Richter. »Ich bin aber der festen Überzeugung, dass Herr Dr. Eisenmenger dahintersteckte. Dass es eine Intrige war.«

»Könnte es sein, dass er heute noch fürchten muss, dass die Sache ans Licht kommt? Hat er deswegen behauptet, es gäbe keine Mitarbeiter aus Dr. Jochs Zeit mehr?«

»Bis auf mich hat er damit ja auch recht. Und es könnte ihm sicher schaden, wenn das alles noch mal diskutiert würde. Vielleicht käme ja dann doch heraus, dass er irgendwie an diesem Vorwurf von damals gedreht hat.«

»Glauben Sie, der Neunzehnjährige von damals hat im Auftrag von Herrn Dr. Eisenmenger gelogen?«

»Bestimmt.«

»Kennen Sie den Namen des Mannes? Wissen Sie, wie ich ihn finden kann?«

»Nein, tut mir leid.«

»Dr. Eisenmenger hat die Rechnung jedenfalls ohne die Polizei gemacht. Die werden ganz bestimmt an Herrn Dr. Jochs ehemaligem Arbeitsplatz Erkundigungen einholen.«

Frau Richter machte große Augen. »Die Polizei? Natürlich! Vorgestern war ein Streifenwagen auf dem Klinikgelände. Aber mit mir haben sie nicht gesprochen.«

»Und Ihr Chef? Mir gegenüber hat er so getan, als habe er von Jochs Tod nichts gewusst.«

»Ich habe keine Ahnung.«

Alban überlegte. Eisenmengers Überraschung hatte echt gewirkt. Vielleicht war das Auftauchen des Streifenwagens ja auch nur ein Zufall gewesen.

»Glauben Sie, ich kann Schwierigkeiten bekommen?«, fragte Frau Richter.

Alban schüttelte den Kopf. »Sicher nicht. Solange Sie nicht vorsätzlich die Unwahrheit sagen. Oder etwas Wichtiges verschweigen.«

Sie sah ihn an und lächelte.

»Eine Sache wüsste ich doch gern«, sagte Alban.

»Was denn?«

»Wie haben Sie mich und Herrn Dr. Eisenmenger vorhin belauscht? Die Tür war geschlossen.«

Frau Richter zuckte mit den Schultern. »Seine Stimme ist ziemlich laut. Und als ich dann den Namen Joch hörte ...«

Er nickte, holte eine Visitenkarte hervor und gab sie ihr. Sie steckte sie so sorgfältig ein, als hätte Alban ihr ein wertvolles Geschenk gemacht.

»Vielen Dank für Ihre Hilfe«, sagte er.

»Keine Ursache. Ich helfe Ihnen sehr gern.«

Eine Minute später verließen die beiden Wagen den einsamen Waldparkplatz. In der kleinen Siedlung bremste Frau Richter und bog rechts ab.

Als Alban sie überholte, winkte sie ihm verstohlen zu. Wie ein kleines Mädchen, das einen Streich ausgeheckt hat, dachte er.

8

Auf der Heimfahrt war Alban so sehr in Gedanken, dass er den Plan, irgendwo essen zu gehen, vergaß. Je mehr er nachdachte, desto klarer wurde ihm, dass es noch viele Dinge gab, die er gern gewusst hätte.

Jochs Bruder zum Beispiel: Er besaß weniger Geld als Dr. Joch, und er hatte keinen Hehl daraus gemacht, dass er Zimmermann hinter Schloss und Riegel wünschte, damit er an das Erbe seines Bruders kam.

Konnte man ihm den Mord zutrauen? Wie hätte er dabei vorgehen können? Joch nach der Oper abfangen, dann mit ihm irgendwo hinfahren. Ihn ermorden – mit der Beethovenbüste, die Joch gehörte. Wie hätte er an die Büste kommen können?

Vielleicht war er mit Joch in dessen Wohnung gefahren und hatte die Beethovenbüste unter einem Vorwand mitgenommen.

Als Zweites die Geschichte mit Dr. Eisenmenger. Alban hatte keinen Grund, an dem, was Frau Richter erzählt hatte, zu zweifeln. War der Chefarzt deswegen verdächtig? Warum hätte er seinen Vorgänger nach all den Jahren töten sollen? Sein Plan war doch aufgegangen. Und Joch schien sich längst damit abgefunden zu haben. Oder hatte er doch noch etwas in die Hand bekommen, womit er sich hätte rehabilitieren können? Hätte ein solcher Beweis für Dr. Eisenmenger auch heute noch, Jahre später, gefährlich werden können?

Simones Laster stand nicht in der Einfahrt. Alban schloss die Tür auf, und Zerberus begrüßte ihn mit einem krächzenden Maunzen.

Auf der Treppe lag ein großes Blatt Papier mit einer Nachricht. »Bin sehr gespannt, was du herausgefunden hast. Komme erst am frühen Abend nach Hause. S.«

Alban bückte sich, um es aufzuheben. Dabei rieb Zerberus das schwarze Köpfchen an seiner Hand.

»Ja, ich weiß«, sagte Alban. »Ich verstehe ja, dass du dich einsam gefühlt hast.«

Der Kater folgte ihm, als er in sein Zimmer ging, und sprang gleich auf den Sessel. Alban erntete vorwurfsvolle Blicke. Wahrscheinlich erwartete Zerberus, dass jetzt wie gewohnt Musik gehört wurde.

»Tut mir leid, heute nicht«, sagte Alban und wandte sich dem Faxgerät zu. Ein Blatt lag im Auffangkorb.

Es war ein einfach gedrucktes Konzertprogramm – eine der typischen Einladungen kleinerer Veranstaltungen, wie sie stapelweise an strategischen Verteilungspunkten wie Buchhandlungen, Sparkassen oder in Foyers öffentlicher Gebäude lagen. Ganz oben war der Name des Veranstalters zu lesen: »Rheinkunst – Förderung klassischer Musik im Rheinland«. Darunter das Datum des Konzerts, der Name der Künstlerin und das Programm. »Sieglinde van Bergen, Harfe«, las Alban. Werke von Saint-Saëns, Fauré, Bach-Gounod und anderen. Als Veranstaltungsort war eine Kirche in Remagen angegeben. Das Datum lautete Sonntag, 1. Dezember 1996.

Erster Advent. Eine unbekannte Künstlerin stellt sich vor. Vorweihnachtliche Harmonie. Ein Konzert wie viele andere.

»Herzliche Grüße – M.R.« stand mit einer sorgfältigen Kinderschrift auf einer freien Stelle geschrieben.

Interessanter als die Konzertinformationen waren die Hinweise am Fuß des Blattes. Frau Richter hatte ein Ausrufezeichen an den Rand gemalt, dort wo in kleiner Schrift »Vorstand« zu lesen war. Daneben waren drei Namen aufgeführt: Dr. phil. Alessandro Bernardi, Gräfin Therese von Schaumburg und Dr. med. Wolfgang Joch.

Eine Weile starrte Alban nachdenklich vor sich hin und spürte ein Drücken im Magen. Ihm wurde bewusst, dass er seit heute Morgen nichts gegessen hatte.

Unten ging die Haustür auf. Zerberus sprang von seinem Sessel, lief zur geschlossenen Tür und ließ ein leises Maunzen hören.

Alban stand auf, öffnete, und der Kater flitzte die Stufen herunter.

»Nikolaus?«, rief Simone nach oben.

Alban ging die Treppe hinunter. Simone, mit ihrem grünen Overall bekleidet, zog den Schemel aus der Garderobe, ließ sich nieder und knüpfte ihre schweren Schuhe auf.

»Na, Herr Detektiv?«, rief sie. »Hast du einen schönen Ausflug gemacht? Ich platze vor Neugier. Ich habe mich extra beeilt.«

»Lass uns einen Kaffee trinken und was essen. Dann erzähle ich dir alles.«

»Ich bin etwas ratlos, ob diese ganzen Geschichten Herrn Zimmermann irgendwie helfen können«, sagte Alban eine Dreiviertelstunde später. »Aber immerhin habe ich Namen von Menschen aufgetrieben, die Dr. Joch kannten. Ich hätte nicht gedacht, dass das so schwierig ist. Aber wie komme ich an diese Leute ran? Ich weiß ja gar nicht, wo sie wohnen.«

»Das musst du heutzutage nicht mehr wissen, um an eine Telefonnummer zu kommen«, sagte Simone, die gerade an einem Salamibrot kaute. »Du findest die Nummer einer bestimmten Person ohne Weiteres im Internet.«

»Ach?«

Sie steckte das letzte Stück Brot in den Mund und stand auf. »Gehen wir doch die Sache gleich mal an. Komm mit.«

Sie gingen gemeinsam hinauf in Albans Arbeitszimmer. Simone las, was auf dem Fax von Frau Richter stand, und schaltete Albans Computer ein. »Du kannst so ein Gerät für weit mehr als nur das Schreiben und Versenden von Texten verwenden.« Alban schwieg. Er hatte davon gehört. Er benutzte den PC erst seit Kurzem außer zum Schreiben auch zum Versenden von Mails. Bis dahin hatte er noch Disketten mit der Post geschickt.

Simone hantierte am Computer herum. »Wie heißt der Mann noch mal?«

»Bernardi. Alessandro Bernardi. Offenbar ein Italiener. Vielleicht wohnt er gar nicht hier in der Gegend, sondern in Rom oder Mailand. Und dort wird es Bernardis wie Sand am Meer geben ...« Alban stand hinter Simone und sah ihr zu, wie sie den Namen in ein Feld zwischen bunter Werbung tippte.

»Alessandro Bernardi gibt's schon mal nicht«, sagte sie. »Ich lasse mal den Vornamen weg.«

Das Spiel begann von vorne. »Zweihundertsiebenundneunzig Einträge. Aber hier haben wir was. Bernardi Komma A Punkt. Keine Adresse eingetragen. Aber die Vorwahl gehört hier in die Gegend. Das könnte Königswinter sein.«

Alban ging an seinen Schreibtisch. »Sag mir bitte mal die Nummer.« Er nahm einen Zettel und den Bleistift, der immer bereitlag.

»Der versierte Computernutzer druckt so was aus. Aber wenn du meinst ...« Sie diktierte.

»Und jetzt brauchen wir noch diese Frau von Schaumburg.«

»Das wird genauso funktionieren.« Sie tippte. »Über achthundert Treffer mit Schaumburg allein. Gar keinen, wenn ich den vollen Namen eingebe.«

»Dann versuche ich also mein Glück erst mal mit Herrn Bernardi.« Alban nahm das Mobilteil und wählte. Es klingelte dreimal, dann meldete sich ein Anrufbeantworter. Ein Mann, dessen Stimme einen unverkennbar italienischen Akzent aufwies, erklärte, ohne seinen Namen zu nennen, nicht zu Hause zu sein. Die Möglichkeit, eine Nachricht zu hinterlassen, gab es nicht. Die Verbindung wurde unterbrochen.

»Ich könnte mal allgemein im Internet nach dem Namen suchen«, schlug Simone vor. »Wenn er an einer Uni arbeitet, könnten wir sogar seine Mailadresse rausfinden.«

»Ist die mehr wert als die Telefonnummer?«, fragte Alban.

Simone verdrehte die Augen und tippte wieder etwas ein. Alban sah, wie sich der Bildschirm neu aufbaute.

»Ach herrje«, rief sie. »Kannst du Italienisch? Sonst blickst du hier nicht durch.«

Alban überflog die Zeilen. Sein Italienisch reichte gerade, um die wichtigsten Wörter in einem Operntext oder musikalische Vortragsangaben zu verstehen. Den Text begriff er nicht. Doch dann stieß er auf einen Ausdruck, den er kannte.

»Da steht was von *musicologia*«, sagte er. »Das heißt Musikwissenschaft.«

»Ich filtere mal die deutschsprachigen Seiten heraus.«

Simone hatte gerade angefangen, neue Befehle einzugeben, da klingelte das Telefon. Alban beobachtete das Treiben auf dem Computer und griff gleichzeitig nach dem schnurlosen Hörer.

»Bitte wer ist da?«, rief eine raue Stimme.

»Alban.«

»Dottore Bernardi hier. Haben Sie versucht, mich zu erreichen?«

»Herr Bernardi?«

Simone hörte auf zu tippen und drehte sich überrascht um.

»Ich sehe Ihre Nummer hier auf dem Display«, sagte Bernardi. »Was kann ich denn für Sie tun, Herr Alban?«

»Ich hätte nur eine Frage. Ich habe Ihre Telefonnummer aus dem Internet und weiß gar nicht, ob ich bei Ihnen richtig bin. Sind Sie Dottore Alessandro Bernardi?«

»Ganz recht.«

»Kennen Sie einen gewissen Dr. Wolfgang Joch?«

»Joch?« Bernardi sprach den Namen etwas weicher aus und hatte wie viele Ausländer Probleme mit dem Ch, das bei ihm wie ein hartes R klang. Außerdem hängte er ein fast unhörbares E an.

»Dr. Wolfgang Joch. Ein Mediziner im Ruhestand«, erklärte Alban. »Er lebte in Bonn. Sie sind mit Herrn Dr. Joch zusammen in einem Kulturverein namens Rheinkunst. So bin ich auf Sie gekommen.«

»Das ist aber lange her«, sagte Bernardi. »Ich habe Herrn Dr. Joch seit Jahren nicht mehr gesehen. Warum wollen Sie das überhaupt wissen?«

Alban stellte sich vor und erklärte, dass er im Besitz einer Partitur sei, die von Joch stammte. Auch hier erschien es ihm ratsam, offenzulassen, dass zwischen ihm und Joch noch Zimmermann gestanden hatte, der Alban letztlich zu der Partitur verholfen hatte. Dafür umriss er Bernardi, worum es sich handelte: um eine Arie auf einen Text, der schon einmal in einer Händel-Oper verwendet worden war.

»Ich bin jetzt auf der Suche nach der Quelle dieser geheimnisvollen Partitur. Ich habe vermutet, dass Sie Musikwissenschaftler sind und mir vielleicht weiterhelfen können. Entweder mit Informationen über Herrn Dr. Joch oder indem Sie sich das Manuskript ebenfalls einmal ansehen.«

Bernardi ließ ein kurzes Lachen vernehmen. »Eine spannende Geschichte, Herr Alban. Oder soll ich lieber sagen: Herr Kollege? Das ist ganz nach meinem Geschmack. Aber sagen Sie mir doch bitte: Warum fragen Sie Herrn Dr. Joch nicht selbst, woher er die Partitur hat? Habe ich da etwas missverstanden, oder wollten Sie mir auch sagen, dass Herr Dr. Joch nicht mehr lebt?«

»Ganz recht. Dr. Joch ist tot. Er wurde ermordet. Haben Sie es nicht in der Zeitung gelesen? Der Tote auf der Baustelle …«

»Baustelle? Der Mann, der mit der Beethovenfigur erschlagen wurde? *Mamma mia!* … Er wurde ermordet, und Sie haben gewissermaßen die Partitur geerbt …«

»So kann man es sagen«, bog Alban die Wahrheit zurecht. »Hätten Sie Zeit, sie sich anzusehen? Ich sehe, Sie wohnen nicht weit von hier.«

Doktor Bernardi schien seinen Kalender zu wälzen. »Wie ich schon sagte, die Sache ist ganz nach meinem Geschmack. Wie wäre es gleich mit heute Abend?«

»Sehr gerne. Darf ich Sie besuchen?«

»Haben Sie schon etwas zum Abendessen vor? Wie wäre es, wenn wir uns in einem Restaurant treffen?«

»Machen Sie einen Vorschlag.«

»Kennen Sie die Bodega Dali in Rolandswerth?«

»Ja, die kenne ich.«

»Sagen wir, um halb acht? Ich reserviere einen Tisch.«

♪

Der Junge hatte schon oft das Gefühl, dass die Zeit nicht verrinnt, sondern steht, wenn er die Welt um sich herum genau im Auge behält. Nichts ereignet sich, alles ist starr, die Zeit dehnt sich zur Unendlichkeit. Sein Leben wird zu einer Zeitinsel, auf der er durch die Welt schwimmt und in der seine Gedanken kreisen.

Manchmal hat er sich in einer solchen Zeitinsel verloren, voller Gedanken das Klavier aufgeklappt und ein paar Tasten angeschlagen. Dann kam es ihm vor, als hörte er die Töne zum ersten Mal.

Ein Ton, dann noch ein Ton: Die Spannung des Intervalls wird zu einem Ereignis, über das er lange, sich immer weiter wie auf einer endlosen Spirale in seiner Zeitschleife drehend, nachdenken kann. Und wenn er irgendwann aus seinen Fantasien erwacht, ist es, als sei ein Stück der Zeit abgebrochen, fast mit Gewalt abgerissen worden. Und er kehrt zurück aus einem Nirgendwo, von irgendwoher, in dem Unendlichkeit herrscht.

Irgendwann ist es dunkel geworden.

♪

Alban stellte den Volvo auf dem rechten Seitenstreifen der Rheinuferstraße ab und blickte in den Seitenspiegel, bevor er die Tür öffnete. Es war bereits dunkel, und die heranrasenden Wagen waren nur als grelle Doppelscheinwerfer zu erkennen. Er wartete auf eine Lücke im Verkehr, quetschte sich aus dem Wagen und lief hinüber zum Eingang der Bodega. Es ging ein paar Stufen hinab, dann kam er auf die kiesbestreute Terrasse, die zum Rhein hinausging.

Im Sommer konnte man draußen sitzen und auf die Insel Nonnenwerth hinübersehen. Dort lag, umgeben von hohen Bäumen, das Franziskanerinnenkloster, an das ein Gymnasium angeschlossen war. Jetzt, im unwirtlichen Herbst, hatte die Terrasse geschlossen, die lang gestreckte Insel lag als unförmiges Gebilde im Dunkeln, und das Kloster war bestenfalls durch ein paar Lichter zu erahnen.

Alban blieb stehen und blickte auf den dunklen Fluss. Ein Musikstück aus Leas CD begann in seinem Kopf zu klingen. Es war Liszts Elegie »Die Zelle von Nonnenwerth«, die vor etwa hundertfünfzig Jahren dort drüben auf der Insel entstanden war. Als Liszt sie Mitte des 19. Jahrhunderts geschrieben hatte, war der Rhein noch wilder und viel romantischer – ohne B9, von der der Verkehrslärm herunterschallte. Ohne Schnellzüge, die durch das Rheintal donnerten.

Alban wandte sich von dem schwarzen Wasser ab und ging zum Eingang des Restaurants. Durch die Glastür drang warmes Licht. Im Inneren fragte er den Kellner nach dem für Bernardi reservierten Platz und wurde in einen Raum geführt, dessen Wände in einem sanften Gelbton gestrichen waren.

Bernardi war bereits eingetroffen. Er legte eine Zeitung weg, in der er gerade gelesen hatte, erhob sich und gab Alban die Hand.

»Herr Alban – ich freue mich, Ihre Bekanntschaft zu machen.«

Der Italiener war schwarzhaarig, schlank und groß gewachsen. Er trug einen edlen dunklen Anzug und ein weißes Hemd, allerdings keinen Schlips. Stattdessen zeigte sich ein dünnes Goldkettchen an seinem Hals. Der Chromrand seiner Brille biss sich unangenehm mit dem Gold.

»Bin ich zu spät?«, fragte Alban. »Ich hoffe, Sie warten nicht schon lange.«

»Aber nein.« Bernardi blieb stehen, bis sich Alban gesetzt hatte. Der Kellner legte die Speisekarten hin.

»Waren Sie schon einmal in diesem Restaurant?«, fragte er, während er die Karte studierte.

»Ja, aber es ist ein paar Jahre her. Es war ein geschäftliches Treffen mit dem Redakteur einer Musikzeitschrift.«

Der Dottore winkte dem Kellner, und dann folgte ein langwieriger Bestellvorgang – mit Vorspeisen, Nachspeisen und Wein. Erst als alles unter Dach und Fach war und Ajoli mit Brot auf dem Tisch stand, entschloss sich Alban, zur Sache zu kommen.

»Lehren Sie an einer Universität hier in der Gegend?«, fragte er. »Oder was hat Sie als Italiener ins Rheinland verschlagen?«

Bernardi saß entspannt auf seinem Stuhl, den Oberkörper leicht zurückgelehnt, und kaute an einem Stück Weißbrot.

»Die Arbeit an einer Universität – das habe ich hinter mir. Ich bin letztes Jahr sechzig geworden. Ich habe mich zurückgezogen.«

Alban staunte. Das hätte er nicht gedacht. Bernardi konnte durchaus als Endvierziger durchgehen. Na ja, dachte Alban. Die schwarzen Haare sind sicher gefärbt. Und wenn man dann noch so schlank ist …«

»Ich stamme aus Rom«, fuhr der Dottore fort. »Aber ich kam schon in den sechziger Jahren nach Deutschland. Zum Studium.«

»Ist es nicht viel schöner, in Rom Musikwissenschaft zu studieren?«

Bernardi schüttelte den Kopf. »Schöner ja, aber dort herrschte damals nicht die geringste Fachkenntnis. In Deutschland sah das ganz anders aus. Hier gibt es eine richtige Tradition in diesem Fach. Die Italiener interessieren sich doch nur für die Oper.«

»Die Oper ist auch Musik.«

»Aber sie geraten dann sofort in unwissenschaftliche Schwärmerei … Später hat sich das allerdings geändert. Ich bin dann nach Italien zurückgegangen und habe in Mailand an der Universität unterrichtet.«

»Trotzdem hat es Sie wieder nach Deutschland gezogen.«

»Die deutsche Kultur fasziniert mich. Aus Deutschland kommen die ganz Großen: Bach, Beethoven, Brahms.«

»Wie haben Sie Herrn Dr. Joch kennengelernt?«

»Das ist schon lange her. Wir trafen uns in den Sechzigern an der Kölner Universität. Joch hat musikwissenschaftliche Vorlesungen besucht, obwohl er Medizin studierte. Wir haben uns dann lange aus den Augen verloren. Dann traf ich ihn durch Zufall wieder. Ich hatte damals ein Haus in der Nähe von Siena. Eines Tages gehe ich über den Marktplatz – und da sehe ich ihn in einem Café sitzen. Er hat mich sofort wiedererkannt. Ich ihn allerdings nicht.« Bernardi strich sich lächelnd über den Kopf. »Seine Haare, verstehen Sie? Er hatte sie verloren.«

Alban nickte. Ein Glatzkopf. So hatte er Joch in Erinnerung.

»Ab und zu trafen wir uns, wenn er in die Toskana kam. Und dann schrieb er mir einen Brief. Er lud mich zu einem musikwissenschaftlichen Vortrag nach Deutschland ein. Wir haben dann zusammen einen Verein gegründet. Man sagt, das sei in Deutschland so üblich, wenn man gemeinsame Interessen vertritt.«

»Handelt es sich um diesen Verein hier?«, fragte Alban und griff nach dem Fax von Frau Richter.

»Darf ich mal sehen?«, fragte der Dottore.

Alban hielt ihm das Blatt hin, und Bernardi lächelte wehmütig. »Ja, das waren noch Zeiten. Sieglinde van Bergen. Die kennt heute niemand mehr.«

»Ist sie nicht weiter von Ihnen unterstützt worden?«

»Ich glaube, das war das einzige Konzert, das unser Verein überhaupt organisiert hat. Wo haben Sie das her? Von Herrn Joch?«

»Herr Joch hat eine Bekannte in dieses Konzert einladen wollen, und sie hat das Programm noch gehabt ... Was meinen Sie damit, dass dies das einzige Konzert war? Gibt es den Verein nicht mehr?«

»Schon lange nicht mehr. Sehen Sie – unten auf dem Blatt finden Sie den Namen Therese von Schaumburg. Kennen Sie sie?«

»Nein.«

»Sie ist eine Adlige vom alten Schlag, wie man auf Deutsch so schön sagt. Preußisch, sehr korrekt. Sie ist sehr, sehr alt. Das war sie damals schon. Zu alt, um sich weiter um den Verein zu kümmern. Wenn sie noch lebt, was ich bezweifle, muss sie heute über hundert Jahre alt sein.«

Alban nickte. »Es muss aber doch noch jemand in diesem Verein gewesen sein. Soviel ich weiß, kann man zu dritt keinen Verein gründen.«

Bernardi winkte ab. »Das haben wir nicht so genau genommen. Wir waren gar nicht im Vereinsregister. Das Projekt war damals in der Anfangsphase, und wir haben noch Mitglieder gesucht. Aber es wurde nichts daraus. Wir haben außer diesem Konzert noch ein paar Vorträge organisiert, und das war es. *Finito.*«

»Und Sie und Joch?«

»Was meinen Sie?«

»Wie hat sich Ihre Bekanntschaft weiterentwickelt?«

Bernardi warf ihm einen seltsamen Blick zu. »Ich bin nicht homosexuell, falls Sie das ansprechen möchten.«

»Das meine ich auch nicht.«

»Ich habe Joch schon sehr lange nicht mehr gesehen. Deshalb war ich auch neugierig, was Sie mir erzählen würden. Stattdessen erzähle ich Ihnen nun mein ganzes Leben, und ich frage mich, warum. Wenn ich Sie recht verstanden habe, ging es doch um eine Partitur?«

»Sie haben recht. Entschuldigen Sie, dass ich so neugierig war. Aber wenn Sie das Manuskript gesehen haben, werden Sie es verstehen. Lassen Sie mich Ihnen die Partitur zeigen, bevor das Essen serviert wird.«

Bernardi lächelte. »Ich dachte schon, Sie würden den Vorschlag nie machen. Lassen Sie sehen.«

Alban spürte leichte Aufregung, als er die Mappe öffnete und das Papier herauszog.

Bernardi studierte das Titelblatt, und sein Gesichtsausdruck wurde ernst. Nach Albans Meinung ließ er sich ziemlich lange Zeit, bis er den Notenteil aufschlug. Dann sah er auf. »Hat Herr Joch irgendetwas gesagt, als er Ihnen das gab?«

»Nichts. Ich habe ihn gefragt, wo er das Manuskript herhat, aber er hat behauptet, das tue nichts zur Sache. Ich hatte den Eindruck, es ginge ihm hauptsächlich darum, von mir zu erfahren, ob diese Musik Qualität hat.« Alban wurde bewusst, dass er sich in die Lüge, die Partitur sei direkt von Joch gekommen, gut eingefunden hatte. Mittlerweile glaubte er fast selbst daran.

Bernardi begutachtete die Notenschrift. »Und was halten Sie von dem Stück, Herr Kollege?«, fragte er, ohne seinen Blick von den Noten zu nehmen. »Hat es in Ihren Augen Qualität?«

»Vielleicht hat er einen jungen Komponisten gekannt, der sich einmal im Barockstil versucht hat. Vielleicht kannte er aber auch einen Musikwissenschaftler, der das Stück in einem Archiv abgeschrieben hat, und er wollte wissen, ob es sich um einen bedeutenden Fund handelt. Mehr fällt mir dazu nicht ein. Und rein gefühlsmäßig ... Das Stück hat etwas, würde ich sagen.«

»Ein Musikwissenschaftler, auch ein Student, der so was in einem Archiv findet, hätte sich nicht an Herrn Joch gewandt, um etwas über den Wert des Stückes zu erfahren.« Mittlerweile war Bernardi auf den nächsten Seiten angekommen. »Mir erscheint die Theorie von dem jungen Komponisten plausibler zu sein.«

»Kennen Sie denn jemanden aus Herrn Jochs Umfeld, der infrage käme? Vielleicht im Zusammenhang mit dem Verein?«

Bernardi schüttelte den Kopf. »Vergessen Sie den Verein. Da hat es nicht viele Kontakte gegeben.«

»Aber vielleicht hat jemand von dem Verein erfahren und wollte unterstützt werden. Ich erlebe so etwas auch. Sie glauben nicht, wie viele junge Künstler sich an mich wenden – auf der Suche nach Hilfe im Konzertleben oder bei Schallplattenfirmen.«

Bernardi las das Manuskript schweigend bis zum Schluss durch. Dann klappte er es zu und legte es hin. Er schwieg nachdenklich.

»Ihnen ist sicher aufgefallen, dass der Komponist den Text einer Händel-Arie neu vertont hat«, sagte Alban. »Vielleicht haben wir es mit einer zweiten Fassung des Stückes zu tun. Vielleicht ist es die Abschrift eines Händel-Manuskripts. Es wäre eine Sensation, wenn ...«

Bernardi legte die Hände auf den Tisch, und Albans Blick fiel auf seine schwarz behaarten Handrücken. »Herr Alban, ich glaube, Sie steigern sich da in etwas hinein. Können Sie sich vorstellen, wie das Stück klingt?«

»Ich weiß, worauf Sie hinauswollen. Sie meinen die Satzfehler. Die merkwürdigen Stimmführungen in den Streichern und die gewagten Modulationen ... Aber darauf kommt es ja nicht an.«

Er berichtete, wie er mit seinem Streichquartett und Frederike

Bertram versucht hatte, die Arie zum Klingen zu bringen. Bernardi hörte zu, und Alban bemerkte plötzlich einen amüsierten Ausdruck auf seinem Gesicht.

»Wie ist die Aufführung ausgegangen?«, fragte der Dottore.

Alban musste zugeben, dass die Sängerin gescheitert war. »Sie hat diese komplizierten Koloraturen nicht singen können. Sie hat gesagt, man würde daran ersticken.«

»Sehen Sie, da haben Sie es.«

»Was meinen Sie?«

Bernardi schien nach Worten für eine längere Erklärung zu suchen. Dann machte er ein Gesicht, als müsste er sich korrigieren, und sagte nur: »Vergessen Sie dieses Machwerk, Herr Alban. Es ist das Papier nicht wert, auf dem es steht. Da war kein ernsthafter Komponist am Werk. Wer weiß, vielleicht hat Joch selbst mal zu komponieren versucht.«

»Aber ...«

»Ich als Italiener«, sagte er und machte eine bedeutungsschwangere Pause. »Ich als Italiener habe die Gesangsmusik, die Oper im Blut.«

Oh Gott, jetzt fängt der so an, dachte Alban.

»Und ich als Italiener sage Ihnen – diese Noten wurden hingeschmiert von einem ... wie sagt man?«

»Stümper?«, entfuhr es Alban.

Bernardi nickte. »Von einem Stümper.«

»Sind Sie sicher? Ich meine ...«

Bernardi legte seine Hand auf Albans Arm, um seinen Einwand zu stoppen. »Herr Alban, ich sage Ihnen noch etwas. Ich glaube nicht, dass Herr Dr. Joch wirklich etwas über die Qualität dieser Partitur wissen wollte, als er sich damit an Sie wandte. Da stimmt etwas nicht.«

»Was meinen Sie damit? Er hat es mir doch selbst gesagt ...«

Bernardi zog wieder die Augenbrauen zusammen und musterte Alban. »Ich würde gern wissen, was er genau gesagt hat. Wörtlich, verstehen Sie?«

Alban versuchte, seine Unsicherheit zu verbergen, aber er konnte diesem stechenden Blick einfach nicht standhalten. »Ich kann mich nicht erinnern«, begann er. »Er brachte mir eines Tages diese

Noten mit, in einem Umschlag ... Und dann fragte er mich, was ich davon halte.«

Bernardi schüttelte den Kopf. »Mit Verlaub, Herr Alban. Warum hat er sich in dieser Sache nicht an mich gewandt?«

Um kurz nach zehn bog Alban wieder in die Beethovenallee ein. Sein Bauch fühlte sich an, als hätte er drei Kilo Beton verspeist.

Gleich nachdem Bernardi die Partitur als das Werk eines Stümpers abgetan hatte, war in Alban der Keim eines dumpfen Ärgers entstanden, und er hatte sich verstärkt, als der Kellner das Essen aufgetragen hatte. Bernardi war den Rest des Abends sehr kurz angebunden gewesen, und Alban vermutete, dass dahinter so etwas wie Eifersucht steckte. Der Dottore nahm Joch offenbar über dessen Tod hinaus übel, dass nicht er, sondern Alban gefragt worden war, um etwas zur Qualität der Partitur zu sagen. Mehrmals war Alban versucht gewesen, die ganze Sache aufzuklären und zu sagen, dass das Manuskript in Wirklichkeit von Zimmermann gekommen war, aber es war ihm zu dumm gewesen, vor dem selbstbewussten Italiener als Lügner dazustehen. Schließlich hatten sie sich förmlich verabschiedet.

Alban betrat sein Haus und hörte aus Simones Räumen Fernsehgeräusche. Dramatische Musik, Reifenquietschen, abgehackte Dialoge.

Alban ging in sein Arbeitszimmer hinauf und schloss die Tür hinter sich.

Jetzt hatten schon zwei Experten die Arie, die Alban so geheimnisvoll und faszinierend vorkam, niedergemacht. Andererseits war Alban so gut wie sicher, dass beide nicht frei von persönlichen Vorurteilen gewesen waren.

Es klopfte an der Tür. Simone hatte offenbar mitbekommen, dass er zu Hause war.

Alban rief »Herein«, und sie schob sich zögernd in den Raum. Sie trug eine Jogginghose und ein Sweatshirt, dazu dicke graue Socken.

»Bist du schon lange da?«, fragte sie.

Alban setzte sich hinter seinen Schreibtisch. »Gerade erst gekommen.«

Simone ließ sich im Sessel nieder. »Und? Was hat Bernardi gesagt?«

Alban schüttelte den Kopf. »Ich fürchte, viel ist bei der Sache nicht herausgekommen.«

Er berichtete, wie der Dottore auf die Partitur reagiert hatte, und versuchte, die unterschwellige Eifersucht zu beschreiben, die Bernardi plötzlich gepackt hatte. Alban war sich nicht sicher, ob ihm das überzeugend gelang, aber Simone nickte verständnisvoll.

»Der Typ war einfach sauer, dass er nicht nach seiner Meinung gefragt worden ist.«

Alban stand auf, kam hinter dem Schreibtisch hervor und begann ziellos im Raum herumzulaufen. »Dabei stimmt das alles ja gar nicht. Joch hat die Partitur schlicht und ergreifend in einem Umschlag bei Zimmermann deponiert. Ich war zwischendurch drauf und dran, Bernardi das zu erzählen.«

»Das wäre falsch gewesen. Du musst jetzt schon bei einer Geschichte bleiben.«

»Das glaube ich mittlerweile nicht mehr. Ich glaube, es wäre von Anfang an besser gewesen, die Wahrheit zu sagen.«

»Viel schlimmer ist, dass gleich zwei Wissenschaftler das Stück nicht gerade besonders interessant finden. Die Arie ist künstlerisch wahrscheinlich wirklich Schrott. Damit musst du dich abfinden. Auch wenn sie uns gefällt.«

Alban sog hörbar die Luft ein. »Schrott? Das würde ich so nicht sagen.«

Er hatte so deutlich die Stimme erhoben, dass Simone überrascht aufschaute. »Aber …«, begann sie.

»Nichts aber«, sagte Alban gereizt. »Was diese Musikwissenschaftler von sich geben, muss nicht unbedingt stimmen.«

»Ich denke, die haben Ahnung von der Materie? Du selbst sagst doch immer, dass man sich bei der Beurteilung von Musik nicht nur auf seinen eigenen Geschmack verlassen darf. Man muss Vergleiche anstellen. Man muss etwas wissen. Ich erinnere mich an die Diskussion, als ich unten in der Küche immer Eins Live gehört habe.«

Alban nickte. An diese Diskussion erinnerte er sich auch. »Trotzdem hat es schon viele Irrtümer in der Musikwissenschaft gegeben.«

»So?«

»Ich gebe dir ein Beispiel.« Er marschierte auf seinen Bücherschrank zu, suchte eine Weile, zog endlich einen alten, schmalen

Band hervor und blätterte nervös. Er fand die gesuchte Seite und hielt sie Simone hin.

Sie nahm das Buch und sah sich den Umschlag an. »Musik im Leben«, sagte sie.

»Es ist ein Schulbuch für den Musikunterricht«, erklärte Alban. »Aus den siebziger Jahren. Schau dir die Seite an, die ich herausgesucht habe.«

»Da sind Noten.«

»Und was steht darüber?«, fragte Alban.

»Anfang des Streichquartetts F-Dur. Haydn.«

»Oben auf der Seite gibt es Text. Was schreiben sie über das Stück?«

»Mein Gott, Nikolaus, kannst du mir nicht einfach sagen, worauf du hinauswillst, anstatt hier den Schulmeister zu spielen?«

Alban nahm ihr das Buch aus der Hand und las: »Das Streichquartett stammt aus Haydns Frühzeit, zeigt ihn aber schon als einen der Großen.«

»Und?«

»Das Stück, das hier als typisches Streichquartett von Haydn durch die Schulen geistert, ist gar nicht von ihm. Das weiß man mittlerweile. Damals wusste man es noch nicht.«

Simone konnte sich ein Grinsen nicht verkneifen. »Von wem ist das Stück denn dann?«

»Von einem Zeitgenossen, den heute kein Mensch mehr kennt. Er heißt Roman Hoffstetter.«

»Und warum haben die Leute gedacht, dass es von Haydn ist?«

»Weil ein Verleger im 18. Jahrhundert das Stück einfach unter Haydns Namen drucken ließ. Haydn war damals schon ziemlich berühmt, und man versprach sich dadurch mehr Umsatz. Auch in der hehren klassischen Musik geht es darum, Geld zu verdienen. Dieses Missverständnis der Musikwissenschaft ist übrigens kein Einzelfall. Man hat den großen Meistern einiges irrtümlich zugeschrieben und dann Doktorarbeiten darüber verfasst, wie genial diese Werke doch seien. Ich kann dir da viele Beispiele nennen.«

Simone streckte ihre Beine. »Erspar es mir bitte. Ich hab es auch so verstanden. Genialität ist also subjektiv. Das merke ich mir. Was hat das jetzt alles mit deiner Partitur zu tun?«

»Es ist genau umgekehrt wie bei Haydn. Damals stand ein berühmter Name im Raum, und die Wissenschaft lag dem Stück sofort zu Füßen. Hier gibt es keinen Namen, weder berühmt noch unbekannt, und niemand will sich darum kümmern. Ich versichere dir, wenn jemand Haydn, Händel oder Beethoven draufgeschrieben hätte, würden sich alle darum reißen.«

Simone zog die Beine wieder an, stellte die Füße auf den Sessel und verschränkte die Arme um die Knie. Alban ertappte sich dabei, dass er feststellte, wie reizvoll sie dabei aussah – trotz ihrer Freizeitkleidung. Oder gerade deswegen?

»Nikolaus, warum machst du es dir so schwer? Das Stück gefällt dir. Und ich denke, das reicht. Genau das lernen wir doch aus der Sache: Musik ist in erster Linie dazu da, dass sie einem gefällt. Wer auch immer sich damit beschäftigt – er tut es, weil er von Musik fasziniert ist. Wenn es nicht so wäre, wenn es nur darum ginge, was man aus diesen Notenzeichen herauslesen kann, dann könnte auch ein Gehörloser Musikwissenschaft studieren. Hauptsache, er kann Noten lesen und hat irgendwelche Regeln gelernt und kann analysieren. Aber versteht er dann etwas davon?«

Alban nickte nachdenklich. Simone hatte recht – mehr, als sie vielleicht ahnte.

Sie erhob sich und ging mit federnden Schritten zur Tür. »Forsch weiter«, sagte sie. »Du wirst es schon schaffen. Wenn ich dir helfen kann, sag Bescheid. Ich gehe jetzt schlafen. Gute Nacht.«

Als sie den Raum verlassen hatte, versuchte Alban, seine Gedanken zu ordnen. Er dachte an Gräbers Studenten Peter Jung. Der war noch immer dabei, das Stück durch seine Datenbanken zu jagen. Auch wenn Alban nicht ernsthaft glaubte, dass dabei etwas Nützliches herauskommen würde – das Ergebnis interessierte ihn.

Er sah auf die Uhr. Es war fast elf. Normalerweise störte man um diese Zeit niemanden mehr. In Studentenkreisen war das wahrscheinlich egal. Alban ließ es bei Jung endlos lange klingeln; niemand meldete sich.

Er stand auf, und sein Blick fiel auf Leas Foto. Als er ihr Gesicht sah, begann in seinem Kopf Musik zu klingen – ein paar leise Klaviertöne, scheinbar nur so dahingeworfen, ohne Absicht, der Beginn einer Improvisation.

Alban suchte Leas CD heraus, ließ den Schlitten des Players herausfahren und drückte sich durch die Tracks, bis er zur Nonnenwerth-Elegie gekommen war.

Sanfte Akkorde drangen durch den Raum. Einzelne Tonsäulen, die sich vorsichtig veränderten. Sie verdünnten sich zu einem Einzelton, und dann öffnete sich wie ein Vorhang ein Geflecht aus gebrochenen Dreiklängen, über die sich eine weit geschwungene Melodie legte – nicht pathetisch, sondern eher vorsichtig, wie ein einsamer Gesang. Manchmal hatte man den Eindruck, die Motive würden von den Rheinfelsen widerhallen wie Echos, die im weiten Flusstal brachen.

Alban, der in seinem Sessel saß, ließ die geschmeidige Musik auf sich wirken, und plötzlich kam es ihm vor, als gäbe es eine heimliche Verbindung zwischen dieser Musik gewordenen Rheinromantik und der geheimnisvollen Arie. Als würde sich hinter der Fassade einer barocken italienischen Opernarie etwas verbergen …

Er saß mit geschlossenen Augen da, konzentrierte sich ganz auf Leas Spiel. Sie war jetzt an der Stelle angekommen, an der sich die gesangliche Linie in der Mittellage wiederholt hatte und das Stück in einzelne Klangtupfer zerfaserte, gewissermaßen löchrig wurde und zu den changierenden Akkorden des Anfangs zurückkehrte.

Diese Stelle hatte Alban schon immer als besonders mysteriös empfunden. Es ist, dachte er, als würde sich die Musik absichtlich zurückhalten im Angesicht von etwas anderem, etwas Gewaltigerem, von dem sie nur ein schwacher Abglanz sein kann und vor dem der Komponist schweigen muss. Die diffusen Bilder des düsteren Rheintals und der mit hohen Bäumen bewachsenen Insel mit dem alten Kloster schufen nach und nach wie in einer Überlagerung einem anderen Eindruck Platz. Es waren die handschriftlichen Noten der Partitur. Die eigenartigen Modulationen der Akkorde, bis sich die Gesangsstimme über die Streicher legte …

Und plötzlich war es, als sei das Ungeheure, das Unaussprechliche, das sich hinter der Musik, hinter Liszts Elegie und hinter der Arie verbarg, dasselbe.

Dasselbe große Geheimnis.

9

Der Junge schreckt auf. Dunkelheit umfängt ihn. Er ist in seinen Kleidern eingeschlafen. Sein Körper schmerzt, er friert.

Lärm nähert sich. Der Mann kommt in das Zimmer. Er schreit, und seine Stimme ist blanker Hass.

Der Junge springt panisch auf und drückt sich in die hinterste Ecke, gleich neben dem Fenster. Die Angst schnürt ihm die Kehle zu.

Der Mann steht da, schwer atmend.

Der Junge antwortet. Schüchtern und leise.

♪

»Sag bloß, du beschäftigst dich immer noch mit diesem Machwerk. Deine Sorgen möchte ich haben.«

Alban saß an seinem Schreibtisch und telefonierte mit Kessler. Es war kurz nach neun am Morgen.

»Ich bin nun mal der Ansicht, dass es ein interessantes Stück ist«, beharrte er.

»Ein Stück, das keiner spielen kann. Das haben wir ja neulich bei dir erlebt.

»Singen, Gerhard, nicht spielen.«

»Warum rufst du mich überhaupt an? Du willst doch wohl nicht schon wieder eine Sonderprobe für das Quartett einberufen?«

»Keine Sorge. Nächste Woche wird wieder Beethoven geübt. Ich wollte dir nur mitteilen, dass ich auf der Suche nach Hinweisen zur Herkunft der Partitur mit verschiedenen Menschen aus Dr. Jochs Bekanntenkreis gesprochen habe.«

»Du spielst doch wohl nicht Polizei, Nikolaus? Ich warne dich.«

»Ich erforsche lediglich die Herkunft dieses Manuskripts, und dazu brauche ich Anhaltspunkte. Ich kann nichts dafür, dass ich dadurch gewisse Einblicke in Jochs Leben bekomme.«

»Mit wem hast du gesprochen? Und was meinst du mit gewissen Einblicken?«

Alban berichtete vom Besuch bei Sebastian Joch, und er ließ dabei auch die Mobbinggeschichte in der Klinik nicht aus.

»Die Aussagen von Sebastian Joch haben wir auch«, sagte Kessler. »Aber die Sache in der Klinik ist natürlich interessant. Ich muss zugeben, da weißt du mehr als wir. Wir haben gar nicht mit Dr. Eisenmenger gesprochen, sondern gleich mit der Klinikleitung.«

»Und wie sieht es jetzt mit der Schuld von Herrn Zimmermann aus?«, fragte Alban.

»Glaubst du etwa, die Geschichte aus der Klinik würde daran was ändern? Willst du Jochs Nachfolger einen Mord in die Schuhe schieben? Die Ansicht dieser Frau Richter bleibt zunächst erst mal nur eine Behauptung. Du guckst zu viele Krimis.«

»Wenn du mich besser kennen würdest, Gerhard, dann wüsstest du, dass ich fast nie fernsehe, und wenn, dann sicherlich keine Krimis, die ich im Übrigen auch nicht zu lesen pflege. Mich würde ganz einfach interessieren, ob euer Verdacht noch immer berechtigt ist. Ob es vielleicht neue Indizien gibt, die ihn ins Wanken bringen, oder ob er sich erhärtet hat ...«

»Nikolaus!« Kessler unterbrach Albans Redefluss vehement. »Zimmermann war es. Es hat sich nichts ergeben, weder in die eine noch in die andere Richtung. Jedenfalls nicht viel.«

»Nicht viel?«

»Wir haben herausgefunden, dass Arne Zimmermann tatsächlich diese Beethovenbüste gekauft hatte, mit der Joch erschlagen wurde.«

»Wie habt ihr das denn geschafft? Diese Büsten werden doch sicher zu Tausenden verkauft. Gerade in Bonn.«

»Zimmermann hat uns eine Quittung präsentiert. Damit will er wohl erreichen, dass wir ihm glauben, warum seine Fingerabdrücke auf dem Gipskopf sind. Dabei hat das gar keine Bedeutung, denn das schließt natürlich seine Täterschaft nicht aus.«

»Es beweist sie aber auch nicht. Und wenn ich die Gesetze richtig verstanden habe, seid ihr diejenigen, die etwas beweisen müssen.«

»Soll ich dir jetzt vielleicht wiederholen, was wir gegen Zimmermann in der Hand haben? Seine Vorgeschichte?«

»Ich kenne sie. Ich habe ja auch mit Zimmermanns Anwalt gesprochen. Er hat mir von dem Testament erzählt, das Joch zugunsten seines Freundes gemacht hat.«

»Wie kommst du denn dazu, den Anwalt zu treffen?«

»Herr Zimmermann hat mir aus der Haft einen Brief geschrieben und mich darum gebeten.«

»Ach nein«, rief Kessler aus. »Und er hat wahrscheinlich geschrieben, du sollst ihn aus dem Knast holen. Seine Unschuld beweisen. Sherlock Alban! Der Retter in der Not! Der Privatschnüffler von Godesberg!«

»Du brauchst das gar nicht so abzutun.«

»Da wird der Staatsanwalt ja beeindruckt sein.«

Alban blieb ruhig. »Die Sache mit dem Testament zum Beispiel, die liefert doch Jochs Bruder ein gutes Motiv. Er hat mir unmissverständlich klargemacht, was er von Arne Zimmermann und dessen Beziehung zu seinem Bruder hält.«

Kessler schnaubte. »Sebastian Joch war zu der Zeit, als Joch ermordet wurde, in Koblenz.«

»Woher wisst ihr das so genau? Kennt ihr überhaupt den genauen Todeszeitpunkt? Die Leiche hat doch ziemlich lange da herumgelegen.«

»Joch wurde letzte Woche ermordet, in der Nacht von Donnerstag auf Freitag. Er ist am Donnerstagabend noch in der Oper gesehen worden. Am Donnerstag wurde auf der Baustelle in der Lotharstraße tagsüber gearbeitet. Am Freitag nicht mehr. Am Montag wurde er gefunden.«

»Kann dann Joch nicht auch erst am Samstag oder am Sonntag ermordet worden sein?«

»Der Gerichtsmediziner sagt, dass der Tod vor Freitagmittag eingetreten ist. Und nun zu deinem Verdacht: Sebastian Joch hat am Donnerstag ganz normal in Koblenz bei der Verwaltung gearbeitet und war abends mit seiner Frau beim Kegeln. Um halb eins sind sie nach Hause gefahren. Die Kinder hatten einen Babysitter. Wir haben mit allen Beteiligten gesprochen, auch mit dem Wirt der Kneipe, wo gekegelt wurde. Am nächsten Morgen um acht saß Joch wieder an seinem Arbeitsplatz. Zufrieden, Herr Detektiv?«

Alban schwieg.

»Nikolaus, ich kann dich nur noch einmal warnen. Du bist kein

Privatermittler und erst recht kein Polizist. Mach dir lieber ein schönes Leben und genieße deine Musik. Das hier ist die Realität.«

»Musik ist auch Realität.«

»Du weißt schon, wie ich es meine.«

»Ich werde mich weiter mit Leuten unterhalten, die mich in dem Fall weiterbringen«, beharrte Alban. »Solange ich dabei keine Gesetze breche, wirst du mich nicht davon abhalten.«

Kessler seufzte. »Also gut, um des lieben Friedens willen und vor dem Hintergrund unserer Musizierfreundschaft – verschwende deine Zeit, womit du willst. Aber tu mir den Gefallen und informiere mich ab und zu.«

»Warum das denn? Ich denke, es hat sowieso keine Relevanz, was ich rauskriege?«

»Mensch, Nikolaus! Ich habe es doch nur gut gemeint. Also schön, behalte alles für dich. Mach, was du willst.«

»Wunderbar. Dann erzähle ich dir also nicht, dass ich gestern Abend auch noch mit einem Musikwissenschaftler zu Abend gegessen habe, der Joch seit Jahrzehnten kannte.«

»Was? Wie heißt der Mann?«

Alban ließ eine bedeutungsvolle Pause eintreten. Dann erklärte er: »Ich sage es dir, wenn du mir einen Gefallen tust.«

»Ich tue dir die ganze Zeit Gefallen. Hast du das noch nicht gemerkt?«

»Da kommt es auf einen mehr auch nicht an.«

»Also gut. Aber nichts Illegales.«

Alban erzählte dem Hauptkommissar von der Begegnung mit Bernardi. Kessler ließ sich die Telefonnummer diktieren.

»Ganz nette Information, sicher wird sie uns aber nichts nützen«, sagte er dann. »Aber ich nehme sie mal zu den Akten.«

»So«, sagte Alban. »Jetzt bin ich wieder dran. Der Gefallen.«

»Und?«

»Erst mal habe ich noch eine Frage. Gibt es irgendeinen Hinweis darauf, dass Herr Joch in letzter Zeit verreist war?«

»Wieso willst du das wissen?«

Alban erklärte seine Vermutung, dass Joch vielleicht eine Bibliothek besucht haben könnte.

»Wir haben darüber nichts in Erfahrung gebracht. Wir wissen

von verschiedenen Leuten, dass Joch viel unterwegs war. Aber wohin er gefahren ist, entzieht sich unserer Kenntnis.«

»Besaß er ein Auto? Vielleicht finden sich darin Hinweise.«

»Negativ. Er war wohl ein typischer Zug- und Taxifahrer.«

»Dann würde ich gern mal einen Blick in Dr. Jochs Wohnung werfen. Ist das möglich?«

»Da mir die Wohnung nicht gehört, kann ich dir das nicht erlauben.«

»Und wer darf dort hinein? Egal, wer es ist, ich werde ihn um Erlaubnis fragen.«

»Wir haben die dortigen Untersuchungen abgeschlossen. Streng genommen darf in die Wohnung der nächste Verwandte oder der Erbe.«

»Zimmermann fällt als Erbe erst mal aus. Wahrscheinlich also Sebastian Joch.«

»Gut getippt. Er ist derjenige, der im Moment den Schlüssel hat.«

Alban bedankte sich, legte auf und wählte die Nummer von Jochs Bruder. Die Frau meldete sich. Alban stellte sich so höflich wie möglich vor und fragte nach ihrem Mann. Im Hintergrund quietschte eines der Kinder.

»Er ist bei der Arbeit. Er kommt aber gegen drei nach Hause.«

Alban ließ sich die Nummer der Kreisverwaltung in Koblenz geben und erreichte Joch endlich. Er wirkte brummig.

»Ah, Herr Alban«, sagte er. »Haben Sie herausgefunden, wer diese Musik geschrieben hat?«

»Noch nicht, Herr Joch, aber ich habe eine Idee, wie ich in der Sache weiterkomme.«

»Lassen Sie hören.«

»Es bleibt nichts anderes übrig, als einen Blick in die Wohnung Ihres Bruders zu werfen.«

»Sie wollen seine Privatsachen durchwühlen?«, fuhr Joch auf. »Das kann ich auf keinen Fall zulassen.«

»Es geht nicht darum, irgendetwas zu durchwühlen. Sie haben doch von der Polizei den Schlüssel ausgehändigt bekommen, oder?«

»Woher wissen Sie das?«

»Sie sind der nächste Angehörige.«

»Allerdings.«

»Es wäre doch am einfachsten, wenn wir gemeinsam hingingen. Ich werde dort nichts ohne Ihre Zustimmung tun. Ich werde keine einzige Schublade öffnen, noch nicht einmal eine CD oder ein Buch aus dem Regal nehmen.«

»Was genau erhoffen Sie sich davon, Herr Alban?«

»Ich denke, wir finden in der Wohnung vielleicht einen Hinweis. Auf eine Bibliothek oder ein Archiv vielleicht, das Ihr Bruder besucht hat. Ich habe immer noch den Eindruck, dass die Partitur die Abschrift eines Werkes ist, dass in irgendeinem Archiv liegt ... Vielleicht ist sie ja nur der Teil einer ganzen Oper, die noch irgendwo schlummert. Stellen Sie sich vor, was das bedeutet.«

»Was bedeutet es denn? Ich meine finanziell?«

Alban fantasierte los. »Wenn es sich um einen großen Komponisten handelt, viel. Aber das muss man ja erst mal beweisen.« Er dachte einen Moment nach und bastelte eine abenteuerliche Theorie, die Sebastian Joch hoffentlich begeistern würde.

»Stellen Sie sich vor, Ihr Bruder hat die Abschrift dieser Arie extra als Probe anfertigen lassen, um Musikkenner wie mich einfach nur zu fragen, was sie von der Musik halten, ohne den Urheber zu kennen. Stellen Sie sich vor, er selbst besaß das Original. Und er ließ es irgendwo in seiner Wohnung.«

»Sie meinen ...«

»Stellen Sie sich vor«, redete Alban weiter, »Ihr Bruder besaß eine ganze Opernpartitur. So was ist schwer abzuschreiben. Es sind Hunderte von Seiten.«

»Warum hat er sie nicht einfach fotokopiert?«

»Weil er geheim halten wollte, von wem die Musik ist. Man soll die Handschrift vielleicht nicht erkennen. Er könnte es gerade darauf angelegt haben, die Originalhandschrift zu verbergen.«

Alban war klar, wie albern diese Idee war. Er selbst war gar nicht mehr der Ansicht, dass es sich um ein Stück aus dem 18. Jahrhundert handelte. Aber jetzt ging es darum, dass Sebastian Joch ihn in diese Wohnung ließ.

»Sie meinen also, in der Wohnung meines Bruders liegt unter Umständen ein Schatz? Kann man das so sagen?«

»Genau. In seiner Wohnung, in einem Schließfach oder auch in einer Zweitwohnung, wenn es eine gibt.«

»Von einem Schließfach oder einer Zweitwohnung weiß ich nichts. Aber ich verstehe das nicht. Warum hat die Polizei keinen Hinweis gefunden? Die haben sich doch auch dort umgesehen, und ich nehme an, sie sind dort auch auf die Spur von diesem Zimmermann gestoßen?«

Er weiß nicht, dass ich Kessler auf Zimmermann gebracht habe, dachte Alban. »Die Polizei«, sagte er, »suchte ja nicht den Schlüssel zur Herkunft dieser Arie. Sie suchte einen Mörder.«

»Aber der Dieb, der die Wohnung angeblich ausgeräumt hat, der suchte sie vielleicht«, mutmaßte Joch, und Alban musste zugeben, dass das ein interessanter Gedanke war. Wenn derjenige auf der Suche nach der Partitur gewesen war, dann konnte es nicht Zimmermann gewesen sein ... Oder war das ein Ablenkungsmanöver gewesen? Hatte Zimmermann Joch ermordet, die Wohnung leer geräumt, die Partitur geholt und Alban ein Märchen erzählt?

Joch sprach weiter. »Das heißt, es kann auch sein, dass der Dieb die Partitur gar nicht gefunden hat?«

»Das Beste ist, wir schauen uns das selbst an.«

»Also gut. Ich bin hier gegen zwei fertig. Ich fahre zu Hause vorbei, hole den Schlüssel und komme nach Bonn.«

»Wir treffen uns vor der Wohnung«, sagte Alban.

»Einverstanden.«

»Wann genau?«

»Sagen wir, um vier.«

Die Uhr unter dem Tacho zeigte 15 Uhr 28, als Alban die Poppelsdorfer Allee erreichte. Hier hatte in der Breite gerade mal ein Wagen Platz. Ein Auto parkte dicht hinter dem anderen, und es war fast ausgeschlossen, eine Lücke zu finden.

Zu Hause hatte Alban es nicht mehr ausgehalten. Er verspürte Aufregung. Es war ein Gefühl wie das Lampenfieber, an dem er früher, als er manchmal noch als Geiger aufgetreten war, gelitten hatte.

Er ließ den Wagen langsam an der Reihe entlangrollen und entdeckte plötzlich eine Lücke. Er parkte rückwärts ein, stieg aus und schlenderte zu Jochs Haus hinüber.

Noch eine halbe Stunde. Alban hatte keine Lust, sich so lange vor dem Haus herumzutreiben und womöglich noch einmal der Nachbarin zu begegnen, der er den Bären mit den geliehenen CDs aufgebunden hatte. Es war sicher nicht gut, wenn Sebastian Joch herausbekam, dass er schon einmal hier gewesen war.

Er unternahm einen kleinen Spaziergang an der Schlosswiese entlang hinunter in Richtung Stadt, auf der anderen Seite wieder zurück bis hinauf zum Schloss.

Es dauerte noch eine gute Viertelstunde, bis Sebastian Joch in seinem Kombi vorbeifuhr – wie Alban zuvor auf der Suche nach einem Parkplatz. Er bog in den Talweg ein und blieb dann für längere Zeit verschwunden. Irgendwann kam er zu Fuß angelaufen.

»Warten Sie schon lange?«, fragte er, ohne Alban zu begrüßen.

»Es gibt hier immer Parkplatzprobleme. Ich hätte Ihnen das sagen sollen. Sie sind noch nie hier gewesen, oder?«

»Nein«, sagte Joch und blickte an der noblen Fassade empor. »Als ich die Adresse erfuhr, habe ich ja schon was Vornehmes erwartet. Aber wenn man dann erst mal hier ist …«

Er ging durch das schmiedeeiserne Törchen, griff in die Tasche, und Alban hörte Metall klingeln. Dann öffnete Joch die Haustür.

Auf jeder Etage lagen zwei Wohnungen. Jede Tür war mit einem großen Schild mit dem Namen des jeweiligen Bewohners versehen. Alban erkannte die Namen wieder, die er sich notiert hatte.

Schließlich fanden sie die richtige Tür, und Joch schloss auf.

Vom Flur aus ging es in ein geräumiges Wohnzimmer. Die Stirnseite des Raumes war mit einem Bücherregal bedeckt. Die Bretter waren aber höchstens zur Hälfte mit Büchern und CDs gefüllt. Der übrige Platz war leer.

Zu wenig CDs für einen echten Musikfreund, dachte Alban. Und keine LPs, wie man es erwarten könnte.

Auf der anderen Seite stand ein antiker Sekretär, mit Einlegearbeiten verziert. Rokoko, vermutete Alban. Auf der polierten Oberfläche standen gerahmte Fotos. Das übrige Inventar des Raumes bestand aus einem bordeauxroten Ledersofa, einem Fernseher und einer Bang-&-Olufsen-Stereoanlage. Die beiden Boxensäulen standen links und rechts der hohen Fenster.

Alban konnte nachvollziehen, was Kessler gesagt hatte. Die Wohnung wirkte steril. Aber es gab keine Spuren, dass jemand nach Wertsachen gesucht hätte. Und hätte jemand, der das Inventar versilbern wollte, nicht die Musikanlage mitgenommen? Oder den Sekretär, der doch sicher einiges wert war?

»Was wollen wir jetzt tun?«, fragte Sebastian Joch. »Das heißt, was wollen Sie tun?«

»Wenn es Ihnen recht ist, würde ich gern einen kleinen Rundgang machen. Ich werde nichts anfassen. Es geht mir nur um einen Eindruck von der Wohnung.«

»Also gut. Fangen Sie an.«

Das Schlafzimmer, am Ende des Flurs gelegen, war genauso kahl und steril. Ein breites Bett, mit einer Tagesdecke versehen. Ein heller, moderner Wandschrank, der genau den Ausmaßen der langen Wand angemessen war. Eine Tür führte in einen Nebenraum. Vielleicht ein Ankleidezimmer, dachte Alban, als er einen weiteren Schrank sah. Sebastian Joch öffnete die Tür. Leere Bügel. Leere Fächer. Keine Anzüge, keine Wäsche.

Gegenüber lag das Bad. Es waren keine persönlichen Toilettenartikel zu sehen. Keine Zahnbürste, kein Rasierzeug. Kein benutztes Handtuch. Die weißen, mit dunkelblauen Mustern umrandeten Kacheln glänzten frisch geputzt, das Ablagebrett unter dem Spiegel am Waschbecken war sauber und leer. Die Wohnung war nicht ausgeräumt worden, dachte Alban. Sie war unbewohnt. Als habe sich Jochs Leben woanders abgespielt.

»Hatte Ihr Bruder eine Putzfrau?«, fragte er, obwohl ihm klar war, dass Sebastian Joch das kaum wissen konnte.

»Ja, eigenartig. Es ist so aufgeräumt hier. Wie geleckt.«

Sie fanden noch eine Gästetoilette und einen leeren Abstellraum, dann erkundeten sie die Küche.

Joch war Besitzer einer großen Einbauküche mit frei im Raum stehendem Kochelement gewesen. Rundherum hingen Suppenkellen und Schöpflöffel wie Dekorationen in einer Möbelausstellung. Die steinerne Arbeitsfläche glänzte. Man hätte ein Foto für einen Küchenprospekt machen können.

Alban öffnete den zwei Meter hohen Kühlschrank. Leer. Genauso wie die Vorratsschränke.

»Finden Sie es nicht merkwürdig, dass persönliche Sachen fehlen, aber im Wohnzimmer wertvolle Möbel und eine Stereoanlage stehen?«

Joch zuckte mit den Schultern. »Mein Bruder scheint nicht oft hier gewesen zu sein. Vielleicht war er immer bei diesem Stricher. Dessen Wohnung sollte man mal untersuchen. Da werden sich bestimmt viele Dinge wiederfinden, die eigentlich hierher gehören.«

Alban schwieg und dachte nach.

»Und nun?«, wollte Joch wissen. »Habe ich jetzt den Weg von Koblenz umsonst gemacht?«

Es schadet dir sicher nicht, mal einen Blick auf deine zukünftige Wohnung zu werfen, wenn du schon so versessen darauf bist, dachte Alban. »Ich denke«, sagte er, »wir sollten den Sekretär im Wohnzimmer untersuchen.«

Joch nickte. »Überlassen Sie das aber bitte mir.«

»Selbstverständlich.«

Sie gingen hinüber und betraten den edlen Parkettboden.

Joch ergriff den Schlüssel und zog die Tischplatte nach vorne.

Alban ging in die Knie und zog unten die beiden Stützen heraus. »Damit die Schreibtischfläche nicht abbricht«, erklärte er. Joch nickte.

Das Innenleben des Sekretärs bestand aus übereinandergelagerten Schubladen und einem großen Fach in der Mitte. In dem offenen Mittelbereich drängten sich Papiere. Endlich eine Chance, fündig zu werden, dachte Alban. Aber er beherrschte sich.

»Bitte sehr, Herr Joch. Schauen Sie die Sachen durch.«

Joch war offenbar abgelenkt. Er nahm eines der Fotos, die auf dem Sekretär standen, in die Hand. Das Schwarzweißbild zeigte einen älteren Mann mit schwarz geränderter Brille.

»Wer ist das?«, fragte Alban.

»Unser Vater. Ich habe dieses Bild noch nie gesehen.«

»Lebt er noch?«

Joch schüttelte den Kopf. »Er ist gestorben, als ich zehn war.«

»Dann hat Ihr Bruder ihn viel besser gekannt als Sie.«

»Nicht nur das. Unser Vater war auch Arzt. Vor dem Krieg. Er war in russischer Kriegsgefangenschaft, und er war einer der Letzten, die nach Hause kamen. Sie wissen schon – Adenauers Initiative. Mein Vater hat nach seiner Heimkehr mit viel Druck dafür gesorgt, dass mein Bruder ebenfalls Medizin studierte.«

Joch stellte das Foto wieder an seinen Platz und nahm die anderen in Augenschein. »Das hier ist unsere Mutter.« Er deutete auf das Farbfoto einer sehr alten Dame mit dichtem weißem Haar. »Sie ist erst vor ein paar Jahren gestorben.«

Ein drittes Foto zeigte zwei Jungen. Alban versuchte sich daran zu erinnern, wie Wolfgang Joch ausgesehen hatte, und er vermutete, dass es die beiden Brüder sein mussten. Joch lieferte zu diesem Bild jedoch keine Erklärung und wandte sich dem Inneren des Sekretärs zu. Er zog die Schubladen auf, und weiteres Papier quoll hervor. Alban erkannte Taschenkalender und schmale Hefter mit Kontoauszügen. Interessant, dass sich die Polizei dafür nicht interessiert hat, dachte er. Oder hatten sich die Beamten hier vor Ort alles angesehen und die Papiere dann wieder zurückgelegt?

»Ich werde das jetzt in Ruhe durchgehen«, sagte Joch. »Worauf soll ich achten?«

»Adressen von Bibliotheken und Archiven. Entsprechende Korrespondenz. Termine in den Kalendern. Vielleicht Namen von Professoren oder anderen Leuten. Notizen über Reisen. Bekannte.«

»Was ist, wenn ich zum Beispiel ein Adressbuch finde? Wollen Sie dann jeden anrufen und mit ihm über die Noten sprechen?«

»Warum nicht?«

»Also gut«, sagte Joch, zog die Schubladen heraus und stellte sie auf dem gläsernen Tisch vor der roten Couch ab. Dann streifte er seinen Mantel ab, setzte sich und nahm sich die Papiere vor.

»Ich werde Ihnen da wohl kaum helfen können«, sagte Alban, der stehen geblieben war.

»Nein. Und ich möchte Sie auch bitten, mich damit allein zu lassen. Diese Dinge gehen niemanden außer mir etwas an. Machen Sie doch in der Zwischenzeit einen kleinen Spaziergang.«

Alban fragte sich, ob Joch nicht vielleicht ein bisschen übertrieb. »Also gut«, sagte er schließlich, nickte Joch kurz zu und verließ die Wohnung.

Er gab ihm zwanzig Minuten, in denen er bis hinauf zum Schloss und wieder zu Jochs Haus spazierte. Wieder zurück klingelte er, und noch bevor oben auf den Türöffner gedrückt wurde, öffnete sich die Tür, und die Frau, der Alban bei seinem ersten Besuch begegnet war, trat ins Freie. Sie erkannte Alban sofort.

»Und?«, fragte sie. »Sind Sie die CDs losgeworden?«

Alban nickte. »Ich treffe mich hier mit Herrn Jochs Bruder. Er ist oben in der Wohnung und sieht ein paar Papiere durch.«

»Ach, deshalb habe ich eben gehört, wie die Tür aufging.«

»Sie wohnen auf derselben Etage?«

Sie nickte. »Es ist schon eine furchtbare Sache mit dem Mord an Herrn Joch.«

Sie ging an Alban vorbei, blieb aber vor dem schmalen eisernen Tor stehen. Offenbar hatte sie es nicht eilig.

»Ich bin eben schon mal mit Herrn Jochs Bruder oben gewesen«, sagte Alban. »Es ist seltsam, dass die Wohnung so leer ist. Sie wirkt, als hätte Herr Joch dort gar nicht gewohnt.«

»Sind keine Möbel drin?«

»Schon. Aber alles ist wie unberührt. Alles ist sauber. Es gibt kaum persönliche Dinge.«

»Vielleicht war Herr Joch ein sehr ordentlicher Mensch. Und er war ja auch oft nicht zu Hause.«

»Sie meinen, es kann sein, dass er noch eine andere Wohnung besaß?«

Sie zuckte mit den Schultern. »Vielleicht eine Ferienwohnung?«

Hinter dem Zaun gab es eine Bewegung. Ein Wagen fuhr vor.

»Bis zum nächsten Mal.« Sie lächelte.

Alban wartete nicht, bis sie weggefahren war. Er wandte sich um, drückte die Tür auf und ging hinauf.

Die Wohnungstür war angelehnt. Joch saß immer noch im Wohnzimmer, umgeben von Papieren. »Sie haben aber lange gebraucht, bis Sie oben waren«, sagte er.

»Ich habe mich unten kurz mit einer Nachbarin unterhalten.«

Joch lächelte verkniffen. »Und – hat sie Ihnen sagen können, woher die Partitur stammt?«

Alban schüttelte den Kopf. Es war auf den ersten Blick zu sehen, dass Joch nicht sehr weit gekommen war.

»Bis jetzt habe ich nur ein bisschen amtliche Korrespondenz und Kontoauszüge gefunden.«

Alban zog den Mantel aus und legte ihn über einen Sessel. »Ich hoffe, die Kontoauszüge sind zu Ihrer Zufriedenheit«.

Joch antwortete nicht.

»Sie haben sicher nichts dagegen, wenn ich mir die Bücher und CDs Ihres Bruders ansehe?«

»Kein Problem«, ließ Joch vernehmen, ohne aufzusehen, und legte einen Kontoauszug auf einen säuberlichen Stapel, der sich auf dem Glastisch türmte.

Alban ging zur Stirnseite des Raumes, stellte sich vor das Regal und hielt den Kopf schief. Es dauerte nicht lange, bis er begriff, dass hier ebenfalls etwas nicht stimmte. Für jemanden, der kulturell interessiert war, war Jochs Schatz an Büchern und CDs zu klein und sehr merkwürdig zusammengestellt. Es gab hauptsächlich Instrumentalmusik und nur ganz wenig Oper. Keine einzige Gesamtaufnahme, nur ein paar Kompilationen mit Angela Gheorghiu, Maria Callas und anderen.

Er nahm sich die Bücher vor. Auch hier sah er sofort, dass vieles fehlte, was man bei einem Musikkenner eigentlich erwartete. Es gab keinen Opern- und keinen Konzertführer. Keine einzige Komponistenbiografie.

Alban betrachtete das Wenige, was im Regal stand. Ein paar Taschenbuchausgaben von Klassikern: Eichendorff. Schiller. Friedenthals Goethe-Biografie. Eine alte Ausgabe des Brockhaus-Lexikons. Weiter unten Bildbände. Griechische Kunst, römische Kunst. Mehrere Bücher über die Toskana.

Wo sind die Programmhefte?, dachte Alban. Jeder, der regelmäßig ins Konzert geht, sammelt doch die Programmhefte! Oder er hat zumindest die Vorschaubroschüren der Konzertsäle und Opernhäuser griffbereit.

Aber davon war nichts zu sehen. Vielleicht steckten sie ebenfalls in den Tiefen dieses Sekretärs?

Alban ging die Bücherreihe weiter ab. Sein Blick glitt über abgegriffene Bände. Ein bisschen Böll, ein bisschen Grass. Ein paar Taschenbücher. Reich-Ranickis »Mein Leben«.

Kurz bevor er das Ende des Regals erreichte, fiel sein Blick auf ein ziemlich dünnes Buch, das sich von den umstehenden dickeren Bänden abhob. Der Rücken war schlicht und weiß. Es trug den Namen einer Autorin, von der Alban noch nie etwas gehört hatte: Dagmar Dennekamp. Der Titel des Buches war etwas kleiner kursiv gedruckt. Es hieß »Mondschatten«. Alban wollte den schmalen Band gerade aus dem Regal nehmen, da meldete sich Joch.

»Ich habe jetzt alle Schubladen durch«, sagte er und stand auf. »Bei den letzten ist es doch ziemlich schnell gegangen.«

»Gibt es einen Hinweis?«, fragte Alban.

Joch hatte drei Stapel auf dem Glastisch angelegt. Kontoauszüge, Briefe und Kalender. Daneben lagen die sechs kleinen Schubladen.

»Was steht denn in den Kalendern?«, fragte Alban.

»Nicht viel«, sagte Joch. »Schauen Sie selbst.« Er nahm den Stapel und hielt ihn Alban hin. Es waren Werbegeschenke von der Deutschen Bank. Alban blätterte sie durch und fand keinen einzigen Eintrag.

»Keine Ahnung, warum er sie gehortet hat«, sagte Joch. »Die Kontoauszüge sind übrigens auch unvollständig. Aber darum kann ich mich zu gegebener Zeit kümmern.«

Alban legte den Kalenderstapel zurück.

»Da waren wir wohl nicht sehr erfolgreich«, sagte Joch, während er die Schubladen aufeinanderstapelte, um sie zum Sekretär zurückzutragen.

»Kommt drauf an«, meinte Alban. »Haben Sie auch das Geheimfach untersucht?«

Joch, der gerade damit begonnen hatte, die Schubladen zurückzustecken, hielt inne. »Geheimfach?«

»Diese alten Sekretäre haben immer ein Geheimfach. Manchmal sogar mehrere.«

Joch beendete seine Arbeit und trat einen Schritt zurück. »Klären Sie mich bitte auf.«

Alban betrachtete den Sekretär genau. Er hatte sich vor ein paar Jahren mit Antiquitäten beschäftigt, und bevor er Lea kennengelernt hatte, war er mit der Besitzerin eines Antiquitätengeschäfts in Düsseldorf befreundet gewesen.

Er zog eine der Schubladen wieder heraus, und griff in die Öffnung. Dann trat er an die Seite und verglich die Tiefe der Schublade mit der Gesamttiefe des Möbels.

»Manchmal«, erklärte er, »gibt es einen zusätzlichen Raum hinter den Schubladen.«

Er nahm sich das offene Fach in der Mitte vor. Vorsichtig tastete er an den Wänden entlang. Schließlich fanden seine Finger ein rundes Loch auf der hinteren Seite. Das Brett ließ sich leicht herausnehmen, und ein weiterer Hohlraum entstand.

»Ist da etwas?«, fragte Joch, aber Alban war noch nicht fertig. Er ertastete mit den Fingerspitzen einen kleinen Riegel. Plötzlich ging es noch ein Stück weiter in den Sekretär hinein. Alban bekam etwas zu fassen, was sich in dem Geheimfach befand, und förderte es zutage. Es waren zwei kleine Schlüssel.

»Erstaunlich«, sagte Joch.

»Sie müssten sich den Rest der Wohnung noch einmal ansehen. Die Schlüssel sehen aus, als wenn sie zu einer Kassette oder einer abschließbaren Mappe gehören. Hier im Wohnzimmer scheint sie nicht zu sein.«

Joch nickte. »Ich werde das untersuchen«, sagte er und verließ den Raum.

Alban ging zum Regal zurück und zog das Buch mit dem Titel »Mondschatten« hervor. Als er es aufschlug, bemerkte er einen zusammengefalteten Zeitungsausschnitt, der direkt vor der Umschlagseite steckte. Alban blätterte durch das Buch und erkannte auf den ersten Blick, worum es sich handelte: Selbst verlegte moderne Lyrik. Er las kurze Verse wie »Im Schatten deines Lebens / liebe ich / wirklich« oder »An die Schulter der Nacht / gelehnt / blättert die Zeit / die Stunden um«.

Als er die Schritte des Bruders auf dem Flur hörte, der offenbar ins Wohnzimmer zurückkam, zog er kurz entschlossen den Zeitungssauschnitt heraus, steckte ihn in die Tasche seines Sakkos. Bevor Sebastian Joch den Raum betrat, stand das Buch wieder im Regal.

»Ich glaube, ich habe was gefunden«, sagte er. Sein Blick wirkte streng. Hatte er etwa mitbekommen, dass Alban etwas hatte mitgehen lassen? Joch wandte sich den CDs zu und griff nach der Beethoven-Box von Sir Simon Rattle. »Sinfonien«, sagte er und nickte. »Sinfonien und Opern. Dafür konnte sich Wolfgang begeistern. Das war schon so, als wir noch Kinder waren. Wussten Sie, dass er eigentlich Sänger werden wollte?«

Alban verneinte.

Joch stellte die Box zurück ins Regal. »Es war wohl besser, dass er einen ordentlichen Beruf ergriffen hat.«

»Was haben Sie gefunden?«, fragte Alban.

»Einen Koffer. Drüben im Schlafzimmer. Er liegt auf dem Kleiderschrank. Die Schlüssel passen vielleicht.«

Sie gingen hinüber. Joch holte einen Stuhl aus der Küche, stieg darauf und wuchtete einen schwarzen Hartschalenkoffer herunter. Er war ziemlich schwer. Die Kunstlederoberfläche war verstaubt.

Dafür hat sich die Polizei auch nicht interessiert, dachte Alban.

Als sie ihn aufs Bett legten, lösten sich graue Flocken. Joch steckte einen der kleinen Schlüssel hinein und drehte ihn.

»Oh Gott«, entfuhr es ihm, als sie den Deckel hochgehoben hatten. Alban sagte nichts und starrte auf das, was in dem Koffer verborgen war. Es waren Magazine, wie sie homosexuelle Männer wohl kauften. Joch streckte die Hand aus und wühlte darin herum, als würde er noch immer Hinweise auf die Herkunft der Partitur suchen. Oder etwas anderes als diese Zeitschriften. Die Fotos der muskulösen jungen Boys mit wallendem Haar und blendend weißen Zähnen rutschten durcheinander.

10

Zehn Minuten später saß Alban in seinem Wagen, fuhr aber nicht los. Sebastian Joch hatte die Untersuchung der Wohnung schnell beendet und sich verabschiedet.

Alban wartete, bis Joch hinter den parkenden Autos verschwunden war. Dann tastete er nach dem Papier, das er in dem Buch gefunden hatte, zog es heraus und faltete es auseinander.

Es war eine komplette Zeitungsseite aus der Bonner Rundschau. Das Datum lag einige Monate zurück. Alban überflog die Meldungen. In den Seitenspalten waren kleinere Lokalthemen abgehandelt, den Platz in der Mitte beanspruchte ein großer mehrspaltiger Bericht.

»Frauenleiche am Rhein gefunden«, lautete die Überschrift. *»Spaziergänger fanden am Montagabend am Kemper Werth gegenüber von Graurheindorf eine Frauenleiche. Die Tote lag direkt am Rheinufer. Die Polizei hat die Frau bisher noch nicht identifizieren können. Ein Gewaltverbrechen wird nicht ausgeschlossen …«*

Alban las den Text zu Ende und starrte eine Weile auf die Windschutzscheibe. Dann steckte er das Blatt zurück in die Tasche und fuhr los. Die Uhr unter dem Tacho zeigte 17 Uhr 34.

Vielleicht war Kessler noch im Präsidium.

Im Feierabendverkehr riss Alban fast der Geduldsfaden, und es war bereits halb sieben, als er endlich auf dem Besucherparkplatz ankam. Der große graue Kasten des Polizeipräsidiums wirkte in der Dunkelheit bedrohlich. Alban fragte an der Pforte nach dem Hauptkommissar. Der Pförtner rief oben an und schüttelte den Kopf. »Herr Kessler ist nicht mehr da.«

Alban überlegte, ob er sich an einen Kollegen wenden sollte. Nein, es war sicher besser, mit Kessler selbst zu sprechen.

Gerade wollte er sich umdrehen und gehen, da hörte er Schritte. Kessler kam aus dem Inneren des Gebäudes auf ihn zu.

»Nikolaus, nanu, willst du zu mir?«

»Du hast Dienstschluss, wenn ich das richtig sehe«, sagte Alban.

»Allerdings.« Er nickte dem Pförtner kurz zu und ging nach draußen. Alban folgte ihm.

»Gerhard, du musst mir helfen. Ich bin mit Sebastian Joch in der Wohnung in der Poppelsdorfer Allee gewesen ...«

Kessler marschierte stramm weiter in Richtung Bahnhaltestelle. »Und? Weißt du jetzt, wer die Partitur geschrieben hat?«

»Nein, ich glaube auch, dass es darum gar nicht mehr geht.«

Kessler blieb abrupt stehen und drehte sich um. »Darum geht es nicht mehr? Nikolaus, ich hatte dich gewarnt!«

»Ja, ja, ich weiß. Aber wir hatten vereinbart, dass ich dich, wenn sich etwas ergibt, was ... sagen wir mal ... dem Fall eine neue Wendung geben könnte ...«

»Ich wüsste nicht, was das sein sollte. Jedenfalls wirst du in Jochs Wohnung nichts Derartiges gefunden haben. Wir haben alles ganz genau untersucht.«

Sie standen jetzt an der Straße. An der Bahnhaltestelle drängten sich die Fahrgäste.

»Das sehe ich anders.«

Alban sah nur Kesslers Rücken und dahinter die Straße mit dem endlosen Strom vorbeifahrender Wagen.

»Kannst du einem armen Beamten nicht mal den Feierabend gönnen?«, sagte Kessler, ohne Alban anzusehen. »Vor allem, wenn es ins Wochenende geht? Ich hatte heute eigentlich um zwei Uhr Dienstschluss. Und wie spät ist es jetzt? Ich habe dieses Jahr Überstunden in dreistelliger Höhe gemacht. Eigentlich könnte ich ein paar Wochen zu Hause bleiben, ohne Urlaub zu nehmen. Und da kommt so eine Nervensäge wie du und hält mich auch noch auf.«

»Machen wir es wie neulich«, schlug Alban vor. »Ich fahre dich im Wagen nach Hause und erzähle dir auf der Fahrt, was ich herausgefunden habe.«

Kessler drehte sich um. Ein paar Sekunden des Schweigens vergingen.

»Also gut.«

Ohne etwas zu sagen, gingen sie zum Parkplatz. »Fang schon an«, sagte Kessler, als er sich angeschnallt hatte.

Alban berichtete von dem Lyrikband, der ihm in Jochs Regal aufgefallen war, und von dem Zeitungsartikel.

»Was sagst du dazu?«, fragte er.

»Was soll ich dazu schon sagen? Joch hat von dieser Dichterin ein Buch besessen. Und er hat sich dafür interessiert, wie sie umkam. Vielleicht kannte er sie. Ich verstehe nicht, was das mit ...«

»Die Frau, die damals am Rhein gefunden wurde, ist also diese Dagmar Dennekamp gewesen?«, fragte Alban.

»Stand das nicht in dem Artikel?«

»Nein.«

»Dann war der Bericht noch aus der Anfangszeit, als wir noch nicht wussten, wer sie war. Wir haben es danach herausgefunden – und noch einiges mehr.«

»Und was war das genau?«

»Sie wurde erschlagen und ins Wasser geworfen. Irgendwo in der Gegend von Bonn oder oberhalb. Vor dem Kemper Werth macht der Rhein eine Kurve. Dort ist sie angeschwemmt worden.«

»Und wer war es?«

»Was?«

»Wer hat sie umgebracht? Wer hat Dagmar Dennekamp ermordet?«

»Wir haben den Ehemann verdächtigt. Das passte alles zusammen. Sie hatten sich kurz vorher getrennt, und der Ehemann war mit seinem Geschäft in die Miesen geraten. Er hat einen Buchladen und eine Druckerei oder so was in der Bonner Altstadt. Meine Güte, Alban, warum willst du das eigentlich alles so genau wissen?«

Alban konzentrierte sich auf die roten Rücklichter vor ihm. Stop-and-go-Verkehr. Mit Bahn und Bus wäre Kessler wahrscheinlich schneller zu Hause gewesen.

»Joch ist erschlagen worden. Diese Dagmar Dennekamp ist ebenfalls erschlagen worden. Joch hat Informationen über Dagmar Dennekamp gesammelt, und er besaß ein Buch von ihr.«

»Nikolaus, ich glaube, du siehst Gespenster. Einige Leute besitzen ihre Bücher, denke ich mal.«

»Wisst ihr mittlerweile, wer die Dichterin auf dem Gewissen hat?«

Kessler schwieg.

»Ihr wisst es nicht. Bei Joch vermutet ihr es nur und glaubt, sein

Freund sei es gewesen. Und bei Dagmar Dennekamp habt ihr auch erst den Falschen am Wickel gehabt.«

»Moment, Moment, Moment. Die beiden Fälle haben absolut nichts miteinander zu tun. Joch hat sich vermutlich für den Fall interessiert, weil er die Gedichte der Frau mochte. Vielleicht hat er später erfahren, dass die Tote Frau Dennekamp war. Er hat den Artikel aus der Zeitung ausgeschnitten und ihn dann in das Buch gelegt. Zur Erinnerung.«

Alban griff, ohne den Verkehr, der jetzt wieder rollte, aus den Augen zu verlieren, in die Tasche, holte die Zeitungsseite hervor und hielt sie Kessler hin. Er schaltete das Leselicht am Wagenhimmel ein, damit Kessler bei dem trüben herbstlichen Licht etwas erkennen konnte.

»Kommt es dir denn nicht komisch vor, dass er den Artikel aufgehoben hat, in dem noch gar nicht zur Sprache gekommen ist, dass es sich um Dagmar Dennekamp handelt? Für mich sieht das so aus, als hätte er schon gewusst oder geahnt, wer die Tote ist, als die Zeitung erschien.«

Kessler entzifferte unter der schwachen Lampe den Artikel. »Vielleicht ist ihm die Zeitung mit der Meldung später noch einmal in die Hände gefallen, und er hat sie aufgehoben?«

»Und die anderen Artikel, die es sicher zu dem Fall noch gegeben hat, nicht? Gerhard, das ist höchst merkwürdig!«

»Trotzdem kann man daraus nicht ableiten, dass die Fälle etwas miteinander zu tun haben.

»Wie lange habt ihr gebraucht, um herauszufinden, wer die tote Frau war? Ich meine, wie lange hat es gedauert, bis es auch die Öffentlichkeit wusste?«

Kessler wand sich.

»Na?«, sagte Alban. »Spuck's schon aus.«

»Ich weiß es nicht mehr genau. Das ist ja auch schon eine ganze Weile her.«

»Versuch dich zu erinnern. Oder sollen wir ins Präsidium zurückfahren und einen Kollegen fragen? Ihr hab doch so was sicher im Computer, oder?«

»Wie redest du eigentlich mit mir?«, rief Kessler erbost. »Ich lasse mich von dir doch nicht unter Druck setzen.«

»Aber du kannst doch nicht allen Ernstes behaupten, dass Joch zufällig und aus reiner Sentimentalität heraus diese Zeitung aufbewahrt hat? Da muss doch was dahinterstecken. Ich bitte dich, Gerhard, sag mir, wie lange hat es gedauert, bis ihr herausgefunden habt, dass die Tote Dagmar Dennekamp war!«

»Etwa eine Woche. Vielleicht auch mehr«, gab Kessler zu. »Sie wurde nämlich zuerst gar nicht vermisst.«

»Warum das denn? Hatte ihr Mann gar keinen Kontakt mehr zu ihr?«

»Sie wohnte mittlerweile in Erpel. Niemand hat bemerkt, dass sie nicht da war. Sie lebte sehr zurückgezogen.«

Alban bog schwungvoll in die Leuschnerstraße ein. »Da ist noch etwas, das ich merkwürdig finde, Gerhard.«

Kessler seufzte. »Bin ich froh, dass ich in einer Sekunde zu Hause bin.«

Alban stoppte den Wagen. »Ehrlich gesagt wundert es mich, dass Joch dieses Buch überhaupt besaß«.

Kessler sah Alban an, als hätte er es mit einem Verrückten zu tun. »Nikolaus, ich glaube, jetzt bist du wirklich nicht mehr ganz bei Trost. Warum sollte Joch dieses Buch nicht besessen haben? Wie viele Bücher hast du denn? Ich denke, das ist bei euch belesenen Leuten so?«

»Gerade deshalb. Dieses Buch, diese Lyrik ...«

»Was ist damit?«

»Es ist schlechte Lyrik. Ich habe ein paar Gedichte gelesen. Es sind diese typischen poetischen Nichtigkeiten, wie sie in so vielen Miniverlagen erscheinen. Ich verstehe nicht, warum sich Joch so was hinstellt, während wirklich wichtige Bücher, die ein Musikkenner eigentlich haben müsste, in seiner Wohnung fehlen.«

»Also, das ist mir jetzt zu hoch. Schon diese komische Arie, die kein Mensch singen kann, gefällt niemandem außer dir. Und jetzt erzählst du allen Ernstes, die Gedichte dieser Dagmar Dennekamp seien zu schlecht, als dass sie Dr. Joch in sein Regal stellen würde. Das ist doch alles reine Geschmackssache. Und warum soll man nicht auch schlechte Bücher haben?«

»Es ist keine Geschmackssache.« Alban wollte weiterreden, doch plötzlich wurde ihm klar, dass er genau darüber gestern Abend mit

Simone gesprochen hatte. Genialität war subjektiv. Trotzdem hatte er recht, er wusste es genau.

Kessler bemerkte Albans Nachdenklichkeit nicht und sprach weiter. »Was denn sonst? Und abgesehen davon: Daraus lässt sich doch nie im Leben etwas beweisen. Wenn ich dich richtig verstehe, willst du nahelegen, dass Joch der Mörder von Dagmar Dennekamp war.«

»Vielleicht.«

»Wer hat denn dann Joch auf dem Gewissen?« Kessler sprach jetzt sehr langsam und sanft. »Nehmen wir an, es wäre so. Hat er sich den Beethoven vielleicht selbst auf den Kopf gehauen?«

»Er muss ja nicht selbst der Mörder gewesen sein.«

»Na siehst du«, sagte Kessler und öffnete die Tür.

»Er könnte ja den Mörder auch gekannt haben.«

Der Hauptkommissar stieg aus. Dann bückte er sich und sah in den Wagen. »Natürlich hat er ihn gekannt. Er heißt Arne Zimmermann und sitzt in U-Haft. Und ich hätte nichts dagegen, wenn wir feststellen würden, dass er auch Frau Dennekamp ermordet hat. Dann wäre der alte Fall endlich auch geklärt. Wiedersehen und danke fürs Fahren.«

Damit knallte er die Tür zu.

Der Anrufbeantworter blinkte. Alban drückte den Wiedergabeknopf und hörte die Stimme von Dr. Schneider, der erklärte, er habe Herrn Zimmermann wieder besucht und wolle mit Alban darüber sprechen. Danach bat Peter Jung um Rückruf.

Alban rief zuerst den Studenten an.

»Der Computer hatte an Ihrer Arie ganz schön viel zu rechnen.«

»Tatsächlich?«

»Sagen wir mal so – wir haben ihn lange rechnen lassen. Wie ich Ihnen ja schon sagte, ist dieses Stück ein schönes Beispiel für die Relevanz unseres Projekts, denn wann hat man schon mal ein Musikstück, von dem man praktisch gar nichts weiß? Ich denke, der Fall wird in meiner Studie großen Raum einnehmen. Natürlich nur, wenn Sie nichts dagegen haben.«

»Ist es nun ein Barockstück oder nicht?«

»Das lässt sich so einfach nicht sagen. Könnte ich Ihnen die Ergebnisse denn persönlich vorstellen? Vielleicht bei Ihnen?«

»Gern, wenn Ihnen das lieber ist. Wollen Sie all Ihre Computer mitbringen?«

»Ich habe ein Notebook bei mir. Das reicht völlig. Wann wäre es Ihnen recht?«

»So schnell wie möglich. Heute Abend?«

»In Ordnung.«

Alban sah auf die Uhr. Es war zwanzig nach sieben. »Sagen wir um neun?«

»Geht klar.«

Alban legte auf und versuchte es bei Dr. Schneider.

»Herr Alban. Gut, dass Sie sich noch melden.« Im Hintergrund war ein Knirschen zu vernehmen. Offenbar hatte sich der Anwalt gerade in seinen Ledersessel sinken lassen.

»Ich glaube, dass sich Herr Zimmermann in seiner Haft in etwas hineinsteigert. Jetzt erzählt er, Herr Dr. Joch habe einen anderen gehabt.«

»Hat er einen konkreten Verdacht?«

»Nein, nur so ein Gefühl. Es sei keine bestimmte Person, die er benennen könnte. Aber es sei ihm so vorgekommen, als habe Joch immer von jemand anderem geträumt. Jemand, den er nicht haben konnte … Verstehen Sie, was ich meine?«

»Vollkommen«, sagte Alban und fragte sich, was daran schwer zu verstehen war. »Wenn wir wirklich einen anderen Liebhaber von Herrn Dr. Joch finden oder wenn wir auch nur auf einen Hinweis dafür stoßen, dass es diese Person gibt und dass Herr Dr. Joch Zimmermann verlassen wollte, dann werden wir Ihren Mandanten noch weiter belasten.«

»Das ist mir klar.«

»Wenn man nur wüsste, wer es sein könnte …«

»Ich habe noch eine Information. Es könnte damit in Zusammenhang stehen.«

»Und?«

Dr. Schneider druckste herum. Offenbar suchte er nach den richtigen Worten. »Es ist etwas Sexuelles. Herr Joch hatte da eine bestimmte Vorliebe.«

»Das soll es geben. Welche?«

»Er liebte Stimmen.«

»Wie bitte?«

»Er liebte Gesangsstimmen. Vor allem hohe.«

»Was heißt das, er liebte sie?«

Dr. Schneider zögerte immer noch. »Herr Zimmermann sagte, Herr Joch wurde von Stimmen sexuell stimuliert. Wenn er mit Herrn Zimmermann zusammen war, um es mal so auszudrücken, liefen immer bestimmte CDs.«

»Interessant«, sagte Alban sachlich. »Welche?«

»Herr Zimmermann weiß es nicht genau. Er kennt sich mit klassischer Musik nicht aus. Aber er hat gesagt, es seien spezielle, sehr hohe Tenöre, die Herr Joch gern hörte. Können Sie mit der Information etwas anfangen?«

»Ich denke schon. Er meint Countertenöre. Das sind Männer, die in sehr hohen Lagen singen, weil sie eine bestimmte Technik benutzen. Sie singen mit der Kopfstimme. Sie imitieren dabei Frauenstimmen.«

»Wie dem auch sei«, sagte Dr. Schneider. »Diese Stimmen mochte er jedenfalls.«

»Kann es sein, dass Herr Joch einen solchen Sänger kannte? Oder war er Fan von einem bestimmten Künstler?«

»Das habe ich meinen Mandanten auch gefragt, aber dazu konnte er nichts sagen. Wie gesagt: Herr Zimmermann kennt keine anderen Kontakte.«

»Es könnte ja sein, dass die Partitur einem Countertenor gehörte. Oder dass das Stück aus dem Repertoire eines solchen Sängers stammt.« Alban redete sich in Fahrt. »Und sieht man mal davon ab, dass die Arie nicht ganz, aber in vielen Details doch barocke Züge trägt, dann ist es auch das richtige Repertoire. Countertenöre singen nämlich hauptsächlich Barockmusik.«

»Das können Sie sicher viel besser beurteilen. Mehr kann ich dazu jedenfalls nicht sagen.«

Alban dachte nach. In der Wohnung am Poppelsdorfer Schloss hatte es in den Regalen keine einzige CD mit Aufnahmen eines Countertenors gegeben, da war er ganz sicher. Wahrscheinlich hatte Joch diese Musik bei Zimmermann gehört. Aus nahe liegenden Gründen …

»Sind Sie denn weitergekommen?«, fragte der Anwalt.

»Wie man es nimmt.« Alban berichtete in knappen Worten.

»Das ist für zwei Tage eine Menge. Sie könnten eine zweite Karriere als Detektiv starten.«

»Ich habe auch mit einem der Ermittler gesprochen. Heute Abend noch. Ich wollte wissen, was die Polizei von der Idee hält, dass Joch Dagmar Dennekamp kannte.«

»Das haben Sie hingekriegt? Unglaublich. Wie haben Sie das denn angestellt?«

»Ach, ich habe da so eine Verbindung. Die Polizei findet es jedenfalls völlig absurd, dass die Fälle Dennekamp und Joch zusammenhängen sollen. Wie denken Sie darüber?«

»Ehrlich gesagt – es wirkt tatsächlich ziemlich weit hergeholt.«

»Ich würde Sie bitten, bei Ihrem nächsten Besuch Herrn Zimmermann mit den Namen Bernardi, von Schaumburg und Dennekamp zu konfrontieren. Vielleicht fällt ihm ja etwas dazu ein. Ich werde als Nächstes mit diesem Herrn Dennekamp sprechen.«

»Na, wenn Sie damit mal nicht in eine Sackgasse geraten. Trotzdem viel Glück. Und ein schönes Wochenende noch.«

Alban verabschiedete sich und legte auf. Ihm wurde klar, dass Dr. Schneider mittlerweile anders über seinen Mandanten dachte. Er schien dessen Unschuld jetzt doch wenigstens in Betracht zu ziehen.

Alban suchte länger nach dem Telefonbuch als nach Dennekamps Nummer selbst. Erst dachte er, er hätte es in seinem Büro, dann erweiterte er die Suche auf das ganze Haus. Gerade als er es unten in der Diele entdeckte, kam Simone herein, bepackt mit einer Klappkiste voller Einkäufe.

»Ah, du bist da«, sagte sie. »Heute Abend gibt's was Leckeres zu essen.«

»Was denn?«, fragte Alban, das Telefonbuch in der Hand.

»Lass dich überraschen.«

»Ehrlich gesagt …«, begann Alban.

Simone stellte die Kiste ab. »Musst du weg?«

»Wir kriegen um neun Besuch.« Alban erklärte, dass er Jung eingeladen hatte.

»Das macht nichts. Bis dahin haben wir längst gegessen.«

»Kein Tanz heute Abend?«, fragte Alban. Normalerweise war Simone am Freitagabend »auf der Piste«, wie sie es ausdrückte.

»Nein, erst morgen wieder. Da fahr ich ins E-Werk nach Köln.«

Alban blätterte im Telefonbuch, fand Dennekamps Antiquariat, das sich »Antiquariat & Verlag« nannte, ging hinauf und rief an. Ein Anrufbeantworter teilte mit, dass er außerhalb der Öffnungszeiten anrief. Am Ende kam ein überraschender Zusatz: Manuskripte sollten bitte direkt an die Verlagsadresse geschickt werden.

Alban ging wieder nach unten, wo Simone gerade einen Topf Wasser aufgesetzt hatte. In der Ecke verzehrte Zerberus schmatzend den Inhalt seines Fressnapfs.

Alban setzte sich hin und erzählte die ganze Geschichte, wie er sie Dr. Schneider berichtet hatte. Als er ganz am Ende angekommen war, bemerkte Alban, dass Simone zunehmend die Stirn runzelte.

»Findest du, dass es Spinnerei ist?«, fragte er. »Glaubst du auch, das ist alles nur ein Zufall? So wie Kessler?«

Simone schüttelte den Kopf. »Ich weiß es nicht. Und ich würde mich da auch nicht festlegen. Du musst mit diesem Dennekamp reden, keine Frage. Aber du hast gesagt, Dennekamp habe ein Antiquariat. Ist das nicht der ideale Ort, an dem man eine alte Partitur finden kann? Und wenn diese Partitur wertvoll sein sollte – kann es nicht sein, dass Dagmar Dennekamp und Joch umkamen, weil sie die Partitur in ihrem Besitz hatten?«

Natürlich, dachte Alban. Schlaues Mädchen. Dass ich darauf nicht selbst gekommen bin.

»Es gibt aber noch was«, sagte Simone. »Und das macht alles noch geheimnisvoller.«

»Was denn?«

»Auf der Partitur fehlt doch der Komponistenname.«

»Richtig«, sagte Alban. »Da steht nur ein Buchstabe. Ein O oder ein D. D wie …« Alban schlug sich vor die Stirn.

»D wie Dagmar.«

»Oder D wie Dennekamp.«

11

Die Standuhr in der Diele hatte gerade ihren neunten Schlag getan, als der Bewegungsmelder anging. Wenige Sekunden später klingelte es an der Haustür. Alban ging hinunter, und da stand Jung schon in der Diele. Simone hatte ihn hereingelassen. Gerade zog er seinen Anorak aus, auf dem sich dunkle Flecken zeigten. Draußen schien es zu regnen.

»Guten Abend, Herr Alban.« Jung streckte die Hand aus. In der anderen trug er eine schwarze Laptoptasche und eine Mappe. Er brachte frische, herbstliche Luft mit.

»Guten Abend, Herr Jung. Ich freue mich, dass Sie es einrichten konnten.«

Simone nahm das feuchte Kleidungsstück, brachte es in gebührendem Abstand zu den anderen Mänteln in der Garderobe unter, und war mit drei Schritten wieder zur Stelle.

»Das ist Frau Lenz. Sie bewohnt die untere Etage«, sagte Alban, der Jungs verwirrten Blick bemerkt hatte.

»Simone«, sagte Simone.

»Peter.«

»Willst du was trinken?«

Die Jugend duzt sich sofort, dachte Alban.

Jung bat um ein Wasser und erwiderte Simones Lächeln.

»Wir sind eine Wohngemeinschaft«, erklärte Alban. »Simone hat großes handwerkliches Talent und kümmert sich um das Haus.«

»In so einer Villa hätte ich auch gern eine WG.« Jung sah sich staunend um.

Simone kam mit einer Sprudelflasche und einem Glas zurück.

»Wir gehen am besten in mein Büro«, sagte Alban. »Kommst du mit, Simone? Schließlich interessiert dich die Geschichte der Partitur auch.«

Der Tross begab sich in Albans Arbeitszimmer. Oben angekommen, bemerkte Alban, dass Jung völlig unbeeindruckt von den Büchern und den CDs in den weitläufigen Regalen war. Er schenkte auch den vielen LPs und Tonbändern keinen Blick, nicht einmal dem Steinway.

»Ich denke, wir sollten zur Sache kommen«, sagte Alban. »Setzen Sie sich doch bitte in den Sessel.«

Jung folgte der Aufforderung, und Alban nahm wie gewohnt hinter seinem Schreibtisch Platz. Vor sich hatte er die Partitur liegen. Simone hatte sich einen Stuhl geholt. Alban wollte gerade etwas sagen, da öffnete sich wie von Geisterhand die angelehnte Tür und Zerberus kam herein. Er sah sich kurz um, stellte fest, dass seine Stammplätze besetzt waren, lief durchs Zimmer und sprang auf die Fensterbank.

»Das ist Zerberus«, stellte Alban vor. »Ein weiterer Mitbewohner.« Er räusperte sich. »Ich habe Simone von Ihrem ›Musica‹-Projekt erzählt. Sie ist auch sehr neugierig, was aus der Sache wird.«

Simone hob abwehrend die Hände. »Nicht dass du denkst, ich hätte Ahnung von klassischer Musik oder so. Ich find's einfach nur interessant, das ist alles.«

Jung öffnete die schwarze Tasche und brachte ein dunkelgraues Notebook zum Vorschein.

»Führt uns der Computer die Analyseergebnisse vor oder Sie?«, fragte Alban.

»Der Computer hat die Analyse gemacht«, sagte Jung, der den Blick auf das Display des Laptops gerichtet hielt. »Und die lässt sich mit Grafiken und Statistiken am besten darstellen.«

Alban schüttelte den Kopf. »Sehen Sie, ich gehöre einer anderen Generation an, und ich benutze einen Computer höchstens, um einen Text zu schreiben. Sagen Sie einfach, was Sie herausgefunden haben.«

»Darf ich wenigstens das Notebook auf Ihrem Schreibtisch abstellen?«

»Natürlich.«

Jung stand auf, brachte den Rechner auf der Schreibtischplatte unter und begann seinen Bericht, als würde er im Doktorandenkolloquium ein Referat halten. Simone ließ nicht eine Sekunde lang die Augen von Peter Jung. In ihrem Blick lag nichts als Bewunderung. Wo die Liebe hinfällt, dachte Alban.

»Wie Sie ja wissen, habe ich die Partitur eingescannt. Der Computer hat sie eingelesen und zunächst das Basismaterial herausgefiltert: Tonhöhen, Tondauern, damit Harmonik, kontrapunktische Satztechniken, Rhythmus, Instrumentierung und auch deren Beziehungen zueinander. Gerade bei diesem Stück, das ja völlig unbekannt ist, ist es wichtig, dass man möglichst viele Parameter berücksichtigt. Können Sie mir folgen?«

Alban nickte. »Was sind nun die Ergebnisse?«, fragte er. »Welchem Stil von welchem Komponisten ähnelt das Stück?«

»Einen Moment, ich muss erst die entsprechende Datei öffnen.« Jung bewegte seine Hand auf dem Touchpad. »Es ähnelt im Großen und Ganzen dem Barockstil, das wissen Sie ja schon. Die Ähnlichkeit ist aber sehr, sehr äußerlich.«

Das hatte Prof. Gräber bereits herausgefunden, dachte Alban. Mit einem kurzen Blick. Ohne Computeranalyse.

»Beginnen wir mit der Melodik und Motivik. Sie entspricht am deutlichsten der Musik von Georg Friedrich Händel. Der Wert liegt bei 42 Prozent.«

»Also doch Händel«, rief Alban. »Und der Text ist aus einer seiner Opern!«

»Davon sollten wir uns nicht beeinflussen lassen. Zweiundvierzig Prozent bei einem Stück, das man ja vielleicht als neu aufgefundenes, bisher unbekanntes Händel-Werk ansehen will, ist ziemlich wenig. Dem Wert folgen Arcangelo Corelli mit neunundzwanzig Prozent und Johann Sebastian Bach mit sechzehn. Und jetzt kommt eine Überraschung. Der nächste Komponist hat sieben Prozent Übereinstimmung. Raten Sie mal, wie er heißt.«

»Das ist ja nun wirklich nicht mehr viel«, sagte Alban.

»Trotzdem! Sie werden sich wundern. Die sieben Prozent rücken alles in eine andere Richtung.«

Alban seufzte, zog die Partitur heran, schlug sie auf und blätterte. Er war für solche Spielchen zu ungeduldig. »Wahrscheinlich nichts Barockes.«

»Richard Wagner. Hochromantik. Und die restlichen Prozente teilen sich Komponisten, die ebenfalls nicht in der Barockzeit lebten: Haydn, Schumann, Schubert, Liszt. Und das allein in der Melodik und Motivik!«

»Moment«, unterbrach Alban. »Was ist mit den vielen anderen barocken Komponisten? Samuel Scheidt? Johann Pachelbel? Was ist mit Vivaldi?«

Jung wiegte den Kopf. »Bedenken Sie bitte, dass es bisher nur um die Melodik und Motivik geht. Bei den anderen Parametern tauchen andere Komponisten auf.« Er bückte sich wieder und konzentrierte sich auf das Notebook.

»Nur die Ergebnisse«, mahnte Alban. Jung schien ihn gar nicht zu hören.

»Kommen wir zur Harmonik. In dieser Hinsicht schlägt unsere Arie echte Kapriolen. Auch wenn sie beim Hören gar nicht so modern wirkt. Hier haben wir zum Beispiel eine immerhin zweiprozentige Übereinstimmung mit Paul Hindemith. Also mit einem Komponisten des 20. Jahrhunderts.«

»Was?«, entfuhr es Alban.

»Oh ja! Es gibt in der Arie Passagen, die fast schon bitonal zu nennen sind. Und Hindemith ist nicht der einzige Moderne, der in der Harmonikstatistik auftaucht. Wir haben auch eineinhalb Prozent Strawinsky und ein Prozent Bartók.«

»Und wer hat die höchste Prozentzahl?«

»Mozart«, sagte Jung. »Achtunddreißig Prozent. Gefolgt von Haydn: sechsunddreißig Prozent. Dann kommt tatsächlich ein Barockmeister: Bach mit einundzwanzig Prozent. Den Rest teilen sich die Romantiker. Daran sehen Sie sehr deutlich, dass derjenige, der das Stück geschrieben hat, im Barockstil komponieren wollte, aber doch im Geist der Hochklassik und Romantik geschrieben hat. Er konnte seine Hörgewohnheiten nicht ablegen.«

Wieder beugte sich Jung hinunter zu seinem Gerät. Simone hatte die Beine übereinandergeschlagen, stützte den Ellbogen auf die Armlehne und das Kinn auf die Hand. Sie wirkte konzentriert. Alban blickte hinüber zur Fensterbank, auf der Zerberus lang ausgestreckt lag. Offenbar schlief er.

»Jetzt zur Satztechnik«, fuhr Jung fort, »die Art und Weise, wie Komponisten mehrere Stimmen kombinieren. Wie Sie wissen, gibt es dafür je nach Epoche unterschiedliche Regeln, die man unter dem Begriff Kontrapunkt zusammenfasst. Wenn Komponisten versuchen, ältere Stile nachzuahmen, ist es immer sehr interessant zu beobachten, dass sie viel freier mit diesen Regeln umgehen, als es ein Komponist in der Zeit wirklich getan hätte.«

Alban, der das alles wusste, unterbrach. »Was ist dabei herausgekommen?«

»Vierunddreißig Prozent Bartók, siebzehn Beethoven, dreizehn Carl Orff.«

»Orff? Haben Sie wirklich Orff gesagt? An die ›Carmina Burana‹ hat mich die Arie nun aber gar nicht erinnert.«

Jung grinste. Er hatte die Überraschung offenbar erwartet. »Ich habe auch gestutzt, und wir haben das Stück daraufhin einer konventionellen Analyse unterzogen. Darf ich?« Jung griff nach der Partitur und wies auf einzelne Stellen. »Es gibt hier immer wieder Oktavgänge zwischen der ersten Geige und dem Bass, es gibt massenhaft Quintenparallelen und falsch aufgelöste Dissonanzen. Bei Orff gehören diese Dinge zum typischen Stil. In der Barockmusik wäre so was ein empfindlicher Verstoß gegen die Regeln gewesen. Im Grunde bestätigt sich damit, was wir im Bereich der Harmonik herausgefunden haben. Dieser Komponist kennt zwar Barockstücke und will sie offenbar imitieren, aber er baut nur eine Fassade auf.«

Jung schob die Partitur wieder an ihren Platz. »Sie sehen, das Bild vervollständigt sich. Deswegen habe ich ja auch gesagt, dass gerade dieses Stück eine besonders große Herausforderung für unser Projekt darstellt.«

»Nach dem, was Sie bisher gesagt haben, müsste es sich also um einen Komponisten handeln, der nicht im 18., sondern vielleicht sogar im 20. Jahrhundert lebte.«

»Davon würde ich ausgehen. Wobei man einwenden könnte, dass es sich auch um einen Komponisten handeln kann, der einfach sein Handwerk nicht beherrscht. Gerade was die kontrapunktischen Techniken betrifft.«

Alban dachte daran, was Bernardi und Prof. Gräber gesagt hatten. »Sicher«, sagte er. »Was Ihr Computerprogramm natürlich nicht leisten kann, ist eine Bewertung. Die muss jeder für sich selbst vornehmen.«

»Selbstverständlich. Hier stoßen wir an Grenzen. Aber das sind Grenzen, die es in der Geisteswissenschaft immer gab und immer geben wird. Aber Sie werden sehen, wir kommen zu einem interessanten Ergebnis. Ich habe da einen ganz anderen Verdacht. Und ich glaube, der wird Sie umhauen.«

»Welchen? Mein lieber Herr Jung, spannen Sie uns doch nicht so auf die Folter.«

Der Student ließ sich nicht beeindrucken. »Einen Moment, bitte. Vielleicht irre ich mich ja, und die Ergebnisse legen Ihrer Meinung nach einen anderen Schluss nahe. Diese Möglichkeit sollten wir in Betracht ziehen.«

Alban hob die Hände und gab sich geschlagen. Der Junge war alles andere als dumm.

»Der nächste Parameter wäre die Klangfarbe, also die Instrumentierung. Sie weicht im Großen und Ganzen kaum von der Barockpraxis ab, wobei einige Akkorde einfach falsch gesetzt sind. Das heißt, die Töne sind ungünstig auf die vier Instrumente verteilt. Das ist das einzige, aber sehr typische Indiz für unbestreitbaren kompositorischen Dilettantismus, und der gilt in diesem Fall für alle Epochen. Anders gesagt: Jemand, der wirklich was vom Tonsatz versteht, instrumentiert so nicht. Die Fehler sind echte Fehler und keine künstlerischen Stilmittel. Sie machen einfach keinen Sinn.«

Alban sah damit das Phänomen bestätigt, das er schon beim Musizieren bemerkt hatte.

»Von der Form des Stückes lässt sich auch etwas ableiten. Wie Sie wissen, dominiert im Barock in der Oper die Form der dreiteiligen Arie, das heißt es gibt zwei musikalisch identische Rahmenteile, dazwischen liegt ein kontrastierender Mittelteil. Diese Form der ›Dacapo-Arie‹ liegt hier in sehr freier Form vor – jedenfalls nicht so klar, wie man sie im Barock komponiert hätte. Ich möchte in diesem Zusammenhang auch noch mal anmerken, dass die originale Arie von Händel, aus der wir ja auch diesen Text kennen, eine astreine Dacapo-Arie ist. Es gibt also überhaupt keinen Hinweis darauf, dass der Komponist vorsätzlich Händels Arie kopieren wollte – obwohl natürlich, wenn wir uns erinnern, die Melodik stark auf Händel basiert, allerdings auf Händels Gesamtwerk.«

Alban versuchte eine Zusammenfassung. »Unterm Strich ist es also kein sehr altes Stück, und es könnte auch eine Kompositionsübung sein. Richtig?«

»Ganz genau«, sagte Jung. »Wie erwähnt, habe ich aber noch eine gesonderte Untersuchung des Gesangsparts angeschlossen. Sie glauben gar nicht, was es bringen kann, wenn man die Melismatik und die Bauweise einer solchen Gesangsstimme auswertet. Wissen Sie, was Melismatik ist?« Jung drehte sich zu Simone um, die aus ihrer Haltung erwachte und die Schultern hob.

»Ein Melisma entsteht, wenn der Komponist auf eine einzige Textsilbe mehrere Noten setzt. Es entsteht eine Art Tongirlande, die der Sänger meist ohne zu atmen singen muss. Das Originalstück ›Lascia ch'io pianga‹ besitzt übrigens nur sehr wenige Melismen. Unser Werk hier weist dagegen geradezu gewaltige Wucherungen davon auf. Ich selbst bin kein Sänger, aber ich würde mal vermuten, dass es sehr schwer aufzuführen ist.«

Alban tauschte einen Blick mit Simone.

»Und das scheint mir das eigentlich Ungewöhnliche an dem Werk zu sein. Im Streicherpart gibt es viel Dilettantisches, schlecht Gesetztes. Der Gesangspart ist dagegen präzise ausgearbeitet. Herr Alban, Sie haben mich nach einer persönlichen Einschätzung gefragt. Ich würde vermuten, dass der Komponist sich sehr gut mit Gesangsstimmen auskannte.«

Alban beugte sich vor und schüttelte den Kopf. »Und er komponierte etwas, was unsingbar ist?« Er berichtete, wie er mit seinen Streichquartettkollegen und der Sängerin versucht hatte, die Arie zu spielen.

»Sie dürfen nicht vergessen, dass es ganze Kapitel der Operngeschichte gibt, die noch immer kaum erforscht sind, und dass es gerade im Barock Sänger gegeben hat, die Dinge interpretieren konnten, bei denen heute jede Primadonna die Waffen strecken würde.«

Alban lehnte sich zurück. »Sie denken an Kastraten?«

»So ist es. Vieles von deren Repertoire wird heute von Frauen oder von Countertenören gesungen. Aber man weiß eigentlich noch immer nicht so genau, wozu die Kastraten wirklich fähig waren. Man weiß, dass sie das Material, wie es heute in den Noten steht, extrem variiert und ausgeschmückt haben. Wie das theoretisch vonstattenging, kann man aus den überlieferten Noten und aus den Lehrwerken zum Beispiel des Komponisten Nicola Porpora herleiten, der ja viele Kastraten ausgebildet hat.«

»Moment, Moment«, warf Alban ein. »Eben sind wir zu dem Ergebnis gekommen, dass das Stück nicht aus dem 18. Jahrhundert stammt. Und jetzt ...« Er verstummte. Plötzlich wurde ihm klar, was Jung meinte. »Soll das heißen, der Sopranpart könnte eine Kastratenpassage sein, die konsequent ausgeschrieben wurde? Und die Begleitung wurde notdürftig dazugesetzt?«

»Es wäre eine Erklärung.«

»Können Sie das mit Ihrem Programm nicht herausfinden?«

Jung schüttelte den Kopf. »Wir haben darüber nachgedacht, auch improvisierte Musik der vergangenen Jahrhunderte in die Datenbank mit aufzunehmen, aber das würde die Datenmenge gigantisch vergrößern. Und es würde zu Spekulationen verleiten. Wir wollen uns erst einmal darauf beschränken, gedruckt tradierte Musik aufzunehmen. Damit haben wir noch genug zu tun.«

Alban fuhr sich durch die Haare. Jungs Ergebnis war faszinierend. Wenn der Student recht hatte, war die Arie eine Sensation von einer ganz anderen Art, als Alban geglaubt hatte. »Wir haben es also entweder mit einem Möchtegernkomponisten zu tun, der auf dilettantische Art versucht hat, eine Barocknachahmung zu bauen, oder es ist jemand, der das Kastratenrepertoire erforscht hat und es für Aufführungen vorbereiten wollte.«

»Meine Theorie wäre, dass die Solostimme der Arie in irgendeinem Archiv lag und dass ein nicht ganz geschickter Komponist dazu eine mehr oder weniger gute Streicherbegleitung geschrieben hat. Einfach gesagt: Der Gesangspart ist alt. Oder sehr, sehr gut auf alte Weise komponiert. Die Begleitung ist neu.«

Alban dachte nach. Das würde erklären, warum das Stück einerseits so faszinierend wirkte und warum diese Faszination andererseits so schwer festzumachen war. Es war ein missglückter Rekonstruktionsversuch. Ein altes Bild mit Löchern, die schlecht repariert worden waren, und darüber hinaus steckte das Bild auch noch in einem völlig falschen Rahmen. Aber das Bild selbst, obwohl Fragment, strahlte immer noch einen großen Teil seines alten Glanzes aus.

»Sie müssen die Singstimme allein betrachten«, hörte Alban Jung sagen. »Es kann tatsächlich sein, dass sie von Händel oder einem anderen großen Meister stammt.«

»Der Fund einer solchen Kastratenpassage wäre aufsehenerregend«, stellte Alban fest.

Jung nickte. »Und wo immer diese hier herkommt: Vielleicht ist da, wo sich das Original befindet, noch mehr davon.«

Simone brachte Jung zur Haustür, und Alban sah auf die Uhr. Kurz nach elf. Eigentlich war das nicht die Zeit, in der man rechtschaffene Leute störte, aber es musste sein.

Es klingelte ziemlich lange, bevor Frau Richter abnahm. Als sie sich meldete, ertönten im Hintergrund Stimmen, die ganz plötzlich leiser wurden. Sie verbrachte den Freitagabend offensichtlich vor dem Fernseher.

»Ich hoffe, ich störe Sie nicht zu sehr«, sagte Alban, »aber ich habe noch eine Frage.«

»Aber Sie stören doch nicht, Herr Alban. Einen Moment, ich muss ins andere Zimmer gehen.«

Plötzlich kam zu dem Fernsehgeräusch eine andere Stimme hinzu. Es klang, als würde jemand laut quengeln. Erst dachte Alban, dass es ein Kind sei, aber dann fiel ihm ein, dass es wahrscheinlich die Mutter war, mit der Frau Richter zusammenwohnte.

»So, da bin ich wieder«, sagte sie, und jetzt war es im Hintergrund still.

»Nur eine ganz kurze Frage. Kennen Sie eine Dagmar Dennekamp?«

Frau Richter dachte ein paar Sekunden lang nach. »Dennekamp … Nein, der Name sagt mir überhaupt nichts. Wer ist das?«

Irrte sich Alban, oder schwang in der Stimme etwas wie Eifersucht mit? Die Frauen in Dr. Jochs Bekanntenkreis wurden von Frau Richter offensichtlich argwöhnisch betrachtet.

»Ich bin mir sicher, dass Herr Dr. Joch Frau Dennekamp kannte. Sie ist ebenfalls ermordet worden.«

»Was?« Frau Richter wirkte ehrlich erschrocken. »War sie mit ihm … befreundet?«

»Genau das will ich herausfinden.«

»Was war das für eine Frau? Wo wohnte sie, und was hat sie gemacht?«

»Sie war Schriftstellerin. Dichterin. Sie lebte in Erpel.«

»Wann ist das passiert?«

Alban spürte die Aufregung in Frau Richters Stimme.

»Es ist schon ein paar Monate her. Die beiden Fälle müssen nichts miteinander zu tun haben. Es ist vielleicht alles Zufall.«

»Das kann ich mir nicht vorstellen. Auf der anderen Seite – es geschieht so viel in der Welt ...«

»Natürlich, Frau Richter. Letztlich kann man es nicht wissen. Entschuldigen Sie noch mal die Störung. Falls Ihnen noch etwas dazu einfällt, rufen Sie mich doch bitte an.«

Er verabschiedete sich und wählte gleich die nächste Nummer. Bernardi. Es geschah dasselbe wie bei seinem ersten Anruf. Drei Klingelzeichen, dann ging ein AB an. Keine Möglichkeit, eine Nachricht zu hinterlassen. So konnte man sich natürlich auch die Leute vom Hals halten. Er legte auf.

Simone kam zurück. »Jetzt musst du mir aber was erklären«, sagte sie. »Das war ja alles ganz nett, und es hat mir auch eine Menge Spaß gemacht, diesem schnuckeligen Typen zuzuschauen, aber die Sache mit den Kastraten ... Was ist denn?«

Alban stand auf und bewegte die Schultern, als müsse er eine unsichtbare Last abschütteln.

»Ich habe noch mal Frau Richter angerufen. Sie kennt keine Dagmar Dennekamp. Und Herr Bernardi ist nicht zu erreichen. Mir fehlt das Bindeglied zwischen den beiden Fällen. Und ich habe auch das Gefühl, dass es gar nicht mehr nur um die Partitur geht.«

»Jetzt verlier mal nicht den Überblick, Nikolaus.« Simones Blick verfolgte Alban, der nun rastlos durch das Zimmer marschierte. »Mit der Partitur bist du ja ein großes Stück weitergekommen. Was Peter am Ende gesagt hat, klang doch ganz plausibel. Die Gesangsstimme stammt aus irgendeinem alten Werk, und der Rest ist dazugeschrieben worden. Es ist so eine Art ...«

Alban blieb stehen. »Ja?«

»Eine Art Coverversion«, sagte sie.

»Ja, so nennt man das wohl. In der Musikwissenschaft würde man eher von einem Arrangement oder einer Rekonstruktion sprechen.«

Sie setzte sich in den Sessel. »Jetzt tu mir den Gefallen und erklär mir doch bitte mal diese Geschichte mit den Kastraten. Das habe ich nämlich überhaupt nicht verstanden. Das heißt – ein bisschen was habe ich schon mal davon gehört.«

Alban beendete seine Lockerungsübungen und nahm wieder seinen Platz hinter dem Schreibtisch ein.

Simone lächelte ihn an. »Mensch, hinter deinem Pult siehst du wirklich aus wie ein Professor oder ein Richter oder so was.«

»Ich habe nichts dagegen, eine Respektsperson zu sein. Also, was hast du über Kastraten gehört?«

Sie zog die Stirn in Falten. »Das sind Männer, die man kastriert hat, damit sich ihre hohen Knabenstimmen erhalten, richtig? Einer von ihnen hieß Farinelli. Und über den gab es vor ein paar Jahren einen Kinofilm.«

»Hast du den Film gesehen?«

»Nein, aber eine Freundin von mir. Hat Peter solche Kastraten wie Farinelli gemeint?«

Alban nickte. »Es ist viel über diese Männer geschrieben worden, und dass dieses Thema so populär geworden ist, hat sicher etwas damit zu tun, dass es dabei auch um das eine geht ... Alle Welt fragt sich, ob Kastraten sexuelle Potenz besaßen, ob sie Liebhaberinnen hatten.«

»Was hat man denn genau mit ihnen gemacht?«, fragte Simone.

Alban beugte sich vor und legte die Hände auf die Tischplatte. »Ihnen wurden vor dem Stimmbruch, also vor der Pubertät, die Hoden entfernt. Im Barockzeitalter, als die Oper und mit ihr die virtuose Gesangstechnik entstand, hat dieses Phänomen eine unglaubliche Blüte erlebt. Vor allem in Italien wurden Tausende von Knaben kastriert, weil man glaubte, aus ihnen würden große Sänger. Mancher hatte Glück und wurde berühmt, doch so ging es nur wenigen. Die anderen hatten Pech. Viele starben auch an der Operation.«

»Schrecklich.« Simone machte ein gequältes Gesicht.

»Ja, das ist ein dunkles Kapitel. Manche Kastraten waren damals so populär wie die heutigen Popstars. Sie brachten es zu immensem Reichtum. Viele von ihnen kamen aus ärmsten Verhältnissen. Die Eltern haben ihre Knaben oft regelrecht verkauft, wenn sich herausstellte, dass sie eine schöne Stimme hatten. Die Jungen kamen nach der bestialischen Operation in die Obhut von Ausbildern, die die

Stimmen trainierten. Und nur wenn sie diese harte Ausbildung meisterten, hatten sie überhaupt eine Chance.«

»Peter hat doch einen Namen genannt. Por ... wie hieß der noch mal?«

»Nicola Porpora. Er war der Lehrer des Kastraten Farinelli, der dann übrigens auch in Händels Opern auftrat. Kastraten waren in der Lage, extrem schwere Gesangspartien zu meistern. Das lag daran dass, sie einerseits eine hohe Stimme hatten, aber dazu den männlichen, sehr voluminösen Brustkorb. Man glaubt, dass dem kein Sänger von heute gewachsen wäre, auch Sängerinnen nicht. Viele Arien, die sie gesungen haben, sind natürlich als Noten erhalten, aber wie man weiß, haben sie ihre Partien selbst erschwert, indem sie sie mit Improvisationen ausgestattet haben – also mit schwierigen Läufen und Trillern und so weiter. Das war alles extrem virtuos. Fast so etwas wie ein Hochleistungssport.«

Simone nickte. »Und der Gesangsteil dieser Arie könnte so eine Improvisation sein?«

»Richtig.«

»Warum hat eigentlich jemand überhaupt diese Bearbeitung gemacht? Wenn jemand eine Begleitung dazu schreibt, dann will er das Stück doch auch aufführen, oder?«

Alban lächelte. »Simone, an dir ist eine Musikwissenschaftlerin verloren gegangen. Genau so sieht es aus.«

»Es muss also jemanden geben, der das singen kann. Und da es keine Kastraten mehr gibt ... Oder doch?«

Alban schüttelte den Kopf. »Kastraten gibt es heute nicht mehr. Solche Operationen sind natürlich nicht erlaubt. Es gibt sehr gut ausgebildete Countertenöre, die jedoch auch nicht an das Vermögen der Kastraten herankommen. Klanglich vielleicht, aber nicht, was die Virtuosität betrifft.«

»Was sind jetzt wieder Countertenöre?«

Alban erklärte es ihr. Dann holte er ein paar CDs aus dem Regal und spielte Simone Beispiele vor. Sie machte ein ratloses Gesicht.

»Eigenartige Musik«, sagte sie. »Nicht gerade mein Geschmack.«

»Herr Joch hatte ein Faible für solche Sachen. Er fand sie, wie ihr heute sagen würdet, geil.«

»Woher weißt du das?«

»Herr Zimmermann hat mit seinem Anwalt darüber gesprochen.«

»Und so haben diese Kastraten geklungen?«

»Man weiß es nicht. Es existiert allerdings, eine einzige Aufnahme ... Warte mal.«

Alban ging zum Bücherregal, griff zu einem Lexikon und nahm einen Band heraus.

»Wie war denn noch mal der Name ...«, murmelte er.

»Aber es hat doch im 18. Jahrhundert noch keine Schallplatten gegeben«, sagte Simone verwirrt.

Alban blätterte. »Nein. Aber der letzte Kastrat lebte bis nach dem Ersten Weltkrieg ... Hier haben wir's. Es war ein Italiener namens Alessandro Moreschi. Er lebte von 1858 bis 1922 und sang in der Sixtinischen Kapelle in Rom. 1902 und 1904 hat er Schallplattenaufnahmen gemacht.« Er ging auf die andere Seite des Regals, wo die CDs standen. »Ich habe eine dieser Aufnahmen sogar. Sie ist vor ein paar Jahren auf CD herausgekommen.«

»Nur damit ich das richtig verstehe: Das ist ein echter Kastrat – einer, der nicht nur künstlich so hoch singt wie eine Frau, sondern der seine hohe Stimme erhalten hat? Einer ohne Hoden?«

»Genauso ist es«, sagte Alban. »Sie haben die CD herausgebracht, als damals der Farinelli-Film ins Kino kam.«

Alban schritt mehrmals die Reihen der CDs ab, und endlich wurde er fündig.

»Ich habe leider immer noch kein vernünftiges System entdeckt, wie man die CDs sortieren kann. Vor allem, wenn auf einer einzigen Aufnahme verschiedene Komponisten und verschiedene Musiker sind ...«

Simone hatte in der Zwischenzeit den Lexikonartikel über die Geschichte der Kastraten überflogen.

»Das sind ja komische Zeichnungen«, sagte sie und schüttelte den Kopf. »Die sehen wie Monster aus.«

»Es sind Karikaturen«, sagte Alban, der ihr über die Schulter sah. »Man hat sich über diese Männer auch lustig gemacht. Durch ihre Operation hatten sie wahrscheinlich einen völlig gestörten Hormonhaushalt. Angeblich besaßen sie eine sehr auffällige Figur. In jungen Jahren waren sie sehr groß und sehr schlaksig, und später wurden sie dann dick. Es müssen Mammutmenschen gewesen sein.«

Er nahm die CD zur Hand. Das Cover zeigte einen blauen Himmel mit weißen Wölkchen, zwischen denen kleine Engelchen schwebten, und darüber standen in Goldbuchstaben die Worte »Le Temps des Castrats«.

Er legte die Silberscheibe in den Player und drückte ein paar Knöpfe. Kurz darauf füllte sich der Raum mit einem Knacken und Rauschen, das so stark war, dass die Töne eines einsetzenden Klaviers kaum hindurchdringen konnten.

»Die Aufnahme ist über hundert Jahre alt«, brachte Alban in Erinnerung.

Die Gesangsstimme begann. Allerdings erinnerte sie weniger an Operngesang als an winselndes Geheule hinter einem dichten Vorhang aus Nebengeräuschen.

Simone schüttelte den Kopf. »Das soll jetzt ein Kastrat sein?«

Alban drückte die Stopp-Taste. »Ich weiß. Das klingt nicht gerade nach einem dieser Gesangsgenies, von denen ich dir eben erzählt habe. Aber du musst berücksichtigen, dass der Mann zum Zeitpunkt dieser Aufnahme seine Karriere schon hinter sich hatte. Außerdem war die Aufnahmetechnik im Jahre 1902 noch extrem schlecht. Das Ganze hat wirklich nur dokumentarischen Wert.«

»Spiel das noch mal von vorne«, sagte Simone.

Alban bediente den Player. Wieder rauschte und knackte es, dann kam das Klavier, und der Kastrat setzte ein. Diesmal konzentrierte sich Simone, und sie hörten die Passage bis zum Schluss.

»Eigentlich wirkt die Stimme wie die eines Kindes.«

»Ja, wie die eines Knaben. Man glaubt nicht, dass ein über vierzigjähriger Mann vor dem Aufnahmetrichter gestanden hat.«

Er nahm den Lexikonband, der auf seinem Schreibtisch lag. »Moreschi lebte zeit seines Lebens im Vatikan. Deshalb hat man ihn auch den ›Engel von Rom‹ genannt.«

Simone musste lächeln. »Na, wie ein Engel hat er nicht gerade gesungen. Darunter stelle ich mir doch noch was anderes vor.«

»Die Barockzeit war ja längst vorbei. Und auch der Stil der Musik hatte sich verändert.«

Simone streckte sich und gähnte. »Eines wundert mich allerdings.«

»Was denn?«

»Nehmen wir mal an, die Solostimme der Arie stammt tatsächlich aus irgendwelchen alten Kastratennoten, und der Rest wurde dazugeschrieben. Warum ist denn dieser Dottore Bernardi nicht darauf gekommen? Warum hat er das nicht erkannt? Gerade bei einem italienischen Musikwissenschaftler sollte man so was doch erwarten. Von Herrn Professor Gräber ganz zu schweigen.«

»Sie haben sich die Noten vielleicht gar nicht richtig angesehen. Und Bernardi war sicher verärgert darüber, dass ich und nicht er die Partitur als Erster zu Gesicht bekommen hat, denke ich. So war es ganz gut, dass wir die Analyse von Herrn Jung bekommen haben. Ein Computer ist eben nicht eitel. Herr Jung hat das wirklich kompetent gemacht. Schön, dass es immer noch junge Leute gibt, die sich mit Klassik beschäftigen und sich nicht von dieser Krawallmusik zudröhnen lassen.«

»Woher weißt du, dass er es nicht auch tut? Kann man nicht klassische Musik *und* Techno hören?«

Alban steckte die CD mit der Kastratenaufnahme zurück an ihren Platz. »Nein, das glaube ich nicht. Entweder oder.«

»Dann muss ich dich aber enttäuschen!«

Alban drehte sich um und sah zu Simone, die im Sessel saß und hämisch grinste.

»Was soll das heißen?«, fragte er.

»Ich bin morgen Abend mit Peter verabredet.«

»Ach?«

»Ja – und weder in der Oper noch in der Beethovenhalle noch in der Kölner Philharmonie.«

»Sondern?«

»In Köln im E-Werk. Krawallmusik hören.«

12

Alban hatte sich schon immer darüber gewundert, dass die Bonner das Gebiet zwischen Kölnstraße und Bornheimer Straße, zwischen Berliner Platz und Kaiser-Karl-Ring Altstadt nannten. Natürlich waren die Häuser dort alt: An den engen Alleen reihten sich mehr oder weniger renovierte klassizistische Fassaden, und wenn man durch die schnurgeraden Straßen fuhr, prasselten die Reifen über Kopfsteinpflaster. Trotzdem lag dort nicht das älteste Gebiet Bonns. Das befand sich eindeutig hinter dem Schloss. Doch dafür hatten die Bonner einen anderen Namen: Sie nannten es »Innenstadt« oder »Fußgängerzone«.

Alban ließ den Volvo im Schritttempo durch die Dorotheenstraße rollen, die die sogenannte Altstadt genau in der Mitte teilte. Links und rechts parkte ein Wagen hinter dem anderen. Immer wieder musste er an den kleinen Kreuzungen Nachbildungen römischer Relikte ausweichen, die die Stadtväter hier hatten aufstellen lassen.

Er hatte die Adresse von Dennekamps Laden passiert, doch er war gezwungen weiterzufahren, bis er endlich einen Parkplatz fand. Auf dem Rückweg kam er erneut an einem der antiken Denkmäler vorbei, deren Sinn vor allem darin bestand, den Verkehr zu beruhigen. Es war eine etwa zwei Meter hohe helle Säule auf dunklem Sockel. In das Rund war eine lateinische Inschrift eingemeißelt. Eine Tafel informierte darüber, dass es sich hierbei um den Abguss eines römischen Meilensteins handelte, der zwischen Köln und Trier gefunden worden war.

Vor einer breiten Toreinfahrt blieb Alban stehen. Daneben war an einer Mauer ein Schild angebracht: »Martin Dennekamp – Antiquariat und Verlag«. Ein Pfeil wies in den Hof, an dessen Rückseite sich ein dunkles Backsteingebäude mit schrägem Blechdach drängte. Daneben parkte ein alter VW-Bus, dessen Farbe sich nicht entscheiden konnte, was sie sein wollte: Hellblau, Beige oder verdrecktes Weiß.

Alban gelangte an eine Glastür mit weißen Sprossen, hinter der ein handgeschriebenes Pappschild ein weiteres Mal darauf hinwies, dass man es hier mit Dennekamps Geschäft zu tun hatte. Er wechselte die Mappe mit der Partitur in die andere Hand und sah auf seine Armbanduhr. Es war kurz nach zehn am Samstagmorgen. Das Geschäft müsste geöffnet sein. Er drückte die Klinke hinunter. Die Tür war verschlossen.

Er ging näher an das Glas heran und versuchte ins Innere zu sehen, doch es war zu dunkel. Bestenfalls ein paar Regale waren zu erahnen. Er klopfte ein paarmal gegen die Scheibe. Nichts geschah.

Vielleicht gibt es einen Hintereingang?, dachte Alban.

Er umrundete den Backsteinquader und kam an der Rückseite, wo er sich zwischen die Mauer und den Zaun zum nächsten Grundstück quetschen musste, an einem weiteren Fenster vorbei. Im Dämmerlicht waren eine Spüle und ein Kühlschrank zu erkennen, auf dem sich eine Batterie Flaschen drängte.

Zurück am Eingang, klopfte er wieder. Plötzlich wurde hinter dem Glas eine Bewegung sichtbar, und ein Mann mit wuscheligen dunklen Haaren und einem grauen Vollbart öffnete die Tür.

»Wir haben geöffnet. Treten Sie ruhig näher.« Neonröhren flammten auf. »Ich hatte noch oben zu tun.«

Alban betrat den Laden und stand sofort in einem wilden Durcheinander: mit Büchern vollgestopfte Regale, Kisten, aus denen bedrucktes Papier quoll, lose Stapel der verschiedensten Druckwerke. Es roch muffig und feucht.

Das ist kein Antiquariat, dachte er, das ist eine Müllhalde. Wer hier Bücher kauft, tut es aus Mitleid, um sie vor dem Tod durch Schimmel und Fäulnis zu bewahren.

Er überflog ein paar der Kisten, während der Mann, der wahrscheinlich Dennekamp war, regungslos an einem kleinen Schreibtisch in der Ecke stand und ihn beobachtete. Der Tisch schien jeden Moment unter der Last eines gigantischen Zeitschriftenstapels zusammenzubrechen.

Alban umrundete ein paar Bücherhaufen, die wie eine Fuhre Briketts auf dem dreckigen Betonboden lagen. Etwas hatte seine Aufmerksamkeit erregt. Es war ein schmaler Karton mit Taschenpartituren. Gelbe Eulenburgausgaben.

Alban sah die kleinen Bände durch. Eine paar Mozart-Sinfonien. Vivaldis »Vier Jahreszeiten«. Beethovens Dritte.

»Interessieren Sie sich speziell für Musik?«

»Unter anderem. Haben Sie außer diesen Noten noch weitere?«

Der Mann schob sich an einem Tisch vorbei zu einem Regal. »Möchten Sie Partituren oder Noten für ein bestimmtes Instrument?«

Er griff in eines der Fächer und hielt Alban einen Stapel Hefte hin. Seine Bewegungen brachten die abgestandene Luft in Wallung, und Alban roch deutlich eine Alkoholfahne, die aus dem Geruchsgemisch aus Staub, altem Papier und Dreck hervorstach.

Es waren weitere Partituren und ein paar alte Hefte mit Klaviermusik, allesamt abgegriffen und mit Eintragungen versehen.

»Haben Sie auch handgeschriebene Noten?«, fragte Alban.

»Manuskripte?« Der Antiquar schüttelte den Kopf. »Manchmal taucht so was in Nachlässen auf, aber man kann das meistens nicht verkaufen.«

»Sagt Ihnen das hier etwas?« Alban legte den Papierstapel zur Seite und zog die Partitur aus der Tasche. Der Mann machte keine Anstalten, sie in die Hand zu nehmen, und schüttelte den Kopf.

»Kein Interesse.« Er verzog den Mund zu einem gequälten Lächeln. »Ich wäre froh, wenn ich erst mal was von den Sachen hier loswerden könnte.«

»Ich wollte eigentlich nur wissen, ob das vielleicht aus Ihrem Antiquariat stammt.«

Der Mann nahm das Deckblatt in Augenschein. Alban blieb nicht verborgen, dass es ihm schwerfiel, das Gleichgewicht zu halten.

»Kenne ich nicht.«

»Die Noten haben vielleicht etwas mit Ihrer Frau zu tun.«

»Meiner …« Der Mann sah Alban abweisend an. »Was soll das heißen?«

»Sie sind doch Herr Dennekamp, oder? Ein Bekannter von mir hat diese Partitur hinterlassen. Und er war wohl auch ein großer Fan Ihrer Frau. Ihrer Gedichte.«

Dennekamps Blick wurde finster. Er schüttelte den Kopf und wandte sich ab. Wie ein Schlafwandler umrundete er Bücherstapel und bepackte Tische. Erst an dem kleinen Schreibtisch blieb er stehen, hielt aber das Gesicht weiter abgewandt.

»Die alten Geschichten«, hörte Alban ihn murmeln. »Immer die alten Geschichten.«

»Herr Dennekamp, es tut mir leid, was mit Ihrer Frau passiert ist ...«

»Sind Sie von der Polizei?« Der Antiquar drehte sich herum.

»Nein«, sagte Alban, »ich bin nicht von der Polizei. Aber diese Partitur hier hat mich auf den Tod Ihrer Frau gebracht.«

»Quatsch! Die Geschichte mit meiner Frau ist abgeschlossen«, rief Dennekamp. »Ein für alle Mal! Wissen Sie, dass die zuerst gedacht hatten, ich sei es gewesen? Die haben mich sogar eine Nacht eingebuchtet. Als ob ich Dagmar jemals etwas hätte antun können ...«

»Herr Dennekamp«, sagte Alban sanft, »mir geht es einzig und allein um dieses Musikstück hier. Es hat ein Geheimnis, und dieses Geheimnis möchte ich lüften. Als jemand, der mit alten Büchern und Noten handelt, können Sie das doch sicher verstehen.«

»Lassen Sie mich in Ruhe, wer auch immer Sie sind.«

»Alban«, stellte Alban sich vor. »Nikolaus Alban.«

Dennekamp machte ein überraschtes Gesicht. »Der Kritiker?«

Alban nickte. »Ich möchte herausfinden, woher diese Noten stammen. Aus purem musikalischen Interesse. Was die Sache allerdings geheimnisvoll macht, ist die Tatsache, dass die Noten aus dem Besitz eines Bekannten stammen, der umgebracht wurde. Genau wie ...« Er stockte.

Dennekamp runzelte die Stirn, und seine dunklen Augenbrauen schienen sich für einen Moment zu einem langen schwarzen Strich zu verbinden. »... wie meine Frau«, vollendete er den Satz. Seine Stimme klang plötzlich viel klarer, als sei er schlagartig stocknüchtern geworden.

»Kennen Sie einen Dr. Wolfgang Joch?«, fragte Alban. »Oder haben Sie vielleicht in der Zeitung von dem Mord in der Lotharstraße gelesen?«

Dennekamp starrte Alban an, zeigte aber keine Regung. Der Strich über den Augen blieb.

»Tun Sie mir den Gefallen und lassen Sie mich Ihnen die ganze Geschichte erzählen«, bat Alban. »Wenn Sie danach das Gefühl haben, es führt zu nichts, gehe ich. Übrigens – ein paar Ihrer Noten interessieren mich.« Dennekamps finstere Miene veränderte sich nicht, und so fügte Alban hinzu: »Ich könnte mir vorstellen, Ihnen einen Posten abzunehmen. Vielleicht kommen wir ja ins Geschäft?«

♪

Der Junge hat die ganze Nacht geweint – bis alle Glieder schmerzten.

Luisa hat sich um ihn gekümmert. Sie hat ihm frische Wäsche und Tee gebracht, später einen Teller Suppe. Der Mann ist nicht mehr gekommen.

Er denkt an die Begegnung mit der Frau.

Eine eigenartige Kraft ging von ihr aus, und sie hat in ihm Empfindungen geweckt, die völlig neu für ihn waren.

Sehnsucht. Herzklopfen. Das Gefühl, als flösse etwas Prickelndes in den Adern. Etwas Schmerzvolles. Etwas Lustvolles.

Warum ist sie nicht mehr gekommen?

Er sitzt am Fenster und blickt hinaus. Es ist heller Tag, der Himmel etwas bewölkt. Hinter der Mauer erhebt sich ein bewaldeter Hang. Die hohen Bäume tragen jetzt, im Herbst, nur noch wenig Laub. Manchmal bewegt sich etwas in den Ästen, löst sich und strebt über das Gewirr von kahlem Holz himmelwärts. Es sind Vögel. Er beneidet sie.

Der Wald steht starr und schweigt.

Vielleicht kommt sie wieder.

♪

Der Antiquar hatte Alban über eine schmale, wacklige Wendeltreppe in ein winziges, ebenfalls vollgestopftes Büro in der oberen Etage geführt. Auch hier stapelten sich Bücher, Zeitschriften und undefinierbarer Papierkram. Dennekamp hatte sich hinter den Zwillingsbruder des kleinen Schreibtischs aus dem Erdgeschoss gequetscht. Immerhin gab es in dem Büro zwei Stühle, sodass man sich gegenübersitzen konnte.

Alban berichtete, was er über die Arienpartitur wusste. Und er blieb bei der Wahrheit. Er behauptete nicht, das Manuskript von Joch selbst erhalten zu haben, sondern er erzählte auch von Arne

Zimmermann. Er verschwieg auch nicht, dass er Hauptkommissar Kessler kannte. Er hatte das Gefühl, Dennekamp Vertrauen entgegenbringen zu müssen, sonst würde der nicht das Geringste über seine verstorbene Frau sagen.

»Verstehen Sie jetzt, warum ich glaube, die Partitur könnte aus Ihrem Antiquariat stammen? Eine alte Handschrift und ein Antiquariat – das passt doch gut zusammen.«

Dennekamp nickte.

»Ich muss etwas über Ihre Frau erfahren. Bitte helfen Sie mir dabei.«

Dennekamp stand auf und bückte sich. Er wühlte in einem Karton und zog ein Buch hervor. Alban erkannte es sofort. Es war der Lyrikband »Mondschatten«.

»Können Sie sich vorstellen, dass jemand nichts anderes tut, als solche Sachen zu schreiben?« Alban glaubte eine Spur Zorn aus der Stimme des Antiquars herauszuhören. Er wusste nicht, ob es Zorn auf Dagmar Dennekamp oder auf die Tatsache war, dass sie so früh hatte sterben müssen.

Alban nahm das Buch, das er schon kannte. Er blätterte ein wenig darin herum und geriet auf die letzte Innenseite. Dort war ein Foto von der Autorin zu sehen, das ihm in Jochs Wohnung nicht aufgefallen war.

Dagmar Dennekamp sah sehr jung aus – wie eine kaum achtzehnjährige Schülerin. Ihr langes dunkles Haar schmiegte sich um ein schmales Gesicht. Sie trug eine Brille mit dunkler Hornfassung.

Alban schlug die erste Seite auf, und sein Blick fiel auf den Namen des Verlages, in dem das Buch erschienen war. Es war Dennekamps. »Wir haben vor drei Jahren geheiratet«, sagte Dennekamp. »Am Anfang hat Dagmar es genossen, mit mir hier zwischen all den Büchern zu arbeiten.«

»War sie auch Buchhändlerin?«

»Sie hat Germanistik studiert und schon immer große dichterische Ambitionen gehabt. Nach und nach wollte sie dann hier nicht mehr mitmachen, hat sich immer weiter zurückgezogen … Der Beruf ist anstrengender, als manche denken. Die ganze Woche über ist man damit beschäftigt, seine Sachen an den Mann zu bringen, und am Wochenende muss man sehen, dass Neues hereinkommt. Dazu muss man alles katalogisieren, ständig seine Kenntnisse über Bücher und alte Drucke erweitern. Man darf keinen Fehler machen, wenn man Preise kalkuliert. Dagmar wurde das zu viel.«

Dennekamp griff neben sich, holte von irgendwoher eine Bierflasche hervor und öffnete sie routiniert mit einem Feuerzeug, das auf dem Tisch gelegen hatte. »Meine Geschäfte liefen mies. Laufen sie immer noch. Keine Ahnung, wo das hinführen soll. Dagmar hat sich darum nicht geschert. Erst hat sie alle Tage nur noch damit zugebracht, Notizbücher vollzuschreiben. Dann hat sie mich verlassen. Einfach weg. Ich wusste erst nicht, wohin sie gegangen war. Sie hat nicht einmal einen Abschiedsbrief geschrieben.«

»Wann war das?«

»Vor einem Jahr. Ich musste mich bei ihren Freundinnen erkundigen, ob die vielleicht wussten, was aus ihr geworden war.«

»Welche Freundinnen?«

Dennekamp trank einen Schluck und stellte die halb volle Bierflasche auf dem nächstbesten Papierstapel ab.

»Dagmar besuchte damals schon seit längerer Zeit einen Frauenschreibklub, so eine Dichterinnenrunde. Die trafen sich einmal im Monat. Immer am ersten Sonntag. Ich habe mal was von denen verlegt, aber das war nichts.«

»Dichten die Damen nicht gut genug?«

»Ich konnte es mir nicht leisten, die ganzen Kosten zu übernehmen. Als ich ihnen dann alles vorrechnete, da hätten sie mal erleben sollen, wie die über mich hergefallen sind. Ich konnte froh sein, dass ich lebend aus diesem Emanzendichterinnentreff rauskam ... Die hatten tatsächlich geglaubt, das dicke Geld mit ihren Gedichten zu machen. Stellten mich als Abzocker hin. Nach dem Ärger habe ich dann ›Mondschatten‹ herausgebracht. Auf meine Kosten natürlich. Aber verkauft hat es sich nicht. Es hat mir eher finanziell den Rest gegeben.«

»Wie viele Exemplare haben Sie denn davon drucken lassen?«

»Tausend.«

»Und wie viele wurden verkauft?«

»Nicht mal dreißig.«

»In welchen Buchhandlungen war das Buch zu bekommen?«

Dennekamp grinste gequält. »In gar keiner. Wenn Sie als kleiner, unbekannter Verlag keinen Mindestumsatz mit dem Handel machen, stellen die kein einziges Buch von Ihnen ins Regal.«

Alban nickte. Wie war Dr. Joch dann an dieses Buch gekommen?

»Mit der Pressearbeit ist es genau dasselbe«, redete Dennekamp weiter. »Es ist schwierig, eine Zeitungsrezension oder so was zu bekommen.«

Das Rätsel steigert sich, dachte Alban. Woher hatte Joch von der Existenz des Buches gewusst?

»Das Ganze ist schiefgegangen. Dagmar ging weg. Sie nahm sich eine Wohnung in Erpel, in diesem abgelegenen Rheinkaff.«

»Warum gerade dort?«

»Fragen Sie mich nicht. Das heißt – eigentlich kann ich es mir denken. Sie hatte ein Faible für die Rheinromantik. Das Flusstal, Burgen, Schlösser und all so was. Wenn sie es sich hätte leisten können, wäre sie auf ein Schloss gezogen.«

»Wovon hat sie denn gelebt? Hat sie in Erpel eine Arbeitsstelle gefunden? Oder haben Sie sie unterstützt?«

»Eine Arbeitsstelle?« Er schüttelte den Kopf, stand auf und ging schwankend ein paar Schritte. Alban war es unangenehm, mitanzusehen, wie sich dieser Mensch nach und nach betrank. Aber was konnte er dagegen tun?

Er hörte den Antiquar nebenan herumstöbern. Schließlich kehrte er mit einem Stapel Notizbücher zurück. Es waren schwarze Chinakladden, aber auch einfache Collegeblöcke mit Spiralbindung. Dennekamp ließ sie auf den ohnehin überfüllten Schreibtisch rutschen.

»Das habe ich bekommen, nachdem meine Frau tot war, und davon gibt es noch eine ganze Menge mehr. Sie hat den ganzen Tag nichts anderes getan, als zu schreiben. Nachts hat sie sich rumgetrieben, so hat es zumindest die Polizei herausgefunden, und dann hat sie geschrieben, geschrieben, geschrieben. Eine Art lyrisches Tagebuch. Ihre ganze Welt hat sie in Worte gefasst. In Worte, die niemand außer ihr versteht. Und gelebt hat sie«, Dennekamp leerte die Bierflasche in einem Zug, »von dem Geld, das sie von ihren Eltern hatte.« Er musste aufstoßen. »Sie hat was geerbt. Nicht so viel, dass man sie als reich hätte bezeichnen können, aber doch genug, um sich über Wasser zu halten. Und davon hat sie ihre Wohnung in Erpel bezahlt und ihre Blöcke und Notizbücher und Stifte. Was glauben Sie, warum mich die Polizei sofort auf dem Kieker hatte, als Dagmar am Rhein gefunden wurde? Ich konnte das Geld gut gebrauchen. Außerdem gab's noch eine Lebensversicherung … Zum Glück konnte ich beweisen, dass ich es nicht war. Also habe ich das Geld gekriegt.«

Genützt hat es dir offensichtlich nichts, dachte Alban.

Dennekamp brachte die leere Flasche in den Nebenraum, wo er die Notizbücher hergeholt hatte. Als er wiederkam, hielt er einen hellen, prall gefüllten Jutesack in den Händen.

»Musik hat ihr auch gefallen. Sie hat sie inspiriert. Sie hatte CDs … Hier drin sind sie.« Er hielt Alban den Beutel hin.

Es waren klassische Aufnahmen. Schumann-Sinfonien, Schuberts Unvollendete, Bruckner. »Ihre Frau hatte auch musikalisch eine Vorliebe für die Romantik«, stellte Alban fest, während er weiter die CDs durchsah. »Komponierte sie vielleicht auch?«

Dennekamp schüttelte den Kopf. »Nein, das konnte sie gar nicht.«

Plötzlich durchzuckte Alban ein eisiger Schreck. Dieses Cover kannte er! Was für ein Zufall …

»Was ist?«, fragte Dennekamp, dem Albans Erstaunen nicht entgangen war.

»Das hier ist die CD meiner Frau.«

»Was meinen Sie?«

Er hielt die CD hoch. »Ich war mit Lea Rosemann verheiratet. Sie ist vor einigen Jahren gestorben.«

»Die hat ihr besonders gut gefallen«, sagte Dennekamp. »Schauen Sie mal hier.«

Er nahm den Band mit dem Titel »Mondschatten« und schlug eine der ersten Seiten auf. Die Autorin hatte ein Motto vorangestellt – ein paar Gedichtzeilen. Alban kannte sie gut.

»Durch alle Töne tönet, im bunten Erdentraum, ein leiser Ton gezogen, für den, der heimlich lauschet«, las er. Friedrich Schlegel hatte das gedichtet, und diese Worte waren das Motto für Schumanns Fantasie op. 17. Das erste Stück auf Leas CD …

Wie viele von diesen CDs sind in den Handel gekommen?, fragte er sich. Höchstens zweihundert. Und von der Schumann-Fantasie gibt es massenhaft Aufnahmen. Und ausgerechnet diese eine musste Dagmar Dennekamp besitzen.

»Die Welt ist klein«, sagte Dennekamp.

Alban grübelte. War es wirklich so abwegig, dass die Existenz des Lyrikbandes »Mondschatten« in Jochs Bücherregal ein Zufall war? Wenn doch die Existenz von Leas CD, einst bei einem winzigen Label erschienen, auch einer war? Oder war es vielleicht gar keiner? Gab es irgendeinen hintergründigen Sinn, den Alban nur nicht verstand?

Plötzlich fiel es ihm immens schwer, einen klaren Gedanken zu fassen. Was sollte Lea in diesem Spiel? Er versuchte, die Gefühle, die auf ihn einstürmten, zu verdrängen.

Er ließ die CD zurückgleiten und zog dann eine andere heraus, die offenbar gebrannt worden war. Sie war unbeschriftet. »Was ist das hier?«, fragte er.

»Keine Ahnung. Sicher auch irgendwas, das sie zu ihren Gedichten inspiriert hat.«

Alban sah Dennekamp an. »Könnten Sie mir einen großen Gefallen tun? Leihen Sie mir die Notizen Ihrer Frau?«

»Die ... Notizbücher? Sie wollen sie lesen?«

»Sie sagten, sie seien ein lyrisches Tagebuch. Könnte man darin nicht vielleicht einen Hinweis finden?«

Dennekamp runzelte die Stirn. »Ja, Sie haben vielleicht recht. Einen Hinweis ...« Er hielt eine der Chinakladden in die Höhe. »Das hier ist ihr letztes. Sie hat noch wenige Tage vor ihrem Tod darin geschrieben.«

Alban blätterte durch mit gleichmäßiger blauer Schrift bedeckte Seiten. Etwa in der Mitte des Buches endeten die Eintragungen. Auf der letzten beschriebenen Seite stand ein Text, der wohl ein Gedicht sein sollte.

»Es wachte der Morgen und lief an den hellen Fenstern vorüber«, las Alban. *»Jauchzend, sodass ich ganz verzückt, lange nicht fassen konnte, was mir an diesem Tage geschah ...«*

»Eigenartig, oder?«, warf Dennekamp ein.

»Es klingt altmodisch.«

Dennekamp nickte.

»Wie groß die Welt, wie herrlich der Tag, und eh ich's versah, kam der Abend, da ich hinaustrat in eng verwinkelte Gassen, strebsam hin nach der grünen Weite, dem Lande jenseits des Stromes, wo Felsen wit-

tern im Dämmer, wo Quellen heimlich rauschen, wo ich finden werde unendliche Sehnsucht ...«

Alban ließ das Buch sinken. Altmodisch war noch ein sehr netter Ausdruck. Ein furchtbarer Kitsch war das. Verunglückte romantische Lyrik.

Er las den Text noch einmal von vorne. Er war datiert, und wenn Alban die Informationen von Kessler richtig in Erinnerung hatte, war er kurz vor Dagmar Dennekamps Tod entstanden. Neben dem Datum war ein Titel vermerkt.

»Das Gift der Engel«, las Alban.

Dennekamp nickte. »Nehmen Sie die Tagebücher mit. Sehen Sie sie in Ruhe durch.« Er wies auf die Jutetasche. »Das können Sie auch geliehen haben. Finden Sie heraus, was dahintersteckt. Ich vertraue Ihnen.«

Alban hatte plötzlich ein Déjà-vu-Erlebnis. Er hatte das Gefühl, wieder Arne Zimmermann gegenüberzusitzen. Dennekamp und er hatten nicht die geringste Ähnlichkeit, es waren grundverschiedene Typen, aber erneut sollte ein Rätsel gelöst werden, bei dem es um eine Handschrift ging. Die ganze Geschichte wiederholt sich, dachte Alban. Dagmar Dennekamp und Wolfgang Joch. Beide wurden erschlagen. Niemand weiß, von wem und warum. In beiden Fällen kann man das Geheimnis vielleicht lösen, wenn man Geschick im Interpretieren und Entziffern von alten Texten und Noten aufbringt.

Dagmar Dennekamp hat das Gedicht vielleicht gar nicht selbst geschrieben, dachte er. Vielleicht stammt es von einem romantischen Dichter. Vielleicht von Eichendorff. Aber nein, das kann nicht sein, dachte Alban, so schlecht hat Eichendorff nicht gedichtet, er hat zumindest das Versmaß eingehalten.

Plötzlich fiel ihm etwas ein. Er war beim Durchblättern doch auf etwas gestoßen ...

Er schlug das letzte Tagebuch an einer anderen Stelle auf und las: *»Aus der Heimat hinter den Blitzen rot, da kommen die Wolken her, aber Vater und Mutter sind lange tot, es kennt mich dort keiner mehr.«*

Das war Eichendorff. Original, unverfälscht. Einfach abgeschrieben.

Alban sah auf und blickte in Dennekamps Gesicht.

»Dagmar hat sich ihre Anregungen geholt«, sagte der Antiquar lakonisch.

Alban blätterte weiter und kam an eine Passage, die in Prosa geschrieben war.

»*Wer von Regensburg her auf der Donau hinabgefahren ist, der kennt die herrliche Stelle, welche der Wirbel genannt wird. Hohe Bergschluften umgeben den wunderbaren Ort. In der Mitte des Stromes steht ein seltsam geformter Fels, von dem ein hohes Kreuz trost- und friedenreich in den Sturz und Streit der empörten Wogen hinabschaut. Kein Mensch ist hier zu sehen, kein Vogel singt, nur der Wald von den Bergen und der furchtbare Kreis, der alles Leben in seinen unergründlichen Schlund hinabzieht, rauschen hier seit Jahrhunderten gleichförmig fort.*«

Eichendorff. Schon wieder. Und ohne eine Änderung. Alban kannte die Stelle. Es war ein Stück aus ...

»Ahnung und Gegenwart«, sagte Dennekamp, der offenbar genau wusste, was in Alban vorging. »Dagmar hat in ihrem Tagebuch nicht nur selbst geschrieben, sondern auch literarische Passagen gesammelt, die ihr gefallen haben.«

»Und die in das Rheintal passen«, fügte Alban hinzu. Und zu Schumanns Musik, dachte er, und zwar zu Schumanns Musik in Leas Interpretation.

Er wischte den Gedanken zur Seite. »Ich werde mir das alles mal ansehen.« Er nahm den Beutel, packte die Notizbücher und stand auf. »Diese Schreibgruppe – wo und wann trifft sie sich eigentlich?«

»Irgendwo in der Südstadt, glaube ich. Wo genau, hab ich vergessen.«

»Können Sie sich wirklich nicht erinnern? Es wäre wichtig. Die Adresse Ihrer Frau in Erpel bräuchte ich auch.«

Dennekamp stieß wieder auf und blickte ratlos vor sich hin. Auf seiner Stirn zeigten sich ein paar Runzeln.

»Vielleicht hab ich das noch irgendwo. Ich muss nachsehen.«

»Könnten Sie das jetzt gleich machen?«

Er schüttelte den Kopf. »Ich rufe Sie heute Nachmittag an.«

Alban legte Dennekamp seine Visitenkarte hin, verabschiedete sich und fand zwischen den Bücherstapeln den Weg hinunter zum Ausgang.

Bevor er die Tür öffnete, musterte er die Kiste mit den Taschenpartituren. Er schüttelte den Kopf und ging hinaus.

Im Wagen starrte er eine Weile das Lenkrad an und ordnete seine Gedanken.

Hatte sich Dennekamp vielleicht geirrt? Stammte die Handschrift vielleicht doch aus seinem Laden, und er wusste es nur nicht mehr? So ein Antiquar konnte sich doch nicht alles merken, was durch seine Lager ging! Da wurden ganze Nachlässe aufgekauft. Wie leicht konnte da ein Manuskript dazwischen liegen, das man übersah. Vor allem wenn so eine Unordnung herrschte wie hier.

So musste es gewesen sein! Dagmar Dennekamp hatte in dem Laden mitgearbeitet. Sie hatten den Nachlass eines Musikers oder eines Komponisten aufgekauft. Ihr war die Partitur aufgefallen, und sie hatte das Manuskript beiseitegelegt. Später hatte sie dann Joch kennengelernt. Oder sie kannte ihn schon. Eine Begegnung im Konzert oder im Café. Man spricht über dies und das, Dagmar gibt Joch ihr Buch und später noch die Partitur. Warum auch nicht? Sie weiß, dass er Musikliebhaber ist. Vielleicht will sie ihm ein Geschenk machen. Vielleicht dafür, dass er das Buch gekauft hat …

Reine Spekulation, dachte Alban. Du hast noch immer keinen Beweis dafür, dass sich Joch und Dagmar Dennekamp überhaupt kannten. Und du hast erst recht keinen dafür, dass Dennekamp oder seine Frau etwas mit der Partitur zu tun haben. Und du bist verwirrt, weil du auf Leas CDs gestoßen bist und nun das Gefühl hast, all das hätte auch noch mit ihr oder dir zu tun. Aber das ist Einbildung.

Er startete den Motor. Bevor er den Wagen aus der Lücke manövrierte, stellte er den Jutesack in den Fußraum. Eine CD rutschte heraus. Es war die selbst gebrannte. Alban nahm sie aus der Plastikbox und steckte sie in den Player. Er hatte den Wagen gerade auf die Straße gelenkt, da setzte die Musik ein.

Gestoßene Akkorde. Eigenartige Modulationen. Weder von einem Synthesizer noch von einem Streichquartett gespielt, sondern von einem richtigen Streichorchester. Begleitet von den silbrigen Akkorden eines Cembalos, wie es bei Barockmusik üblich war.

Alban nahm überrascht den Fuß vom Gas. Hinter ihm hupte jemand. Er riss sich zusammen, fuhr langsam weiter und starrte auf die Straße, doch in Gedanken war er bei der Musik, die aus den Boxen strömte.

Die Arie, dachte Alban. Es gibt überhaupt keinen Zweifel, dass es die Arie ist.

Die gestoßenen Akkorde wanderten weiter. Unaufhaltsam näherten sie sich der Stelle, an der die Singstimme einsetzen würde. Alban wurde immer deutlicher bewusst, dass ihm ein kleines Wunder bevorstand. Der Vokalpart war unsingbar. Und nun würde sich gleich zeigen, dass es tatsächlich jemanden gab, der diesem Stück gewachsen war. Diese CD würde es beweisen. Nur noch drei, vier Takte. Alban zählte mit, während er durch die Altstadt rollte.

Noch ein Auftakt, und jetzt, eins, zwei, drei und –

Nichts.

Die Streicher spielten einfach weiter ihre leeren Akkorde. Lange Töne. Jetzt kam die Passage, in der die Stimmen diesen eigenartigen Tausch hinlegten.

Die Solostimme fehlte.

Was soll das sein?, dachte Alban. Ein Play-back? Eine Demoversion? Ein Probenmitschnitt?

Kopfschüttelnd ließ er das Stück zu Ende spielen und hoffte, dass es noch etwas anderes zu hören geben würde. Dass noch mehr auf der CD war.

Doch es herrschte Stille im Wagen. Alban drückte den Vorwärts-Knopf. Aber es half nichts.

Auf der CD war nur dieser eine Track.

Dieses eine Stück.

13

Ohne darüber nachzudenken, hatte er die Spur gehalten, war an roten Ampeln stehen geblieben, hatte Gas gegeben und gebremst. Seine Gedanken waren gekreist, während er immer und immer wieder die Arie abgespielt hatte. Irgendwann fand sich Alban auf der Adenauerallee wieder, genau an der Stelle, wo er nach Godesberg abbiegen musste.

Jetzt konnte er zu Kessler gehen und zeigen, dass es eine Verbindung zwischen den Fällen Dennekamp und Joch gab. Er brauchte nur zum Polizeipräsidium zu fahren und dem Hauptkommissar die CD vorzuspielen.

Nein, dachte Alban. Das reicht nicht.

Dagmar Dennekamp konnte die Partitur genau wie die CD aus irgendeinem antiquarischen Nachlass gefischt haben, ohne dass ihr Ehemann das wusste. Das würde sogar passen. Der Komponist, der hier versuchte, eine Arie im Neobarock zu schreiben oder etwas zu rekonstruieren, hatte eben auch für eine bestimmte Aufnahme gesorgt. Warum nicht?

Und dass auf der CD nur die Begleitung zu hören war – das war seltsam, aber es bewies nichts. Musste das etwas mit dem Mord zu tun haben? Natürlich nicht. Alban sah Kesslers spöttisches Gesicht vor sich.

Das ist doch alles Zufall, Nikolaus.

Er brauchte einen unwiderlegbaren Beweis. Einen Beweis dafür, dass sich Dr. Joch und Dagmar Dennekamp kannten. Ein Brief von ihm an sie oder umgekehrt, eine persönliche Widmung.

War eine in der Ausgabe von »Mondschatten« gewesen, die Alban in Jochs Wohnung gesehen hatte? Er hatte nicht darauf geachtet.

Vielleicht kam Joch ja irgendwo in Dagmars Tagebüchern vor? Hatte Dr. Joch Dagmar vielleicht in Erpel besucht? Das wäre eine Möglichkeit!

Alban erreichte die Einmündung zur Plittersdorfer Straße. Er stoppte den Wagen und überlegte. Es dauerte eine ganze Weile, bis er sich entschieden hatte. Dann gab er Gas und fuhr an der Abzweigung vorbei.

Mit der Fähre in Rolandseck gelangte Alban über den Rhein, wobei er aus dem Wagenfenster heraus die Aussicht auf den Drachenfels genoss. Dann fuhr er auf der Uferstraße weiter nach Süden.

Die rechte Rheinseite erschien Alban ruhiger und einsamer als die linke. In Unkel drängte sich die B42 an die Weinberge, dann ging es zurück an den Fluss, und Alban erreichte Erpel.

Das Städtchen versteckte sich hinter einer langen Stadtmauer aus Natursteinen. Er fuhr die Front ab, bis der Ort zu Ende war. Ein Stück weiter rheinaufwärts ragte ein dunkles Bauwerk auf, schwarz und drohend wie eine Burgruine. Der östliche Turm der alten Remagener Brücke, die im Zweiten Weltkrieg zerstört worden war. Darüber erhob sich ein steiler Felsen mit einem Kreuz darauf – die Erpeler Ley. Auf der anderen Seite des Flusses stand das Gegenstück des Brückenpfeilers. Auch eine Art von Rheinromantik, dachte Alban. Mit moderner Zeitgeschichte verbunden.

Er bog links ab und gelangte in den Ort. An der Erpeler Bahnhaltestelle hielt er an und suchte nach seinem Handy. Vielleicht war Dennekamp mit der Adresse schon fündig geworden. Aber es meldete sich nur der Anrufbeantworter.

Sollte er Kessler anrufen? Vielleicht konnte der ihm die Adresse aus irgendeiner Akte heraussuchen? Nein, der würde ihm wahrscheinlich nur Vorwürfe machen und ihm die Information verweigern.

Alban stieg aus und spazierte durch eine leere, schmale Straße in die Richtung, wo er die Mitte des Dörfchens vermutete. Er erreichte einen kleinen Platz mit restaurierten Fachwerkhäusern. In der Mitte erhob sich eine von Metallbänken eingekreiste Platane. In ihrem Schatten war ein gewaltiges Mosaik in das Pflaster integriert, daneben stand ein alter Brunnen. Alban passierte die Rückseite einer Kirche und gelangte an ein rot und weiß gestrichenes Gebäude, das sich bei näherer Betrachtung als Rathaus entpuppte.

Auf dem ganzen Weg begegnete er keinem Menschen. Hier ließ es sich bestimmt zurückgezogen leben – vor allem wenn man es darauf anlegte, sich in romantische Stimmung hineinzuträumen.

Er kehrte zum Wagen zurück und suchte den Autoatlas heraus, den er kaum noch benutzte, seit er das Navigationssystem besaß.

Der Rhein floss nordwärts und beschrieb auf der Höhe von Erpel eine Kurve in Richtung Westen. Er prallte an die Hänge nördlich von Remagen, das Erpel genau gegenüberlag, kam dann in gerader Linie an Oberwinter, Rolandseck und Bad Honnef vorbei, um am Drachenfels wieder etwas nach links abzuknicken. In dieser Schrägrichtung, die einem Zeiger auf der Elf ähnelte, passierte er Königswinter und Bad Godesberg, wurde auf der Strecke an Bonn vorbei etwas kurvig und scherte hinter Niederkassel dramatisch in Richtung Osten aus. Und dort oben, nördlich von Bonn, war am rechten Ufer Dagmar Dennekamps Leiche gefunden worden – viele kurvige Kilometer von Erpel entfernt.

Wo auch immer sie ins Wasser geworfen worden war, es war bestimmt nicht hier unten geschehen, sondern irgendwo dort oben. Wahrscheinlich in Bonn.

Dort, wo Dagmar Dennekamps Ehemann lebte. Wo sie ihre Schreibgruppe besucht hatte.

Und wo sie vielleicht noch andere Menschen kannte.

Alban versuchte auf der Rückfahrt immer wieder, Dennekamp anzurufen – ohne Erfolg. Als er zu Hause ankam, stand Simones Laster in der Auffahrt, und als er die Haustür öffnete, kam sie gleich aus ihrem Zimmer.

Dann saßen sie in der Küche, Simone kochte Kaffee, und Alban erzählte, was er über Dagmar Dennekamp erfahren hatte: die Information über die Schreibgruppe, die Tatsache, dass sie früher in Dennekamps Antiquariat ausgeholfen hatte, Dennekamps Geschäfte als Zuschussverleger.

An dieser Stelle nickte Simone. »Das mit dieser Zuschussverlegerei kenne ich. Da gibt es Verlage, die gaukeln Möchtegernschriftstellern vor, dass sie es zum Bestsellerautor bringen können, aber dann nehmen sie ihnen erst mal ein paar tausend Euro ab.«

»Das hört sich an, als hättest du es selbst erlebt.«

»Nein, aber meine Kollegin Anita. Sie hat einen Krimi geschrieben, der im Baumarkt spielt, und dann hat sie keinen Verlag gefunden, bis sie auf so eine Anzeige stieß.«

»War das Dennekamps Verlag?«

»Nein, der war in Frankfurt, glaube ich.«

Alban erzählte weiter. Als er zu den lyrischen Tagebüchern kam, legte er die Jutetasche und den Stapel Notizbücher auf den Tisch.

Er griff zu einer der Chinakladden. »Das hier ist ihr letztes Tagebuch«, erklärte er.

Simone nahm es. »Darf ich es lesen?«

»Ich denke schon. Dennekamp hat es mir ja auch erlaubt.«

Simone schlug das Buch auf und las stirnrunzelnd ein paar Zeilen.

»Kurz vor ihrem Tod hat sie ein seltsames Gedicht geschrieben.« Alban beugte sich zu ihr, schlug die Seiten um und deutete auf die Passage.

Simone las:

»Es wachte der Morgen und lief an den hellen Fenstern vorüber,
Jauchzend, so dass ich, ganz verzückt, lange nicht fassen konnte,
Was mir an diesem Tage geschah.
Wie groß die Welt, wie herrlich der Tag, und ich's versah kam der Abend,
da ich hinaustrat in eng verwinkelte Gassen, strebsam hin
nach der grünen Weite, dem Lande jenseits des Stromes,
wo Felsen wittern im Dämmer, wo Quellen heimlich rauschen,
wo ich finden werde unendliche Sehnsucht.
Von der Nixe getragen im glänzenden Licht, hinüber, wo Kirche
und Kreuz hoch am Berge einander sich grüßen.
Von Schwänen willkommen geheißen, gilt es,
hinaus aus des Lebens grauem Getriebe, dem Kreuze entgegen,
vorbei an den stillen Bildern der Andacht,
hinan, wo der heilige Prediger mahnend wacht,
und weiter den engen Pfad gegangen,
Wo Maria den Eingang zu deinem Reich, Geliebter, bewacht.
Hast auch du einst den Weg des Stromes
Genommen, du Ferner, Engelsgleicher?
Kamst von weit, dem Lande der gelben Früchte, die einst schon
Der Dichterfürst besang.
Bist gekommen zu singen das Loblied Matthei.
Bist jetzt verdammt, die Poesie im Verborgnen, im Tal der
Tauben, zu leben.

So ging zugrunde, was als Balsam geboren ward,
und wurde zum Gift.
Zum Gift der Engel.«

Sie sah auf. »So was hat eine Frau aus unserer Zeit geschrieben? Wie alt soll die denn gewesen sein? Hundert?«

»Knapp über dreißig«, sagte Alban.

»Kann ich mir nicht vorstellen.«

»Es gibt Leute, die versuchen künstlerisch in einer anderen Zeit zu leben. Die romantischen Musiker und Dichter haben das übrigens selbst gern getan. Sie liebten Motive aus dem Mittelalter und wandten sich alten literarischen Gattungen und Formen zu, zum Beispiel den Märchen. Denk an die Brüder Grimm. Das waren Romantiker. Ganz sicher hat sich Dagmar Dennekamp als romantische Künstlerin gefühlt.«

Alban berichtete, dass sie nach Erpel gezogen war und dass er selbst eine kleine Visite unternommen hatte.

»Erpel ist wie geschaffen für jemanden, der der bösen Welt entfliehen will.«

Simone blickte verständnislos drein. »Wenn ich der bösen Welt entfliehen wollte, würde ich mir ein Ferienhaus in der Toskana oder in Südfrankreich kaufen. Vor allem wenn ich Geld von meinen Eltern geerbt hätte.«

»Vielleicht hat es ja für ein Ferienhaus nicht gereicht. Und vergiss nicht, dass sie ein Faible für die Rheinromantik hatte.«

»So wie Thomas Gottschalk?« Simone grinste.

»Thomas Gottschalk?«

»Sag bloß, der Name Thomas Gottschalk sagt dir nichts. Nikolaus, den solltest du kennen, auch wenn du selbst kaum fernsiehst.«

»Ich weiß sehr genau, wer Thomas Gottschalk ist. Dieser Blondschopf, der nicht alt werden kann. Was hat der mit unserer Geschichte zu tun?«

Simone nahm die Zeitung von der Anrichte. Sie blätterte und hielt Alban schließlich eine Meldung hin: »Gottschalk kauft Rhein-Schloss in Remagen.«

Alban las den Text. »Interessant«, sagte er. »Das ist Schloss Marienfels. Es liegt Erpel praktisch gegenüber.«

»Sag ich doch. Gottschalk und unsere Frau Dennekamp haben was gemeinsam.« Simone überflog noch einmal die Gedichtzeilen. »Du hast gesagt, dieses Notizbuch hier sei ein lyrisches Tagebuch. Und in einem Tagebuch beschreibt man doch eigene Erlebnisse. Dann handelt das Gedicht wahrscheinlich von einem Erlebnis, das Dagmar Dennekamp hatte.«

»Das muss nicht sein. Gedichte beschreiben nicht immer die Gefühlslage des Dichters, und manchmal ist die Person, die in einem Gedicht mit ›ich‹ bezeichnet wird, auch nicht der Dichter selbst.«

»Aber das klingt mir sehr danach. Du hast doch gesagt, sie habe in Erpel gewohnt. Hier geht es ja um verwinkelte Gassen. Um etwas, das jenseits des Stromes liegt.«

Alban rückte näher heran und las mit. »Aber diese Formulierungen, ›wo Quellen heimlich rauschen‹, dann dieses Heraufbeschwören der ›unendlichen Sehnsucht‹ – das sind Klischees. Die könnte sie überall zusammengeklaubt haben.«

»Aber auch wenn der Stil schlecht ist – es muss doch einen Grund geben, warum das hier steht. Niemand schreibt aus reinem Jux solche Sachen, oder? Es zeigt doch, was sie bewegt hat.«

»Dann muss sie auch religiös gewesen sein«, überlegte Alban. »Ebenfalls typisch für die Romantik. Das Religiöse wird dem Heidnischen gegenübergestellt. Erst erwähnt sie eine Nixe. Das ist eine Figur aus der heidnischen Mythologie. Dann erwähnt sie christliche Symbole: eine Kirche und ein Kreuz. Es geht um ein Andachtsbild, um einen Prediger, um ein Marienbild.«

»War Dagmar Dennekamp religiös?«

»Ich habe ihren Mann nicht danach gefragt.«

»Am Ende jedenfalls erreicht sie ein Ziel«, interpretierte Simone weiter. »Aber hier, diese Zeilen am Ende kapiere ich überhaupt nicht.«

»Bist gekommen zu singen das Loblied Matthei«, las Alban. *»Bist jetzt verdammt, die Poesie im Verborgnen, im Tal der Tauben, zu leben. So ging zugrunde, was als Balsam geboren ward …«*

»Und das hier?« Simone deutete auf die allerletzten Zeilen: *»… und wurde zum Gift. Zum Gift der Engel …* Da geht es ganz sicher um das eine.«

»Das eine?«

»Um die Liebe. Das ist ja nun mal ganz klar. Vielleicht hatte sie einen Freund? Einen Freund, der auch Dichter war? Und der auf der anderen Rheinseite lebt? Und mit seinen Gedichten auf taube Ohren stieß? Vielleicht ...«, sie dachte nach und blinzelte Alban zu, »vielleicht hatte sie ja was mit Thomas Gottschalk.«

Alban schüttelte den Kopf. »Jetzt mal ernsthaft. Ich muss es gleich noch mal bei Herrn Dennekamp versuchen. Ich bin da viel zu schnell weggefahren. Aber ich war einfach völlig überrascht, als plötzlich Leas CD auftauchte – und dann ...« Er machte eine Pause. »Wir sind mit der Geschichte noch gar nicht fertig. Jetzt wirst du ein echtes Wunder erleben.«

In der Küche gab es einen Radiorekorder mit CD-Player, mit dem Simone manchmal Eins Live hörte, wenn Alban nicht in Hörweite war.

»Du willst doch wohl nicht die Bummbox benutzen?«, sagte Simone, denn Alban hatte sich schon oft über die mangelhafte Qualität des Gerätes ausgelassen.

Er nahm die CD aus dem Beutel und legte sie ein. »Es kommt jetzt nicht auf die Qualität an.«

Er drückte einen Knopf, und die Streichermusik begann.

»Erkennst du es?«

Ein paar Sekunden vergingen. Simone nickte. »Das ist das, was ihr neulich oben gespielt habt. Die Arie.«

»Sehr gut«, sagte Alban. »Dafür, dass du es nur einmal zu hören bekommen hast – reife Leistung. Und? Was fällt dir noch auf?«

Simone wartete eine Weile. Dann kam die Stelle, wo die Solostimme einsetzen sollte. »Der Gesang fehlt.«

»Ganz genau.« Er erklärte Simone, dass die CD wie die Tagebücher Dagmar Dennekamp gehört hatte.

»Das ist ein Teil-Playback«, sagte Simone. »Vielleicht sollte die Solostimme noch aufgenommen werden.«

Alban schüttelte den Kopf. »So was gibt es in der klassischen Musik nicht. In der Klassik werden Musikstücke, bei denen ein Solist von einem Orchester begleitet wird, eins zu eins aufgenommen. Alle zusammen.«

»Solist und Orchester sind gemeinsam im Studio?«

»Ja. Aber es gibt kein Studio. Meistens nimmt man in einem Konzertsaal oder in einer Kirche auf.«

»Auf jeden Fall kannst du jetzt dem Herrn Hauptkommissar eine große Freude machen. Du hast den Beweis, dass die beiden Fälle zusammenhängen. Wenn diese CD wirklich Dagmar Dennekamp gehörte, hat sie auch die Arie gekannt, die du zu enträtseln versuchst.«

»Das habe ich auch zuerst gedacht. Aber Gerhard wird das nicht überzeugen. Er wird sagen, es sei Zufall. Partitur und CD könnten einfach beim selben Antiquar gelandet sein.«

»Du musst Dagmar Dennekamps Umfeld erforschen, wie du das von Dr. Joch erforscht hast. An deiner Stelle würde ich dem Tagebuch übrigens nicht zu wenig Bedeutung beimessen. Dieses Gedicht da am Schluss hat was zu bedeuten, da bin ich sicher.«

Wieder schlug Simone die Stelle auf. »Das Gift der Engel ... Es klingt so, als sollte das Gedicht auf diese Formulierung hinauslaufen. Als habe sie absichtlich damit einen Schlüssel hinterlassen wollen.«

»Eine Metapher«, sagte Alban. »Eine Übertragung, wie wenn man das Leben als Fluss bezeichnet ... Aber das stimmt auch nicht. Metaphern sind eigentlich etwas, dessen Bedeutung man kennt. Das Gift der Engel ist aber etwas, das ich mir nicht erklären kann.«

»Vielleicht ist es ja gar keine Metapher. Vielleicht ist es wörtlich gemeint. Es könnte irgendein Material sein.«

»Vielleicht eine Pflanze?«, überlegte Alban. »Damit kennst du dich doch aus! Fällt dir nichts dazu ein?«

Simone dachte nach. »Ein Gift der Engel oder ein Engelsgift kenne ich nicht. Es gibt nur eine Engelstrompete. Die Engelstrompete ist giftig, und ich glaube, man hat sie auch als Rauschgift benutzt.«

»Drogen?«, fragte Alban. »Deswegen sind natürlich schon oft Leute umgebracht worden. Aber da hier nun mal von Gift und nicht von einer Trompete die Rede ist ...«

»Die Engelstrompete ist Rauschgift«, widersprach Simone. »Und somit ist die Trompete der Engel auch ein Gift der Engel. So abwegig finde ich das gar nicht.«

»Das gäbe der Sache eine ganz neue Wendung«, stellte Alban fest. »Aber ich weiß nicht ... Etwas weit hergeholt ist es schon.«

»Wie gesagt«, sagte Simone und schloss Dagmars Tagebuch. »Finde mehr über die Dame raus.« Sie deutete auf die anderen Notizbücher. »Lies, was sie geschrieben hat.«

»Ich habe den Eindruck, dass dir das Detektivspielen auch liegt«, sagte Alban. »Wollen wir nicht übers Wochenende los und das Rätsel gemeinsam lösen?«

»Aber erst ab morgen. Nachher geht's nach Köln. Ich bin ja mit Peter verabredet.«

Zerberus schlüpfte zwischen Albans Beinen hindurch, lief durch den Raum und sprang auf die Fensterbank, als hätte er die ganze Zeit auf die Rückkehr des Hausherrn gewartet.

Der Anrufbeantworter blinkte. Alban drückte den Knopf, und eine näselnde Stimme meldete sich. Es war Frau Vonderheidt, Chefredakteurin der Zeitschrift Allegro, die um neue Rezensionen bat. Albans schlechtes Gewissen regte sich.

Gegenüber dem Schreibtisch, ganz an das Regal mit den Partituren gedrängt, häuften sich die Pakete und Päckchen mit neu zugegangenen CDs. Der Anblick erfüllte Alban mit Widerwillen. Alles in ihm drängte danach, Dagmar Dennekamps Texte zu lesen. Aber er musste zumindest prüfen, was in den Päckchen war.

Bevor er sich mit den CDs beschäftigte, versuchte er noch einmal, Martin Dennekamp anzurufen. Vergeblich.

Er sah durch, was gekommen war. Eine Neuaufnahme von Mozarts Requiem mit Nikolaus Harnoncourt am Pult zog sein Interesse auf sich. Er würde Frau Vonderheidt am Montag per Mail mitteilen, dass sie eine Rezension erwarten konnte. Das würde sie erst einmal zufriedenstellen.

Er studierte das Cover. Alban gehörte der Generation an, die mit Vinylschallplatten groß geworden war. Er besaß noch eine Menge davon, und er hörte sie auch hin und wieder. Natürlich hatte er sich mittlerweile an die Existenz von CDs gewöhnt, was ihn jedoch irritierte, waren die vielen neuen technischen Errungenschaften, die die Industrie diesem Medium angedeihen ließ. Die Mozart-Veröffentlichung war eine sogenannte SACD; und auf der Rückseite war auch noch die Rede davon, dass man sich Bildmaterial ansehen konnte, wenn man die Silberscheibe in den PC steckte. So etwas verursachte Alban Magenschmerzen.

Er hatte nichts dagegen, sich Bilder im Computer anzusehen, aber in erster Linie sah er seine Aufgabe darin, die Musik zu hören und zu beurteilen. Andererseits erwarteten seine Leser sicher, dass er sich als Kritiker auch zu den zusätzlichen Komponenten äußerte. Und seiner Erfahrung nach funktionierten solche Dinge nie so einfach, wie in der Werbung oder auf der Softwareverpackung behauptet wurde. Er erinnerte sich an einige Situationen, in denen selbst Simone bei dem Versuch gescheitert war, ein Programm auf dem Computer zu installieren.

Er dachte gerade darüber nach, ob er einfach auf die Besprechung des Requiems verzichten und stattdessen eine andere, normale CD aussuchen sollte, als seine Mitbewohnerin an die Tür klopfte.

»Nur dass du Bescheid weißt. Peter holt mich gleich ab ... Was ist denn? Du machst ja ein richtig verzweifeltes Gesicht.«

»Kannst du mir mal erklären, was das hier zu bedeuten hat?«, fragte er und hielt Simone die CD-Packung hin.

»Meinst du das hier auf der Rückseite? Da steht: *›The original manuscript is to be found as a CD-ROM track in this CD.‹* Du kannst dir die Handschrift des Stückes auf dem PC ansehen. Klingt interessant.«

»Vielen Dank, aber Englisch kann ich auch. Wie geht das? Ein alter Mann wie ich denkt immer noch, es gäbe CDs zum Hören und CDs mit Software. Und jetzt geht das beides durcheinander?«

Simone seufzte. »Ich hab's zwar eilig, aber gut.« Sie ging zu Albans PC und schaltete ihn ein. »Es sollte auch dir nicht entgangen sein, dass man auf einer CD alles Mögliche speichern kann, auch mehrere Sachen gleichzeitig. Das nennt man dann ›Multimedia‹.«

»Und was muss ich tun, um die Handschrift ansehen zu können?«

»Wahrscheinlich musst du die CD einfach nur ins Laufwerk schieben. Der Computer startet dann die Programme, die er braucht, ganz von selbst.«

Der Rechner war hochgefahren. Simone drückte den Knopf des CD-Laufwerks und legte die Silberscheibe ein. Als der Computer den Datenträger geschluckt hatte, klickte Simone auf das Arbeitsplatz-Symbol.

»Hier wird die Startdatei angezeigt. Sie heißt ›Requiem.exe‹. Wenn du da draufklickst, geht es los.«

Wenige Sekunden später klingelte es an der Haustür. Simone richtete sich auf. »Peter ist da. Mach's gut.«

»Viel Spaß«, rief Alban ihr nach. Er hörte, wie sie die Treppe hinunterlief und die Tür ins Schloss fiel.

Alban entschied, sich um die CDs erst mal nicht mehr zu kümmern, sondern sich an die Lektüre der Tagebücher zu machen. Frau Vonderheidt konnte warten.

Er nahm den Jutebeutel und legte alles säuberlich vor sich auf den Schreibtisch. Die CDs. Die Tagebücher. Er schlug eine der Kladden auf. Dann zögerte er.

Plötzlich kam ihm Lea in den Sinn. Dagmar Dennekamp hatte ihre Musik geliebt, und vielleicht hatte sie auch über sie geschrieben? Was wäre, wenn er etwas über Lea in diesen Tagebüchern finden würde? Sein Herzschlag beschleunigte sich.

Alban zwang sich, ruhig zu bleiben, und konzentrierte sich darauf, die gleichmäßige Schrift zu entziffern. Er war kein Grafologe, aber die Buchstaben zeugten davon, dass die Dichterin ihre Worte mit Bedacht aufs Papier gesetzt hatte. Das Schriftbild veränderte sich kaum, und es gab nur sehr wenige Korrekturen. Sie hatte sogar immer denselben Stift benutzt. Einen blauen Tintenroller oder Füller.

Alban las und las.

Die Seiten waren mit Gedichten und Prosaskizzen gefüllt. Immer ging es um murmelnde Bäche, rauschende Wälder, um mondbeglänzte Nächte. Um das Raunen in den Blättern. Um die Unendlichkeit. Um Felswände, Wasserfluten, goldenen Sommer, blauen Himmel, weite Ferne. Um das Flusstal. Alles ächzte nur so unter der Last von Klischees.

Ab und zu gab es längere Passagen, und manchmal erkannte Alban, dass es Zitate anderer Dichter waren.

»Der Wald wurde indes immer dunkler und dichter, der Pfad enger und wilder. Er kam endlich an einen dunkelgrünen, kühlen Platz, der rings von Felsen und hohen Bäumen umgeben war. Der einsame Ort gefiel ihm so wohl, dass er vom Pferde stieg, um hier etwas auszuruhen. Er streichelte ihm den gebogenen Hals, zäumte es ab und ließ es frei weiden. Er selbst legte sich auf den Rücken und sah dem Wolkenzuge zu. Die Sonne neigte sich schon und funkelte schräge durch die dunklen Wipfel, die sich leise rauschend hin und her bewegten. Unzählige Waldvögel zwitscherten in lustiger Verwirrung durcheinander. Er war so müde, er konnte sich nicht halten, die Augen sanken ihm

zu. Mitten im Schlummer kam es ihm manchmal vor, als hörte er Hörner aus der Ferne. Er hörte den Klang oft ganz deutlich und näher, aber er konnte sich nicht besinnen und schlummerte immer wieder von Neuem ein.«

Auch das war von Joseph von Eichendorff. Alban stand auf, zog einen edel gebundenen alten Band aus dem Regal und blätterte darin. Die Dichterin hatte wieder aus »Ahnung und Gegenwart« zitiert. Ohne die geringste Veränderung.

Er las weiter. Nach dem Eichendorff-Abschnitt folgte ein Text, der wie etwas Eigenes wirkte. Eine kurze Eintragung, die mit dem Wort »Fantasie« begann.

»Fantasie: Aufschäumende Klänge, ein Wallen des Waldes, ein Jubeln der Natur, ein Raunen, ein Weben, ein Schallen ...«

Die Eichendorff-Vorlagen hatten ihr wahrscheinlich geholfen, diesen Ton zu treffen. Aber es hatte ihr letztlich wenig genützt. Es war ihr nicht gelungen, eine wirklich gute Dichterin zu werden.

Er blätterte weiter und stutzte. Da stand etwas Italienisches ganz oben auf der Seite. *»Lascia ch'io pianga«*. Dann folgte wie in dem »Fantasie«-Abschnitt ein Doppelpunkt.

»Lass mich beweinen mein grausames Schicksal.«

Der Arientext. Italienisch und deutsch.

Hatte Dagmar Dennekamp vielleicht eine Einspielung der bekannten Version von Händel besessen? Er suchte in dem Jutebeutel. Da war keine. Martin Dennekamp hatte Alban nur romantische Musik mitgegeben: neben Leas CD Nocturnes von Chopin, dann eine Aufnahme von Mahlers fünfter und Bruckners vierter Sinfonie und zwei Aufnahmen mit romantischen Liedern. Alban überprüfte, ob auch wirklich die richtigen CDs in den Verpackungen waren; es stimmte alles.

Er las weiter und gelangte an eine Passage, die Dagmar Dennekamp, offenbar inspiriert von der Arie, gedichtet hatte: *»Säulen von Tönen, tragen mich himmelwärts, Akkorde kündigen dich an, wie süß ist die Freude im weichen Arm der Violinen, bevor sich dein Glanz entfaltet ...«*

Alban rümpfte die Nase.

»Einer Girlande gleich, einer Kaskade, kommst du hinauf in die Höhen, erklimmst nie geahnte Regionen der Welt der Töne ...«

Er hielt inne. Was beschrieb die Dichterin da? Händels Arie? Nein – die war eher schlicht und einfach.

»Lockst mich, zwingst mich zu folgen deiner Verheißung, bis auf dem höchsten Gipfel du anhältst bei der Fermate ...«

Alban holte die Partitur aus der Mappe und verglich sie mit den blumigen Worten. Die Solostimme ähnelte tatsächlich einer Girlande, und sie kam an einem musikalischen Haltepunkt, an einer Fermate, zu stehen.

Er überlegte. Dagmar Dennekamp besaß eine Aufnahme von der unbekannten Arie, aber nur von der Begleitung. Der Gesang fehlte. Nun beschrieb sie in ihrem schwülstigen Text die Solostimme.

Dafür gab es nur zwei Erklärungen: Entweder hatte sie die Partitur besessen und war so musikalisch, dass sie sich aufgrund des Notenbildes die Musik vorstellen konnte. Oder Dagmar Dennekamp hatte die Arie gehört. Nicht nur die Begleitung, sondern das komplette Stück. Wie es in der Partitur stand.

Alles passte zusammen. Die Streicherakkorde, die Alban selbst schon so oft beschäftigt hatten. Dann kam die Solostimme mit der langen Girlande von Tönen. Es wurde sogar angedeutet, dass sie schwer zu singen war. *»Erklimmst nie geahnte Regionen der Welt der Töne ...«*

Alban suchte die Entsprechung in der Partitur. Tatsächlich arbeitete sich der Gesang wellenförmig nach oben, bevor er zum höchsten Ton gelangte – dem Moment des Innehaltens.

Alban legte die CD in den Player. Erneut lauschte er der Arienbegleitung. Diesmal setzte er jedoch alles daran, das Stück innerlich zu vervollständigen. Er schloss die Augen und stellte sich vor, wie die Solostimme dazu klang. Am Ende war er sich absolut sicher, dass Dagmar Dennekamp das Stück in Worte gefasst hatte. Sie hatte es natürlich nicht auf wissenschaftliche, analytische Weise beschrieben, sondern sie hatte versucht, der Wirkung lyrisch näherzukommen.

Das Orchesternachspiel klang aus. Stille umfing Alban. Sein Blick fiel auf den Stapel seiner Rezensions-CDs. Ganz oben lag das Mozart-Requiem mit der Multimedia-Spur.

Und plötzlich fiel ihm ein, was Simone vor ihrem Aufbruch nach Köln gesagt hatte.

Es sollte auch dir nicht entgangen sein, dass man auf einer CD alles Mögliche speichern kann, auch mehrere Sachen gleichzeitig.

Alban nahm die gebrannte CD, steckte sie in das Laufwerk und klickte auf das Arbeitsplatz-Symbol. Ein Fenster öffnete sich.

Er ließ sich den CD-Ordner anzeigen, und eine Liste wurde sichtbar. Sie umfasste eine Datei, die »Track1« hieß, und einen Ordner mit dem Namen »Daten«. Alban stieß darin auf zwei weitere Dateien: »lasca.wav« und »d.avi«.

Alban spürte, wie ihn Nervosität erfasste. Was hatte das zu bedeuten? War das die Musik, die auf der CD war?

Er zielte auf die wav-Datei und tippte mit dem Zeigefinger zweimal auf die Maus. Ein Programm öffnete sich. Nach ein paar Sekunden ertönte aus den Lautsprecherboxen, die in den Bildschirm integriert waren, Musik. Die Arie. Die Streicherbegleitung. Nichts Neues.

Alban schloss das Programm. Dann startete er die avi-Datei.

Ein Quadrat erschien auf dem Bildschirm, und darin war etwas Verschwommenes zu erkennen. Einen Moment lang stand es still, dann begann es sich zu bewegen. Alban kniff die Augen zusammen und hielt die Luft an.

Eine dunkelhaarige Gestalt, die in einem eigenartigen Kostüm steckte. Im Hintergrund konnte Alban wieder, etwas undeutlich und blechern, die Streicher hören, und ihm wurde klar, dass die Gestalt die Arie sang. Es war die Passage, in der sich die Solostimme hinauf und noch weiter hinaufschraubte.

Es war nicht auszumachen, ob der Mensch in dem Quadrat ein Mann oder eine Frau war. Er trug etwas auf dem Kopf, das bei jeder Bewegung leicht schwankte. Etwas Giftgrünes, eine Art Federschmuck. Deutlich erkannte Alban den Mund, eine schwarze Fläche, die sich, von roten Lippen umrandet, vergrößerte und verkleinerte.

Alban konzentrierte sich auf die Stimme. Die Aufnahmequalität war erbärmlich. Es dauerte nur wenige Sekunden, da erstarrte das Bild, und die Musik verstummte. Die Gestalt hielt den Mund noch weit offen, das Gesicht eine verzerrte Maske.

Alban klickte auf eine Stelle, die wie der Play-Knopf an einem CD-Player aussah, und brachte den Computer dazu, das Schauspiel zu wiederholen – immer und immer wieder. Trotz der schlechten Tonqualität wurde Alban klar: Die Stimme, die hier zu hören war, sang fantastisch. Es musste ein großartiger Countertenor sein. Oder eine Sängerin?

Die Gestalt trug ein Kostüm, also war das hier wohl der Mitschnitt einer Oper. Dagmar Dennekamp hatte die Arie in ihrer Originalform gehört. Sie hatte eine CD besessen, auf der ein Video gespeichert war, in dem jemand diese Arie sang. Aber nur eine kurze Passage daraus. Und die Aufnahme zeigte eine Bühnendarbietung.

Alban klickte das eingefrorene Gesicht des Sängers weg, ließ den Schlitten des CD-ROM-Laufwerks ausfahren und legte die CD auf den Schreibtisch. Die Verbindung zwischen den Fällen Joch und Dennekamp war nicht mehr wegzudiskutieren.

Er blätterte sorgsam die Tagebücher durch, las weiter und suchte nach einer Passage, in der Dagmar Dennekamp Joch, den unbekannten Sänger oder sonst irgendeinen Aspekt erwähnt hatte, der für den Fall von Bedeutung sein konnte. Er arbeitete sich durch die monströsen langweiligen immergleichen Formulierungen. Umsonst. Er fand nichts.

Irgendwann sah er auf die Uhr. Es war halb eins. Trotz der späten Stunde rief er Kessler an.

Es klingelte lange. Dann meldete sich eine verschlafene Stimme. Als sich Alban zu erkennen gab, war der Hauptkommissar mit einem Schlag hellwach.

»Kannst du mir mal sagen, was du so spät von mir willst?«, fragte er unwirsch.

»Entschuldige Gerhard. Warst du schon im Bett?«

»Allerdings. Wie du weißt, hole ich am Wochenende meinen Schlaf nach. Was willst du? Mach's kurz.«

»Ich habe den Beweis, dass beide Fälle zusammenhängen.«

»Welche Fälle?«

»Dennekamp und Joch.«

Kessler schwieg. Dann war ein unartikuliertes Geräusch zu hören. Es wirkte wie ein Schnauben oder Seufzen.

»Ich habe mit Dagmar Dennekamps Mann gesprochen und mich mit ihren Texten beschäftigt. Dabei ist mir ein interessantes Dokument in die Hände gefallen.«

»Noch eine Partitur?« Der Spott in Kesslers Stimme war beißend.

Alban blickte auf die CD, die auf seinem Schreibtisch lag und die das Licht der Lampe reflektierte.

»Was auch immer du da hast, es ist sicher auch am Montag noch da, oder?«, sagte der Hauptkommissar.

»Aber ich wollte es dir so schnell wie möglich …«

»Bring es mir am Montag ins Präsidium, in Ordnung?«

»Geht es nicht morgen?«

»Morgen ist Sonntag!«

»Komm am späten Vormittag zum Frühstück. So um elf. Da kannst du jetzt noch zehn Stunden schlafen.«

»Daraus wird nichts. Wir fahren morgen nach Osnabrück zu meiner Schwiegermutter.«

»Und wenn du davor kommst? Es dauert nicht lange. Gerhard, es ist wirklich wichtig!«

Wieder das Schnauben.

»Heißt das ja?«

»Wenn du mich jetzt in Ruhe lässt.«

Alban verabschiedete sich und legte auf.

Er blieb eine Weile nachdenklich am Schreibtisch sitzen. Frische Luft, dachte er. Er erhob sich, öffnete das Fenster und hörte hinter sich ein plumpsendes Geräusch. Zerberus war vom Sessel gesprungen. Plötzlich erstarrte das Tier mitten in der Bewegung und spitzte die Ohren. Alban bemerkte aus den Augenwinkeln, dass sich etwas veränderte. Er sah sich um, doch ihm wurde zuerst nichts Außergewöhnliches bewusst. Dann erkannte er, dass der Bewegungsmelder angegangen war. Draußen waren wohl andere Katzen unterwegs.

Er spürte, dass er müde wurde. Vielleicht war es eine gute Idee, den Tag mit einem Glas Rotwein zu beschließen und dabei über seinen Triumph nachzudenken. Er ging hinunter und fand eine angebrochene Flasche in der Küche.

Ein Großteil des Erdgeschosses bildete neben Simones Räumen der ehemalige Salon. Er wurde sehr selten benutzt. Im Grunde war er nur der Durchgang zur Terrasse auf der Rückseite des Hauses. Alban betrat das große Zimmer, schaltete die Stehlampe neben der Tür ein, ging zur Terrassentür und öffnete sie. Die Luft roch noch ein wenig spätsommerlich nach Blättern, Holz und Erde.

Als er mit Lea hier eingezogen war, hatten sie im Garten ein großes Sommerfest gegeben – mit Musik und Grill und bunten Lichtern. Alban wurde von der Erinnerung einen Moment überwältigt, dann kam er wieder zu sich und wollte einen Schluck Wein nehmen.

Es gelang ihm nicht.

Von irgendwoher preschte ein Schatten auf ihn zu, und ein heftiger Schlag in den Nacken brachte ihn zum Taumeln.

Das Glas zersprang klirrend auf den Steinen, und Alban fand sich plötzlich auf dem Boden wieder. Seine Schulterblätter schmerzten. Er stand mühsam auf. Es pochte infernalisch in seinem Kopf.

Ein Einbrecher, dachte er. Ich muss Hilfe holen! Das Telefon in Simones Zimmer.

Er lauschte. Nichts war zu hören. Nur das Blut, das in seinen Ohren rauschte. Lange Zeit schien zu vergehen.

Schließlich stolperte Alban benommen ins Haus, wurde jedoch sofort von einem Schwächegefühl übermannt.

Nur kurz ausruhen, dachte er. Nur kurz …

Er öffnete die Augen, und die alte Pendeluhr an der Wand zeigte halb zwei.

Er spürte den kühlen Windhauch von der Terrasse her, doch er war nicht imstande, aufzustehen und sie zu schließen.

Ausruhen, dachte er.

Nur einen Moment.

Ein helles Gesicht beugte sich über ihn. Er wollte sich aufsetzen, doch ein zuckender Schmerz ließ ihn wieder nach hinten sinken. Sein Bett war ungewohnt hart, und sein Hemd beengte ihn.

Warum trug er sein Hemd?

»Nikolaus«, rief Simone, und ihre Stimme übertönte das Dröhnen in Albans Ohren. »Nikolaus, kannst du mich hören?«

»Natürlich kann ich dich hören«, brummte Alban, »warum sollte ich plötzlich taub geworden sein?«

»Vielleicht aus demselben Grund, weshalb du auf dem Fußboden liegst? Bist du gestürzt?«

Alban riss die Augen auf. Vor seiner Nase wuchs ein braunes Stuhlbein aus dem Teppich. Alles in ihm drängte, nach oben zu kommen, und er versuchte es ein zweites Mal. Wieder der Schmerz. Simone stützte ihn.

»Bist du okay? Was ist passiert?«

Alban atmete tief durch. »Ich weiß nicht. Da war jemand im Garten …«

»Ein Einbrecher? Soll ich die Polizei holen? Oder besser erst einen Arzt?«

»Ich war draußen …«

»Die Terrassentür war offen, als ich kam.«

Alban zog die Beine an und stemmte sich hoch. »Geht schon.«

»Nun sag doch schon, was passiert ist.«

Er ließ sich auf einen der Stühle sinken. »Ich bin mit einem Glas Wein auf die Terrasse gegangen, und dann hat mir jemand einen Schlag in den Rücken verpasst … Wie spät ist es eigentlich?«

»Kurz nach zwei«, sagte Simone. »Du kannst von Glück sagen, dass ich so früh zurückgekommen bin. Peter ist ein Langweiler. Ständig fängt er irgendwelche Vorträge über Musik an.« Sie sah sich um. »Ob der Einbrecher was gestohlen hat?«

Alban konzentrierte sich einen Moment. Dann stand er auf und bewegte sich langsam in Richtung Diele.

»Hier scheint sich nichts verändert zu haben«, sagte er. »Schau doch mal in deinen Zimmern nach.«

Simone öffnete ihre Tür und verschwand dahinter. »Ich glaube nicht, dass was fehlt«, rief sie.

»Ich gehe mal nach oben«, sagte Alban.

»Sei vorsichtig!«

»Glaubst du, er ist noch da?«

»Du wirkst ziemlich wacklig. Soll ich nicht lieber gehen?«

Alban schüttelte den Kopf und machte sich langsam auf den Weg. Während er eine Stufe nach der anderen erklomm, entstand vor seinem geistigen Auge ein grauenhaftes Bild: sein Zimmer, völlig demoliert in einem Anfall von wahnsinnigem Vandalismus. Die CDs, Schallplatten und Bücher auf einem Haufen, die Regale umgekippt, die Geige in Trümmern …

Er drückte die Klinke hinunter. Dunkelheit empfing ihn.

Die Erinnerung kehrte zurück. Jetzt wusste er wieder, womit er sich beschäftigt hatte, bevor er in den Garten gegangen war. Und als er sein Zimmer verlassen hatte, brannte Licht. Jetzt war alles dunkel.

Er griff neben die Tür an die Wand und schaltete die Deckenbeleuchtung ein. Das Zimmer sah unverändert aus. Kein einziges Buch im Regal schien zu fehlen. Der Geigenkasten stand akkurat in der Ecke. Alban genoss die Welle der Erleichterung.

Simone kam herauf. »Und?«

»Nichts.«

»Soll ich nicht vielleicht doch die Polizei holen?«

Alban ging zum Schreibtisch und schaltete die Leselampe an. Auf der polierten Holzfläche lag das Material, das er durchgesehen hatte. Dagmar Dennekamps Tagebücher. CDs. Die Arie. Die Partitur lag nach wie vor an ihrem Platz.

Alban hatte wieder das Bild der dunkelhaarigen singenden Gestalt vor Augen. Rote Lippen, die Töne formten ...

Und plötzlich war ihm klar, was passiert war.

Die CD fehlte. Nur die Plastikbox lag noch auf dem Schreibtisch.

Und sie war leer.

14

Die Türklingel mischte sich in einen wilden Traum, in dem Lea, in ein feuerrotes Kleid gehüllt, voller Angst vor einem Einbrecher floh. Alban saß stocksteif auf dem Stuhl im Esszimmer, unfähig sich zu bewegen. Und dazu schallte ein seltsamer Gesang durchs Haus.

Wieder klingelte es.

Er erwachte, stieg mühsam aus dem Bett, nahm mechanisch den Bademantel, der an der Tür hing, und zog ihn an, während er die Treppe hinunterlief. Unten angekommen, überfiel ihn ein Schwindelgefühl. Er öffnete die Tür; draußen stand Kessler.

»Ist es gestern etwas später geworden?«, fragte der Hauptkommissar, offensichtlich guter Laune.

Als Kessler die Diele betrat, kam Simone. Ihr Bademantel war rosa, und an den Füßen trug sie graue puschelige Pantoffeln in Katzenform.

»Guten Morgen, Frau Lenz.« Kessler hielt der verschlafenen Simone die Hand hin. Dann wandte er sich wieder Alban zu.

»Ich sehe schon: Das versprochene Frühstück ist noch nicht fertig. Aber einen Kaffee wird es ja wohl geben. Soll ich ihn vielleicht selbst machen? Zeig mir die Kaffeemaschine.«

»Du kannst gern einen Kaffee haben«, sagte Alban und räusperte sich. »Aber ansonsten …«

»Was ansonsten?«

»Ich fürchte, du bist umsonst gekommen.«

Kessler sah Alban überrascht an. »Was? Du hast mich doch zu nachtschlafender Zeit angerufen und mir erzählt, du hättest einen grandiosen Beweis dafür, dass die Fälle Dennekamp und Joch zusammenhängen. Du hast mich ja geradezu hergezwungen. Und das an meinem freien Tag. Ich habe es sogar geschafft, den Besuch bei meiner Schwiegermutter zu verschieben. Nicht dass mir das was ausmachen würde …«

»Ich bin dir auch sehr dankbar, dass du es möglich gemacht hast, lieber Gerhard, aber …« Alban wechselte einen schnellen Blick mit Simone. »Ich fürchte, der Beweis ist nicht mehr da.«

Kesslers Gesicht verfinsterte sich. »Was für ein Beweis soll das gewesen sein?«

»Eine CD. Eine selbst gebrannte. Es war Musik drauf. Die Arie, die mir Zimmermann gebracht hat. Ihre Streicherbegleitung. Ich habe sie von Martin Dennekamp. Er hat gesagt, sie habe seiner Frau gehört. Dagmar Dennekamp hat die Musik gekannt.«

Kessler schüttelte den Kopf. »Einen Moment. Ganz langsam. Kannst du mir das bitte noch mal in Zeitlupe erklären?«

Alban wiederholte, was er gesagt hatte. Kessler ging unterdessen in die Küche und ließ sich am Tisch nieder. Simone begann an der Kaffeemaschine zu hantieren.

»Nikolaus, Nikolaus … Ich glaube, du machst den Fehler, davon auszugehen, dass diese Arie ein unbekanntes, bisher nie gehörtes Stück ist. Vielleicht ziehst du das Ganze von der falschen Seite auf. Vielleicht hast du ja nur nicht mitbekommen, dass dieses Stück doch ganz bekannt ist – wenn auch vielleicht nicht so berühmt wie Beethovens Neunte. Und vielleicht willst du nur nicht einsehen, dass du, gerade du als großer Musikkritiker, es nicht kennst. Ich gebe dir einen guten Rat, und ich weiß, dass ich mich wiederhole: Lass es.«

Alban kam sich vor wie ein Schüler, der unvorbereitet in der Abiturprüfung stand.

»Ich hatte den Beweis«, beharrte er. »Aber er wurde gestohlen. Ich hätte dich anrufen sollen, aber ich habe es in der Aufregung vergessen.«

»Gestohlen«, wiederholte Kessler, und sein Blick, der auf Alban ruhte, wurde leer.

»Heute Nacht. Mich hat sogar jemand angegriffen.«

»Du meinst, nach unserem Telefonat?«

Alban umriss in kurzen Worten, was passiert war. »Und er hat nichts anderes genommen als die CD.«

»Und da bist du sicher?«

»Natürlich.«

»Schau doch noch mal genau nach. Vielleicht hast du die CD nur verlegt.«

»Ich glaube, du verstehst mich nicht, Gerhard.«

»Ich verstehe sehr gut. Und ich verstehe, dass du mich verkohlen willst.«

»Aber Herr Kessler!«, rief Simone.

»Ich habe es dir von Anfang an gesagt, Nikolaus: Du siehst Gespenster. Zimmermann ist schuldig, und er wird seine Schuld bald gestehen.«

»Und den Einbruch habe ich mir nur eingebildet? Und den Schlag, den ich abbekommen habe?«

Kessler stand auf und ging in die Diele. »Ich kann dir nur raten, mal zum Arzt zu gehen, Nikolaus. Ich mache mir wirklich Sorgen um deine Gesundheit.«

Er öffnete die Tür und verließ das Haus. Alban sah ihm nach, wie er den kleinen Weg zwischen Eingang und Gartenpforte entlangging – zielstrebig auf sein Auto zu. Ohne sich umzudrehen, stieg er in seinen Wagen und fuhr davon.

Alban schloss die Tür und sah Simone an. »Eigentlich kann ich es ihm nicht verdenken. Ich habe ihn heute Nacht, als ich dieses Video auf der CD entdeckt habe, tatsächlich sehr unter Druck gesetzt. Erst habe ich ihn aus dem Bett geworfen, und dann habe ich so lange auf ihn eingeredet, bis er zugesagt hat, heute Vormittag zu kommen.

Simone ging in die Küche zurück, holte Geschirr aus dem Oberschrank und deckte den Tisch. »In einem Punkt hat Herr Kessler natürlich recht«, sagte sie. »Du solltest zum Arzt gehen. Oder sogar ins Krankenhaus.«

Alban ging nicht darauf ein. Er fühlte sich gut. »Da war diese Gestalt, die unsere Arie sang. Im Kostüm. Das Kostüm sah aus wie von einer Opernbühne. Der Ausschnitt war nur kurz.« Er hatte den Inhalt des Clips heute Nacht mehr als einmal beschrieben. Aber jetzt tat es ihm gut, alles noch einmal in Worte zu fassen. Als müsse er sich selbst beweisen, dass es keine Einbildung war.

»Eigentlich kann das Video nur bei einer Opernaufführung oder bei einer Generalprobe entstanden sein. Normale Proben finden ohne Kostüme statt.«

Das Geschirr stand auf dem Tisch. Simone setzte sich und sah Alban nachdenklich an. »Das hieße aber …«

»… die Oper, aus der das Stück stammt, muss irgendwo schon mal aufgeführt worden sein.«

»Und wenn eine wiederentdeckte Oper aufgeführt wird …«
»… dann kriege ich das normalerweise mit.«
»Was wiederum bedeutet …«
Alban setzte sich ebenfalls und sah Simone enthusiastisch an. »… die Aufführung steht noch bevor. Und jemand macht ein Riesengeheimnis daraus.«

Beim Frühstück setzten sie die Spekulationen fort. Alban wandte ein, dass die Theorie von der unbekannten Oper zwar spannend war, aber einen gewaltigen Haken besaß.

»Man kann mit einer neu aufgefundenen Oper nicht wirklich reich werden«, sagte er, »es sei denn, man hängt das Projekt an die ganz große Glocke. Deswegen verstehe ich nicht, was diese Geheimnistuerei soll. Entweder man hat die verschollene Partitur gefunden und bereitet eine Aufführung und vielleicht eine Aufnahme vor, dann wird man eine gewisse Bekanntheit erreichen. Oder man hat die Sache noch nicht richtig an Land gezogen …«

»Weil vielleicht noch Teile der Noten fehlen?«, ergänzte Simone. »Das könnte doch sein. Jemand braucht noch einen Teil, der ihm fehlt.«

»Dabei kann es sich aber nicht um diese Arie handeln. Denn die ist immerhin auf dem Video.«

»Vielleicht gibt es ja zwei Parteien, die um das Aufführungsmaterial streiten. Und eine Seite hat diese Arie verschwinden lassen. Sie landete dann in dem Antiquariat und kam in die Hände von Dagmar Dennekamp.« Simone nahm einen Schluck Kaffee. »Und abgesehen davon. Auch wenn man mit so einer Oper nicht reich wird, kann ich mir schon vorstellen, dass jemand dafür ein Verbrechen begeht. Du hast doch selbst so oft erzählt, dass die Liebe zur klassischen Musik eine Leidenschaft ist. Und Leidenschaft ist ein Mordmotiv, oder?«

Alban nickte. Es gab Dirigenten, die für eine Partitur, in die sie sich verliebt hatten, durchaus morden würden. Und nicht nur Dirigenten. Auch Sänger. Oder Sängerinnen …

Frau Bertram hatte gesagt, die Arie sei sehr schwer zu singen. Und wenn es nun eine Sängerin gab, die dazu doch in der Lage war? Die diese Arie vielleicht zu ihrem Standardstück machen wollte?

Damit ganz groß rauskommen wollte? Im Konzert, bei den Plattenfirmen?

Er ging hinauf in seine Etage, duschte, zog sich an und griff wieder einmal zum Telefon. Er musste Dr. Schneider über die neuesten Entwicklungen informieren. Und Dennekamp hatte sich immer noch nicht mit den Adressen gemeldet.

Alban versuchte es zuerst im Büro des Anwalts, dort meldete sich jedoch nur der Anrufbeantworter. Natürlich – es war Sonntag. Normale Menschen hatten heute frei. Normale Menschen wie Dr. Schneider. Oder Kessler.

Alban tat es leid, dass der Kommissar verärgert war. Trotz aller Auseinandersetzungen, die diese Geschichte mit sich brachte, schätzte er ihn – nicht zuletzt als Mitglied seines Streichquartetts. Das auch bald wieder proben wird, fiel Alban ein. Genauer gesagt morgen.

Er nahm sich das Bonner Telefonbuch vor, um Dr. Schneiders Privatnummer zu suchen. Thomas Schneiders gab es eine ganze Menge, aber es gab nur einen, der einen Doktortitel hatte. Laut Eintragung wohnte er in Beuel.

Alban wählte, und Dr. Schneider meldete sich sofort.

»Hier ist Alban. Entschuldigen Sie die Störung.«

»Kein Problem. Was gibt es Neues?«

Er berichtete, was geschehen war.

»Unglaublich. Und der Beweis ist also hin.«

»Haben Sie noch mal mit Herrn Zimmermann sprechen können?«

»Der Name Dagmar Dennekamp sagt ihm nichts. Er ist auch sicher, dass Herr Dr. Joch ihn nie erwähnt hat. Dasselbe gilt für Frau von Schaumburg und Herrn Bernardi.«

Alban hatte es fast erwartet. »Dann wissen wir wenigstens, woran wir sind«, sagte er.

»Ich würde sagen, wir sind am Ende.«

»Keineswegs.«

»Aber was wollen Sie denn jetzt noch unternehmen? Die CD ist nicht mehr da. Sie haben nicht die geringste Spur dieses Eindringlings.«

»Immerhin habe ich diese CD in der Hand gehabt, und ich habe gesehen und gehört, was auf ihr gespeichert war. Wir kennen also die Wahrheit.«

»Aber sie nützt niemandem etwas.«

»Warten wir es ab.« Alban verabschiedete sich und legte auf.

»Recht so. Gib's ihm«, sagte Simone, die zur Tür hereingekommen war. Sie ließ sich in den Sessel fallen. Die Tür war noch angelehnt. Ein kleiner schwarzer Kopf sah herein.

»Dann sind wir ja wieder vollzählig«, sagte Simone. »Ich hab mir schon Sorgen gemacht, wo Zerberus ist.«

»Wahrscheinlich hat er sich unten irgendwo versteckt, als der Dieb kam«, meinte Alban. »Eine Katze ist eben kein Wachhund.«

»Dafür aber anschmiegsamer.« Sie strich Zerberus über den Rücken. Der Kater ließ es sich einen Moment gefallen, lief dann aber davon und zog seinen Platz am Fenster vor.

»Hast du noch Schmerzen?«, fragte Simone.

Alban schüttelte den Kopf. »Wahrscheinlich sind sie von dem Eifer vertrieben worden, mit dem ich diesen Fall weiterverfolge. Und du weißt doch, wie sehr ich Krankenhäuser und Arztpraxen hasse.«

»Dann können wir ja anfangen.«

»Wir?«

»Ich denke, du hast lange genug allein an der Sache herumgebastelt. Es wird Zeit, dass du Verstärkung kriegst. Du hast mir selbst angeboten, mitzumachen. Also – fangen wir an.« Simone zog die Beine an, umschlang sie mit den Armen und blickte nachdenklich an die Decke. »Welchen Informationen bist du noch nicht nachgegangen? Mit wem könnte man noch reden?«

Alban nahm einen Bleistift und drehte ihn zwischen Daumen und Zeigefinger. »Man müsste versuchen, diese Gräfin zu finden. Frau von Schaumburg. Falls sie überhaupt noch lebt.«

»Was gibt es noch?«

»Das Umfeld von Dagmar Dennekamp. Ihre Nachbarn in Erpel zum Beispiel. Außerdem die Schreibgruppe. Aber ich weiß nicht, wo sie sich trifft. Ich muss unbedingt noch mal mit Dennekamp sprechen.«

Beide dachten schweigend nach. Nach einer Weile kam Alban ein Gedanke.

»Wir sollten uns noch mal über den Inhalt der CD Gedanken machen.«

»Das Video?«

»Nein, eher die Musik. Auf der CD war doch die Begleitung der Arie. Der reine Streichersatz.«

Simone nickte. »Sozusagen das Play-back. Das haben wir ja schon x-mal durchgekaut.«

»Wie gesagt: In der Klassik gibt es so was wie ein Play-back eigentlich nicht. Bei klassischer Musik nimmt man Orchester und Solisten gemeinsam auf. Es ist ganz und gar unüblich, so ein Teil-Play-back zu produzieren. Bis auf eine einzige Ausnahme.«

»Tatsächlich?«

Alban stand auf und ging an sein Regal, dorthin, wo die Bretter etwas weiter auseinanderstanden, weil alte LPs Platz beanspruchten.

»Erinnerst du dich noch an die schwarzen CDs, die so groß waren, dass man sie nicht in die Player bekam?«, fragte Alban und grinste.

»So jung bin ich nun auch nicht mehr«, sagte Simone.

Alban zog eine Platte heraus und drehte das Cover nach vorne. »›Music minus one‹ – kennst du das?«

»Ich nehme an, du wirst es mir gleich erklären.«

»Das sind Schallplatten für Hobbymusiker, die nicht die Möglichkeit haben, mit einem Orchester zusammenzuarbeiten. Die Aufnahmen enthalten die Begleitparts berühmter Stücke. Man legt die Schallplatte auf und spielt dazu.«

»Gibt's das auch auf CD?«, fragte Simone.

»Mit Sicherheit. Schau mal hier. Das ist die Kreutzersonate von Beethoven. Die habe ich mit der Platte geübt. Meine Güte, wie lange ist das her ...«

»Wenn es das auf CD gibt, dann könnte doch diese CD mit der Arie so etwas gewesen sein. Übungsmaterial.«

»Das wäre vorstellbar. Aber so richtig passt das auch nicht. Solche Aufnahmen werden natürlich von berühmten Stücken gemacht. Sachen, die jeder spielen oder singen will. Ich bin sicher, es gibt zum Beispiel Mozart-Arien oder Arien aus Verdi-Opern. Alles, was man braucht, um sich mal als kleiner Pavarotti zu fühlen. Warum sollte jemand so eine Version von einem völlig unbekannten Stück anfertigen?«

»Da hast du recht. Und so was aufzunehmen ist sicher ein großer Aufwand. Man muss Musiker engagieren, das alles einüben ... Und das bei einem Stück, das keiner kennt.«

»Vielleicht liegt genau darin eine Chance, etwas darüber herauszufinden.«

»Wie meinst du das?«

»Man könnte in Musikerkreisen gezielt nach jemandem suchen, der bei der Aufnahme dabei war. Musiker kennen sich untereinander.«

»Hm, ich kann mir nicht vorstellen, dass das funktioniert.«

»Vielleicht haben wir Glück. So etwas Besonderes spricht sich vielleicht herum. In Köln gibt's eine große Musikhochschule. Vielleicht wurde die Aufnahme sogar mit Studenten gemacht.«

»Und was ist, wenn die CD aus dem Ausland kommt?«

»Einen Versuch ist es wert.« Alban kratzte sich am Kopf. Er stand auf und holte sein Adressbuch. Schließlich standen auf einem der Blätter, die er immer für die Notizen zu seinen Kritiken verwendete, eine Reihe von Namen und Nummern.

Alban griff zum Telefon und wählte. Simone stand unterdessen auf und ging zum Fenster, wo sich Zerberus lang ausgestreckt hatte.

»Es meldet sich niemand«, sagte Alban und nahm gleich die nächste Nummer in Angriff.

Aus den Augenwinkeln sah er, wie Simone ihn beobachtete und zurückkam. Sie nahm die leere aufgeklappte Plastikbox einer CD in die Hand.

Wieder hatte Alban kein Glück. »Das habe ich befürchtet«, rief er. »Es wird schwierig. Die Musiker spielen natürlich alle irgendwo. Ich müsste mich bei den Agenturen informieren.«

Simone zog das weiße Faltblatt heraus, das als Cover in der Plastikbox steckte. Sie klappte es auf.

»Ich glaube, du kannst dir das alles sparen«, sagte sie.

»Wieso?«

»War hier die CD drin?«

»Ja.«

»Das heißt, der Dieb hat gar nicht die Box mitgenommen, sondern nur die CD selbst?« Simone hielt das weiße Einlegeblatt in der Hand, auf dem man die kopierten Stücke notieren konnte.

»Genauso war es. Als ich hinunterging, lag die CD auf dem Schreibtisch. Ich hatte sie noch nicht in die Box zurückgetan.«

Simone schob ihm das Papier hin. »Dann lies mal, was hier auf der Rückseite steht.«

Alban erkannte einen Stempel. Eine Adresse. »Amadeus-Studio«, las er. »In Köln.«

»Wenn die CD diese Aufschrift trägt, wird sie doch sicher auch dort entstanden sein.«

Alban griff sich an die Stirn. Dass er das übersehen hatte!

»Man sollte sich seine Indizien immer gut ansehen«, sagte Simone. »Sonst entgeht einem Entscheidendes. Du kannst wirklich von Glück sagen, dass ich dir helfe.«

»Ist ja schon gut«, brummte er.

Alban stand auf, noch immer leicht verärgert, weil er nicht selbst darauf gekommen war, das CD-Behältnis genauer zu untersuchen. In diesem Moment jodelte eine elektronische Melodie durch den Raum. Albans Telefon. Er nahm den drahtlosen Hörer und meldete sich.

Auf der anderen Seite herrschte Stille.

»Hallo? Hier ist Alban!«

Ein Geräusch, das Alban an das Schnaufen eines Walrosses erinnerte, drang an sein Ohr.

»Wer ist denn da?«

Ein Keuchen. Dann räusperte sich jemand.

Alban legte den Hörer auf den Schreibtisch und drückte den Lautsprecherknopf. Simone sollte mithören.

Beide starrten auf das Mobilteil. Wieder schnaufte es aus dem Gerät.

»Hallo?«, fragte eine kratzige Stimme. »Herr Alban?«

»Ja, hier ist Alban, wer ist da?«

»Dennekamp.«

»Herr Dennekamp! Was ist denn los?«

Etwas rauschte, dann gab es ein Krachen. Offenbar hatte der Antiquar sein Telefon fallen lassen.

Es dauerte eine Weile, bis er sich wieder meldete, und das Geräusch, was dann kam, war nur als Rülpsen zu identifizieren. Simone verzog das Gesicht. Alban drückte wieder den Knopf und nahm den Hörer ans Ohr.

»Herr Dennekamp, hören Sie mich?«

»... Alban? ... Ja ... höre ... Sie.«

Ihm wurde klar, dass Dennekamp schlicht und ergreifend volltrunken war.

»... Dagmars Mörder ... gefunden?« Der Rest ging in Gemurmel unter.

»Ich versuche, in der Sache weiterzukommen, Herr Dennekamp. Aber Sie müssen mir helfen. Ich brauche noch ein paar Informationen von Ihnen. Die Adressen. – Hallo, Herr Dennekamp, hören Sie mich?«

Die Stille wurde von einem leisen Geräusch unterbrochen. Alban brauchte eine gewisse Zeit, bis ihm klar wurde, dass Dennekamp weinte.

»Dagmar ...«, brachte er hervor. »Suchen Sie ...«

»Herr Dennekamp?«

»Mörder ...«

»Sind Sie in Ihrem Laden oder in Ihrer Wohnung?«

»Laden ...«, sagte Dennekamp, aber es war nicht auszumachen, ob das eine Antwort auf Albans Frage sein sollte. Vielleicht hatte er im Suff einfach nur wiederholt, was Alban gesagt hatte.

Es war sinnlos. Alban drückte den roten Knopf und stellte das Mobilteil auf die Station.

»Fahren wir zu ihm«, sagte er.

15

Das Tor stand offen. Alban deutete auf den verrosteten VW-Bus.

»Ich glaube, das ist sein Wagen. Er müsste also da sein. Hoffentlich ist er in der Lage, uns aufzumachen.«

Er klopfte an die Tür, aber es kam keine Reaktion. Wie bei seinem gestrigen Besuch blickte er erst einmal durch die Scheiben, und wieder war nichts als Dunkelheit zu sehen, in der man die Bücherhaufen und Regale nur erahnen konnte.

»Ich kann mir überhaupt nicht vorstellen, dass diese Bruchbude ein Laden sein soll«, sagte Simone. »Und wenn der jetzt besoffen irgendwo liegt, wird er kaum kommen, um aufzumachen. Abgesehen davon, dass er ja offiziell geschlossen hat.«

»Wir gehen mal um das Haus herum. Gestern habe ich hinten ein Fenster gesehen, das zu einer kleinen Küche gehört. Vielleicht ist da was zu erkennen.«

Alban ging los. Eine Sekunde später hörte er Simones Stimme hinter sich.

»Bleib hier. Ist schon alles geregelt.«

Er drehte sich um. Die Eingangstür stand sperrangelweit offen. »Es war gar nicht abgeschlossen«, sagte Simone.

»Herr Dennekamp?«, rief Alban in die Dunkelheit hinein. »Sind Sie da?«

Aus dem Raum drang der strenge Geruch, den Alban schon kannte. Schimmel, Staub, Alkohol, Fäulnis.

»Was für ein Sauhaufen«, stellte Simone fest.

Alban suchte auf der Innenseite neben der Eingangstür nach einem Lichtschalter, fand aber keinen. Im trüben Licht konnte er die Treppe erkennen, die im hinteren Bereich nach oben führte.

»Herr Dennekamp?«, rief Alban wieder.

Tapsige Schritte kamen die Treppe herunter.

Dennekamp war kaum in der Lage, das Gleichgewicht zu halten. Er stützte sich am Geländer ab, und als er endlich unten angekommen war, ließ er sich mit Wucht in einen Stuhl fallen.

Simone sprang hinzu. »Hey, geht's Ihnen gut?«

Dennekamp blickte erst sie mit großen Augen an, dann Alban.

»Wer ... ist ... das?«, brachte er hervor. Eine Fahne aus Schnaps und Bier wehte Alban an.

»Eine Bekannte.«

Dennekamp nickte und hielt die rechte Hand hoch. Sie umschloss das Telefon.

Licht flammte aus den Neonröhren auf und beleuchtete das Szenario aus Bücherbergen und sich biegenden Regalen. Simone hatte den Lichtschalter gefunden.

»Wir brauchen die Adressen«, sagte Alban. »Die Ihrer Frau in Erpel und die der Schreibgruppe.«

Dennekamp nickte. »Hab ich ...« Er grinste und öffnete die linke Hand. Ein zusammengeknülltes Papier fiel auf den Boden. Alban hob es auf und faltete es auseinander. Dennekamp gab ein Seufzen von sich. Dann stemmte er sich nach oben und schleppte sich der Treppe entgegen. Es dauerte lange, aber schließlich gelang es ihm, hinaufzukommen. Alban und Simone sahen ihm schweigend nach.

»Ob wir ihn hier allein lassen können?«, fragte Simone leise.

»Was sollen wir denn tun? Ich nehme an, er hat dort oben ein Bett und schläft seinen Rausch aus. Immerhin hat er vorhin am Telefon offenbar verstanden, was ich von ihm wollte.«

Simone blickte auf den Zettel, den Alban in der Hand hielt. »Bahnhofstraße in Erpel. Das ist die Adresse seiner Frau. Das andere ist schwer zu erkennen ...« Sie runzelte die Stirn.

Auch Alban hatte Mühe, das Gekrakel zu entziffern.

»Irgendwas mit Weg«, sagte er.

Sie hoben die Köpfe, als von oben ein rumpelndes Geräusch ertönte, gefolgt von einem Klirren, als wäre eine ganze Batterie Flaschen umgefallen.

»Herr Dennekamp?«, rief Alban nach oben. Es kam keine Antwort. Er eilte die Treppe hinauf in das kleine Büro, in dem er gestern mit dem Antiquar gesessen hatte. Dennekamp war nicht darin. Er ging weiter den schmalen Flur entlang. Eine Tür dahinter führte in ein weiteres fensterloses Kämmerchen. In der Ecke lag, auf einer Matratze hingekauert, Dennekamp. Der Geruch, der Alban schon beim Betreten des Hauses in die Nase gestiegen war, verstärkte sich.

Jetzt kam noch die säuerliche Note von Erbrochenem hinzu. An der Wand reihten sich Flaschen.

Alban fand einen Lichtschalter. Im Schein einer verstaubten Deckenleuchte konnte er erkennen, dass dieses Zimmer nicht mit Büchern, sondern mit Kleidern vollgestopft war. Pullover, Hosen, Mäntel und Jacken häuften sich. Der Antiquar wohnte hier. Die Haufen waren sein Kleiderschrank, die Matratze sein Bett.

»Alles in Ordnung?«, fragte Alban.

Dennekamp, der beim Aufflammen des Lichts die Augen geschlossen hatte, blinzelte jetzt und nickte. »Komm schon klar.«

»Machen Sie's gut«, sagte Alban und tastete sich durch den engen Flur zur Treppe.

Simone stand draußen auf dem Hof und hielt den Zettel in der Hand. »Ich weiß jetzt, was das heißen soll«, sagte sie. »Es ist der Talweg. Ganz einfach.« Sie sah Alban an. »Wenn sich diese Gruppe noch trifft, könnten wir großes Glück haben.«

»Wie meinst du das?«

»Hat Dennekamp nicht gesagt, dass sich die Dichterinnen immer am ersten Sonntag im Monat treffen?«

»Ja, und was ...« Alban verstummte. Plötzlich wurde ihm klar, was Simone meinte. »Natürlich – der erste Sonntag im Monat ist heute.«

»Du hast's erfasst. Mensch, Nikolaus. Erst die Sache mit dem Stempel auf dem CD-Beiblatt, dann die Tür, die nicht abgeschlossen war, und jetzt das. Ich wusste doch, dass man dich mit dieser Geschichte nicht allein lassen kann. Gut, dass du mich hast.«

Das Haus war dreigeschossig; mit Wohnungen in den oberen Stockwerken. Das Erdgeschoss füllte eine breite Glasfront aus. Über der Eingangstür formten rote Neonbuchstaben einen Schriftzug.

»Lisas Friseursalon«, las Simone.

Links neben der Fensterscheibe war ein weiterer Eingang mit einer Klingelleiste. Hier ging es zu den Wohnungen.

Alban stellte sich an die Scheibe und nahm das Innere in Augenschein. Die Stühle, in denen werktags die Kundinnen saßen, standen in Reih und Glied vor einer Spiegelfront, die sich im hinteren Bereich des Ladens verlor. Vorne war ein leerer Tresen zu erkennen, auf dem sich ein paar bunte Sparschweine tummelten.

»Hast du mal überlegt, Friseuse anstatt Gärtnerin zu werden?«, fragte Alban.

»Ich glaube, es heißt ›Friseurin‹. Aber abgesehen davon: Ich habe so einen Laden noch nie betreten. Ich schneide mir meine Haare alle paar Wochen selbst, und dieser ganze Schnickschnack mit Färben und Legen und so weiter – da pfeif ich drauf.«

Alban studierte die Klingelschilder an der Haustür.

»Sollen wir alle Leute rausklingeln und fragen, ob sich hier irgendwo Dichterinnen treffen?«, fragte Simone.

»Das wäre grob unhöflich.« Alban trat wieder ein Stück zurück.

»Was schlägst du dann vor? Sollen wir hier warten? Ohne zu wissen, auf was oder wen?«

»Wenn sich der Club noch trifft, müsste ja über kurz oder lang hier eine Frau raus- oder reingehen. Und die erste, die auftaucht, werden wir ganz einfach fragen.«

»Das ist nicht dein Ernst.« Simone streckte die Hand aus und drückte auf die Klingeln. Sie wartete. Nichts geschah. »Wir haben es wenigstens versucht«, sagte sie. »Jetzt können wir von mir aus ein bisschen warten.«

Sie spazierten auf der Straße herum. Kaum jemand war zu sehen. Dafür rollte umso mehr Verkehr an ihnen vorbei.

Jemand rief Albans Namen. Es war Simone. Er sah sich um und bemerkte, dass er in Gedanken drei Häuser weit gelaufen war.

»Nikolaus«, rief Simone wieder, und schon war sie zu ihm gesprintet.

»Was ist los?«

»Meine Güte, warum hörst du mich nicht? Ich habe was gesehen. In dem Friseursalon sind Leute.«

Alban drehte sich um und ging mit schnellem Schritt zurück. Simone lief voran.

Er blieb vor der Scheibe stehen und sah nichts außer den Stühlen und dem Tresen.

»Sie sind ganz hinten vorbeigegangen«, sagte Simone. »Da, schau doch.«

Am Ende des Raumes stand eine Tür offen. Plötzlich ging in dem Zimmer dahinter Licht an. Unmittelbar danach kam eine Frau heraus und ging nach hinten weg.

»Da sind noch mehr. Sie sind nicht von draußen reingekommen. Vielleicht haben sie sich zuerst in einer Wohnung im Haus getroffen und sind dann runtergegangen.«

Die Frau kam zurück, ohne Alban und Simone zu bemerken. Sie hatte jetzt einen Schreibblock in der Hand. Zielstrebig ging sie zurück in das Zimmer und schloss die Tür hinter sich. Der Lichtschein verschwand. Der Laden lag genauso verlassen da wie vorher.

»Wenn wir an die Scheibe klopfen, hören die uns bestimmt nicht«, sagte Simone. Sie ging zur Haustür und klingelte wahllos. Diesmal drückte sie mindestens zehn Sekunden lang auf den Knöpfen herum. Plötzlich summte es, und sie konnten das Treppenhaus betreten. »Siehst du, man muss nur penetrant genug sein.«

Über einen Gang gelangten sie zu einer Hintertür, die auf einen Hof führte. Simone umkurvte eine Kompanie Mülltonnen und wies auf eine weiß gestrichene Mauer auf der rechten Seite – die Seitenwand eines Hinterhauses. Es gab ein Fenster und eine weitere Tür; durch das Fenster waren einige Frauen zu sehen, die im Kreis saßen. Jede hatte einen Block oder ein Notizbuch auf dem Schoß.

Das Fenster war gekippt. Alban konnte hören, was in dem Raum gesprochen wurde. Eine Frau trug etwas vor.

»Die Zacken meiner Sehnsucht spießen in die Herzen«, las sie, »und Blut gerinnt mit Wasser, Träumen aufgemischt. Wenn die Schmerzen weichen, lehne ich mich an.« Sie machte eine bedeutungsvolle Pause und fügte hinzu: »An dir.« Die Vorleserin war sehr jung, höchstens zwanzig.

»Das war ein schönes Gedicht, Jasmin«, sagte eine andere Frau. Sie war deutlich älter, Alban schätzte sie auf Anfang vierzig, und wirkte streng, was vielleicht an ihrer schwarz gerandeten Brille lag. »Aber du machst genau dieselben Fehler wie beim letzten Mal. Du solltest darauf achten, was die Worte bedeuten.« Sie tippte auf eine bestimmte Stelle auf dem Blatt. »Du benutzt das Wort ›gerinnt‹, du meinst aber ›rinnt‹. Blut, das rinnt, fließt, aber Blut, das *ge*rinnt, verklumpt. Ich glaube, dass du hier rinnen meinst, und …«

»Nein«, rief die junge Dichterin dazwischen, und sie musste ihre schwache Stimme deutlich anstrengen, »ich wollte, dass sich die beiden Begriffe überlagern. Sie sollen changieren. Stockendes Blut. Liebe, die das Blut zum Stocken bringt …« Sie verstummte.

Die Kritikerin blickte in die Runde. »Was haltet ihr davon?« Sie sah jede einzelne Frau an, drehte dabei den Kopf und bekam das Fenster in den Blick, hinter dem Simone und Alban zuhörten.

Die Frau erhob sich so schnell, als hätte sie etwas ins Hinterteil gestochen.

»Was soll denn das?«, rief sie, und ihre Augen funkelten wütend hinter den Brillengläsern. »Ich glaube es ja nicht. Spanner!«

Auch die anderen waren aufmerksam geworden und wandten ihre Köpfe, zum Teil neugierig, zum Teil erschrocken.

»Was machen Sie da?«, schrie die Frau mit der Brille.

Alban hob beschwichtigend die Hände. »Es tut mir leid …«

Die Frau schloss das gekippte Fenster. Alban wich einen Schritt zurück.

Simone ging zu der Tür, die gleich neben dem Fenster in das Hinterhaus führte. Sie ließ sich öffnen. Ohne Zögern betrat sie das Haus. Alban stoppte seine hilflosen Versuche, sich zu entschuldigen, und folgte. Nach ein paar Metern machte der Gang einen Knick nach rechts, und sie trafen auf eine weitere Tür. Simone riss sie auf, und schon standen sie mitten in dem Dichterinnentreffen.

»Das ist ja jetzt wohl die Höhe!« Die Stimme der Frau überschlug sich.

»Entschuldigen Sie die Störung, meine Damen«, rief Alban. »Aber ich muss Sie einen Moment sprechen. Wer von Ihnen kannte Dagmar Dennekamp?«

»Lassen Sie uns in Ruhe.« Die Frau strich sich ihr kastanienbraunes Haar aus dem Gesicht.

»Kannten Sie sie oder nicht?«

»Warum wollen Sie das wissen? Wer sind Sie überhaupt?«

Alban suchte nach Worten, wollte etwas sagen, aber Simone kam ihm zuvor.

»Wir ermitteln die Umstände ihres Todes«, sagte sie in die Runde.

Im Raum entstand Stille. Die halten uns wahrscheinlich für Polizisten, dachte Alban.

Die Frau seufzte und schüttelte den Kopf. »Macht einen Moment allein weiter«, sagte sie schließlich. Sie stand auf und wandte sich Alban und Simone zu. »Gehen wir rüber in den Laden.«

Nach ein paar Schritten über den Gang gelangten sie in das Ladenlokal, das sie von draußen gesehen hatten. Auf der rechten Seite standen ein paar Stühle; die Wartezone, die von außen nicht einzusehen gewesen war. Alban stieg ein süßlicher Duft in die Nase – offenbar das Gemisch von Shampoos und Haarspray, von Haarkuren und sonstigen Mittelchen, mit denen die Woche über hier gearbeitet wurde.

Die Frau kramte in ihrer Jeans, zog eine zerdrückte Schachtel Marlboro hervor und ließ sich nieder. Alban und Simone setzten sich ebenfalls.

»Ich möchte noch einmal betonen, wie leid es mir tut, dass wir hier einfach so eindringen. Aber wie gesagt, wir sind auf der Suche nach Informationen über Dagmar Dennekamp. Sie war doch in Ihrer Gruppe, oder?«

Die Frau zündete sich eine Zigarette an. »Sagen Sie mir endlich mal, wer Sie sind?«

»Entschuldigen Sie, dass wir uns noch nicht vorgestellt haben«, sagte Alban. Er erklärte ihr, dass er Bonner Musikkritiker sei, der zusammen mit einer Bekannten ein musikalisches Rätsel lösen wollte.

»Na, das klang eben aber ganz anders. Man hätte meinen können, ein Sondereinsatzkommando stürmt das Haus.«

»Wenn sich das so anhörte, bedaure ich das sehr. Aber es hat durchaus etwas mit Dagmar Dennekamps Tod zu tun … Und mit wem habe ich die Ehre?«, fragte er.

»Was?« Sie pustete Rauch aus.

»Wie heißen Sie?«

»Delia.«

»Frau Delia …«

»Nicht Frau. Nur Delia. Ohne Nachname.«

»Ein Pseudonym?«

»Ein Künstlername. Als Dichterin und als Poesiepädagogin.«

»Sie sind keine Friseurin?«

»Nicht als Delia.«

Alban beließ es dabei. »Hat Frau Dennekamp jemals den Namen Wolfgang Joch erwähnt?«, fragte er.

»Joch … Den Namen höre ich jetzt zum ersten Mal.«

»Sind Sie ganz sicher?«

Delia zuckte mit den Achseln. »So sicher, wie man sein kann. Man kann sich ja nicht alles merken, oder? Aber es gelingt mir schon ganz gut, nehme ich an.« Zum ersten Mal bemerkte Alban ein Lächeln auf ihrem Gesicht. »Wer soll denn dieser Herr Joch sein?«

Alban erklärte ihr, dass er von Jochs Freund eine Partitur bekommen hatte, die ihn zu Dagmar Dennekamp führte.

»Ich möchte etwas über dieses Musikstück herausfinden. Wie lange treffen Sie sich hier schon?«

»Ein paar Jahre. Wir arbeiten einmal im Monat. Das müssten Sie doch wissen. Von wem haben Sie denn eigentlich etwas über uns erfahren?«

Kaum hatte Alban Martin Dennekamp erwähnt, rümpfte Delia die Nase. Sie nahm einen Aschenbecher und drückte ihre Zigarette aus.

»Martin!« Ihre Stimme klang verächtlich.

Alban schwieg, dafür schaltete sich Simone ein. »Mögen Sie ihn nicht?«

»Das kann man wohl sagen.«

»Delia«, rief eine der Frauen vom Flur aus. »Was ist denn los? Wo bleibst du?«

»Noch einen Moment«, übernahm Alban die Antwort. »Wenn Sie Ihre Kollegin noch fünf Minuten entbehren könnten, wären wir Ihnen sehr verbunden.«

»Geht das Gedicht noch mal durch«, rief Delia. »Achtet darauf, was die Worte bedeuten. – Eigentlich sollten sie sowieso mal ohne eine Anleitung klarkommen«, sagte die Poesiepädagogin und holte eine neue Zigarette hervor.

»Was ist nun mit Martin Dennekamp?«, fragte Alban.

Delia zündete die Zigarette nicht an, sondern hielt sie kalt in der rechten Hand.

»Er hat uns ausgenutzt. Die Frauen aus der Gruppe und Dagmar auch. Letztlich ist er schuld an ihrem Tod. Ich würde sogar so weit gehen und ihn als ihren Mörder bezeichnen.« Das Feuerzeug flammte auf, und der Tabak entzündete sich leise knisternd.

»Sie sollten darauf achten, was die Worte bedeuten«, sagte Alban und griff dabei bewusst Delias Formulierung auf. »Das ist eine harte Anschuldigung.«

»Was wahr ist, muss wahr bleiben.«

»Und wie meinen Sie das?«

»Die Polizei wollte mir ja schon nicht glauben.«

»Delia ... Wir wollen das Geheimnis einer Partitur lüften. Dass uns dabei gleich zwei Morde über den Weg gelaufen sind, kann Zufall sein, muss es aber nicht.«

Ihr Blick wurde herablassend. »Morde, die Ihnen über den Weg laufen, was? Sie haben ja vielleicht eine Ausdrucksweise. Haben Sie schon mal Morde mit Beinen gesehen?«

»Sie wissen, was ich meine.«

»Das sagen stümperhafte Schreiber und Redner immer.«

Alban schluckte, aber er beherrschte sich. Es war offenbar ihre Art von Retourkutsche.

»Es geht darum, ein Stück Musik zu entschlüsseln«, sagte er. »Ein Stück Musik, das Dagmar Dennekamp sehr gemocht hat.«

»Woher wollen Sie das denn wieder so genau wissen?«

»Ich habe von ihrem Mann, dem von Ihnen so gar nicht geschätzten Herrn Dennekamp, Texte von ihr bekommen. Und aus diesen Aufzeichnungen geht das deutlich hervor.«

Delias Augen verengten sich. »Das Schwein hat Ihnen Texte von Dagmar gegeben?«

»Warum denn nicht? Worauf ich hinauswill: Sie müssen doch verstehen, dass man einem Stück Musik sein Geheimnis entlocken will, dass man dahinterkommen will, was es bedeutet. Sie selbst schreiben Gedichte, und Sie lieben sicher die Gedichte anderer ...«, Alban wollte Autoren sagen, doch er bekam noch rechtzeitig die Kurve, »... Autorinnen und möchten sie verstehen.«

Delia rauchte schweigend.

»War Frau Dennekamp vielleicht nicht nur schriftstellerisch, sondern auch musikalisch begabt?«

Delia schüttelte den Kopf. »Dagmar hat man immer nur mit Notizbuch und Stift gesehen. Allerdings habe ich sie vor ihrem Tod nicht mehr so häufig getroffen. Sie ist unserem Kreis oft ferngeblieben. Vielleicht hatte es was damit zu tun, dass sie nach Erpel gezogen ist. Vielleicht aber auch nicht. Einmal kam sie in letzter Minute hier an und sagte, sie sei so berauscht gewesen vom Schreiben. Sie habe sich in einen Zustand hineingeschrieben, in dem sie Raum und Zeit vergessen habe.«

»Sie war berauscht?«

»Es gibt solche Schreibräusche. Man schreibt und schreibt, und es fließt aus einem heraus, und man kann es nicht aufhalten. Als habe man ein Reservoir im Unbewussten angestochen. Viele erleben diesen Zustand zunächst als etwas Angenehmes – vor allem wenn sie vorher lange um Kreativität und Inspiration gerungen haben. Doch dann wird das Ganze zu einer Sucht, die katastrophale Folgen hat. Man kann die Qualität seines Schreibens nicht mehr kontrollieren. Man füllt Seite um Seite ohne Rücksicht auf Inhalt und Form. Eigentlich sieht ein künstlerischer Schreibprozess ja so aus, dass man diese Art des automatischen, unzensierten Schreibens zulässt, dann aber die Ergebnisse einer strengen Prüfung unterzieht. Unterbewusstsein und Bewusstsein – beide müssen zu ihrem Recht kommen. Bei Dagmar war das anders. Und sie hat noch nicht mal nur eigene Sachen geschrieben. Sie hat auch Fremdes kopiert. Als wollte sie um jeden Preis Buchstaben aufs Papier setzen. Sie war dem Schreiben verfallen.«

»Sie hat abgeschrieben«, konstatierte Alban, »Eichendorff.«

»Sie hat Eichendorff praktisch auswendig gekannt. ›Das Marmorbild‹, ›Ahnung und Gegenwart‹ ... Ich glaube, sie hat gar nicht mehr gemerkt, dass sie im Grunde nur mehr oder weniger leicht veränderte Texte von Eichendorff niederschrieb. Als sie noch hier in Bonn bei ihrem Mann lebte, war das noch nicht so ausgeprägt. In Erpel war sie außerhalb jeglicher Kontrolle. Sie lebte von ihrem bisschen Geld und tat tagsüber nichts anderes, als Worte zu Papier zu bringen. Und nachts unternahm sie ihre Ausflüge.«

»Was für Ausflüge?«

»Sie hat versucht, die Szenerien der Eichendorff-Novellen nachzuerleben. Im Vollmond durchs Rheintal. Durch die Wälder. Das war ihre Welt. Und das hat sie am Ende auch das Leben gekostet.«

»Glauben Sie, ihr Mann hat ihr aufgelauert und sie getötet? Oder wie meinten Sie das, als Sie sagten, er sei schuld an ihrem Tod?«

Delia zuckte mit den Schultern. »Martin hat sich am Anfang groß getan und sich als Verleger aufgespielt. Er wollte Dagmars und unsere Lyrik herausbringen.«

»Was ist daran schlecht?«

»Er hat sich dafür bezahlen lassen. Fast zweitausend Euro hat er pro Lyrikband kassiert, und er hat uns das Blaue vom Himmel herunter versprochen. Unsere Werke sollten in allen großen Buchhandlungen in Nordrhein-Westfalen stehen. Er wollte Lesungen in den Literaturhäusern organisieren. Daraus ist rein gar nichts geworden. Die Bücher gammeln heute noch in seinem runtergekommenen Laden herum. Er hat sie noch nicht mal rausgerückt, als klar war, dass er nichts für uns tun würde. Er hat uns angeboten, dass wir sie ihm abkaufen können. Was für eine Sauerei! Er wollte noch mal Geld dafür haben, obwohl wir die Herstellung ja im Grunde selbst bezahlt hatten.«

»Aber deswegen muss er doch seine Frau nicht ermordet haben.«

»Haben Sie nicht gesehen, wie es bei ihm aussieht? Diese Müllhalde? Und in dieser Umgebung soll so ein sensibler Mensch wie Dagmar leben? Er hat sie aus dieser Ehe getrieben und sie in ihre Fantasien, in ihre Sucht gezwungen. Seinetwegen ist sie weggezogen und hat sich in ihre Schreiberei reingesteigert. Nur seinetwegen. Er ist ihr Mörder. So oder so.«

»Können Sie uns jemanden nennen, mit dem wir über Dagmar sprechen können? Was ist mit den Kursteilnehmerinnen?«

Delia schüttelte den Kopf. »Die Einzige, die Dagmar kannte, war ich. Die Werkstatt hat starke Fluktuation. Nicht viele halten die Kritik in der Gruppe aus. Fahren Sie nach Erpel, sprechen Sie mit den Menschen dort. Vielleicht kommen Sie dann weiter.« Sie stand auf. »Und jetzt würde ich gern weitermachen, wenn Sie erlauben.«

Alban drückte auf den elektronischen Schlüssel. Die Blinker gingen kurz an, und die Knöpfe in den Türen klackten nach oben.

»›Das Marmorbild‹? ›Ahnung und Gegenwart‹? Was hat das denn zu bedeuten?«, fragte Simone.

»Es sind Romane von Eichendorff. Das heißt, genau genommen ist ›Das Marmorbild‹ eine Novelle.«

Sie stiegen ein, und Alban startete den Wagen.

»Und worum geht es in diesen Geschichten?«

Alban dachte nach. »Je mehr ich darüber nachdenke, desto deutlicher wird mir, dass gerade ›Das Marmorbild‹ zu Dagmar Dennekamp und ihren romantischen Fantasien passt.«

Simone rutschte etwas tiefer in den Sitz. »Erzähl«, sagte sie.

16

Alban kramte in seinem Gedächtnis. Es war lange her, dass er die Eichendorff-Novelle gelesen hatte. Erinnerungsfetzen tauchten vor seinem inneren Auge auf. Eine Marmorstatue im Park eines nächtlichen Schlosses. Der Mond schien, und das Marmorbild erschien ganz blass und bleich.

»Man könnte die Novelle als Gruselgeschichte bezeichnen«, sagte er.

Sie befanden sich auf der Kennedybrücke. Auf der linken Seite erhob sich der Post-Tower, rechts ragte dunkel der Drachenfels auf. Alban war noch nie aufgefallen, wie symbolträchtig diese Brücke war. Sie schien zwei Welten exakt zu trennen: die Welt der modernen Technik und die der letzten Überbleibsel der alten Rheinlandschaft, die die Romantiker so sehr fasziniert hatte.

»Gruselgeschichte klingt schon mal gut«, sagte Simone.

»Die Geschichte spielt vor ein paar Jahrhunderten. Es geht um einen jungen Mann, der wie alle Romantiker für die Liebe und die Kunst schwärmt. Dieser junge Mann ist auf Reisen und kommt in eine italienische Stadt. Jetzt fällt mir auch wieder ein, wie der junge Mann heißt. Florio.«

»Und was macht er in der Stadt?«

»Wie so oft in diesen romantischen Geschichten ist er einfach auf der Suche nach der Liebe und der Poesie. Und letztendlich auch nach sich selbst.«

»Findet er, was er sucht?«

»Ja, aber auf andere Weise, als er gedacht hat. Er lernt einen älteren, erfahrenen Sänger kennen, der Fortunato heißt. Und der lädt ihn ein, an einem Fest auf der Wiese vor der Stadtmauer teilzunehmen. Danach übernachtet Florio in einer Herberge. Dort hat er seltsame Träume. Er wacht auf …«

»Und dann erscheint ein Gespenst, oder? Ich frage nur, weil du gesagt hast, es sei eine Gruselgeschichte.«

Alban drehte das Licht an, als sie in den Tunnel bei Dollendorf eintauchten. »Da muss ich dich enttäuschen. Florio verlässt mitten in der Nacht das Haus und wandert durch Weinberge und Wälder. Die Gegend ist vom Mond beschienen, sodass er einigermaßen erkennen kann, wohin er geht. Und da gelangt er mitten im Wald an einen einsamen Weiher, an dessen Ufer eine Marmorfigur steht. Auf dem dunklen Wasser ziehen Schwäne ihre Bahnen. Die Szenerie ist so ähnlich wie in seinem Traum. Er flieht und kehrt in die Herberge zurück.«

»Sehr gruselig«, sagte Simone, und ihre Stimme troff vor Ironie. »Ich krieg gleich einen Herzinfarkt.«

»Mit den heutigen Horrorfilmen kann die Geschichte natürlich nicht mithalten. Aber Eichendorff hat ganz interessante Sachen in die Novelle eingebaut. Ich erinnere mich, dass ich mal einen Vortrag darüber gehört habe, in dem ein Germanist nachgewiesen hat, dass Eichendorff in dieser Geschichte schon das Unbewusste gezeigt hat – lange bevor Freud es entdeckte.«

»Das klingt jetzt aber sehr theoretisch.«

»Als Florio das Haus verlässt, schleicht er aus seinem Zimmer die Treppe hinunter zur Haustür. Auf der Türschwelle liegt ein schlafender Diener. Florio muss leise sein, damit er unbemerkt an ihm vorbei ins Freie gelangt.«

»Und was soll das mit dem Unbewusstsein zu tun haben?«

»Der Diener symbolisiert die Sperre, die Florio vom Unbewussten trennt. Das Bewusstsein. Und der Diener schläft. Nur so kann Florio unbehelligt das nächtliche Reich betreten, das natürlich ein Symbol für die Welt des Unbewussten ist. Als er zurückkommt, wacht der Diener auf. Florio ist wieder in seiner Welt angekommen. In der Welt des Bewusstseins, der Kontrolle.«

»Ist das nicht ein bisschen weit hergeholt? Die Sache mit dem Diener kann Eichendorff doch auch nur einfach so geschrieben haben, oder?«

Alban seufzte. »Kein Dichter schreibt etwas einfach so. Und die Romantiker schon gar nicht. Außerdem: Wenn es Eichendorff nur darum gegangen wäre, einen kleinen Ausflug zu beschreiben – warum erwähnt er den Diener überhaupt? Warum sollte ein aufwachender Diener ein Hindernis sein? Florio ist Gast, und er kann machen, was er will. Die Szene muss eine andere Bedeutung haben, sonst hätte sie gar keinen Sinn.«

»Gut. Das verstehe ich. Und wie geht die Geschichte weiter?«

»Am nächsten Tag will Florio den Weiher wiederfinden, aber es gelingt ihm nicht. Der Weg, den er sozusagen unbewusst in der Nacht zuvor gegangen ist, bleibt ihm im hellen Sonnenschein nun verborgen. Das Licht der Sonne steht jetzt für den Verstand, für das Bewusstsein.«

»Er kann nicht in seine Träume zurück, weil ihm der rationale Verstand im Weg steht. Ziemlich psychologisch, da hast du recht.«

»Stattdessen gelangt er an ein goldenes Tor mitten im Wald. Und dahinter findet er ein Schloss mit einem schönen Garten. In dem Schloss lebt eine Dame, die ihm bekannt vorkommt.«

»Sieht sie aus wie die Marmorfigur?«

»Du hast es erfasst. Die Dame ist nachts eine marmorne Venus und tags eine Schlossherrin. Da hast du dein Gespenst. Und es kommt, wie es kommen muss. Florio verliebt sich und verfällt der geheimnisvollen Dame immer mehr.«

»Und wie geht die Geschichte aus?«

»Der Sänger Fortunato rettet ihn schließlich, und am Ende kommt heraus, dass das Schloss in Wirklichkeit nur eine Ruine ist. Die Herrin des Schlosses ist eine alte römische Göttin. Ein Geist, der dort umgeht und keine Ruhe findet.«

»Ein Trugbild, das die Männer zum Wahnsinn treibt.«

»Genau. Und ein Trugbild, das zum Leben erwacht. Der Traum wird real, die Realität wird Traum.«

»Glaubst du, Dagmar Dennekamp hat sich so in diese Geschichten hineingesteigert, dass sie sich selbst wie dieser Florio vorkam? Dass sie nachts auf der Suche nach ihren Träumen war?«

»Warum nicht?«

»Dann stellt sich die Frage, was sie auf ihren Ausflügen entdeckt hat.«

»Zumindest wird sie jemandem begegnet sein.«

»Und wem?«

»Vielleicht ihrem Mörder.«

Wie bei seinem gestrigen Besuch fuhr Alban an der Erpeler Stadtmauer vorbei, die die Schnellstraße säumte, und bog am Ende des Ortes scharf nach links ab.

Sie passierten ein Holzschild, das den Wanderweg zur Erpeler Ley anzeigte, dem markanten Bergrücken, der sich hinter dem Örtchen erhob. Links kam ein weißes Gebäude mit blau umrandeten Fenstern in Sicht, und auf der rechten Seite glänzten Schienen – der Bahnhof. Hier hatte Alban gestern ebenfalls angehalten. Sie stiegen aus und sahen sich um.

»Das hier ist die Bahnhofstraße. Ich war gestern schon ganz richtig. Ich wusste es nur nicht.«

»Was ist das denn dahinten?«, fragte Simone und deutete auf die schwarzen Türme, die sich drohend zu Füßen der Ley erhoben.

»Das ist der Rest der alten Brücke von Remagen.«

»Hier war eine Brücke?«

»Allerdings.« Alban musste sich wieder einmal über den Mangel an Bildung bei der jüngeren Generation wundern. »Sie hat im Zweiten Weltkrieg eine dramatische Rolle gespielt und wurde zerstört. Es gibt sogar einen Hollywood-Kriegsfilm darüber. Auf der anderen Seite stehen auch solche Türme. Darin ist heute ein Museum untergebracht, soweit ich weiß. Und dann gab es noch ein Kriegsgefangenenlager auf der anderen Rheinseite.«

»So romantisch wie in Eichendorffs Geschichte ist es hier also auch wieder nicht«, sagte Simone. »Wo hat Dagmar Dennekamp denn nun gewohnt?« Offensichtlich hatte sie keine Lust auf eine Geschichtsvorlesung. Außerdem war ihr deutlich anzusehen, dass sie es hier ziemlich ungemütlich fand. Daran war nicht nur das bedrückende Bild schuld, das sich ihnen bot, sondern auch der scharfe Wind, der um die Ecken fegte. Simone hielt mit der rechten Hand schützend den Kragen ihrer Jacke geschlossen. Mit der linken umfasste sie die Mappe mit der Partitur und Dagmars letztem Tagebuch.

»Hier lang«, sagte Alban.

Sie folgten der Bahnhofstraße, die schnurgerade ins Zentrum des Örtchens führte. Alles wirkte verlassen. Zwanzig Minuten war man hier von Bonn entfernt, und die Welt schien stillzustehen.

Alban behielt die Hausnummern im Auge, und schließlich hatten sie die richtige Adresse gefunden. Ein weißes Haus mit einer Hofeinfahrt, die mit einem niedrigen Tor geschützt war. Auf der anderen Seite des Hofes lagen zwei Garagen, über denen eine Wohnung mit einem kleinen Balkon zu erkennen war.

»Hier ist es«, sagte Alban. »Nun müssen wir die Leute wieder aus der Sonntagsruhe klingeln.«

»Ich denke, wir sollten sogar noch weitergehen, sonst erzählen sie uns doch nichts.«

»Wie meinst du das?«

»Wir könnten uns als Verwandte von Dagmar Dennekamp ausgeben. Verwandte, die mal sehen wollen, wie sie so gelebt hat. Entfernte Verwandte, die sie kaum gekannt haben. Denk dran, was ich dir neulich über die Legende erzählt habe, die sich ein Detektiv zurechtlegen muss.«

Ehe Alban etwas sagen konnte, drückte Simone auf den Klingelknopf, neben dem ein verwaschenes Schild den Namen der Bewohner anzeigte: Preußer. Irgendwo im Haus schrillte es ziemlich laut. Kurz darauf öffnete eine Frau in einem cremeweißen Häkelpullover und Jeans die Tür, kam aber nicht ans Tor.

»Ja bitte?«, sagte sie und blickte Alban und Simone misstrauisch an.

»Entschuldigen Sie bitte die Störung. Sind Sie Frau Preußer?«, fragte Alban.

»Preußler.« Die Frau nickte.

»Frau Preußler, mein Name ist Alban. Ich bin, das heißt, ich war ... ein Onkel von Frau Dennekamp. Stimmt es, dass sie hier gewohnt hat?«

Die Frau nickte wieder, sagte aber nichts.

»Meine ... Tochter und ich sind zufällig in der Gegend, und wir wollten einfach mal sehen, wie Dagmar so gelebt hat. Wir haben sie nach ihrer Zeit in Bonn leider aus den Augen verloren, und dann haben wir erfahren, dass sie umgekommen ist.«

»Ja«, sagte die Frau und deutete auf den Anbau über der Garage. »Dahinten hat sie gewohnt.«

»Sie hat sich hier wahrscheinlich sehr wohl gefühlt«, sagte Alban.

Die Frau bewegte sich keinen Millimeter von der Stelle, und es schien ihr nichts auszumachen, die Unterhaltung quer über den Hof zu führen.

»Ja. So eine nette Frau.«

»Ich habe gehört, sie hat oft Spaziergänge unternommen. Hatte sie da besondere Ziele?«

Die Frau zuckte mit den Schultern. »Weiß ich nicht. Den Rhein entlang. Ist ja schön hier.«

»Ein wunderbares Fleckchen Erde«, schwärmte Alban und spürte selbst, wie verkrampft er klang.

Frau Preußler nickte. »Ich würde Ihnen das dahinten gern zeigen, aber wir haben wieder vermietet.«

Alban winkte ab. »Selbstverständlich, Frau Preußler. Vielen Dank. Dann werden wir mal durch Ihr nettes kleines Örtchen noch einen Spaziergang machen. Schönen Sonntag noch.«

»Na, das hast du ja prima hingekriegt, du Meisterdetektiv«, sagte Simone. »Das hätte man wirklich besser machen können.«

»Ach ja? Und wie?« Alban war verärgert, mehr über sich selbst als über Simone.

»Fragen stellen. Ob sie ihre Miete pünktlich bezahlt hat. Ob sie noch was schuldig war. Ob da noch Nebenkosten offen sind zum Beispiel. Über so was freuen sich die Leute. Schon hätte sie uns hereingebeten.«

»Das hättest du auch vorher sagen können.«

»Es ist mir eben erst eingefallen.«

»Und was fällt dir *jetzt* ein? Ich meine, was machen wir als Nächstes?«

Sie sah sich um. »Gehen wir erst mal weiter. Die Leute, die hier wohnen, haben uns sicher schon fest im Blick. Wir müssen die Rolle der harmlosen Angehörigen weiterspielen.«

Langsam spazierten sie auf der Straße in Richtung Ortskern. Simone schlug Dagmar Dennekamps Tagebuch auf.

»Gut, dass wir das mitgenommen haben.« Alban sah, dass sie die Seite mit dem Gedicht über das »Gift der Engel« aufschlug. »Wir sollten diesen letzten Text gleich noch mal in Ruhe durchgehen. Jetzt, da wir uns dort befinden, wo sie ihn geschrieben hat.« Sie erreichten den kleinen Platz mit den restaurierten Fachwerkhäusern.

»Das ist aber hübsch hier«, sagte Simone und bewunderte den Brunnen und das Mosaik im Boden. »So was erwartet man gar nicht, wenn man auf der Bundesstraße vorbeifegt.«

Alban musste ihr zustimmen. Im Sommer war es aber sicher noch schöner.

»Schau mal hier«, sagte Simone und näherte sich einem der Fachwerkhäuser. In der Mauer gab es eine kleine Holzklappe mit der geschnitzten Aufschrift »Erpeler Peepshow.« Sie zog daran, und ein lautes Zwitschern ertönte.

»Netter Gag.« Sie drückte die Klappe wieder zu. »Die Leute hier haben Humor. Auch wenn man von ihnen selbst nichts zu sehen kriegt.«

»Die lassen sich ja wirklich was einfallen, um die Touristen zu unterhalten«, sagte Alban.

»Also«, sagte Simone, wieder ernst. »Schauen wir uns den Text mal an.«

Langsam, deutlich, aber nicht zu laut las sie das Gedicht vor.

»Wenn mich nicht alles täuscht, steht da oben auf dem Felsen, den sie Erpeler Ley nennen, ein Kreuz. Das passt. Und am Anfang ist von verwinkelten Gassen die Rede, die es hier ebenfalls gibt. Dann geht es darum, dass sie auf die andere Seite des Stromes strebte. Sie hat also den Fluss überquert.«

»Ja, von einer Nixe getragen«, zitierte Alban. »Sehr realistisch. Glaubst du, dass wir eine Meerjungfrau finden, die uns auf die andere Seite bringt? Simone, das ist ein Symbol. Du kannst diesen Text nicht wortwörtlich nehmen. Ich denke, ich habe dir das eben bei der Eichendorff-Geschichte erklärt.«

»Aber wenn es doch passt! Kein Dichter schreibt etwas einfach so. Hast du das nicht vorhin im Auto selbst gesagt? Wir sollten uns mal am Rheinufer umsehen.«

»Noch nie hat jemand im Rhein eine Nixe gesehen«, brummte Alban und schüttelte den Kopf.

Simone ging einfach weiter, und Alban folgte ihr.

Neben dem alten Rathaus, das er gestern schon bewundert hatte, fanden sie einen Fußweg, der zu einem Torbogen führte. Es war ein Durchgang in der Stadtmauer; dahinter flitzten Autos vorbei. Als sie ihn durchquert hatten, standen sie an der Rheinuferstraße. Es war nicht so einfach, hinüberzukommen, so dicht war der Verkehr. Sie legten einen kleinen Sprint hin. Dann standen sie am Rhein – vor einer graubraunen, glänzenden Wassermasse, die scheinbar völlig bewegungslos dalag. Auf der anderen Seite drängten sich die Häuser von Remagen vor bewaldeten Hügeln.

»Das Rheintal, wie wir es lieben«, sagte Alban. »Und wie es Dagmar Dennekamp liebte. Und wie willst du jetzt weiterkommen?«

»Sie spricht von einem Lande jenseits des Stroms«, sagte Simone. »Und da ist ein Bootssteg.«

»Fähre nach Remagen«, las Alban auf einem Schild. »So was brauchen die hier. Es gibt ja weit und breit keine Brücke.«

Simone kniff die Augen zusammen. Offenbar versuchte sie, etwas auf der anderen Seite des Flusses zu erkennen. Alban fixierte ebenfalls das andere Ufer und erkannte ein Boot mit langer Kabine, das dort angelegt hatte.

»Da, ein Fahrplan«, sagte Simone. Hinter einer Glasscheibe hing ein Zettel mit Fahrzeiten. Darüber gab es eine Bierwerbung von Steffens Pilsener.

»Wir brauchen uns die Zeiten gar nicht genau anzusehen.« Sie wies auf ein orangefarbenes Blatt, das darunter geklebt war. »Fährbetrieb sonn- und feiertags nach Bedarf ohne Pause von 10 Uhr bis 18.45 Uhr.« Sie ging ein Stück zur Seite, um vom anderen Ufer gut sichtbar zu sein. Dann fing sie an zu winken. »›Nach Bedarf‹, steht da. Melden wir unseren Bedarf mal an. Hoffentlich kann er uns sehen.«

»Moment«, rief Alban. »Wer sagt denn, dass wir auf die andere Seite wollen?«

»Ich denke, wir folgen Dagmars Wanderung, wie sie in dem Gedicht beschrieben ist?«

»Wir sind uns doch gar nicht so sicher, dass sie darin eine eigene Wanderung beschrieben hat. Noch dazu eine, die genau hier stattgefunden haben soll.«

»Lass es uns einfach versuchen.«

Alban nahm ihr das Tagebuch aus der Hand und las die Stelle nach. »Das mit den verwinkelten Gassen kann ich ja noch nachvollziehen. Und was sie mit ›dem Lande jenseits des Stroms‹ meinte, auch. Daraus könnte man schließen, dass sie auf der anderen Seite war. Aber das mit der Nixe ist doch Fantasie. Hier fängt ein Traum an, und die Realität hört auf. Und das bedeutet nichts anderes, als dass sie nur in ihren Gedanken da drüben war. Nicht in Wirklichkeit.«

»Ich glaube, der Fährmann hat uns gesehen.« Simone winkte wieder.

Alban kniff die Augen zusammen. Es stimmte: Das Bötchen hatte abgelegt, und der Bug drehte sich langsam Richtung Erpel.

»Wenn du unbedingt eine kleine Bootstour willst ... Mir soll's recht sein.«

»Ich glaube, du solltest dir das Boot mal genauer ansehen«, rief Simone.

Die Fähre war gerade angekommen. Der Dieselmotor tuckerte. Der Geruch nach Öl und Abgasen schlug Alban entgegen. Ein alter Mann an der Reling lächelte ihnen zu und vertäute das Boot. Plötzlich sprang Alban in die Augen, was Simone meinte. In roten Buchstaben war der Name des Bootes aufgemalt.

Er lautete »Nixe«.

Über eine kleine Treppe gelangten sie in die vibrierende Kabine und nahmen auf einer der plastikbezogenen Bänke Platz. Als das Boot anfuhr, stellte der Mann das Radio lauter. Schlagermusik wetteiferte mit dem Brummen des Dieselmotors.

Alban blickte auf das Rheinpanorama hinaus. Rheinabwärts, etwas von Remagen entfernt, drängte sich eine Kirche an den Berg. Er blätterte noch mal in dem Tagebuch und las die Stelle, an der die »Nixe« erwähnt wurde: »Von der Nixe getragen im glänzenden Licht, hinüber wo Kirche und Kreuz hoch am Berge einander sich grüßen, von den Schwänen willkommen geheißen.«

War das die Kirche, die von hier zu sehen war? Alban kannte sie. Es war die Apollinariskirche, ein neogotischer Bau aus dem 19. Jahrhundert.

Nach ein paar Minuten legte das Boot an. Alban war nicht besonders überrascht, als er beim Aussteigen zwei Schwäne auf dem Wasser sah.

»Wenn sie wirklich mit der Fähre über den Rhein gefahren ist, hat sie mit ihren nächtlichen Ausflügen schon am frühen Abend begonnen«, sagte Alban, als sie auf der Rheinpromenade standen. »Und ist erst morgens zurückgekehrt.«

»Warum auch nicht? Sie hatte ja tagsüber nichts zu tun.« Sie zeigte auf eine große Schautafel, auf der Remagen und seine Wanderwege eingezeichnet waren. Von links oben nach rechts unten schlängelte sich der Rhein, darunter breiteten sich grüne Flächen aus. Unter dem Ort Remagen nahm ein kreuzförmiges Gebilde einen Großteil der Karte ein. Es war die Stelle, wo die Bundesstraßen 9 und 226 zusammenkamen.

»Suchst du was Bestimmtes?«, fragte Simone.

»*Dem Kreuze entgegen, vorbei an den stillen Bildern der Andacht, hinan wo der heilige Prediger mahnend wacht* … Ich glaube, ich weiß, was das heißen könnte.«

Jetzt war es Alban, der forsch voranschritt.

»Du wirst ja richtig sportlich«, rief Simone.

»Das ist auch nötig bei der Tour, die wir vorhaben.«

Er wandte sich nicht der langen Straße mit den Häuserfronten zu, die am Rhein entlanglief, sondern er bog gleich in die erste Querstraße in den Ort hinein. Sie folgten einer leeren Fußgängerzone bis zu einem freien Platz mit Bäumen mit einem Springbrunnen und einem historischen Gebäude im Hintergrund. »Rathaus« stand unter dem Giebel.

Alban marschierte stramm weiter. Er spürte unter seinem Mantel eine sich langsam ins Unerträgliche steigernde Wärme. Er widerstand dem Drang, ein paar Knöpfe zu öffnen, denn er wollte keine Erkältung riskieren. Trotzdem drosselte er das Tempo nicht, sondern bog schnurstracks in eine weitere Straße ein. Sie näherten sich einer breiten Treppe, die in einen Fußgängertunnel unter Bahngleisen führte. Als er die Treppe auf der anderen Seite hinter sich gebracht hatte, musste er innehalten. Sein Herz raste, der Schweiß rann ihm die Schläfen hinunter.

»Bist du okay?«, fragte Simone, und ihre Stimme klang besorgt.

»Alles in Ordnung«, brachte er gepresst hervor und öffnete wenigstens die beiden oberen Knöpfe seines Mantels.

»Schau mal, was hier steht.« Simone deutete auf ein pfeilförmiges Schild. »Wanderweg nach Bad Neuenahr. Und zur Apollinariskirche. *Hinaus aus des Lebens grauem Getriebe, dem Kreuze entgegen, vorbei an den stillen Bildern der Andacht* …« Simone konnte den Text offenbar ebenfalls bereits auswendig. »Was sie wohl mit den Bildern gemeint hat?«

Alban, der sich wieder etwas gefangen hatte, lächelte triumphierend. »Die werden gleich kommen.«

Sie gingen in die Richtung, die das Schild ihnen wies. Kurz darauf kamen sie an einer kleinen Kirche vorbei, die Simone für die Apollinariskirche hielt. Doch Alban winkte ab. »Das ist nur eine kleine Kapelle.«

Die Straße endete in einem Wendehammer, von dem ein Fußweg weiter bergauf führte. Auf der linken Seite erhob sich eine steile, graubraune Felswand, auf der rechten versperrte eine Mauer aus Natursteinen die Sicht. Dahinter rauschte der Verkehr auf der Bundesstraße. Alban deutete auf etwas Weißes, das sich auf der linken Seite des Weges erhob.

»Nun, was ist das wohl?«, fragte er und konnte dabei einen oberlehrerhaften Tonfall nicht unterdrücken.

»Ein Heiligenbild?«

»Unten siehst du eine römische Zahl«, half Alban nach.

»Eine Eins.«

»Und oben, unter dem kleinen Dach, ist etwas dargestellt.«

Simone nahm das kleine Metallrelief in Augenschein, das auf der weiß getünchten Fläche angebracht war. »Menschen, die herumstehen«, stellte sie fest.

»Es sind nicht irgendwelche Menschen«, sagte Alban. »Zwei davon sind Pontius Pilatus und Jesus Christus. Die Szene stellt dar, wie Jesus zum Tode verurteilt wird. Es ist die erste Station eines Kreuzweges.«

Simone nickte. »Ach …«

»Der Kreuzweg führt zur Kirche hinauf. Er besteht insgesamt aus vierzehn Stationen. Jede Station stellt ein Ereignis der Passion Christi dar. Dagmar Dennekamp hat wahrscheinlich diese Darstellungen gemeint, als sie von Bildern der Andacht schrieb.«

Simone nickte. »Das passt. Die Frage ist nur, was der Rest bedeuten soll.« Sie schlug das Buch wieder auf. *»Hinan wo der heilige Prediger mahnend wacht, und weiter den engen Pfad gegangen, wo Maria den Eingang zu deinem Reich, Geliebter, bewacht. Hast auch du einst den Weg des Stromes genommen, du Ferner, Engelsgleicher?«*

»Wenn wir die Stelle mit Maria finden, haben wir den Schlüssel. Dahinter muss das liegen, was wir suchen.«

Die sechste Station lag in einer dramatischen Haarnadelkurve. »Veronika reicht Jesus das Schweißtuch«, erklärte Alban. Zum Glück habe ich auch eins, dachte er, zog sein Stofftaschentuch heraus und tupfte sich das Gesicht ab.

Die Mauer auf der rechten Seite war hier niedriger und gab den Blick auf den Rhein frei. Sie blieben stehen und betrachteten die Landschaft. Jenseits des Flusses erhob sich der Drachenfels als dunkler Schatten, und dahinter wellten sich die bläulichen Umrisse des Siebengebirges. Alban bedankte sich im Stillen für die Pause.

»Tief durchatmen«, sagte Simone. »Am besten, du beugst dich etwas nach vorne. Schau mal, so.«

Sie begann mit Dehnübungen. Alban verzichtete darauf, mitzumachen, sah ihr lieber zu und kämpfte gegen das heftige Verlangen, sich den Mantel vom Leib zu reißen.

»Weiter geht's«, rief Simone und setzte sich wieder in Bewegung. »Meine Güte, was für eine Aussicht.«

Alban dachte, Simone meinte den Blick über das Rheintal, doch dann erkannte er die Apollinariskirche, die zum Greifen nah über ihnen aufragte. Es war ein Bau, der in einen Schauerroman gepasst hätte. Steile schlanke Türme, hochgezogene Fenster mit Spitzbögen. Graubraunes Mauerwerk. Das Ganze umgeben von dunklen Nadelbäumen. Wie auf Kommando flog hinter der Kirche, die drohend auf sie herabzusehen schien, ein Schwarm Rabenkrähen in den Himmel auf.

»Wir sind auf dem richtigen Weg«, sagte Alban. »Romantik und Religion – das war die Mischung, die Dagmar Dennekamp fasziniert hat. Und ich habe so eine Ahnung, was die nächste Etappe sein könnte.«

»Tatsächlich?«

»Ich bin hier schon einmal gewesen. Es ist allerdings lange her.«

»Bist du schon mal auf den Spuren einer religiösen Frau gewandelt?«

»So ähnlich.«

Alban wollte nicht darüber sprechen, dass er schon wieder auf eine Parallele zwischen Dagmar Dennekamp und Lea gestoßen war. Man hätte fast den Eindruck haben können, dass sie sich gekannt hatten. Die Erkenntnis traf ihn wie ein Blitzschlag. Natürlich! Vielleicht war das ja sogar der Fall gewesen! Es war zumindest nicht ausgeschlossen. Vielleicht hatte Dagmar Dennekamp Leas CD nach einem Konzert gekauft. Immer wenn Lea Klavierabende gab, war die CD angeboten worden.

Endlich kamen sie an der Kirche an. Sie stand groß, mächtig und düster vor ihnen. Simone ging auf die wuchtige Pforte zu und drückte die Klinke herunter. »Abgeschlossen.«

»Das macht nichts.«

Sie sah ihn überrascht an. Nirgendwo in ihrem Gesicht war auch nur ein einziger Schweißtropfen zu sehen. »Wieso? Ich dachte, wir suchen jetzt einen Heiligen oder einen Prediger? Gibt's davon nicht Bilder in einer Kirche?«

»Der Prediger ist woanders.« Immer noch außer Atem, überquerte Alban langsam den kleinen Platz. Simone folgte und sah sich neugierig um. Neben der Kirche lag ein kleines eingezäuntes Areal. Schmiedeeiserne Pfähle zeigten spitz nach oben. Hinter dem verschlossenen Tor führte eine breite Treppe in die Tiefe bis zu einer großen hölzernen Tür. Simone blickte hinunter. »Ist das eine Gruft?«, fragte sie.

Alban deutete auf einen Stein, der im hinteren Bereich hervorragte. »Da steht es.«

Sie gingen näher heran. Eine Inschrift verkündete: »Ruhestätte der Gräflichen Familie von Fürstenberg-Stammheim«.

»Man fühlt sich wie in eine alte Zeit zurückversetzt«, sagte Simone.

Alban nickte. So ähnlich hatte es Lea auch ausgedrückt, als sie damals hier gewesen waren. Lea war der Ansicht gewesen, dass die Szenerie perfekt zu der Musik passte, die sie so gern spielte. Und es war hier gewesen, wo sie zum ersten Mal den Plan gefasst hatte, eine Aufnahme mit romantischer Klaviermusik zu machen. Die Bilder, die nach und nach vor Albans geistigem Auge auftauchten und die er so lange verdrängt hatte, wurden immer deutlicher, als würde sich eine Nebelbank auflösen. Und je klarer das Bild wurde, desto schmerzhafter wurde es.

»Nikolaus, was hast du?«

Lea, die in Albans Vorstellung eben noch hier gestanden hatte, verschwand. Simone sah ihn verwirrt an. »Du bist auf einmal so abwesend.«

»Ich habe nachgedacht. Was hast du gesagt?«

»Ich hatte dich gefragt, was das für eine gräfliche Familie ist, die hier begraben liegt.«

Alban atmete tief durch und konzentrierte sich auf die Fakten, die er irgendwann einmal nachgelesen hatte.

»Diese Grafen haben die Kirche gebaut. Ich glaube, Mitte des 19. Jahrhunderts.«

»Dann ist sie nicht aus dem Mittelalter?«, wunderte sich Simone.

»Nein. Den Stil dieser Kirche nennt man Neogotik. Nachgemachtes Mittelalter. Es hat hier aber früher mal eine Kirche gegeben. Und ich glaube, in der Antike einen Tempel. Jedenfalls ist die Anlage, so wie sie ist, diesen Grafen zu verdanken. Darüber hinaus ist das hier auch eine Pilgerstätte. Sie ist dem heiligen Franziskus gewidmet.«

Alban musste sich einen Moment orientieren, dann führte er Simone an eine steile Treppe. Eiserne Geländer links und rechts boten Halt. Trotzdem war nicht zu übersehen, dass es äußerst anstrengend sein würde, die Steigung zu erklimmen.

»Da müssen wir rauf«, sagte er.

»Ist da oben der Rest des Kreuzweges?«

»Der Kreuzweg war an der Kirche zu Ende. Das hier ist Dagmars persönliche Fortsetzung.«

Er riss sich zusammen und machte sich an den Aufstieg. Simone hielt ohne sichtbare Anstrengung mit. Die Treppe führte um eine Kurve in den Wald. Kurz darauf standen sie einer riesigen Steinstatue gegenüber. Es war ein bärtiger Mann in Mönchskutte, der sie mit der erhobenen rechten Hand zu grüßen schien. Efeu wuchs an der Figur empor und bedeckte fast vollständig die Inschrift, die in das Podest gemeißelt war. Trotzdem war noch lesbar, dass es sich um den heiligen Franziskus handelte.

Alban ließ sich auf einer der Bänke nieder, die vor dem Denkmal standen. »Da haben wir nun unseren Prediger«, sagte er keuchend.

»Wow«, entfuhr es Simone.

»Die Wanderung, die Dagmar Dennekamp in dem Gedicht beschreibt, ist noch nicht zu Ende. Wir müssen dem Weg weiter folgen. Lass mich aber erst mal zu Atem kommen.«

Sie gingen durch herbstlichen Mischwald über eine Schicht aus gelben und braunen Blättern. Der Weg war zum Glück nicht mehr so steil.

»Sieh mal, dahinten«, sagte Simone plötzlich.

Kurz darauf kamen sie an einer Straße heraus. Sie standen mitten in einer scharfen Kurve. Alban wunderte sich. War Dagmar Dennekamp an einer so unromantischen Autostraße entlanggewandert? Hatten sie eine Abzweigung im Wald übersehen?

»Halten wir uns bergauf«, schlug er vor. »Lass uns einfach ein Stück gehen, um uns zu orientieren.«

Der Weg durch die Kurve war weiter, als Alban vermutet hatte. Ab und zu brauste ein Wagen vorbei, und sie mussten sich an den Straßenrand drängen. Dort häufte sich Müll: Getränkedosen, Plastikverpackungen, Papier.

»Dahinten stehen Autos«, sagte er nach einer Weile.

Neben der Straße lag ein Parkplatz aus platt gewalztem Schotter. Weiter hinten war ein Gebäude zu erkennen.

»Schau mal«, sagte Simone, als sie angekommen waren. Sie deutete auf einen rot getünchten Bildstock, der ein Stück von der Straße entfernt stand. Unter einem kleinen schrägen Giebeldach stand eine Marienfigur. Zu ihren Füßen brannte ein ewiges Licht. »Heilige Maria, bitte für uns« stand darunter.

»Ich schätze, wir haben gefunden, was wir gesucht haben«, sagte Simone. »Was könnte Maria bewachen? Vielleicht das Haus dahinten? Ob dort Dagmar Dennekamps Geliebter wohnt?«

Alban blickte zu dem Gebäude. »Das ist das sogenannte Waldschlösschen. Ich glaube, das war früher mal ein Gasthaus.«

»Sieht aber nicht wie ein Schlösschen aus«, fand Simone, als sie näher gekommen waren. »Eher wie ein kleiner Bauernhof im Wald.«

Es gab ein Hauptgebäude an der Straße und ein paar niedrige Bauten – wahrscheinlich Ställe. Auf einer kleinen Weide standen zwei Pferde, ein braunes und ein braun-weiß geschecktes.

Simone wies auf ein Transparent, das am Zaun angebracht war. »Wellness und Kosmetik«, las sie vor. »Das Waldschlösschen ist eine Beautyfarm.«

Alban ging zum Eingang und klingelte. Niemand öffnete. »Auch hier ist Sonntag«, stellte er fest.

»Ich kann mir nicht vorstellen, dass Dagmar Dennekamp dieses Haus gemeint hat«, sagte Simone. »Sie hätte dafür doch sicher irgendeine Bezeichnung gefunden, die in das Gedicht eingeflossen wäre.«

Sie sahen sich auf dem Parkplatz um. Hier stand die gleiche Wanderkarte, die sie schon unten am Rhein gesehen hatten. »Meine Güte, wir sind ja wirklich dumm«, sagte Alban plötzlich.

»Wieso? Sind wir falsch?«

»Im Gegenteil. Was das Marienbild dahinten bewacht, ist völlig offensichtlich.« Er deutete auf eine geschlängelte weiße Linie. »Das ist die Straße, die von Remagen hier heraufführt und an der wir ein Stück entlanggelaufen sind. Hier ist die Kurve, siehst du?«

»Und?«

»Dann kommt hier ein kleines Kreuz. Das ist das Marienbild. Das Waldschlösschen liegt ein Stück weiter.« Alban hielt den Finger darauf. Die Gebäude waren als kleine schwarze Rechtecke eingetragen. »Jetzt schau dir mal das Gebiet nördlich von hier an. Da ist nur noch Wald. Alles grün. Nur ein paar schwarze Linien dazwischen, die Wanderwege darstellen. Wenn man gleich hinter dem Heiligenbild in den Wald geht, gelangt man schnurstracks in diese Region hinein.«

»Worauf willst du hinaus?«

»Schau mal, was hier eingetragen ist.«

Alban deutete auf den Schriftzug, und es war Simones Miene deutlich anzumerken, dass ihr dämmerte, worum es ging.

»Dagmar Dennekamp«, sagte Alban, »beschrieb ihren Geliebten in dem Gedicht mit den Worten ›… bist verdammt, die Poesie im Verborgnen, im Tal der Tauben, zu leben …‹ Ich hatte mir vorgestellt, sie meint mit dem ›Tal der Tauben‹ einen Ort mit Menschen, die nichts von Poesie verstehen, die sozusagen taub dafür sind. Es ist aber ganz anders gemeint.«

»Tatsächlich«, sagte Simone verblüfft und starrte auf die Karte. »Du hast recht. Da steht ›Taubental‹.«

Alban nahm noch einmal den Plan ins Visier und versuchte sich einzuprägen, wie sie gehen mussten. Dann folgten sie dem Pfad.

Wenn Alban heute Morgen jemand prophezeit hätte, dass er noch am selben Tag eine solche Wanderung unternehmen würde, hätte er ihn für verrückt erklärt. Aber die Hoffnung, vielleicht noch heute einen Teil des Rätsels zu lösen, beflügelte ihn so sehr, dass er über seine mittlerweile recht heftig gewordenen Schmerzen in den Beinen und im Rücken hinwegsah.

Um sie herum gab es nichts als dicht an dicht stehende Bäume, darunter eine dicke weiche Schicht gelber Blätter. Der Weg war eine schmale Schneise. Ein Gewirr aus sich überkreuzenden kahlen Ästen verbarg den Himmel.

Alban sah auf seine Armbanduhr. Er hatte das Gefühl, der Tag sei schon zweimal herumgegangen, dabei war es erst halb vier. Noch etwa zwei Stunden hatten sie zur Verfügung, bis die Dunkelheit hereinbrach.

Es war still geworden. Nur das gedämpfte Rascheln ihrer Schritte war zu hören. Manchmal krachte etwas in den Ästen oder eine Eichel fiel zu Boden. Ab und zu mussten sie über quer liegendes totes Holz steigen.

»Was machen wir, wenn es hier nichts gibt als Wald, Wald und noch mal Wald?«, fragte Simone irgendwann. »Wenn die Dichterin einfach nur sagen wollte, dass sie hier oben mit einem Geliebten unterwegs war?«

Alban wusste keine Antwort. Der Weg wirkte so einsam, als gäbe es keinen entlegeneren Ort auf der ganzen Welt. Die fernen Geräusche aus dem Rheintal, die er auf der Wanderung bis zum Parkplatz immer noch wahrgenommen hatte, waren nicht mehr zu hören. Er versuchte sich Dagmar Dennekamp vorzustellen. Wie sie diesen Weg gegangen war. Eine Frau hier ganz allein …

Hatte sie wenigstens eine Taschenlampe dabeigehabt? Sicher nicht. Sie hatte sich bestimmt klare Vollmondnächte ausgesucht. Wie mochte es dann hier aussehen? Im Sommer, wenn dichtes Laub die Bäume bedeckte?

Es war sicher noch viel verwunschener. Man war vollkommen von der Nacht eingehüllt. Der Mond mochte irgendwo hinter den Ästen am Himmel stehen, aber sein Licht traf den Weg nur als ferne, silbrige Ahnung. Wenn überhaupt.

Der Pfad, der bisher geradeaus verlaufen war, ging in eine große Biegung über. Sie hatten gerade ein Stück der Kurve hinter sich gebracht, da bemerkte Alban so etwas wie eine weitere Spur, die nach rechts zwischen den Bäumen hindurchführte und sich irgendwo verlor.

Er blieb stehen. Es war nicht zu erkennen, ob der Pfad, wenn es überhaupt einer war, weiterging als zehn oder zwanzig Meter.

»Wollen wir einfach mal da reingehen?«, fragte Simone.

Alban überlegte. Wenn sie jede Abzweigung, an der sie vorbeikamen, ausprobierten, würde sie das zu lange aufhalten.

»Wir sollten erst mal sehen, wohin der Hauptweg führt«, sagte er. »Gehen wir lieber noch ein Stück.«

Sie setzten sich wieder in Bewegung. Es folgte eine weitere Kurve. Der Weg schien jetzt Schlangenlinien zu beschreiben. Außerdem stieg das Gelände deutlich an.

»Ich schlage vor, wir trennen uns. Du folgst dem Weg hier und siehst nach, ob du irgendwas entdeckst. Ich prüfe, ob das hinten an der Abzweigung wirklich ein Weg ist. In zehn Minuten treffen wir uns wieder hier.«

Simone nickte. »Alles klar.«

Alban stapfte zurück. Er bog in den schmalen Pfad ab. Obwohl es so eng war, dass die Äste an seinem Mantel schabten, glaubte er, dass es sich um einen richtigen Weg handelte. Und ein richtiger Weg hatte auch ein richtiges Ziel.

Stur folgte er der kleinen Schneise, die ihn mal nach rechts, mal nach links führte. Nach und nach veränderte sich etwas. Der Wald wurde lichter. Der graue Himmel wurde sichtbar, und dann trat Alban ins Freie. Er stand auf einer felsigen Terrasse. Der Ausblick ging auf bewaldete Hügel und Himmel. Kein Haus. Keine Stromleitung. Kein Zeichen von Zivilisation. Das Rheintal versteckte sich irgendwo.

Man könnte glauben, man wäre ganz allein auf der Welt, dachte Alban.

Der Pfad führte in kleinen Serpentinen steil den kahlen Berg hinunter, bevor er ein gutes Stück weiter unten wieder zwischen Bäumen und Büschen verschwand.

Stell dir vor, es ist Nacht, dachte Alban. Der Mond steht am Himmel. Hell, fast blendend. Die weiten Hügel wirken wie mit Silber überzogen. Kilometer über Kilometer nichts als rauschende Blätter.

Er kam auf einen weiten und freien Bergrücken, der nur mit kleinem Gesträuch bewachsen war. Der Mond schien sehr hell, und der plötzliche Anblick des freien, grenzenlosen Himmels erfreute und stärkte sein Herz. Die Ebene musste sehr hoch liegen, denn er sah ringsumher eine dunkle Runde von Bergen unter sich ruhen.

Wo war das Zitat hergekommen? Es war, als habe sich in seinem Inneren eine verborgene Tür geöffnet. Ahnung und Gegenwart, dachte Alban. Was flüstert mir jetzt diese Worte ein?

So, sagte Friedrich, dessen Herz recht weit und vergnügt war, so muss vor vielen hundert Jahren den Rittern zumute gewesen sein, wenn sie bei stiller, nächtlicher Weile über diese Berge zogen und auf Ruhm und große Taten sannen …

Wenn jemand trunken von Eichendorff war, konnte er sich hier durchaus in diese romantische Welt hineinsteigern. Vor allem in hellen Sommernächten …

Er blieb in den Anblick der weiten Hügel versunken. Dann ertappte er sich dabei, wie seine Augen einem kleinen schwarzen Punkt folgten, der sich weit oben am Himmel bewegte. Ein einsamer Vogel, der seine Kreise zog.

Alban erschrak, als plötzlich jemand hinter ihm aus dem Wald kam. Er dachte, es sei Simone, die ihm gefolgt war. Doch dann trat ein bärtiger alter Mann auf den Vorsprung, blickte sich um und lächelte Alban freundlich an. Ein Wanderer. Einer von der altmodischen Sorte. Kniebundhosen aus Cord, dickes Flanellhemd, ein großer grauer Rucksack, wie ihn Alban als Kind besessen hatte. Auf der Brust baumelte ein schwarzes Fernglas.

»Das ist eine Aussicht, was?« Die Stimme war tief und volltönend.

Alban nickte und deutete auf den Weg, der den Berg hinunterführte. »Können Sie mir sagen, wo man dort hinkommt?«

Der Mann sah Alban an. »Haben Sie sich verlaufen?«

»Nein. Aber es wäre schön, nicht auf demselben Weg zurückzukehren.«

»Wo sind Sie denn losgegangen?«

Alban erklärte, wie sie von Remagen aus hier heraufgekommen waren.

»Dort unten kommen Sie schon nach Remagen zurück. Allerdings müssen Sie an dem Anwesen vorbei. Geben Sie acht, dass Sie den Weg nicht verfehlen.«

»Was für ein Anwesen?«

»Es gibt da ein großes altes Haus. Halten Sie sich immer nahe der Mauer, bis sie an das Tor kommen. Von dort führt ein Weg ins Rheintal hinunter.«

»Wohnt in dem Anwesen jemand?«

»Seit Jahren nicht mehr.«

Alban bedankte sich und wandte seinen Blick wieder der Landschaft zu. Irgendwann sah er auf die Uhr und erschrak. Aus den zehn Minuten war fast eine halbe Stunde geworden. Er wandte sich um und wollte in den Wald zurück. Da sah er zwischen den Bäumen eine Bewegung. Es war Simone. Er konnte ihrem Gesicht ansehen, dass sie verärgert war.

»Da warte ich und warte ... Der Weg war da oben übrigens zu Ende.«

»Ich habe jemanden gefunden, der mir den Weg runter nach Remagen beschrieben hat. Der Herr ist auch hier unterwegs.«

»Welcher Herr?«

Alban drehte sich um. Der Wanderer war nicht mehr zu sehen.

»Aber da war jemand! Ich habe doch mit ihm gesprochen!«

Simone schüttelte den Kopf.

»Seltsam. Wenn er in den Wald zurückgegangen wäre, hätte er dir begegnen müssen. Und hier den Hang runter hätte er es in den paar Sekunden kaum schaffen können.«

Sie hatten die steilen Serpentinen hinter sich gelassen und standen an der Stelle, wo der Weg in einen dunklen Waldtunnel führte.

»Hauptsache, er hat recht«, sagte Simone, »und wir kommen wieder zurück.«

Sie duckten sich, als sie die niedrigen Bäume passierten, und gelangten in ein kleines Tal, in dem links von ihnen in einem tiefen Graben ein dünnes Rinnsal floss. Ob sie jetzt im Taubental waren?

»Da unten geht's nicht weiter«, sagte Simone.

Alban erkannte eine bräunliche Fläche hinter den Bäumen, und als sie weitergingen, standen sie vor einer alten Natursteinmauer. Sie wirkte verwittert und war an vielen Stellen mit Flechten und Efeu überwachsen. Alban schätzte, dass sie mindestens drei Meter hoch war.

Was hatte der Mann gesagt? Sie sollten der Mauer folgen, bis sie an den Eingang kamen. Immerhin konnte man sich zwischen der Wand und den angrenzenden Sträuchern hindurchquetschen.

Simone ging voran. Der Boden war matschig. Alban, der nur Halbschuhe trug, musste aufpassen, dass er nicht zu tief einsank.

Ein Stück weiter kamen sie an einer Lücke in der Mauer vorbei.

Offenbar hatte es hier früher eine Gartenpforte oder einen Nebeneingang gegeben, der jetzt allerdings durch ein Gitter ersetzt worden war. Dahinter war ein dreistöckiges, lang gezogenes Haus zu erkennen. Es stand mitten auf einer ausgedehnten Grasfläche. Pechschwarze Fensterreihen starrten ihnen entgegen. Das Gebäude sah nicht heruntergekommen aus. Trotzdem schien es leer zu stehen.

»Lass uns weitergehen«, sagte Alban.

Der Weg schien kein Ende zu nehmen, doch dann traten sie auf einen kleinen runden Platz hinaus, der mit Kies bedeckt war. Die Mauer endete in einem eckigen hohen Pfeiler. Daneben erhob sich ein riesiges zweiflügliges Tor, dessen geschwungene Stäbe an vielen Stellen verrostet waren. Die Zufahrt verlor sich zwischen Bäumen. Das Haus war von hier nicht mehr zu sehen.

»Da kam er unerwartet an ein Tor von Eisengittern, zwischen dessen zierlich vergoldeten Stäben hindurch man in einen weiten prächtigen Lustgarten hineinsehen konnte«, sagte Alban. Rätselhaft, dass ich plötzlich von diesen Zitaten überschüttet werde, dachte er.

»Was war das denn?«, fragte Simone. »Dichtest du jetzt auch?«

»Das war eine Stelle aus dem ›Marmorbild‹. Ob dieses Anwesen etwas mit Dagmar Dennekamp zu tun hat?«

»Du meinst, darin wohnt die unheimliche Schöne, die in Wirklichkeit eine alte heidnische Göttin ist?« Simone schüttelte den Kopf. Auf dem Weg, der von dem Vorplatz talwärts führte, waren Reifenspuren zu erkennen. »Glaubst du, die Göttin fährt Auto?«

Alban trat einen Schritt vor. *»Das Tor war nicht verschlossen, er öffnete es leise und trat hinein«*, zitierte er und drückte gegen die Metallstäbe. »Leider ist es hier anders. Und eine Klingel gibt es auch nicht. Geschweige denn einen Namen.«

»Nur ein Wappen«, sagte Simone und deutete nach oben, wo sich die beiden Torflügel trafen.

Alban kniff die Augen zusammen. »Ich glaube, das sollen zwei Türme sein. Und dazwischen ein Karo. Lass uns noch mal zu dem Loch in der Mauer gehen. Vielleicht ist ja doch was Interessantes zu sehen.«

Sie schoben sich wieder an den Natursteinen entlang, bis sie an die Lücke kamen. Das Gebäude lag genauso still und stumm da wie vorher.

»Nichts«, sagte Alban.

Simone lehnte sich an die Mauer. Die Blätter des Efeus raschelten. »Das ist schon ein komischer Trip hier. Diese lange Lauferei, dann dieser Eichendorff-Kram, diese Gruselgeschichte von der Marmorstatue. Der verschwundene Wanderer. Und jetzt ein altes, unbewohntes Haus. Dunkel wird es auch langsam. Lass uns gehen. Die Fähre geht nur bis Viertel vor sieben. Wir haben nur noch eine Dreiviertelstunde, um an den Anlegeplatz zu kommen.«

»Es war ein Versuch«, sagte Alban. »Morgen kümmern wir uns um was Handfesteres.«

»Nämlich?«

»Wir besuchen das Amadeus-Studio in Köln. Und ich versuche herauszufinden, wem das Haus hier gehört.«

♪

Etwas ist geschehen.

Der Junge stand am Fenster und ließ die Zeit vorüberziehen. Die langsamen Atemzüge der Natur. Die Veränderungen der Schatten auf der Mauer. Er war völlig aufgehoben in seiner Welt, in seinem Versunkensein.

Und dann bewegte sich da draußen plötzlich etwas. Das war nicht das langsame Vorbeiziehen des Tages.

Ist sie zurückgekommen?

Der Junge wendet sich vom Fenster ab und läuft nervös durch das Zimmer. Schließlich wagt er es wieder hinauszusehen. Alles ist still und starr.

Wenn sie es gewesen ist! Wenn sie zu ihm wollte! Sein Herz rast.

Er blickt nach draußen und wartet auf eine weitere Bewegung. Schließlich lässt er sich auf das Bett fallen, und der Schmerz stürmt auf ihn ein. Sie ist fort. Für immer und ewig. Zum zweiten Mal.

Lange liegt der Junge da.

Es muss etwas geschehen. Er muss selbst etwas geschehen lassen. Er allein.

Der Junge geht wieder zurück zum Fenster. Da draußen liegt sie, die Welt, die so lange vor ihm verborgen war.

So lange.

Aber bald nicht mehr.

17

Am nächsten Morgen stiegen sie um Viertel vor neun ins Auto. Sie waren gerade von der Beethovenallee in die Plittersdorfer Straße abgebogen, da klatschten Regentropfen gegen die Scheibe.

»Sehr gut«, sagte Simone. »Der beste Grund, die Gartenarbeit heute ausfallen zu lassen.«

Alban nickte geistesabwesend. Die Nacht war wieder mal wenig erholsam gewesen. Skurrile Träume hatten ihn verfolgt – von Lea, die in einem roten Kleid im Schatten der spitzen Türme der Apollinariskirche vor irgendetwas floh. Alban hatte versucht, sie einzuholen, und war dabei viele Kilometer durch ein menschenleeres Rheintal gelaufen, bis ihm alle Glieder schmerzten. Als er aufwachte, wurde ihm klar, dass der Schmerz real war. Ein grässliches Stechen in den Oberschenkeln. Ein ausgewachsener Muskelkater.

Um kurz nach acht hatte er versucht, bei der Remagener Stadtverwaltung etwas über das einsame Haus zu erfahren. Ohne Erfolg. Er hatte den Eindruck gehabt, die Beamten verstanden gar nicht, von welchem Anwesen er sprach.

Der Regen prasselte, als sie in Köln ankamen und in eine schmale Straße in der Nähe der Severinsbrücke einbogen. Links und rechts reihten sich Mietshäuser. Man hätte kaum vermutet, dass sich hier ein Musikstudio befand.

Alban parkte den Wagen. Zusammen unter einen Schirm gedrängt, liefen sie zu der Hausnummer, die auf dem Stempel gestanden hatte. »Amadeus-Studio/Pitt« stand neben dem unteren Klingelknopf.

Alban klingelte. Es dauerte nicht lange, bis der Summer ertönte.

Sie öffneten die Tür und blickten in ein gekacheltes Treppenhaus. Alban schüttelte auf der Straße den nassen Schirm aus. Dann folgten sie einem Metallschild mit der Aufschrift »Studio« und einem Pfeil, der die Treppe hinunterwies. Vor einer geöffneten Wohnungstür stand ein junger Mann und blickte ihnen entgegen.

»Ich dachte, es wäre die Post«, brummte er.

»Leider nein«, sagte Alban.

Der Mann mochte um die dreißig sein. Er war unrasiert, und seine aschblonden Haare waren streng zu einem Zopf zusammengefasst. Er wirkte ungepflegt. Das Gesicht war picklig, und Bartstoppeln bedeckten sein Kinn. Lässig stand er da und rauchte eine selbst gedrehte Zigarette. »Was gibt's denn?«

»Sind Sie Herr Pitt?«

Der Mann nickte, und Alban zog die CD-Hülle aus der Tasche. »Ich habe eine Frage wegen einer Aufnahme, die Sie gemacht haben.«

Der Vorraum war eng, der Schirm tropfte, aber Pitt bat Alban und Simone nicht herein.

»Das ist ja nur die Box.«

»Auf dem Blatt ist Ihr Stempel.«

Pitt nahm das Blatt in Augenschein. »Offensichtlich. Da war mal eine Aufnahme von mir drin.«

»Dürfen wir vielleicht reinkommen?«, fragte Simone ungehalten.

Pitt zog an der Zigarette und öffnete die Tür. »Viel Zeit habe ich aber nicht.«

Alban und Simone betraten einen Raum mit schwarz gestrichenen Wänden, der mit Kabeln, Lautsprechern, Steckern, undefinierbaren Geräten, Notenpulten und Papierkram vollgestopft war. Auf der einen Seite war eine Glasscheibe zu erkennen. Dahinter erstreckte sich ein Mischpult mit einer ganzen Batterie von Knöpfen.

»Die CD habe ich leider nicht mehr«, sagte Alban. »Es war Barockmusik drauf, und ich würde gern wissen, was das für ein Werk war.«

»Barockmusik?« Pitt runzelte die Stirn.

»Eine Barockarie. Oder zumindest eine Arie im Barockstil. Das heißt: Eigentlich war es nur die Begleitung.«

Der Studiobesitzer ging zu einem kleinen Tisch, der inmitten des Durcheinanders an der Wand stand, und drückte in einem Aschenbecher seine Zigarette aus. »Klassik produziere ich nicht.«

Er griff in die Tasche seiner verwaschenen Jeans, holte ein blaues Plastikpäckchen mit Drehtabak heraus und klemmte es unter den Arm, während er sich eine neue Zigarette drehte.

Alban fragte sich, warum der Mann seine Firma dann »Amadeus-Studio« nannte. »Streicher«, sagte er. »Violinen, Bratschen, Celli. Ein Kontrabass. Dazu noch ein Cembalo.«

Pitt leckte das Papier ab, klebte die Zigarette zu und zündete sie an.

»Cembalo? Jetzt weiß ich, was Sie meinen. So was hab ich mal gemacht.«

»Hier?«, wunderte sich Alban. »Ist das nicht ein bisschen eng?«

Pitt schüttelte den Kopf. »Nebenan ist noch ein größeres Studio. Aber was wollen Sie denn eigentlich? Worum geht's?«

Alban erklärte, dass er in einem Antiquariat in Bonn an die CD gekommen war. »Das Stück gefällt mir einfach. Ich möchte wissen, was es ist.«

Pitt pustete nachdenklich blauen Rauch in die Luft. »Kann ich mir vorstellen.«

»Was soll das heißen?«, fragte Alban.

»Sie sind nicht zufällig vom Finanzamt oder so?«

»Aber nein«, sagte Alban. »Ich bin Musikkritiker.« Er wies auf Simone. »Und das hier ist ...«

»Ist gut, ich weiß schon Bescheid.«

Alban ärgerte sich, aber er sagte nichts. Sollte der Mann doch denken, was er wollte. »Es geht mir nur um diese Musik. Sie wissen doch, wie das ist. Man hört irgendwas irgendwo, und es geht einem nicht mehr aus dem Kopf. Man setzt Himmel und Hölle in Bewegung ...«

Pitt nickte und grinste Simone unverschämt an. Und während Alban sich noch fragte, was das zu bedeuten hatte, bemerkte er, dass Simone einfach zurückgrinste. Zwischen diesen jungen Leuten schien es eine Art Code zu geben, wie man sich wortlos verständigte. Einen Code, den man nicht mehr verstand, wenn man ein gewisses Alter überschritten hatte.

»Kommen Sie hier rüber.« Pitt öffnete eine schwarz gestrichene Tür. Dahinter erstreckte sich ein weiterer Raum, viel größer als der, in dem sie bis jetzt gestanden hatten. Auch hier war alles mit einem Sammelsurium von Mikros, Kabeln und Geräten vollgestellt. Mittendrin stand ein schwarz glänzender Flügel.

»Setzen wir uns.« Pitt wies auf ein Cordsofa, das eine solche Menge an Flecken aufwies, dass man unmöglich sagen konnte, welche Farbe es mal besessen hatte.

»Keine Sorge, das ist alles trocken«, sagte Pitt und zog sich einen Klappstuhl heran. »Es ist beim Streichen der Wände passiert.«

Alban und Simone versanken in dem Möbel. Es blieb Alban gar nichts anderes übrig, als die flegelhafte Haltung einzunehmen, die er so oft missbilligend bei jungen Leuten beobachtet hatte.

»Das war die merkwürdigste Sache, die ich je gemacht habe«, sagte Pitt. »Und ich habe keine Ahnung, was das für Musik war. Die Musiker, die hier saßen, hatte ich vorher noch nie gesehen.«

»Sie kannten die Musiker nicht?«, fragte Alban. »Aber Sie haben doch hier das Sagen, oder nicht?«

»Wir sollten erst mal klären, ob wir wirklich von demselben Projekt sprechen. Sonst brauchen wir uns gar nicht weiter zu unterhalten. Möchten Sie was trinken? Wasser?«

Simone und Alban nickten. Pitt ging nach nebenan und kam mit einer Mineralwasserflasche und drei Gläsern zurück. Er stellte alles auf einen kleinen runden Tisch, der neben dem Sofa stand, und schenkte sorgfältig ein. Dann nahm er die Zigarette wieder in den Mund, die er in einem kleinen Aschenbecher hatte vor sich hin qualmen lassen.

»Was war das denn für ein Stück auf der CD?«, fragte er.

Alban begann das Stück zu beschreiben – die Akkorde der Violinen und die komplizierten harmonischen Entwicklungen.

Pitt winkte ab. »Dieses Klassik-Vokabular verstehe ich gar nicht. War es langsam oder schnell?«

»Langsam«, sagte Alban. »Sehr langsam sogar.«

Der Studiobetreiber nickte nachdenklich und stand auf. »Probieren wir's mal«, sagte er. Er ging wieder in den Vorraum. Durch die geöffnete Tür war zu sehen, wie er mit ein paar CDs in der Hand den Bereich hinter der Scheibe betrat. Er betätigte ein paar Knöpfe.

»Können Sie mich hören?« Seine Stimme kam jetzt aus den Lautsprechern. Alban und Simone nickten.

»Es geht los.«

Musik erklang, und Alban erkannte sofort, dass es die Arie war. Genau das hatte er im Auto auf dem Rückweg von Dennekamps Antiquariat gehört, allerdings war die Tonqualität wesentlich schlechter gewesen. Hier klang alles gestochen scharf. Alban schloss unwillkürlich die Augen. Er hatte das Gefühl, die Musiker säßen vor ihm im Raum.

Als er die Augen wieder öffnete, war Pitt zurückgekommen. Er wollte etwas sagen, aber Alban senkte beschwichtigend die Arme. Er wollte in Ruhe zu Ende hören. So zog die Orchesterbegleitung der Arie langsam vorbei.

»Das ist es«, sagte Alban in die Stille hinein, die auf den letzten Akkord folgte.

Pitt zwinkerte Simone zu. »Gefällt's dir auch?«

»Überwältigend«, sagte sie.

»Wo hatten Sie eigentlich das Cembalo her?«, wollte Alban wissen.

»Das haben die Musiker mitgebracht. Wie gesagt – ich war organisatorisch an der Sache nicht beteiligt. Das ging schon los, als ich den Auftrag bekam ...« Er sah Alban einen Moment nachdenklich an, dann schüttelte er den Kopf. »Vergessen Sie es. Das hat nichts mit der Musik zu tun. Und ich weiß den Namen des Komponisten nicht. Ich kann Ihnen also nicht helfen. Die Story ist hier zu Ende.«

»Augenblick«, sagte Alban. »Sie müssen doch wenigstens wissen, für wen Sie die Aufnahme gemacht haben.«

»Ich weiß nicht, wer es war. Ich bekam nur einen Anruf, und jemand fragte mich, ob ich eine Aufnahme machen könnte, die einen Tag dauert. Er fragte, was das kosten würde. Ich sagte ihm den Preis, und er war einverstanden. Ein paar Tage nach dem Anruf fand ich in meinem Briefkasten ein Kuvert mit der Hälfte der Summe, die ich gefordert hatte – in bar. Außerdem einen Brief mit genauen Anweisungen, was ich mit den fertigen Aufnahmen machen sollte.«

Alban schüttelte den Kopf. »Und da stand kein Name?«

»Ich weiß bis heute nicht, wer der Mann war. Als der Termin anstand, lief aber alles perfekt. Die Musiker trafen ein, legten die Noten zurecht, und dann ging's los. Wir haben um halb zehn angefangen, und nachmittags um drei war alles gestorben. Den Rest des Geldes hatte ich bald danach im Briefkasten. Ungewöhnlich. Aber nicht verboten.« Pitt drückte die Zigarette aus und begann sich sofort eine neue zu drehen.

»Wie lange ist das her?«

»Bestimmt zwei, drei Jahre.«

»Kennen Sie Namen der Musiker?«, fragte Alban. »Haben Sie Adressen ausgetauscht?«

»Kein Kontakt. Wie gesagt. Die haben ihren Kram runtergespielt und fertig. Ich hatte das Gefühl, dass sie ähnlich an den Job gekommen waren wie ich. Ich habe dann auch nicht weiter nachgefragt.«

»Warum haben Sie für diese eine Arie von halb zehn bis drei gebraucht? Das ist ja für so ein kurzes Stück nicht gerade wenig.«

»Wieso ein Stück?«, fragte Pitt. »Wir haben nicht nur eine Arie aufgenommen.«

»Sondern?«

Er dachte kurz nach. »Zehn. Zehn Stücke waren es.«

Der Studiobesitzer saß wieder hinter der Glasscheibe und spielte vor, was damals bei der Aufnahme entstanden war. Alban kannte die Kompositionen; es waren allesamt Arien aus Barockopern. Es begann mit »Ombra mai fu« aus der Oper »Xerxes« von Händel. Dann folgte ein Stück von Gluck aus »Orpheus und Euridice« – die berühmte Arie »Ach, ich habe sie verloren«. Es gab außerdem das originale »Lascia ch'io pianga« aus Händels »Rinaldo«, dann noch ein paar Arien aus Opern von Vivaldi. Jedes Mal war nur die Begleitung aufgenommen worden.

Pitt setzte sich wieder auf den Stuhl. »Unglaublich, dass Sie das so genau erkennen«, sagte er, als Alban ihm das Programm aufgezählt hatte. »Ich hab noch nicht mal gewusst, was ich auf die CDs schreiben sollte.«

»Wäre es möglich, dass Sie für mich eine Kopie davon machen?«, fragte Alban. »Ich würde mir das gern genauer anhören.«

Pitt dachte kurz nach und schüttelte den Kopf. »So was mache ich nicht. Ich kann unmöglich das Material vervielfältigen.«

»Das muss ich wohl akzeptieren. Es wäre also doch am besten, wenn ich die Musiker finden könnte. Wahrscheinlich haben sie ja die Aufnahmen mitgenommen.«

»Nein«, sagte Pitt. »Die fertigen Aufnahmen sind woanders hingegangen. Ich habe sie auf CD gebrannt und weggeschickt.«

»Mit der Post?«

»Wie es in dem Brief stand.«

»Wissen Sie noch, wo Sie die Sendung hinschicken sollten?«

Pitt seufzte und drückte seine aktuelle Zigarette aus. Alban hatte nicht mitgezählt. Im Aschenbecher lag ein ganzer Haufen Kippen.

»Das kann ich Ihnen nicht mehr sagen.«

»Weißt du es nicht mehr, oder willst du es nicht wissen?«, fragte Simone.

Pitt starrte nachdenklich nach unten. »Ich weiß es noch, weil es so eine komische Adresse war.«

»Wieso komisch?«

»Es war ein Seniorenheim. Ich weiß es noch ganz genau. Haus Abendfrieden in Siegburg. Zimmer 50. Ich brauchte noch nicht mal eine Straße dazuzuschreiben.«

»Sie hätten das Geheimnis des unbekannten Auftraggebers lüften können. Haben Sie das nie in Erwägung gezogen?«

»Warum hätte ich das tun sollen? Er wird schon seine Gründe dafür gehabt haben. In der Musikbranche laufen schon ziemlich irre Leute rum. Viele glauben, sie hätten das ultimative Konzept, um irgendeinen Hit zu landen. Und viele haben Angst, dass man ihnen ihre Idee klaut. Da entwickelt jeder so seine Strategie. Ich halte mich da raus. Ich mache Aufnahmen und fertig.«

Alban stemmte sich aus dem tiefen Sofa. »Vielen Dank für Ihre Hilfe«, sagte er.

»Werden Sie jetzt nach Siegburg fahren und nachsehen, wer in Zimmer 50 lebt?«

»Ja. Aber keine Sorge. Wir lassen Sie aus dem Spiel.«

Sie öffneten die Haustür und blickten auf die Straße. Es schüttete. Alban spannte den Schirm auf, und dicht nebeneinander rannten sie zum Wagen.

Alban überlegte, wie er am schnellsten nach Siegburg kam. Sie mussten auf die andere Rheinseite. Und wo sie schon mal an der Severinsbrücke waren, war es sicher nicht verkehrt, sie auch gleich hier zu überqueren … Alban drückte auf den Knopf auf der Rückseite des Lenkrades, und der kleine Monitor des Navigationssystems fuhr hoch.

»Tu mir mal einen Gefallen«, sagte er, »und ruf die Auskunft an. Frag bitte nach der Adresse dieses Hauses Waldfrieden.«

»Es heißt Abendfrieden.«

»Wie auch immer.«

18

Das Navigationssystem führte sie durch den Siegburger Ortsteil Kaldauen, der sich auf dem elektronischen Stadtplan als ovale Bebauungsfläche zeigte. Wie eine Halbinsel ragte sie in ein großes grünes Waldgebiet hinein. Nach und nach schob sich von oben ein unregelmäßiger blauer Fleck auf den Monitor – die Wahnbachtalsperre.

Nach ein paar Kurven sagte die elektronische Frauenstimme, das Ziel sei erreicht. Alban bremste und sah sich ratlos um. Rechts wies ein Schild auf das Seniorenheim hin. Es war allerdings kein Haus zu sehen, nur eine von hohen Hecken begrenzte Einfahrt auf einen Besucherparkplatz. Alban bog ab und gelangte auf eine asphaltierte Fläche. Seitlich ging ein schmaler gefliester Fußweg ab.

Sie stiegen aus, folgten dem Weg, und dann sahen sie das Heim oberhalb am Hang liegen. Es war ein großes gelbes Gebäude mit nass glänzendem Schieferdach. Eine lange Reihe weiß umrandeter Fenster starrte ihnen entgegen.

Alban blieb stehen. »Wirkt das nicht etwas seltsam, wenn wir da reinspazieren und fragen, wer auf Zimmer 50 wohnt?«

»So geht das auch nicht. Wir müssen direkt zu dem Zimmer gehen, ohne nach links und rechts zu schauen. Als wüssten wir genau, wo wir hinwollen.«

»Und wenn es einen Pförtner gibt, bei dem man sich anmelden muss? Das Haus sieht recht nobel aus. Da ist so etwas zu erwarten.«

»Da ist eben wieder eine Legende gefragt. Wie wär's damit: Wir sagen, wir wollen uns nach einem Heimplatz für deine Mutter erkundigen. Dann schicken sie uns sicher zur Verwaltung. Vielleicht kriegen wir dort irgendwie raus, wer in dem Zimmer wohnt. Und dann tun wir so, als wollten wir ihn besuchen.«

»Das ist aber schwierig, plausibel zu machen, wenn wir fünf Minuten vorher noch selbst auf der Suche nach einem Heimplatz waren.«

»Da fällt uns schon was ein. Los, gehen wir.«

Der Weg führte in einer Serpentine über eine Wiese zu einem großen Platz, der sich vor dem Eingang des Seniorenheimes erstreckte. Hier konnte ohne Weiteres eine Limousine vorfahren, um die Senioren zu bringen oder abzuholen. Ein kleiner Springbrunnen gluckerte neben dem gläsernen Eingang.

Sie gelangten in einen Empfangsraum, der an ein luxuriöses Hotel erinnerte. Der Boden war mit unregelmäßig geformten rötlichen Kacheln gefliest, an den Wänden hingen große Ölgemälde mit südlichen Landschaften. Es gab bequeme Sitzgruppen, von riesigen Pflanzen in Terrakottatöpfen umrahmt. Alban registrierte sanft plätschernde Musik, die aus versteckten Lautsprechern drang. Mozarts Klavierkonzert Nr. 21. Der langsame Satz.

Wie in einem Hotel gab es auch eine Art Rezeption. Ein Tresen aus dunkelrotem Holz. Dahinter war niemand zu sehen. Die ganze Halle war menschenleer. »Los«, zischte Simone und zupfte an Albans Ärmel, »hier lang.«

Auf einer Glastür war in goldfarbenen Buchstaben ein Wegweiser angebracht: »Erdgeschoss 50–55, 1. Stock 55–60«. Sie drückte die Tür auf. Gleich neben der Treppe ging es in einen von Teppichboden gedämpften Flur. Sie fanden das Zimmer mit der goldenen 50. Unter den Ziffern befand sich ein Schild mit dem Namen des Bewohners. Simone warf Alban einen erstaunten Blick zu. Er nickte. Auch er hatte plötzlich das Gefühl, dass sich hier ein Kreis schloss. »Therese von Schaumburg«, murmelte er und streckte die Hand nach der Klinke aus.

»Kann ich Ihnen helfen?«

Die Stimme kam unerwartet von hinten, und Alban zuckte erschrocken zusammen. Da stand eine junge dunkelhaarige Pflegerin in blendend weißem Kittel. Sie wirkte nicht aggressiv oder abweisend, eher dienstbeflissen.

»Wir wollten …«, begann Simone, doch Alban fiel ihr ins Wort.

»Wir möchten Frau von Schaumburg besuchen.«

Die Pflegerin lächelte, als hätte Alban ihr ein großzügiges Geschenk gemacht. »Da wird sie sich freuen. Sie bekommt ja so wenig Besuch. Nur hin und wieder mal von ihrem Großneffen … Sagen Sie, sind Sie schon mal hier gewesen? Ich kann mich gar nicht erinnern.«

Alban schüttelte den Kopf. »Ich habe sie lange nicht gesehen. Aber wir sind alte Bekannte.«

»In dem Fall muss ich Sie warnen. Vielleicht wird sie Sie nicht erkennen.«

»Wie alt ist sie eigentlich mittlerweile?«

»Sie ist vor drei Jahren hundert geworden. Damals waren viele Gratulanten hier.«

Alban tat so, als würde er nachdenken. »Ich erinnere mich. Ich konnte leider nicht dabei sein. Ich war auf Reisen.«

Die Pflegerin klopfte an die Tür. »Frau von Schaumburg«, rief sie in einer Tonlage, als sei die Gräfin nicht über hundert, sondern gerade mal drei Jahre alt.

Sie klopfte wieder. »Vielleicht schläft sie. Ich werde mal nachsehen.«

Vorsichtig drückte sie die Klinke hinunter, öffnete die Tür und ging hinein. Kurz darauf winkte sie Alban und Simone, nachzukommen.

»Frau von Schaumburg, Besuch für Sie!«, rief sie laut und deutlich.

Alban hatte das Gefühl, eine Zeitmaschine hätte ihn ein Jahrhundert zurückversetzt. Schwere Eichenmöbel an den Wänden. Mitten im Zimmer ein Konzertflügel – nicht schwarz, sondern aus dunkelbraunem Holz. Dicke Teppiche bedeckten den Boden. Auf der anderen Seite stand ein Esstisch mit sechs gedrechselten Stühlen. Darauf lag eine schwere bestickte Tischdecke. Die Wände waren mit gerahmten Fotos bedeckt. Frauen in schwarzen Kleidern und Männer in Uniform blickten Alban streng entgegen.

In einem riesigen Sessel ruhte eine kleine, fast unscheinbare Greisin. Ihr strohblondes Haar wirkte unnatürlich, es war sicher eine Perücke. In dem mumienhaft vertrockneten Gesicht leuchteten zwei blaue, hellwache Augen. Sie taxierten Alban aufmerksam.

»Kommen Sie näher«, flüsterte die Pflegerin und rief der Gräfin entgegen: »Diesmal ist es nicht Guido, der Sie besucht, sondern ein alter Bekannter!« Sie wandte sich zu Alban um und fragte ihn leise nach seinem Namen. »Da sind Herr Alban und Frau Lenz! Sie kennen doch Herrn Alban von früher!«

Frau von Schaumburg schwieg. Wenn die lebendigen Augen nicht gewesen wären – Alban hätte das Gefühl gehabt, einer Puppe gegenüberzustehen.

Plötzlich spürte er, dass Simone ihn sanft in die Seite stieß.

»Schau auf die Bilderwand«, flüsterte sie. »Ganz oben.«

Alban suchte die Rahmen ab und verstand, was sie meinte. Das oberste Bild war kein Foto, sondern eine Zeichnung. Zu sehen war ein Wappen. Zwei Türme und ein Karo. Es war dasselbe, das auch das Tor an dem Anwesen in den Hügeln von Remagen schmückte. Die Türme leuchteten gelb und das Karo dunkelgrün.

»Ich lasse Sie mit ihr allein«, sagte die Pflegerin, »ich muss wieder nach vorne. Frau von Schaumburg scheint heute etwas müde zu sein. Manchmal spricht sie ein bisschen, aber heute hat sie wohl keine Lust dazu ...«

Sie lächelte die alte Dame an und ging hinaus. Alban zog einen der Stühle vom Esstisch heran. Simone blieb im Hintergrund. »Frau von Schaumburg, können Sie mich verstehen?«, fragte er.

Keine Reaktion. Die Gräfin blinzelte nicht einmal.

»Mein Name ist Alban. Ich bin Musikkritiker aus Bonn. Ich kenne Herrn Dr. Bernardi und Dr. Joch. Man hat mir viel von Ihnen erzählt, und ich war gerade in der Nähe. Da dachte ich, ich besuche Sie.«

Hörte Frau von Schaumburg überhaupt, was er sagte?

»Das Haus oberhalb von Remagen, gehört das Ihnen?«

Nichts bewegte sich in dem Gesicht.

»Wissen Sie, dass Herr Dr. Joch umgekommen ist?«

Alban wartete einen Moment. Dann stand er auf und bemerkte, dass Simone nicht mehr im Raum war. Langsam wanderte er durch das Zimmer.

Ein altes Schwarzweißfoto erregte seine Aufmerksamkeit. Es zeigte ein junges Mädchen, das vor einem alten Herrn einen Knicks machte. Einige uniformierte Männer umstanden die Szene. Der alte Herr hatte einen weißen Bart und trug einen Helm mit Federbusch auf dem Kopf. Auch er war in Uniform. Die Knöpfe glänzten in der Sonne. Alban wusste, wer der Mann war. Er hatte sein Bild schon oft in Geschichtsbüchern gesehen.

»Das Mädchen bin ich«, sagte Frau von Schaumburg deutlich hinter ihm. »Ich war damals zwölf Jahre alt.«

Alban drehte sich um. Die Gräfin wirkte genauso maskenhaft wie vorher. Hatte sie wirklich gesprochen?

»Sie sind Kaiser Wilhelm begegnet? Erzählen Sie mir davon.« Er setzte sich wieder.

Die Gräfin reagierte nicht.

»Frau von Schaumburg, Herr Dr. Joch wurde ermordet. Er hat mir vor seinem Tod eine Partitur gegeben, eine Arie, die sehr interessant komponiert ist und über deren Herkunft ich gern mehr wüsste. Sie haben mit Herrn Dr. Joch und Dr. Bernardi einen musikalischen Förderverein gegründet. Sie verstehen also etwas von Musik …«

Irrte sich Alban, oder hatte die Gräfin den Kopf bewegt? Er beschloss, einfach weiterzusprechen.

»Darf ich fragen, ob Sie Dr. Joch jemals eine Partitur gegeben haben. Vielleicht stammt das Werk ja aus Ihrer Familie? Ich gebe zu, ich bin über Ihre Familiengeschichte nicht gut informiert, aber deren Wurzeln reichen doch sicher weit zurück? Gibt es da nicht ein Archiv?«

Frau von Schaumburg entblößte eine bleiche Zahnreihe und schüttelte unmissverständlich den Kopf. Dann fiel sie wieder in ihre Erstarrung zurück.

»Wollen Sie mir nicht weiterhelfen?«

Alban wartete eine Weile, dann stand er auf.

»Schade. Ich habe herausgefunden, dass eine Aufnahme der Arie an diese Adresse geschickt wurde. Hierher – ins Haus Abendfrieden, Zimmer 50.«

Er sah sich um. Es gab kein elektronisches Gerät. Keinen Plattenspieler und keinen CD-Player. Noch nicht einmal ein Radio oder einen Fernseher. Das Einzige, was Musik machen konnte, war der Flügel in der Mitte.

Alban klappte ihn auf. »Ein Bösendorfer«, stellte er fest. »Haben Sie früher Klavier gespielt? Haben Sie vielleicht auch gesungen?« Er schüttelte den Kopf. »Natürlich haben Sie das. Es gehört in Ihren Kreisen zur Bildung.« Nachdenklich schlug er im Stehen einen Akkord an. Das war ein Klang! Weich und voll. Zurückhaltend und delikat. Ein wunderbares Instrument. Leider deutlich verstimmt.

»Kennen Sie jemanden, der singen lernt?«

Frau von Schaumburgs Augenlider waren fast geschlossen. Man hätte meinen können, sie sei in tiefen Schlaf gefallen. Alban ließ sich nicht täuschen.

Sie weiß genau, worum es geht, dachte er. Und er wusste, dass er keine Chance hatte. Wie sollte er eine Hundertjährige unter Druck setzen? Keine Macht der Welt konnte das. Wer so alt war, war unangreifbar.

»Ich verabschiede mich«, sagte er. »Ich bedaure sehr, dass Sie mich nicht unterstützen wollen. Ich lasse Ihnen meine Telefonnummer da, falls Sie es sich anders überlegen. Wenn Sie selbst nicht telefonieren können, lassen Sie mich anrufen.« Er zog eine Visitenkarte heraus und legte sie auf die bestickte Decke.

Alban fand Simone in der Eingangshalle. Sie saß in einem der Sessel und blätterte in einer Zeitschrift. »Ich hab's da drin nicht mehr ausgehalten«, sagte sie. »Hat sie was gesagt?«

»Die ist stur, wie man nur mit über hundert Jahren sein kann. Eigentlich bewundernswert. Aber irgendjemand muss diese CDs bekommen haben. Die Pflegerin hat doch einen Neffen erwähnt ... ihn müssten wir irgendwie aufspüren.«

Simone lächelte. »Schon geschehen. Ich hatte mit der Pflegerin eben ein nettes Gespräch. Der Neffe heißt Guido von Schaumburg. Ich habe sogar die Adresse und die Telefonnummer bekommen. Beides ist hier nämlich hinterlegt, falls es der Gräfin schlechter geht. Er wohnt in Köln.«

»Da waren wir heute schon mal«, stellte Alban fest. »Aber die Domstadt ist ja immer eine Reise wert.«

Ein Anrufbeantworter meldete sich. »PR-Agentur Schaumburg. Ihr Service von Bach bis Pop.«

Alban rümpfte die Nase über diesen Spruch. Immerhin: Der Mann arbeitete in der Musikbranche! Er hatte etwas mit den CDs zu tun, ganz sicher.

Er drückte den roten Knopf und legte das Handy in das Ablagefach neben dem Radio. Ihm wurde klar, dass er zu viel Gas gab. Sie waren auf der A3. Gerade hatte eine 120-Zone angefangen. Die Tachonadel hinter dem Lenkrad berührte die 180.

Wir sind nah dran, dachte Alban. Schaumburg ist der Schlüssel. Ganz bestimmt.

Langsam trat er das Gaspedal ganz durch.

19

Der Großneffe der Gräfin lebte im Belgischen Viertel. Sie standen vor einem hohen Stadthaus mit ehemals weißer, jetzt aber nachgedunkelter Fassade. Auf der engen Straße schlich manchmal ein Wagen vorbei. Am Eingang fanden sie ein großes Schild mit der Aufschrift »PR-Agentur Schaumburg«.

»Ich weiß ja nicht, wie PR-Firmen normalerweise aussehen«, sagte Simone. »Aber mein Gefühl sagt mir, dass das hier eine Klitsche ist.«

Alban klingelte. »Man kann in der Branche auch mit einem kleinen Büro erfolgreich sein. Es kommt immer darauf an, wen man als Kunden hat.«

»Und wer sind die Kunden?«

»Plattenfirmen. Musiker. Orchester. Festivals. Die Aufgabe besteht darin, den Kunden möglichst oft in schlagkräftigen Auflagen in die Presse zu bringen. Dafür braucht man vor allem gute Kontakte. Nicht unbedingt ein großes Büro.«

»Du bist doch auch Journalist. Hat dich dieser Schaumburg schon mal kontaktiert?«

»Ich habe noch nie etwas von ihm gehört.«

Der Summer ertönte, und Alban drückte die Tür auf. Über eine alte Holztreppe gelangten sie in den dritten Stock. Ein junger blonder Mann stand am Treppengeländer und sah sie neugierig an. Er mochte genauso alt wie Pitt sein, aber er war ein ganz anderer Typ. Alban registrierte einen teuren dunkelblauen Pullover und eine graue Stoffhose mit scharfer Bügelfalte. Gegeltes Haar. Marke Jungmanager.

»Was ist denn los?«, fragte er, als hätten Alban und Simone ihn bei etwas Wichtigem gestört.

»Herr von Schaumburg?«

»Allerdings.«

»Mein Name ist Alban. Ich bin Musikkritiker aus Bonn. Das hier ist meine Kollegin Frau Lenz.«

Von Schaumburg stand nur da und sah sie an.

»Ich schreibe für das Magazin Allegro«, setzte Alban nach.

»Und was wollen Sie?«

Das ist kein PR-Profi, dachte Alban und sagte: »Ich war gerade in der Nähe und wollte fragen, welche Themen Sie in Ihrer Agentur anzubieten haben.«

»Ich kenne Ihren Namen«, sagte von Schaumburg. »Entschuldigen Sie, aber ich bin Publikumsverkehr in meinem Büro nicht gewohnt. Normalerweise läuft alles über Telefon oder E-Mail. Aber kommen Sie doch bitte herein.«

Er führte sie in ein hohes Altbauzimmer mit knarrendem Holzfußboden und einem riesigen Fenster. Davor stand ein dunkelbrauner alter Schreibtisch, auf dessen Arbeitsfläche ein aufgeklappter Laptop wartete. Neben dem Computer stapelte sich Papier. Auf manchen Blättern waren Logos großer Plattenfirmen zu erkennen.

Guido von Schaumburg schaffte von irgendwoher zwei Stühle heran. Er selbst ließ sich in seinem Bürosessel nieder.

»Von hier aus bewegen Sie also Ihre PR-Maschinerie«, sagte Alban.

»Ich stehe noch am Anfang. Ich suche interessante Künstler, die man an Plattenfirmen vermitteln könnte. Vielleicht können Sie mir ja dabei behilflich sein?«

Alban schwieg und ließ ihn weiterreden.

»Ich kann Ihnen im Moment noch keine konkreten Projekte nennen. Ich verschicke erst demnächst mein erstes Mailing. Sie sind sicher im Verteiler. Ich frage mich, wie Sie mich überhaupt gefunden haben.«

»Ihre Tante hat mich auf Sie gebracht. Sie sind doch der Neffe von Therese von Schaumburg? Wir haben sie heute in Siegburg besucht.«

Von Schaumburg zog die Augenbrauen hoch. »Wie geht es ihr? Ich habe sie selbst eine Weile nicht gesehen. Die Arbeit mit der Firma …«

»Den Umständen entsprechend«, sagte Alban. »Ich habe in Siegburg etwas Interessantes erfahren und wollte Sie fragen, ob Sie etwas darüber wissen. Ihre Tante bekam manchmal CDs geschickt. Sie wird sie aber kaum selbst gehört haben. Wissen Sie etwas davon?«

Von Schaumburg sah ihn verständnislos an. »Was meinen Sie? Was für CDs?«

»Vertreten Sie jemanden, der Barockmusik macht? Vielleicht einen Sänger? Jemanden, der CDs zum Üben braucht?«

Von Schaumburg schüttelte den Kopf. »Was für eine seltsame Frage. Normalerweise üben Musiker mit einem Instrument, oder?«

»Ich erkläre es mal anders. In Bonn wurden zwei Menschen ermordet. Vor ein paar Monaten eine junge Frau, die eine interessante CD besaß, auf der sich die Begleitung einer Arie im Barockstil befand – nur die Begleitung. Die Solostimme fehlt, verstehen Sie?«

»Ich kann Ihnen folgen.«

»Vor einer Woche kam ein Bonner Musikliebhaber ums Leben, der im Besitz der handschriftlichen Partitur dieses Stückes war. Ihre Tante kannte ihn gut. Ich vermute da einen Zusammenhang.«

»Sind Sie wirklich Nikolaus Alban? Jetzt kommen Sie mir eher vor wie ein Polizist.«

Er hat meinen Vornamen genannt, dachte Alban. Er kennt mich also.

»Herr von Schaumburg, verstehen Sie mich nicht falsch. Ich bin kein Polizist und auch kein Detektiv. Mich interessiert das Musikstück. Ich möchte herausfinden, woher es stammt und wer es komponiert hat.«

»Warum sollte gerade ich das wissen?«

»Wie ich schon sagte: Ihre Tante hat eine Aufnahme davon erhalten. Zusammen mit anderen CDs. Und ich frage mich, ob sie nicht für Sie bestimmt waren.«

»So ein Unsinn. Warum denn dieser Umweg? Ich habe hier einen Briefkasten. Man kann mir Dinge auch direkt zuschicken.«

»Schade. Ich war mir sicher, Sie wüssten etwas darüber.«

Von Schaumburg schüttelte den Kopf. »Seltsame Geschichte. Ich werde meine Tante gelegentlich danach fragen. Hat sie Ihnen denn nichts dazu gesagt?«

»Ich glaube, sie wollte nicht. Gibt es noch andere Menschen, die Ihre Tante regelmäßig besuchen? Leute aus der Musikbranche?«

»Möglich. Sie hat in ihrem langen Leben eine Menge Menschen kennengelernt. Aber ich kann Ihnen da beim besten Willen nicht helfen.« Von Schaumburg erhob sich.

»Ein paar Freunde Ihrer Tante können Sie mir doch vielleicht nennen. Auf dem hundertsten Geburtstag waren etliche.«

»Ich muss Sie bitten zu gehen. Ich habe noch eine Menge zu tun.«

»Aber …«

»Bitte!«, rief von Schaumburg und funkelte Alban böse an. »Muss ich noch deutlicher werden?«

Alban stand auf. »Ich hatte den Eindruck, dass Ihre Tante etwas dazu hätte sagen können. Sie wollte nur einfach nicht.«

»Das mag sein. Aber ich habe jetzt leider andere Probleme zu lösen.«

Auf der Straße nahm Simone wortlos ihr Handy und drückte auf einen Knopf.

»Was machst du da?«, fragte Alban.

»Ich wähle noch mal die Nummer von diesem Lackel. – Aha, dachte ich mir. Besetzt. Der telefoniert gerade. Offenbar muss er unbedingt mit jemandem über unseren Besuch sprechen.«

Alban nickte nachdenklich. »Da stimmt was nicht.«

»Und jetzt?«

»Wir müssen mehr über diesen PR-Adligen herausbekommen. Gib mir doch bitte mal dein Handy.«

Simone reichte es ihm, und Alban wählte eine Nummer, die er auswendig wusste. Er führte ein kurzes Gespräch und drückte den roten Knopf.

»Los geht's«, sagte er und ging in Richtung der Parallelstraße, in der sie den Wagen abgestellt hatten.

»Wohin?«, fragte Simone.

»In die Höhle des Löwen.«

♪

Der Junge hört, wie Luisa unten Türen aufschließt.

Er steht auf und verlässt sein Zimmer.

Vor ihr hat er keine Angst. Vielleicht weil sie die einzige Frau in diesem Haus ist. Vielleicht weil sie in einer anderen Welt lebt.

Sie lächelt ihm zu, während sie Einkäufe in den Kühlschrank räumt.

Der Junge bückt sich, hebt zwei Milchtüten auf und gibt sie ihr. Luisa nickt dankbar.

Da steht noch eine zweite Kiste. Sie ist voller Tiefkühlkost.

Der Junge hebt sie an. Luisa lächelt. Sie ist es nicht gewohnt, dass sie Hilfe bekommt.

Sie geht voran, und der Junge trägt die Kiste hinter ihr her. Eine Seitentür der Küche führt die Treppe hinunter. In den Keller.

Luisa bleibt vor dem Tiefkühlschrank stehen, öffnet ihn, und der Junge stellt die Kiste hin. Während sie die Päckchen einräumt, sieht sich der Junge in dem Keller um und denkt fieberhaft nach.

Was könnte ihm helfen?

Die Schlüssel natürlich. Aber es würde sofort auffallen, wenn sie fehlten.

Vielleicht ein Seil. Aber woher soll er ein Seil bekommen?

Luisa ist fertig und klappt die Kiste zusammen. Der Junge denkt, dass sie jetzt wieder nach oben gehen, aber Luisa bleibt vor einer Waschmaschine stehen. Sie bückt sich und füllt die Wäsche in einen großen Plastikkorb.

Sie zieht die einzelnen nassen Wäschestücke nicht einfach aus der Trommel, sondern trennt sie erst sorgfältig. Manche haben sich ineinander verschlungen.

Als der Junge wieder oben in seinem Zimmer ist, öffnet er seinen Schrank, nimmt ein paar seiner Hosen heraus, legt sie aufs Bett und überlegt.

20

Alban folgte der Ringstraße in Richtung Norden. Nach ein paar Minuten ragte vor ihnen der backsteinrote Turm des Saturngebäudes in die Höhe. Alban drehte und fuhr zurück, bis er eine Parklücke fand.

»Jetzt bin ich aber wirklich gespannt, wen du treffen willst«, sagte Simone.

Als sie ausgestiegen waren, bogen sie in die Maybachstraße und betraten den Mediapark.

Es war, als würde man die Grenze zwischen zwei völlig verschiedenen Städten überqueren. Eben waren sie noch im guten alten, etwas angegammelten Köln gewesen, und jetzt liefen sie durch eine Ansammlung von futuristisch anmutenden Klötzen aus Glas, Stahl und hellgrauem Beton, die ein moderner Städteplaner abgezirkelt um einen großen runden Platz aufgestellt hatte. An das höchste Gebäude drängte sich ein kleiner grauer Block. »Wenn Guido von Schaumburg mit großen Plattenfirmen zusammenarbeiten will, muss man ihn dort auf jeden Fall kennen.«

Sie gingen quer über den großen runden Platz und betraten das Gebäude. Innen empfing sie eine hohe Lobby, verziert mit riesigen Bildern aktueller Popstars. Am hinteren Ende, neben den Aufzügen, befand sich eine runde Pförtnerloge. Der Mann hinter dem Tresen blickte kurz auf und begrüßte Alban mit Namen. Alban wechselte ein paar Worte mit ihm und erklärte, dass er mit Frau Babenberg verabredet sei. Der Mann griff sofort zum Telefon.

»Wer ist Frau Babenberg?«, fragte Simone, als sie durch die Halle schlenderten und warteten.

»Sie ist PR-Managerin. Ich kenne sie schon seit Jahren. Wenn jemand weiß, was in der Branche los ist, dann sie.«

Kurz darauf öffnete sich einer der beiden Aufzüge, und eine schlanke, junge Frau kam heraus. Sie war blond, trug enge Jeans und einen Trenchcoat. In der Hand hielt sie ein rosa Handy.

»Hallo«, sagte die Frau und lächelte.

»Hallo, Marlene«, begrüßte Alban sie. »Schön, dass du Zeit für uns hast. Das hier ist Simone Lenz. Simone – Marlene Babenberg.«

Marlene Babenberg zeigte in die Richtung, aus der sie gekommen waren. »Wie wär's mit ein bisschen was zu essen?«, fragte sie. »Ich hatte noch keine Mittagspause, und der Nachmittag bricht an. Ich habe nicht viel Zeit. Nachher ist noch ein Meeting.«

Sie gingen den gleichen Weg zurück und standen wieder an der Grenze zwischen der futuristischen Insel und den abgelebten Fassaden. An der Ecke zum Kümpchenshof befand sich ein Laden, der Alban bisher noch nie aufgefallen war, ein Feinkostgeschäft mit italienischen Spezialitäten. Durch die Fenster erkannte Alban eine lange Theke und Regale. Auf der anderen Seite gab es Tische, an denen man alles gleich an Ort und Stelle genießen konnte. Drinnen orderte Marlene Babenberg etwas Käse, Schinken, Salami und Brot.

»Ich trinke Rotwein«, sagte sie. »Ihr auch?«

Alban und Simone schüttelten die Köpfe und bestellten Wasser. Dann quetschten sie sich auf die Sitze an einem der hohen Tische.

»Nett, dass du dich wieder mal blicken lässt«, sagte die Managerin. »Wann haben wir uns eigentlich zuletzt gesehen?«

»Ich glaube, das war im Konzert mit Simon Rattle in der Kölner Philharmonie«, sagte Alban. »Als ich dir erklärt habe, was Zwölftonmusik ist.«

Sie legte das Handy hin und kramte eine Zigarette aus der Tasche. »Ich glaube, das kannst du mir gleich noch mal erklären. Ich hab's wieder vergessen.« Sie sah Alban an und grinste. »Nein, war nur ein Witz.«

»Soll das heißen, du weißt es noch?«

»Es soll heißen, du sollst mir jetzt bitte keinen Vortrag halten. Wenn es darum geht, den Medienleuten Storys zu verkaufen, muss das eh niemand wissen.« Sie zündete die Zigarette an. »Du hast am Telefon gesagt, du wolltest mich was fragen.«

Das Handy gab plötzlich eine dudelnde Melodie von sich. Alban erkannte den Anfang der F-Dur-Invention von Bach. Elektronisch steril.

»Ist nur eine Nachricht vom Büro«, sagte die Managerin. »Das hat Zeit.«

»Kennst du einen Guido von Schaumburg?«

»Klar. Er versucht gerade, als freier PR-Mensch den Fuß in die Tür zu kriegen.«

»Was hältst du von ihm?«

»In welcher Hinsicht?« Sie grinste anzüglich und streifte die Asche ab.

»Beruflich.«

»Er redet viel, quatscht ständig über irgendwelche Sensationsprojekte, die er demnächst auf die Welt loslassen will, verrät aber nichts Konkretes. Wie diese Leute so sind. Hast du nicht mal selbst mit ihm gesprochen? Angeblich hat der doch so gute Kontakte. Da müsstest du ja eigentlich auf seiner Liste stehen. Jedenfalls klappert er wohl seit ein, zwei Monaten die Plattenfirmen ab und macht sich bekannt. Wie ich gehört habe, war er auch in Berlin bei den Kollegen von Sony BMG und der Deutschen Grammophon.«

»Auf der Suche nach Projekten, die er betreuen kann?«

»Nein. Ich habe eher den Eindruck, dass er den Plattenfirmen etwas anbieten will.«

Alban nickte und tauschte mit Simone einen Blick.

»Hab ich was Falsches gesagt?«

»Im Gegenteil. Was will er anbieten?«

Marlene Babenberg rauchte ein paar Züge. »Keine Ahnung. Irgendeine dicke Sache, um die wir Plattenfirmen uns dann reißen sollen. Aber man weiß nicht, ob's nur heiße Luft ist.«

Der Kellner kam mit einem riesigen Teller voll italienischen Aufschnitts zurück. In der anderen Hand hielt er den Brotkorb. Er stellte alles sorgsam auf dem schmalen Tischchen ab und holte Besteck und die Getränke. Marlene Babenberg drückte die Zigarette aus, nahm sich eine Scheibe Ciabatta und biss hinein.

»Warum interessiert dich das?«, fragte sie kauend. »Weißt du mehr als ich?«

Alban überlegte. Es war besser, nicht auf die Morde an Dr. Joch und Dagmar Dennekamp einzugehen oder zumindest die Zusammenhänge mit der Partitur nicht zu erwähnen. Aber er musste Marlene etwas Information liefern, sonst würde sie keine Ruhe geben.

»Das ist eine eigenartige Geschichte«, sagte er. »Ein Bekannter ist gestorben und hat eine Partitur hinterlassen, deren Herkunft ich gern aufklären würde. Es ist kein Komponist darauf verzeichnet, und das Stück scheint ganz interessant zu sein.«

»Und?«

»Ich habe ein bisschen recherchiert. Es hat sich herausgestellt, dass jemand eine Aufnahme davon gemacht hat und dass Guido von Schaumburg da irgendwie mit drinhängt.«

Marlene Babenberg verzog den Mund, nahm sich ein neues Brotstück, schmierte Butter darauf und versuchte dann noch, ein zusammengefaltetes Stück Salami darauf unterzubringen. Es wirkte geradezu akrobatisch.

»Was sagt er selbst dazu?«

»Angeblich weiß er nichts davon. Aber das nehme ich ihm nicht ab.«

»Was für Musik ist das denn? Ich meine, diese Partitur? Ist es was Altes?«

»Es ist keine alte Handschrift. Aber ich dachte zuerst, es könnte die Abschrift eines alten Stückes sein. Teile davon klingen aber moderner. Es wirkt wie ein Arrangement.«

»Und was für ein Stück ist es? Ich meine, was für eine Art?«

»Du meinst, welche Gattung?«

»Genau. Du hat es mal wieder musikwissenschaftlich korrekt ausgedrückt.«

»Es ist eine Sopranarie. Übrigens ziemlich schwer zu singen.«

Sie dachte einige Sekunden nach. »Wenn du wirklich überzeugt bist, dass das Stück was mit Schaumburg zu tun hat, dann gibt es nur eine Lösung. Er produziert eine neue Sängerin. Eine neue Bartoli oder eine neue Netrebko.«

»Aber wer soll diese Sängerin sein? Die erschafft man doch nicht aus dem Nichts.«

»Er muss irgendwelche Kontakte haben. Oder er muss sich *einbilden*, sie zu haben. Du weißt ja, wie das ist. Bevor mich dieser von Schaumburg nicht davon überzeugt hat, dass er was auf dem Kasten hat, gehe ich erst mal davon aus, dass alles heiße Luft ist. Oder Schaum. Der sollte nicht Schaumburg, sondern Schaumschläger heißen.« Sie grinste vor sich hin.

»Und was wäre, wenn er doch eine unbekannte Komposition

entdeckt hätte?«, überlegte Alban. »Eine bisher unbekannte Oper zum Beispiel? Und er sucht gerade Sänger dafür?«

Marlene Babenberg wischte sich mit einer Serviette den Mund ab. »Aber das macht doch nicht der PR-Manager. Normalerweise sind die Dirigenten oder Musikwissenschaftler die großen Entdecker. Und dann suchen sie sich Sponsoren, um das Projekt zu realisieren. Aber so was wird von Jahr zu Jahr schwieriger. Gefragt sind Hits für die breite Masse. Keine unbekannten Opern. Ich kann das letztlich nicht entscheiden, aber wenn wir da mitmachen sollen, muss das ein sehr bekannter Komponist und ein sehr unbekanntes Stück sein.«

Alban kaute nachdenklich auf seinem Brot herum. Marlene Babenberg nutzte die Pause, um sich eine neue Zigarette anzuzünden. Das Handy meldete sich wieder. Diesmal mit der Melodie aus »Love Story«. Die Managerin fixierte das Display und tippte etwas in die Tastatur. »Diesmal von meinem Schatz«, sagte sie.

»Womit genau könnte man denn heutzutage bei einer Klassik-Plattenfirma ankommen?«, meldete sich Simone zu Wort. »Ich meine, was wäre denn geeignet, dass darin Geld investiert wird?«

Die PR-Managerin zuckte mit den Schultern. »Es gibt kein Patentrezept. Eine Harry-Potter-Oper? Madonna singt Klassik? So was vielleicht. Es muss ein Projekt sein, bei dem man auf einen bereits fahrenden Erfolgszug aufspringen kann.«

»Danach sieht die Partitur nicht aus«, sagte Alban. »Ich glaube nicht, dass Madonna dieses Stück singen könnte.«

»Mal im Ernst«, fuhr Marlene Babenberg fort. »Wenn man sich nicht an einen bestehenden Erfolg dranhängen kann, dann muss es irgendeine Story haben, die die Leute interessiert.«

»Eine Story?«, fragte Simone. »Ich denke, die Musik muss gut sein. Oder zumindest den Leuten gefallen. Seit ich Nikolaus kenne, weiß ich, dass es da ja einen Unterschied gibt …«

Marlene Babenberg fiel ihr ins Wort. »Natürlich muss die Musik gut sein und den Leuten gefallen. Am besten beides. Aber es muss mit irgendwas zusammenhängen, was die Leute interessiert. Vor ein paar Jahren hat es eine CD gegeben, auf der der Papst singt. Oder zur Musik spricht. So was zum Beispiel. Ich habe gehört, Benedikt XVI. spielt ganz gut Klavier …«

»Eine CD, auf der Bin Laden singt?«, schlug Simone vor.

Marlene Babenberg schüttelte den Kopf. »Das ist geschmacklos. Und damit würde man sich Ärger einhandeln. Schlechten Ärger. Das sollte man lassen.«

»Gibt es guten und schlechten Ärger?«, fragte Alban.

»Klar. Es gibt Kampagnen oder Produkte, die Ärger verursachen, weil sich die Leute daran stoßen, aber doch innerlich damit sympathisieren. Das ist für eine Firma nicht schlecht, weil man damit massiv in die Medien kommt.«

»Das ist also guter Ärger«, sagte Simone.

»Genau. Schlechter Ärger schreckt die Leute ab und schadet dem Image. Wenn man eine CD aufnehmen würde, auf der zum Beispiel eine dieser Videodrohungen mit Musik untermalt wird, dann würde man als Plattenfirma in den Verdacht kommen, den Islamisten Propagandamaterial zu liefern. Und dann könnte man die Bude wohl dichtmachen. Obwohl sich diese eine CD trotzdem sicher gut verkaufen würde, wenn die Leute neugierig genug wären.«

»Das ist aber nicht, was dieser Guido von Schaumburg vorhat«, sagte Alban.

»Kaum. Wenn das stimmt, was du sagst, will er irgendwas mit einer Sängerin machen. Vielleicht mit einem Wunderkind. Genau! Ein Gesangswunderkind.« Sie drückte die Zigarette aus. »Das könnte es ein. Ein Mädchen, das schön singt. Man kann es im Fernsehen auftreten lassen. Die Journalisten schreiben über seine glockenhelle Stimme ... Man macht Homestorys, in denen man darüber berichtet, dass das Mädchen trotz seiner gigantischen Begabung mit Puppen spielt, gern ins Kino geht und ein Plakat von Robbie Williams über dem Bett hängen hat ... Das ist eine Geschichte, die kaum Ärger verursacht. Sie ist nett, sie ist für die Omas dieser Welt geeignet – nur leider hat es sie schon so oft gegeben: Sandra Schwarzhaupt, Charlotte Church ... Aber was soll's: Wunderkinder kann man immer wieder mal bringen.«

»Das heißt, wenn Guido von Schaumburg mit einem Wunderkind ankäme, würdet ihr einsteigen?«, fragte Alban.

»Das habe ich letztlich nicht zu entscheiden, aber wenn es vernünftige Verträge gibt, viele Auftritte im Fernsehen, wenn das Kind einigermaßen was kann, Ausstrahlung hat, wenn also die Show stimmt ...«

»Sie haben eben gesagt, dass es bei einem Wunderkind kaum Ärger gibt«, meldete sich Simone wieder. »Wieso denn kaum? Eigentlich dürfte es doch gar keinen geben.«

Marlene Babenberg schüttelte den Kopf. »Sieben Prozent der Bundesbürger lehnen Wunderkinder ab. Und das betrifft nicht nur den Bereich Musik, sondern auch Sport, den Tanz und all das.«

Alban machte ein erstauntes Gesicht. »Sieben Prozent? Woher wisst ihr das denn so genau?«

»Die Musik ist eine Industrie, mein Lieber. Das sollte dir nicht entgangen sein. Und Industrien erforschen ihre Kunden sehr genau. Umfragen. Analysen. Du weißt schon.«

»Und warum lehnen sie Wunderkinder ab?«, wollte Simone wissen und schmierte sich ein Brot. »Es ist doch toll, wenn junge Leute begabt sind. Wenn sie sich damit nicht zu sehr verausgaben ...«

»Genau das ist der Punkt. Die Leute glauben, die Kinder hätten keine normale Kindheit mehr. Was ja auch stimmt. Was sogar im berühmtesten Fall, bei Mozart, gestimmt haben soll. Aber da kennst du dich besser aus, Nikolaus.«

»Von einer richtigen Kindheit konnte man bei Mozart sicher nicht sprechen«, sagte Alban. »Aber im 18. Jahrhundert hatte die ohnehin kaum jemand. Immerhin hatte Mozarts Vater so viel pädagogisches Geschick, dass er seinem Sohn wenigstens ein bisschen Kindheit gelassen hat ... Aber wie dem auch sei: Die Idee, dass von Schaumburg ein Wunderkind auf den Markt bringen will, finde ich interessant. Vielleicht ist es ein komponierendes Wunderkind, die Partitur ist am Ende von ihm.«

»Ein zweiter Mozart«, sagte die Managerin. »Das wäre natürlich der Hammer.« Sie legte die Stirn in Falten. »Wobei das mit dem Komponieren nicht so einfach rüberzubringen ist. Wie will man der Öffentlichkeit beweisen, dass die Stücke wirklich von dem Kind sind? Das ist nicht sehr publikumstauglich. Man müsste das Kind im Fernsehen öffentlich improvisieren lassen oder so was ... Aber ob das mit Gesang funktioniert? Ich stelle mir da eher ein Kind vor, das Klavier spielt ...« Nachdenklich zündete sie sich noch eine Zigarette an.

»Wenn das mit dem Wunderkind stimmt, sind wir die ganze Zeit einem Phantom nachgelaufen«, sagte Simone, als sie wieder ins Auto eingestiegen waren. »Dann hat Guido von Schaumburg irgendein Projekt auf Lager, das er in der Musikbranche platzieren will, und er macht eben ein Riesengeheimnis daraus. Was ja bei diesen Sachen wohl normal ist. Er hat Probeaufnahmen machen lassen, dafür gesorgt, dass sie aus Gründen der Geheimhaltung über seine Tante an ihn geschickt wurden. Irgendwie sind Teile des Materials, die Noten und eine Probe-CD, in das Antiquariat von Dennekamp gelangt und dadurch an Dagmar Dennekamp. Sie hat sich in ihrer romantischen Art in die Musik reingesteigert und vielleicht Herrn Dr. Joch damit angesteckt. Dass sie und Herr Joch dann ermordet wurden, ist eben ein Zufall. Ein eigenartiger zwar, aber das ändert nichts.«

Alban wendete am Kümpchenshof und fuhr zurück in Richtung Ebertplatz. Sicher, dachte er. So kann es gewesen sein. Und Arne Zimmermann ist schuldig. Die Polizei hatte die ganze Zeit recht.

»Aber wer hat dann am Samstag bei uns die CD gestohlen?«, fragte er. »Und warum?«

Simone zuckte mit den Schultern. »Vielleicht war es die einzige Kopie der Arie, und sie brauchen sie für das Projekt mit dem Wunderkind? Vielleicht ist ihnen das Original abhanden gekommen?«

»Wenn so etwas passiert, wendet man sich an das Studio und erhält eine neue CD. Und woher wusste der Einbrecher überhaupt, dass ich die CD hatte? Wer konnte es überhaupt wissen?«

Simone schüttelte den Kopf. »Keine Ahnung. Konzentrieren wir uns lieber darauf, wer dieser unbekannte Geliebte von Dagmar Dennekamp ist. Er muss irgendetwas mit dem Wald hinter Remagen zu tun haben. Und mit Gräfin von Schaumburg. Es kann auch kein Zufall sein, dass Dagmar Dennekamp diese Gegend in dem Gedicht beschreibt und wir dann ein Haus mit dem Schaumburg-Wappen finden. Machen wir mal da weiter, wo wir aufgehört haben. Bei dem Gedicht.«

Sie nahm das Notizbuch von der Rückbank und blätterte darin. »Hier am Schluss. Da gibt es immer noch ein paar Zeilen, die förmlich nach Enträtselung schreien.«

Sie suchte die Stelle und las: »*Kamst von weit, dem Lande der gelben Früchte, die einst schon ein Dichterfürst besang. Bist gekommen zu singen das Loblied Matthei. Bist verdammt, die Poesie im Verborg-*

nen, im Tal der Tauben, zu leben. So ging zugrunde, was als Balsam geboren ward, zum Gift der Engel … Das versteht kein Mensch.«

»Ich habe mir über die Stelle auch schon Gedanken gemacht«, sagte Alban. »Das mit den gelben Früchten – übrigens eine grausig schlechte Formulierung – ist eigentlich klar.«

»Tatsächlich?«

»Sie meint Zitronen. Und Goethe.«

»Das musst du mir ungebildetem Menschen aber erklären.«

»Goethe nennt man auch den Dichterfürsten. Er hat die berühmte Zeile geschrieben: ›*Kennst du das Land, wo die Zitronen blüh'n.*‹ Die Zitronen sind die gelben Früchte, und mit dem Land ist Italien gemeint. Dagmar Dennekamp hat als selbst ernannte Dichterin diese Stelle sicher gekannt.«

»Wenn du das sagst. Also weiter. Er ist gekommen, um das Loblied Matthei zu singen. Was könnte das bedeuten? Gibt es ein Stück, das so heißt? Loblied Matthei?«

»Das Einzige, was mir einfällt, ist die Matthäuspassion von Bach. Ein bekanntes Werk. Mit Sängern.«

»Ist das Stück auf einer der CDs von Dagmar Dennekamp gewesen?«

»Nein.«

»War irgendwas Italienisches drauf? Ein italienischer Sänger oder eine italienische Sängerin?«

»Auch nicht.«

»Dann kommt mir das aber alles ziemlich beliebig vor, was du da assoziierst.«

»Tut mir leid. Mehr fällt mir nicht ein.«

»Ich weiß ja nicht, ob ich da was zusammenfantasiere«, sagte Simone. »Aber stell dir mal Folgendes vor: Ein Sänger aus Italien kommt nach Deutschland und singt eine Rolle in dieser Matthäuspassion. Dagmar Dennekamp erlebt das mit und verliebt sich in ihn. Er wohnt dort oben in diesem Haus. Oder sie gehen dort spazieren. Wir müssten nichts anderes tun, als herauszufinden, wann die Matthäuspassion gespielt wurde und ob ein Italiener mitgesungen hat. Schon wissen wir, wen sie vielleicht meint.«

Alban schüttelte den Kopf.

»Klingt das denn nicht schlüssig?«, fragte Simone.

»Erstens: Die Matthäuspassion wird sehr oft aufgeführt, und zwar traditionell vor Ostern, in der Karwoche. Du kannst sie in Köln, in Bonn, in Wuppertal, in Leverkusen und sonst wo hören. Quer durch die ganze Republik und weit darüber hinaus. Außerdem singen mehrere Solisten und ein Chor mit. Wenn Dagmar Dennekamp das Wort ›singen‹ im übertragenen Sinne meint und vielleicht auch noch ›spielen‹ miteinbezieht, kommt noch das Orchester dazu. Je nach Art der Aufführung sind fünfzig bis achtzig Leute beteiligt.«

»Aber vielleicht war mal ein Solist darunter, der aus Italien kommt. Das muss doch rauszukriegen sein. Obwohl ... wenn Dagmar Dennekamp wirklich einen Geliebten hatte, der irgendwo dort oben gewohnt hat, vielleicht sogar in dem Haus, und der aus Italien stammt und dann vielleicht wegging – was ist damit bewiesen? Was hat das mit dem Fall zu tun? Selbst wenn es das Wunderkind wäre: Warum wurde sie ermordet?« Sie schwieg wieder nachdenklich, dann sagte sie: »Klar, ich hab's! Sie wollte den Wunderknaben von der Karriere abbringen. Guido von Schaumburg sah seine Felle schwimmen. All das Geld, das er mit der Wunderstimme zu verdienen hoffte, wäre flöten gegangen. Und deswegen musste Dagmar Dennekamp sterben. Wie klingt das?«

»Abenteuerlich«, sagte Alban. »Aber das bringt mich auf eine andere Idee.«

»Und die wäre?«

»Warum kann nicht umgekehrt ein Schuh draus werden? Es heißt in dem Gedicht doch, dass sich die Poesie dieses unbekannten Geliebten in Gift verwandelt.«

»Und?«

»Mit seiner Poesie ist wohl nach unserer Theorie seine Musik gemeint.«

»Richtig.«

»Und diese Poesie verwandelt sich in Gift. Also etwas Tödliches.«

»Du meinst ...?«

»Genau. Vielleicht ist der Geliebte der Mörder.«

»Ein italienischer Geliebter, der zum Mörder wird ...« Simone wandte den Kopf und sah Alban mit großen Augen an. »Mensch,

Nikolaus, ein Italiener! Dottore Bernardi! Ob er mehr mit der Sache zu tun hat, als wir dachten?«

In der Beethovenallee erwartete sie ein völlig ausgehungerter und durch lautstarkes Miauen protestierender Zerberus, der sogleich Witterung aufnahm, als Simone in die Küche ging. Sie holte eine angebrochene Dose Katzenfutter aus dem Kühlschrank. Zerberus konnte seinen Charme sehr gezielt einsetzen, wenn er Hunger hatte. Laut schnurrend strich er Simone um die Beine. Als der Napf mit dem Futter endlich auf seinem Fressplatz stand, war es mit der höflichen Werbung vorbei. Der Kater löste sich von Simone, stürzte seinem Napf entgegen, und das Schnurren verwandelte sich in gefräßiges Schmatzen.

Alban sah auf die Uhr. In dreieinhalb Stunden kamen die Gäste zum wöchentlichen Quartettspiel. Eine Woche, dachte er. Eine Woche ist es her, dass Dr. Jochs Leiche gefunden worden war. Die sieben Tage kamen ihm vor wie ein halbes Jahr.

»Ich gehe nach oben und bereite alles vor«, sagte er. Er trug zwei Kartons in den Händen, die der Postbote einfach vor die Haustür gestellt hatte.

In seinem Büro angekommen, schnitt er die Pappe auf und holte die CD-Stapel aus der Verpackung. Er warf einen beiläufigen Blick auf die Titel. Es war nur wenig dabei, was ihn neugierig machte. Klavierwerke von Jacques Offenbach. Das war sicher etwas, worauf die Welt gewartet hatte. Sie war offensichtlich der Operettenmelodien des Komponisten überdrüssig. Er öffnete die zweite Kiste. Mozart-Klaviersonaten, Cellosonaten von Beethoven, das Streichquartett von Ravel …

Alban türmte die Stapel auf. Einiges davon konnte er nachher gleich Fiona Bertram mitgeben. Er sammelte ein paar Aufnahmen zusammen, die er verschenken wollte, und als er sie auf dem Schreibtisch ablegte, bemerkte er das blinkende rote Lämpchen am Anrufbeantworter.

Er drückte die Wiedergabetaste. Die Stimme von Dr. Schneider schallte durch den Raum.

»Schade, dass ich Sie nicht persönlich antreffe, Herr Alban. Es hat sich etwas in unserem Fall getan. Leider nichts Erfreuliches. Ich bitte um Rückruf.«

Alban wählte die Nummer des Anwalts. Die Vorzimmerdame meldete sich. »Es tut mir leid, Herr Dr. Schneider ist bereits außer Haus. Versuchen Sie es bitte morgen wieder.«

Alban bedankte sich und wählte Dr. Schneiders Privatnummer. Niemand hob ab. Dann versuchte er es bei Dottore Bernardi. Nach dreimaligem Klingeln ging der Anrufbeantworter an, den Alban schon kannte.

Er seufzte, steckte das Telefon auf die Ladestation und machte sich daran, die Pulte aufzubauen.

Wie immer waren es Fiona und Stollmann, die als Erste ankamen.

Hoffentlich lässt uns Gerhard nicht hängen, dachte Alban. Vor allem nach dem Ärger gestern.

Kaum hatte sich Stollmann seines Mantels entledigt und Simone in der Küche um den obligatorischen Wein gebeten, klingelte es erneut. Alban öffnete, und draußen stand Kessler.

Alban überprüfte den Gesichtsausdruck des Hauptkommissars. Er wirkte entspannt. Offenbar war er nicht nachtragend. Umso besser, dachte Alban und spürte, wie innerlich eine Last von ihm abfiel.

Kessler rieb die Hände aneinander. »Kalt geworden«, sagte er.

Alban begrüßte ihn und nahm Stollmanns Geigenkasten mit nach oben. Kessler und Fiona folgten mit ihren Instrumenten.

»Ich hoffe, dass wir heute ein gutes Stück weiterkommen«, sagte Alban.

»Hast du dich eigentlich mal erkundigt, ob wir das Beethovenhaus bekommen?«, wollte Kessler wissen. »Schließlich haben wir ja vor, irgendwann öffentlich aufzutreten.«

Er hat noch bessere Laune, als ich dachte, überlegte Alban. Normalerweise war es immer Kessler, der solche Pläne kritisch betrachtete.

»Hast du nicht gesagt, dass du es dir als Polizeikommissar nicht leisten kannst, dich öffentlich zu blamieren?«

»Ich sehe das jetzt alles viel lockerer. Ich habe einen guten Stand in der Behörde, weißt du. Vielleicht werde ich auch demnächst befördert.«

»Zu was denn? Zum Polizeichef?«

Sie betraten Albans Arbeitszimmer. Fiona war anzusehen, dass sie Albans Ironie verstand. Kessler dagegen ging ihm voll auf den Leim. »So schnell geht das nicht«, sagte er. »Aber mal sehen ...«

»Wenn ihr etwas trinken möchtet – ein Glas Wein oder etwas anderes«, sagte Alban.

Kessler nickte. »Kümmer du dich mal um Frau Bertram. Ich geh runter und lass mir etwas von Simone geben. Ich bringe Ihnen ein Glas mit, Fiona.«

»Wie sieht es denn mit dieser geheimnisvollen Partitur aus?«, fragte sie, als Kessler hinausgegangen war. »Haben Sie herausgefunden, von wem das Stück stammt?«

Alban blickte in ihre großen grünen Augen und schüttelte den Kopf. »Leider nicht. Aber seit wir neulich die Arie durchgegangen sind, konnte ich doch ein paar Erkenntnisse gewinnen.« Alban berichtete von den Untersuchungen, die Jung an der Partitur vorgenommen hatte, und er fasste auch deren Ergebnisse zusammen. »Es scheint sich um ein Arrangement zu handeln.«

»Merkwürdig, was diese Musikwissenschaftler so alles mit Musik anstellen«, sagte Fiona. »Sie scheinen völlig zu vergessen, dass es bei Musik doch um Kunst geht. Um Gefühle. Um Ausdruck.«

»Dem kommen sie manchmal auch auf die Spur. Das nennen sie dann Musikpsychologie. Damit es einen wissenschaftlichen Namen hat.«

»Meiner Schwester hat das Stück gut gefallen. Ich soll Ihnen ausrichten, dass sie sich sehr freuen würde, wenn Sie ihr eine Kopie der Partitur überlassen könnten. Sie hat wirklich Lust, die Arie zu studieren. Oder es zumindest zu versuchen.«

»Wir müssen darauf Rücksicht nehmen, dass sie mir nicht gehört. Streng genommen ist die Partitur im Besitz von Dr. Jochs Bruder. Er hat mich sogar eine Erklärung unterschreiben lassen. Ich muss die Handschrift bald zurückgeben. Aber vielleicht finden wir einen Weg.«

Die Tür ging auf, und Kessler kam zurück, in jeder Hand ein gefülltes Weinglas. Stollmann ließ noch auf sich warten.

Fiona ging mit ihrem Wein zur anderen Seite des Raumes und beschäftigte sich wieder mit Albans Büchern.

»Ach ja, die Partitur«, sagte Kessler. »Hast du sie noch hier?«

»Sicher«, sagte Alban und hoffte, dass sich jetzt kein Gespräch über dieses Thema entspann. Der Abend sollte nur der Quartettprobe gehören. Alles, was dabei störte, hatte in den nächsten zwei, drei Stunden hier nichts verloren.

»Am besten, du gibst sie mir jetzt gleich, damit ich sie nachher nicht vergesse.«

Alban sah ihn überrascht an. »Warum das denn? Ich darf sie noch eine knappe Woche behalten. Das ist mit Herrn Joch so vereinbart.«

Kesslers Blick veränderte sich. Da war er wieder, der strenge Hauptkommissar.

»Die Vereinbarung ist hinfällig. Du kennst die neuen Entwicklungen nicht.«

»Was für Entwicklungen?«

»Wir haben Arne Zimmermann überführt. Der Fall ist geklärt.«

»Geklärt?«

»Wir haben einen Zeugen gefunden. Er hat gesehen, wie Zimmermann die Leiche auf der Baustelle versteckte.«

Wieder öffnete sich im Hintergrund die Tür, und Stollmann, einen heiteren Ausdruck auf dem Gesicht, kam herein. »Na, meine Damen und Herren«, sagte er fröhlich. »Können wir?«

Kessler beachtete ihn nicht. »Ich habe dir von Anfang an gesagt, dass es nur eine Frage der Zeit ist.«

»Aber warum braucht ihr die Partitur?«

»Zimmermann hat versucht, damit von sich abzulenken, als er dich besucht hat. Sie ist ein Beweisstück.«

Alban schüttelte den Kopf. »Das ist alles nicht wahr. Du musst dir unbedingt anhören, was ich herausgefunden habe.«

Stollmann und Fiona taten so, als hörten sie den Disput zwischen Alban und Kessler nicht. Sie holten ihre Instrumente aus den Kästen und nahmen Platz.

»Herausgefunden? Zimmermanns Unschuld?«

»So einfach ist das nicht. Aber an dieser Partitur hängt eine ganze Geschichte. Sie ist Teil eines geheimnisvollen Plans. Da hat jemand etwas vor.«

»Nikolaus«, sagte Kessler ganz ruhig, »ich weiß, dass dich dieses Stück interessiert. Dass du etwas über diese Arie herausfinden willst. Aber es war doch von Anfang an klar, dass das alles nichts mit dem Mord an Dr. Joch zu tun hat.«

»Und was ist mit dem Mord an Dagmar Dennekamp? Hat es damit auch nichts zu tun? Es gibt eine Verbindung zwischen diesen beiden Fällen, Gerhard, da bin ich mir absolut sicher.«

»Noch mal: Kannst du es beweisen?«

»Die Orchesterbegleitung zu der Arie ist in einem Kölner Studio auf CD aufgenommen worden. Und eine Kopie davon fand sich unter den Sachen von Dagmar Dennekamp.«

»Wo ist diese CD?«

»Gestohlen. Das weißt du doch. Am Samstag ist hier jemand eingedrungen und hat sie mitgenommen. Nur die CD. Nichts anderes.«

»Soviel ich weiß, ist es nicht strafbar, CDs aufzunehmen.«

»Aber jemand bauscht das zu einem riesigen Geheimnis auf.«

Kessler wandte sich ab und holte sein Cello aus dem Kasten. »Gibt es denn in der Musikbranche keine Geheimniskrämerei? Vielleicht hat jemand Angst, dass ihm ein anderer eine Idee klaut? Oder ein Stück?«

»Warum hat der Einbrecher dann die Partitur nicht mitgenommen? Sie lag direkt daneben. Aber es ging ihm nur um die CD ...«

Alban hielt inne. Es war ja nicht nur Musik auf der CD gewesen! Auch das Video. Der kurze Film mit der Sängergestalt. Ob es dem Einbrecher darum gegangen war, dieses Video zurückzubekommen? Damit nicht zu früh bekannt wurde, wer sich dahinter verbarg? Wer das Wunderkind war?

»Können wir jetzt bitte anfangen?«, fragte Kessler in die Runde. »Komm, Nikolaus, schnapp dir deine Geige. Ehe ich meine gute Laune verliere.«

»Einen Moment noch«, sagte Alban. »Eines will ich noch wissen. Wer ist denn der Zeuge, der Arne Zimmermann gesehen haben will?«

»Bitte«, sagte Stollmann, der offensichtlich langsam die Geduld verlor. »Letzte Woche ist die Probe schon wegen dieser Geschichte ausgefallen. Es wäre schade, wenn das heute wieder passieren würde.« Fiona nickte, sagte aber nichts.

»Nikolaus, jetzt lass es«, rief Kessler. »Er will ihn nicht nur gesehen haben, sondern er hat ihn definitiv gesehen. Und du glaubst doch nicht, dass ich dir weitere Einzelheiten verrate. Halt dich ein für alle Mal aus dem Fall heraus. Klar? Das ist mein allerletztes Wort.«

Als wolle er seinen Worten Nachdruck verleihen, stand Kessler auf und ging zu Albans Schreibtisch. Dort lag im Schein der Lampe die schwarze Mappe. »Hier ist sie doch drin, oder?«, fragte er und griff hinein. Er zog die Partitur heraus und legte sie in seinen Cellokasten.

Alban drehte sich und sah Stollmann und Fiona mit den Instrumenten auf den Knien auf ihren Plätzen sitzen. Einträchtig lächelten sie ihm entgegen.

Er seufzte und setzte sich ebenfalls. Es hatte alles keinen Zweck. Er hatte die Chance gehabt, Zimmermann zu entlasten. Es hatte nicht sollen sein. Nun gut. Dann würde das normale Leben eben wieder Einzug halten. Er hatte eine Menge Arbeit, war im Rückstand mit seinen CDs. Und irgendwann würde er vielleicht eine Aufnahme geschickt bekommen, auf der ein junger, bisher unbekannter, aber laut Plattenfirma sehr begabter Sänger etwas sang, was sich nach seiner Arie anhörte. Seine Arie …

Er bekam kaum mit, wie er mechanisch den Takt vorgab und sie zu musizieren begannen. Wenn die CD jemals erschien, würde er alles erfahren. Vielleicht war Zimmermann zu diesem Zeitpunkt noch nicht verurteilt, und es würde sich noch lohnen, alles neu aufzurollen.

Albans drei Mitspieler brachen ab und sahen ihn erstaunt an.

»Was ist los?«, fragte er.

»Du hast vergessen, die Wiederholung zu spielen«, sagte Kessler. »Deinetwegen sind wir rausgekommen.«

»Also gut«, sagte Alban. »Fangen wir noch einmal von vorne an.«

21

Alban saß an seinem Schreibtisch, umgeben von einer schwer definierbaren Musik, die an eine diffuse Klangwolke erinnerte. Vor ihm lag ein Blatt Papier, und er wollte mit dem gespitzten Bleistift in der Hand unbedingt etwas schreiben, aber es wollten ihm die richtigen Worte nicht einfallen. Er blickte auf und sah vor sich den Turm der CDs wachsen, langsam, aber sicher der Decke entgegen. Er beobachtete das Schauspiel staunend und fragte sich, ob die Säule durch das Dach stoßen würde, wenn sie oben angekommen war. Bevor es so weit war, wachte er auf.

»Mich würde wirklich mal interessieren, wer dieser obskure Zeuge ist«, sagte Simone und stellte die Kaffeekanne auf den Tisch.

Alban löste sich von seinen nächtlichen Bildern. »Gerhard hat sich richtig darin geaalt, dass er es mir nicht sagen darf. Und gleichzeitig ist er die ganze Zeit darauf herumgeritten, dass er dafür demnächst wohl befördert wird.«

Er wollte von seinem Brötchen abbeißen, überlegte es sich dann jedoch anders, legte es auf den Teller und nahm erst einen Schluck Kaffee.

»Und was willst du jetzt machen?« Simone setzte sich an den Tisch.

»Was wissen wir denn? Dort oben in den Hügeln hinter der Apollinariskirche gibt es eine Person, die Dagmar Dennekamp als ›Geliebten‹ bezeichnet. Wenn man die Sache mit dem ›Loblied Matthei‹ nach deiner Version deutet, hat dieser Mensch einmal in der Matthäuspassion mitgesungen. Außerdem ist er musikalisch oder auch allgemein künstlerisch begabt. Vielleicht fand Dagmar Dennekamp ihn gerade deswegen so anziehend. Vielleicht sind sie da oben in den Hügeln durch den Wald gestreift, und sie haben beide eine romantische Ader gehabt.«

»Und der Geliebte könnte auch ihr Mörder sein.«

»Es stellt sich die Frage, ob er in der Matthäuspassion auftrat oder ob er ganz allgemein ein Sänger ist, der die Matthäuspassion im Repertoire hat. Allerdings gibt es da ein Problem.«

»Welches?«

»Ein italienischer Sänger als Solist in der Matthäuspassion ist eher ungewöhnlich.«

»Warum das denn? Gibt's in der Musik Nationalismus?«

»Es gibt bestimmte Repertoiretraditionen. In Italien singt man eher Oper. Doch Ausnahmen bestätigen die Regel. Ich werde mich gleich darum kümmern. Ich sehe mir an, was in den letzten Jahren in der Gegend aufgeführt wurde und welche Schallplattenaufnahmen es gibt. Und ich werde noch mal versuchen, Herrn Bernardi zu erreichen.«

Simone stand auf und brachte ihr Geschirr in die Spülmaschine. »Ich muss heute arbeiten. Das Wetter ist ideal.«

»Ich sag dir dann heute Abend, was ich herausgefunden habe.«

»Falls sich an die Untersuchungen wieder irgendwelche Rundfahrten anschließen: Ich gehe heute Abend mit einer Freundin ins Kino. Also bis dann.«

Sie verließ die Küche, und ein paar Minuten später hörte Alban, wie die Haustür ins Schloss fiel. Kurz darauf röhrte draußen der Diesel von Simones Laster.

Alban sah auf die Uhr: halb neun. Noch zu früh, um ein paar seiner Kontakte spielen zu lassen. Aber genau die richtige Zeit, um sein Archiv zu durchforsten.

Als Erstes untersuchte er die CD-Einspielungen der Matthäuspassion, die er selbst besaß.

Was mache ich, wenn irgendwo tatsächlich ein Italiener mitsingt?, fragte er sich. Soll ich ihn aufsuchen und ihn fragen, ob er schon mal in Remagen war?

Seine Aufnahmen gaben keinen Hinweis, und die Schallplattenkataloge, die er durchging, auch nicht. Er stellte sich vor ein anderes Regal und reckte sich, um an einige Stehordner zu kommen, die sich in der obersten Reihe befanden. Sie enthielten Programmhefte von Konzerten, die Alban besucht hatte.

Er fand in den Unterlagen nur ein einziges Heft, das passte: eine Aufführung der Matthäuspassion in der Kölner Philharmonie. Das

Konzert hatte vor einigen Jahren stattgefunden. Kein Italiener unter den Solisten. Aber es gab ja auch einen Chor.

Alban spürte, wie ihm der Mut sank. Das hatte alles keinen Zweck. Die Namen der Chormitglieder wurden selten im Programmheft aufgeführt. Und selbst wenn es der Fall war: Er konnte ihnen kaum einzeln nachgehen.

Und wenn es doch nicht die Matthäuspassion war, die Dagmar Dennekamp gemeint hatte? Loblied Matthäi … Wie albern das klang. So gewollt und angestrengt altmodisch.

Der Vollständigkeit halber studierte er noch ein paar Konzertbroschüren, aber auch hier kam er nicht weiter.

Er griff zum Telefon und wählte.

»Beethoven Orchester Bonn«, drang eine Männerstimme aus dem Hörer. Alban meldete sich.

»Ah, Herr Alban. Nett, von Ihnen zu hören. Wie geht es Ihnen?«

»Die Freude ist ganz meinerseits. Mir geht es sehr gut. Und Ihnen? Viel Arbeit mit der Spielzeit?«

»Oh ja, viel Arbeit. Aber es macht Spaß. Und das ist die Hauptsache. Möchten Sie mal wieder ein Konzert besuchen? Wir haben Sie lange nicht gesehen.«

»Darum rufe ich eigentlich nicht an. Das heißt, vielleicht komme ich zur Schostakowitsch-Sinfonie Anfang Dezember.«

»Sehr gerne. Soll ich das gleich vormerken?«

»Oh ja, vielen Dank.«

Alban hörte, wie auf der anderen Seite etwas in den Computer getippt wurde.

»Kein Problem. Was kann ich denn nun für Sie tun?«

»Es klingt vielleicht etwas merkwürdig«, begann er. »Aber hat es in den letzten Jahren einmal eine Aufführung der Matthäuspassion in Bonn gegeben, in der ein Italiener mitgesungen hat?«

»Ein Italiener? Warum interessiert Sie denn so was?«

»Es geht um ein Projekt einer Schallplattenfirma. Sie wollen etwas veröffentlichen, halten aber den Namen eines Solisten geheim. Und ich habe einen Hinweis bekommen, der mich vielleicht auf die richtige Spur bringt.«

»Das klingt spannend, Herr Alban. Darf es denn auch eine Italienerin sein?«

»Es geht das Gerücht, dass es sich um einen Mann handelt.«

»Das ist aber selten, dass Italiener in der Matthäuspassion mitsingen.«

»Ich dachte, umso mehr erinnert man sich daran, wenn es doch einmal der Fall gewesen ist.«

Wieder wurde getippt.

»Hm, ich glaube, das sieht schlecht aus.«

»Wie oft haben Sie denn die Matthäuspassion in Bonn in den letzten Jahren gegeben?«

»Wir machen ungefähr alle zwei Jahre eine Bach-Passion. Abwechselnd Matthäus und Johannes ... Moment, ich sehe mir das mal genauer an.«

Wieder Getippe. »Hier habe ich was, glaube ich. Es ist aber kein Solist aus Italien dabei.«

»Jemand aus dem Chor?«

»Das kann man so sagen. Wir hatten einen ganzen italienischen Chor zu Gast, der in der Matthäuspassion mitgesungen hat. Er hieß ›Coro San Lorenzo‹.«

»Hat nicht der Beethovenchor gesungen? Das ist doch sonst üblich.«

»Der ›Coro San Lorenzo‹ ist ein Kinderchor. Er hat den Beethovenchor verstärkt. Für die Choräle. So wird das ja manchmal gemacht ... Tut mir leid, andere Italiener finde ich nicht.«

»Woher kam der Chor?«

»Aus Palermo. Es war ein Chor aus Waisenkindern.«

»Und er ist extra wegen der Choräle in der Matthäuspassion nach Bonn gekommen?«

»Sie haben hier mehrere Konzerte gegeben. Auch in anderen Städten im Rheinland. Sie waren ungefähr drei Wochen unterwegs. Erinnern Sie sich denn nicht? Damals ist doch diese schlimme Sache passiert ...«

»Welche schlimme Sache?«

»Ein Junge aus dem Chor ist entführt worden. Das hat die Konzerte überschattet.«

Alban, der das Gespräch bisher im Stehen geführt hatte, setzte sich und griff instinktiv zu einem seiner spitzen Bleistifte. »Eine Entführung? Hier in Bonn?«

»Nein, ich glaube, es passierte, als sie unterwegs waren. In der Eifel, soweit ich mich erinnere.«

»Kam der Junge ums Leben?«

»Wahrscheinlich. Haben Sie davon nichts gehört?«

»Wie lange ist das her?«

»Elf Jahre.«

»Wer hat das getan?«

»Keine Ahnung.«

Alban rechnete zurück. 1995. Dieses Jahr würde er nie vergessen. Es war das Jahr, in dem er Lea kennengelernt hatte. Das ganze Frühjahr und den ganzen Sommer hatten sie im Liebesrausch gelebt. Sie waren nach Salzburg gefahren, von da aus nach Wien und am Ende des Sommers noch an die Riviera.

»Ich war in diesem Jahr kaum in Deutschland«, sagte er. »Auf jeden Fall danke ich Ihnen sehr. Und es war mir eine Freude, wieder mal mit Ihnen zu plaudern.«

»Die Freude ist ganz meinerseits, Herr Alban.«

Er verabschiedete sich, legte auf, suchte Bernardis Nummer und wählte. Wieder nur der Anrufbeantworter. Alban stellte das Mobilteil auf die Station und starrte nachdenklich vor sich hin.

♪

Er versucht, sich ein Leben jenseits der Mauer und der Wälder vorzustellen. Es will ihm nicht gelingen.

Es ist wohl die Angst, die mich bisher davon abgehalten hat, denkt er.

Und die Angst ist jetzt auch da. Er kann sie nur bezähmen, indem er sich vorstellt, wie die Frau auf der anderen Seite des Flusses auf ihn wartet.

Er fasst das beschriebene Blatt ins Auge. Sein Blick folgt den runden, blauen Buchstaben auf dem linierten Papier. Den Text kennt er längst auswendig.

Es muss schnell gehen.

Der Junge glaubt, sich zu erinnern, dass hinter dem Tor ein bewaldeter Abhang beginnt. Dort wird er sich vielleicht verstecken können. Aber dann muss er weiter. An den Fluss und auf die andere Seite.

Er steht von dem Stuhl auf, der am Fenster steht, sieht sich die Kleider an, die er auf dem Bett ausgebreitet hat.

Seine Hosen und ein paar Hemden sind zu einem langen Seil verknotet. Damit könnte er versuchen, aus dem Fenster zu klettern.

Was soll er tun, wenn er erst da unten ist? Das zweite Hindernis ist die Mauer. Wie soll er sie überwinden?

Der Junge sitzt da und denkt nach, doch ihm fällt nichts ein.

Er muss es machen wie in der Musik. Improvisieren. Darauf vertrauen, dass es schon irgendwie weitergeht, wenn man erst einmal den richtigen Weg eingeschlagen hat.

Plötzlich ist der Wunsch, dieses enge Zimmer, dieses Haus zu verlassen, ganz stark.

Am liebsten würde er es sofort versuchen.

Aber er muss geduldig sein. Warten.

Auf die Dunkelheit.

♪

Es war wie bei den Matrioschkas, diesen russischen Holzfiguren. Kaum hatte man eine geöffnet, kam schon die nächste zum Vorschein. Nur dass es sich hier nicht um hölzerne Hohlfiguren handelte, sondern um Verbrechen. Ineinander verschachtelte, miteinander verzahnte Verbrechen.

Oder war es doch Einbildung? Purer Zufall? Hatte dieses mehr als zehn Jahre alte Verbrechen etwas mit dem Tod von Dr. Joch und Dagmar Dennekamp zu tun – ja oder nein?

Das Telefon klingelte.

»Dr. Schneider hier.«

»Guten Morgen. Ich habe schon alles erfahren. Es gibt einen Zeugen.«

»Ja.« Seine Stimme klang niedergeschlagen. »Ich glaube, jetzt können wir nichts mehr tun.«

»Wissen Sie, wie der Zeuge heißt?«

»Noch nicht. Es kann auch eine Weile dauern, bis ich das erfahre. Unter Umständen bis zum Prozess ... Ich hatte wirklich geglaubt, wir würden es schaffen.«

Das Gespräch verlief im Sande. Sie verabschiedeten sich.

Alban fühlte sich leer. Wie ein Luftballon, aus dem man die Luft herausgelassen hat, dachte er. Er erhob sich. Arbeiten, sagte er sich. Du musst arbeiten.

Alban ging hinüber zum CD-Stapel und sortierte ihn in drei Abteilungen: gar nicht erst anhören, vielleicht anhören und auf jeden Fall anhören. Auf dem Stapel, den er sich vornehmen musste, lagen mindestens zwanzig CDs, und er überlegte, mit welcher er beginnen sollte.

Um halb zwei ging Alban nach unten, um sich ein Brot zu machen. Kaum hatte er damit begonnen, kam Simone nach Hause. Sie sah abgearbeitet aus; ihre grüne Hose war schmutzig.

»Ich werd erst mal duschen, bevor ich was esse«, sagte sie.

Alban hatte keine Lust, wieder nach oben zu gehen. Bis sie frisch duftend in Jeans und Pulli in die Küche kam, hatte er den Tisch gedeckt – mit Brot, Butter, Aufschnitt.

Simone setzte heißes Wasser auf. »Ich mache mir noch einen Tee.«

Als sie gemeinsam am Tisch saßen, rückte Alban damit heraus, was er erfahren hatte. Simone blieb der Mund offen stehen.

»Das darf doch nicht wahr sein. Meine Güte, Nikolaus, das ist ja eine Spur. Und was für eine!«

»Glaubst du wirklich?«

»Natürlich!«

»Aber wir wandern von einem Fall zum nächsten. Immer wenn wir etwas Kriminelles entdecken, vermuten wir einen Zusammenhang. Und jetzt ist es schon wieder anders, als wir dachten. Wir haben geglaubt, dass Dagmar Dennekamp einen Geliebten hatte, mit dem sie da oben spazieren ging. Und wenn dieser Dichterin nicht die Metaphern durchgegangen sind, stammt er aus Italien. Und nun die Sache mit dem Kinderchor. Haben die Kinder etwas damit zu tun?«

»Wann war der Chor hier?«

»Vor elf Jahren.«

»Wie alt waren die Kinder in dem Chor?«

»Normalerweise sind sie noch nicht im Stimmbruch. Also zwischen sieben und zwölf.«

»Aber Nikolaus, das ist doch alles sonnenklar. Nehmen wir an,

Dagmar Dennekamp hatte kurz vor ihrem Tod einen Freund, der als Kind in diesem Chor war. Als sie ermordet wurde, war er elf Jahre älter. Also zwischen achtzehn und dreiundzwanzig. Das passt.«

»Und die Entführung?«

»Die muss ja nicht unbedingt etwas damit zu tun haben. Es reicht, wenn irgendjemand aus dem Chor später wieder ins Rheinland kam. Zum Beispiel um hier zu studieren. Vielleicht Gesang. An der Hochschule in Köln zum Beispiel. Frag doch mal die Schwester von Frau Bertram.«

»Trotzdem. Dass wir da wieder auf ein Verbrechen stoßen, ist schon merkwürdig.«

»Was ist denn aus dem Jungen geworden?«

»Wahrscheinlich ist er tot.«

»Weißt du, wie er hieß?«

»Nein.«

Simone wiegte unruhig den Kopf. »Wir sollten uns mehr Fakten beschaffen. Hast du schon mal im Internet nachgeschaut?«

Alban wollte nicht zugeben, dass er daran noch nicht gedacht hatte. »Meinst du, das bringt uns weiter?«

»Versuchen wir's.«

Das Wörterbuch in der Hand, gab Alban Simone Stichwörter für die Suchmaschine vor.

»Entführung heißt *rapimento*«, sagte er. »Kombiniere das doch mal mit ›Coro San Lorenzo‹ ...«

Nach längerem Suchen fand Simone ein paar Artikel und druckte sie aus. Alban konzentrierte sich auf die Texte, wobei er immer wieder Vokabeln nachschlug.

»Der Junge hieß Domenico und wurde auf einem Autobahnrastplatz entführt. Offenbar war der Chor gerade auf dem Weg nach Trier. Der Fall ist aber geklärt. Sie haben den Täter verurteilt. Er hat insgesamt vier kleine Jungen ermordet. Ihre Leichen hat er ...« Alban blätterte, und es dauerte eine Weile, bis er das Wort gefunden hatte. »Er hat sie in einer Kiesgrube in der Nähe von Mailand versteckt.«

»Und wie hat er den Jungen vom Rastplatz in Deutschland nach Italien gebracht?«

Alban schüttelte den Kopf. »Das steht hier nicht. Wahrscheinlich hat er ihn einfach ins Auto gezerrt und ist weggefahren. Vielleicht hatte er ja einen Transporter.«

»Wurden die anderen Kinder auch in Deutschland entführt?«

Alban runzelte die Stirn. »Nein, aber eins in Österreich, soweit ich das hier verstehe. Der Täter war aber Italiener. Ach, und hier steht noch was Interessantes. Man hat die Leichen der Kinder nie gefunden. Sie haben diese Kiesgrube wochenlang durchsucht. Ohne Ergebnis.«

»Dann ist das so eine ähnliche Sache wie im Fall des kleinen Pascal«, sagte Simone. »Erinnerst du dich?«

Alban nickte. Diese Geschichte hatte die ganze Nation erschüttert.

»Das führt zu nichts«, sagte er. »Wir kommen so nicht weiter. Dass der Italiener, den wir suchen, aus dem Chor stammt, ist ja möglich. Dass es die Entführung gegeben hat, kann wirklich Zufall sein.«

»Oder der Junge, dessen Leiche ja nicht gefunden wurde, ist noch am Leben. Er ist auf geheimnisvolle Weise ins Rheinland gekommen, und Dagmar Dennekamp verliebte sich in ihn. Und er lebt unerkannt irgendwo hier in der Gegend, sozusagen mit einer neuen Identität …«

Alban seufzte. »Du solltest Romane schreiben, Simone.«

Er spürte, wie er plötzlich die Fassung verlor. Das Gefühl war nicht zu kontrollieren. Es war, als würde ihn irgendetwas innerlich auseinanderreißen. Er ließ sich in den Sessel fallen, in dem sonst immer Zerberus lag. Der Kater hatte wieder seinen Platz auf der Fensterbank eingenommen.

»Was ist los?«, fragte Simone.

Er drückte die Hand auf die Brust. Ja, was war los? Er hatte das Gefühl, nicht mehr frei atmen zu können. Ein Herzinfarkt? Stollmann hatte ihn immer davor gewarnt.

»Mir ist auf einmal etwas flau«, sagte er. »Ist gleich vorbei.«

»Das hat dich alles ziemlich angestrengt. Du musst dich ausruhen.«

Alban atmete schwer. »Weißt du, ich habe Zimmermann geglaubt, dass er Joch nicht umgebracht hat. Ich war sicher. Und als er mir dann den Brief schrieb … Ich habe dafür die Verantwortung übernommen, dass er freikommt.«

»Aber so darfst du nicht denken. Das kann keiner von dir verlangen.«

Alban nickte. Sie hatte ja recht. Er ärgerte sich, dass er sich so gehen ließ. Er atmete ein paarmal tief durch. Langsam spürte er Erleichterung.

Simone sah auf ihre Armbanduhr. »Ich muss mich fertig machen. Ich will ja noch ins Kino. Weißt du was? Komm doch mit. Es ist ein musikalischer Film. Vielleicht interessiert er dich auch.«

»So was wie ›Amadeus‹?«, fragte Alban, der den berühmten Mozart-Film zwar ganz amüsant, aber nicht wirklich gut gefunden hatte.

»›Die Kinder des Monsieur Mathieu‹«, sagte Simone. »Da geht es um einen Lehrer in einem Waisenhaus, der mit schwer erziehbaren Schülern einen Chor gründet ...«

»Und sie dadurch bessert ... Jaja, die geheime Macht der Musik. Kitsch.« Er stand auf. Seine Übelkeit war zwar noch nicht ganz vorüber, aber er wollte sich zusammenreißen. »Noch ein Chor. Damit sind wir ja wieder beim Thema.«

»Wenn du lästern kannst, dann geht es dir wohl wieder gut?«

»Ich habe gerade entschieden, dass ich heute Abend mal wieder ins Konzert gehen könnte.« Der Gedanke war ihm schon durch den Kopf gegangen, als er mit dem Büro des Beethovenorchesters telefoniert hatte.

»Wenn dich das beruhigt.«

»Du klingst wie eine Psychotherapeutin. Wie spät ist es? Kurz nach sechs. Genau die richtige Zeit.« Er ging zum Schreibtisch und wählte erneut die Nummer des Orchesters.

»Sind Sie mit Ihrem Italiener weitergekommen, Herr Alban?«

»Leider nicht. Aber das macht nichts. Es hat sich wohl sowieso alles in Rauch aufgelöst.«

»Schade. Und ich dachte, Sie würden mir vielleicht eines Tages eine spannende Geschichte erzählen.«

»Das kann ich ohnehin tun«, sagte er. »Sie werden staunen, was für spannende Geschichten das Leben schreibt.«

Alban bestellte eine Karte für heute Abend und legte auf. Simone hatte sich zurückgezogen. Er nahm das Jahresprogramm der Konzerte und suchte das heutige Datum. Ein schönes klassisches Programm wartete auf ihn. Die Ouvertüre »Die Hebriden« von Mendelssohn, die dritte Sinfonie von Schubert und die Nummer 102 von Haydn.

♪

Der Mann ist fort. Irgendwo im Haus hält sich Luisa auf, aber sie wird sich nicht um ihn kümmern. Sie bewohnt ein eigenes kleines Apartment, wo sie ihre Freizeit meist mit Lesen verbringt. Ganz selten lässt sie den Fernseher laufen. Der Junge hat noch nie verstanden, warum. Luisa lebt in einer Welt der Stille. Sie kann den Vorgängen auf dem Bildschirm kaum folgen.

Das Zimmer des Jungen ist nur durch die kleine Lampe beleuchtet, die auf dem kleinen Tisch am Fenster steht. Sie spiegelt sich in der schwarzen Scheibe.

Auf dem Bett liegen die zusammengebundenen Wäschestücke.

Jetzt oder nie. Er muss es wagen.

Er geht zum Tisch und löscht das Licht. Dann wartet er geduldig, bis sich seine Augen an die Dunkelheit gewöhnt haben.

Er öffnet das Fenster. Die Nachtluft bringt den Geruch von Erde und Laub herein. Das Aroma einer unendlichen Nacht. Einer unendlichen Welt.

Der Geruch der Freiheit.

Wo soll er das improvisierte Seil befestigen? Am Tisch? Nein, der ist zu leicht. Der Heizkörper unter dem Fenster ist besser.

Die Kleidungsstücke sind dick. Die Rohre der Heizung verlaufen eng an der Wand. Er muss kämpfen, um die zusammengedrehte Hose dahinter durchzuschieben.

Der Junge hält inne, als er es gerade geschafft hat. Etwas hat sich verändert. Ein Geräusch nähert sich.

Irgendwo da draußen fährt ein Wagen.

Der Junge weiß, was das bedeutet.

Der Mann kommt zurück.

♪

Alban versuchte, seine Gedanken abzuschalten. Nur im Hier und Jetzt zu leben. Einfach zu genießen. Simone hatte ihm diese Fähigkeit schon oft abgesprochen. Ihm vorgeworfen, ein reiner Kopfmensch zu sein.

Wie lange bin ich nicht im Konzert gewesen, dachte er. Ein Jahr? Oder zwei? Langsam schlenderte Alban das lange Foyer entlang in Richtung des Saales. Sogar den Mann, der hier Brezeln verkaufte, gab es noch.

Alban zeigte die Karte vor, betrat den Saal und nahm seinen Platz ein. Auf der Bühne warteten die Pulte auf die Musiker. Die Beethovenhalle war von einer Klangwolke erfüllt, zusammengesetzt aus den vielen Gesprächen, den Begrüßungen der Zuschauer.

Diesen Moment der gespannten Erwartung, der leichten Nervosität, bevor ein Konzert begann, hatte er immer geliebt.

Und plötzlich traf es ihn wie ein Hammerschlag.

Wie sehr er Lea vermisste! Vor allem hier! Nicht wenn er zu Hause CDs hörte. Hier im Konzert.

Das war der Grund, warum er es so lange vermieden hatte, hierherzukommen. Es war ihm unmöglich, ein Konzert allein zu genießen. Die überwältigende Musik war etwas, was man teilen musste. Wer ein Konzert allein hörte und nicht die Gegenwart eines anderen neben sich spürte, mit dem er über das Erlebnis sprechen konnte, war hinterher doppelt einsam.

Und dann suchte man Zuflucht. Man musste die Musik rationalisieren. Sie beschreiben, zerlegen, in Schubladen zwängen …

Der Gedanke beschäftigte ihn so sehr, dass er kaum mitbekam, wie die Orchestermitglieder die Bühne betraten und Platz nahmen. Mechanisch fiel er in den Beifall ein, mit dem das Publikum die Musiker begrüßte. Schließlich kam der Dirigent, ein Gast aus England. Er verbeugte sich, und der Applaus nahm zu.

Alban war noch immer den Qualen ausgeliefert, die plötzlich über ihn hereingebrochen waren. Ob er Simone einmal mit in ein Sinfoniekonzert nehmen konnte? Ob ihr so etwas gefiel? Oder ob sie nur so tun würde – aus Mitleid?

Nein, das war ja noch schlimmer, als allein ins Konzert zu gehen.

Die »Hebriden-Ouvertüre« begann. Ein romantisches, stimmungsvolles Tongemälde, mit dem Felix Mendelssohn Bartholdy die wilde Landschaft der schottischen Inseln musikalisch eingefangen hatte.

Wenn man nicht wusste, dass es um die Hebriden ging, könnte man das Stück auch für eine Beschreibung der Rheinlandschaft halten, dachte Alban.

Das würde Simone vielleicht nachvollziehen können. Simone würde sich bestimmt für diese Musik interessieren. Allerdings würden sie natürlich niemals die wortlos funktionierende Vertrautheit erreichen, die ihn mit Lea verbunden hatte.

Simone ... Sie vermied konsequent jede engere Beziehung zu einem Mann. Manchmal hatte sie Verabredungen. Wie am letzten Wochenende, wo sie sich ganz unkompliziert mit Peter Jung nach Köln aufgemacht hatte. Wie einfach das unter den jungen Leuten ging. Sie trafen sich, trennten sich, gingen dann wieder ihrer Wege.

Wo war Simone heute? Ach ja, im Kino. Dieser Musikfilm ...

Alban hatte über »Die Kinder des Monsieur Mathieu« gelesen. Eigenartig, dass sie dort hinging. Der Streifen entsprach gar nicht ihrem Geschmack.

Aber woher wusste er das überhaupt so genau?

Alban gab sich eine Weile der Musik hin und verfiel in einen angenehmen Dämmerzustand. Alle Gedanken schienen ihn gleichzeitig zu umkreisen, zu überlagern, sich zu vermischen.

Die dramatische Landschaft. Die Kinder, die einen Chor gründeten ...

Alban hatte Musik aus dem Film gehört. Die CD mit der Filmmusik war in einem der Pakete gewesen, und er hatte kurz hineingehört. Ein Knabenchor. Voller hoher Stimmen. Metallisch. Ein interessanter, schöner Klang.

Er dachte an die Matthäuspassion, die hier in der Beethovenhalle mit einem italienischen Kinderchor aufgeführt worden war. Dieser Chor hatte die Choräle gesungen. Alban wusste, dass das einen faszinierenden Effekt ergab. Die Melodien der Oberstimme strahlten dann in einem ganz besonderen Glanz. Die Stimmen von Kindern, besonders von Knaben, besaßen einen ganz eigenen Zauber.

Die »Hebriden-Ouvertüre« durchlief mehrere dramatische Steigerungen und versickerte dann leise. Applaus brandete auf.

Alban nahm das alles wahr, klatschte mit, doch er hing immer noch seinen Gedanken nach.

Da war etwas … eine Ahnung … eine Spur.

Was hatte ihn darauf gebracht? Der Film? Der Chor? Die Musik? Die Verbindung des Orchesterwerkes mit dem Rheintal, das für Albans inneres Auge wie die unendlich scheinenden Hügel dort hinter Remagen aussah?

Die Morde an Dr. Joch und an Dagmar Dennekamp. Die Partitur. Der »Engel von Rom«. Die CD …

Plötzlich wusste er, wozu sie gut war.

Es fehlt nur eine einzige Information, dachte er. Eine Kleinigkeit.

Er musste sie besorgen. Schnellstens.

Es war wieder Ruhe im Saal eingekehrt. Das Orchester wartete auf den Dirigenten. Er betrat die Bühne, um die Schubert-Sinfonie zu dirigieren. Man applaudierte wieder.

Alban nutzte die Gelegenheit.

Er drängte sich durch die Reihe zum Mittelgang und verließ eilig den Saal. Als er die Tür schloss, ertönte drinnen der erste Akkord.

♪

Der Duft nach Freiheit ist lockend und überwältigend.

Entschlossen erhebt er sich, packt das improvisierte Seil in die Hand und zieht ein paarmal daran.

Er lässt es außen an der Fassade hinab. Vergeblich versucht er, in der Dunkelheit etwas zu erkennen.

Aber er hört. Sein Gehör ist geschult.

Das Rauschen der Blätter aus dem Wald. Den Wind, der die weite Landschaft streichelt …

Im Haus ist es still. Der Mann ist nicht in der Nähe.

Bevor die Angst wieder aufflackern kann, tut er genau das, was er sich so intensiv vorgestellt hat. Er steigt auf die Fensterbank und dreht dem schwarz gähnenden Abgrund hinter ihm den Rücken zu.

In den zusammengebundenen Kleidungsstücken knirscht es, aber sie halten.

Wie weit geht es hinter ihm in die Tiefe? Sieben Meter mindestens. Vielleicht zehn oder sogar zwölf.

Die Kälte streicht ihm über den Rücken. Er ist nass geschwitzt vor Aufregung.

Er atmet tief durch.
Entschlossen setzt er einen Fuß hinter den anderen.
Stück für Stück wandert er an der Fassade hinunter.

22

Alban eilte die Treppe zu seinem Arbeitszimmer hinauf, machte Licht und setzte sich an den Computer. Während der PC hochfuhr, fiel ihm auf, dass er seinen Mantel noch gar nicht ausgezogen hatte. Er streifte ihn ab und warf ihn auf den Sessel.

Neben der Tür bewegte sich etwas. Es war Zerberus, der langsam hereinspazierte, die Pfote auf das Sesselkissen legte und an Albans Mantel schnupperte. Offenbar war er nicht damit einverstanden, dass sein Platz besetzt war.

Alban sah auf die Uhr. Es war kurz vor neun.

Er griff zum Telefon und rief die Auskunft an. Dort fragte er nach der Nummer von Professor Gräber und ließ sich gleich verbinden.

Eine Frauenstimme meldete sich.

»Guten Abend, Frau Professor. Hier ist Alban. Wäre es möglich, den Herrn Gemahl zu sprechen?«

»Guten Abend, Herr Alban.« Frau Gräber besaß unüberhörbar österreichischen Akzent. Es hieß, sie stamme aus Graz und sei früher Opernsängerin gewesen. »Ich werde schauen, ob ich ihn stören kann. Warten Sie bitte einen Moment.«

Nach einiger Zeit, die Alban wie eine Ewigkeit vorkam, meldete sich der Professor.

»Guten Abend, Herr ...«

»Alban.«

»Herr Alban. Haben Sie mit Herrn Jung sprechen können?«

»Oh ja. Eine faszinierende Sache, an der der junge Mann da arbeitet ... Und er hat auch einiges herausbekommen.«

Unter normalen Umständen hätte Alban jetzt noch eine ganze Weile Small Talk gemacht, aber nun übermannte ihn die Ungeduld.

»Herr Professor, ich habe eine drängende Frage. Kennen Sie einen Musikwissenschaftler namens Alessandro Bernardi?«

»Bernardi, Bernardi ... der Name sagt mir was, aber ...«

»Er wohnt hier in der Gegend. Er ist ein Bekannter von Dr. Joch. Sie wissen ja – von dem ich die Arienpartitur bekommen habe ...«

»Ganz recht, Herr … Man sollte immer mehrere Kollegen konsultieren, um ein vernünftiges Ergebnis zu bekommen. Aber wenn Sie wissen, wo er wohnt, warum fragen Sie ihn denn nicht einfach selbst? Warum rufen Sie ihn nicht an?«

»Er ist sehr schwer zu erreichen, und ich habe seine Adresse nicht. Sagen Sie, gehört er vielleicht zum Lehrkörper der Universität?«

»Nein, bestimmt nicht. Das Beste wäre, sich in einem Nachschlagewerk zu informieren – zum Beispiel im Deutschen Gelehrtenkalender.«

»Vielen Dank für den Hinweis.« Alban verabschiedete sich eilig.

Den Gelehrtenkalender – ein Verzeichnis, das Angaben zu allen Universitätsprofessoren in Deutschland enthielt – kannte er, aber er besaß ihn nicht. Bleibt eben doch nur das Internet, dachte er.

Er startete ein Suchprogramm und gab Alessandro Bernardi ein – in Anführungsstrichen, wie es ihm Simone gezeigt hatte.

Dann drückte er »Enter«.

♪

Wie weit ist es noch bis zur Erde? Er traut sich nicht, sich umzudrehen. Ihm bricht der Schweiß aus, seine Hände werden rutschig. An sein Ohr dringen Geräusche aus dem Haus.

Der Junge lässt das Seil los. Für den Bruchteil einer Sekunde ist er im freien Fall, doch dann berühren seine Schuhe den Rasen. Es sind höchstens zwei Meter gewesen, die noch gefehlt hatten.

Er rennt los – in die Dunkelheit. Vor ihm taucht eine schwarze Wand auf. Die Mauer, die das Gelände umschließt. Unüberwindlich hoch.

Er hält sich nach links, in Richtung der kiesbedeckten Auffahrt, an dunklen Büschen und kleinen Bäumen vorbei.

Soweit er sich erinnert, führt der Weg zu einem Tor.

Er hofft, dass er darüberklettern kann.

Ob der Mann seine Flucht schon bemerkt hat? Vielleicht ist er außen um das Haus herumgegangen und hat das Seil gesehen.

Nur das nicht, denkt der Junge.

Er hastet weiter.

Jetzt müsste das Tor kommen.

Überrascht kommt er zum Stehen. Der Kies knirscht.

Das Tor ist weit geöffnet. Der Mann muss es eilig gehabt haben, als er vorhin in das Anwesen kam.

Der Junge rennt zwischen den eisernen Flügeln hindurch und dann die schmale Straße entlang, hinein in den dunklen Wald. In die Freiheit. Ein Glücksgefühl erfasst ihn – ein innerer Jubel.

Erst viel später fällt ihm ein, dass er die Nachricht in seinem Zimmer vergessen hat.

♪

Alban rief einen Link nach dem anderen auf. Er nahm das Wörterbuch zur Hand, übersetzte und verglich. Er war auf der richtigen Spur.

Bernardi war nicht einfach Musikwissenschaftler. Er war eine Kapazität. Und das auf einem ganz besonderen Gebiet.

Er tippte Kesslers Privatnummer ins Telefon. Es tutete lange.

»Kessler.«

»Nikolaus hier. Guten Abend.«

»Ach, du bist's.« Kesslers Stimme klang müde. Hatte er schon geschlafen? Oder war er wieder einmal gerade erst nach Hause gekommen? Im Hintergrund brabbelte irgendwas. Wahrscheinlich der leise gestellte Fernseher.

»Auch wenn ich dir damit ungelegen komme, Gerhard. Ich glaube, ich habe den Fall Joch gelöst.«

»Ach, Nikolaus, wieso kommst du jetzt mit so was?« Der Hauptkommissar war wohl zu erschöpft, um sich aufzuregen. »Wir haben einen Verdächtigen. Wir haben einen Zeugen. Ich bin sicher, dass wir bald auch ein Geständnis kriegen.«

»Wie heißt der Zeuge? Das darfst du mir nicht sagen, ich weiß. Gerhard, ich weiß nicht, was euer Zeuge gesehen hat, aber das hängt alles ganz anders zusammen, als du glaubst. Ich würde es dir gern erzählen. Dann kannst du selbst entscheiden, was du davon hältst.«

»Kommt in deiner Geschichte eine Partitur vor? Und eine verrückte Dichterin namens Dagmar Dennekamp?«

»Hör es dir doch erst mal an!«

»Weißt du, Nikolaus, ich habe einen langen Tag hinter mir. Ich habe schon die letzte Nacht nach unserer Probe bis um zwei gearbeitet, bin heute Morgen um sieben wieder angetreten und gerade erst heimgekommen. Von den Nächten davor möchte ich gar nicht reden.«

»Gerhard ...«

»Das Einzige, Nikolaus, was mir ein bisschen Freude gemacht hat in diesem ganzen Stress, war ... Rate mal.«

»Was?«

»Du sollst raten. Was hat mir wohl in der letzten Zeit die meiste Freude bereitet?«

Alban suchte nach Worten. Wovon redete Kessler da? »Freude? Wahrscheinlich, dass du diesen Zeugen gefunden hast.«

»Das auch, Nikolaus, aber das ist beruflich.« Kesslers Stimme wurde traurig. »Man braucht aber auch ein Privatleben. Sagt zumindest meine Frau immer. Nein, es ist etwas Privates, was mir Freude gemacht hat, Nikolaus. Und es ist schade und ziemlich bezeichnend für deine derzeitigen Probleme, dass du nicht selbst drauf kommst.«

»Gerhard, ich ...«

»Es war der Quartettabend. Du glaubst nicht, wie schön es ist, durch die Musik mal ein paar Stunden Abstand vom Beruf und dem ganzen Mist um einen herum zu bekommen.«

Kessler klang ehrlich enttäuscht. Alban bremste seine Ungeduld. »Gerhard, du hast ja recht. Ich weiß aber nicht, an wen ich mich sonst wenden soll. Es ist ja auch irgendwie meine Pflicht ...«

»Jetzt sag mir nicht, als Staatsbürger. So was höre ich sonst nur von irgendwelchen Idioten, die sich über Falschparker mokieren.«

»Gerhard, ich muss es dir erzählen. Es dauert nur eine Minute. Setz dich hin. Lehn dich zurück und hör mir zu.«

»Also gut. Weck mich, falls ich am Ende eingeschlafen sein sollte ...«

♪

Manchmal hört er ein Knacken im Gehölz, oder der Wind rauscht durch die Bäume.

Er wird sie wiedersehen.

Sie.

Sie wartet auf ihn.

Er läuft und läuft, bis ein fremdes Geräusch an seine feinen Ohren dringt.

Motorengeräusch. Es kommt rasch näher.

Der Junge bleibt stehen und dreht sich um. Irgendwo im Wald tastet sich ein Scheinwerfer durch die Bäume. Im letzten Moment, bevor der Wagen um die Kurve kommt, springt der Junge ins Gebüsch.

♪

»Das ist der größte Quatsch, den ich jemals gehört habe.«

»Aber wieso?«, rief Alban. »Es ist alles schlüssig!«

»Was du mir da weismachen willst, glaube ich einfach nicht. Zumal es nur auf deiner sehr eigenwilligen Auslegung dieses Gedichts von Dagmar Dennekamp beruht. Kein Richter würde dir auch nur eine Sekunde zuhören.«

Alban konnte darauf nichts sagen. In der Leitung herrschte Stille.

»Ich glaube, du musst mal ausspannen, Nikolaus.«

»Ich weiß, dass ich recht habe.«

»Ich mache mir Sorgen um dich. Hat es immer noch mit Leas Tod zu tun?«

»Das kannst du dir sparen.«

Alban biss sich auf die Lippen. Wie konnte er Kessler überzeugen? Plötzlich kam ihm eine Idee.

»Wie heißt denn nun euer Zeuge?«

»Das werde ich dir nicht auf die Nase binden.«

»Sein Name ist nicht zufällig von Schaumburg? Guido von Schaumburg?«

Kessler schwieg. Nach einer Weile sagte Alban: »Keine Antwort ist auch eine Antwort.«

Damit legte er auf.

23

Er hatte sich fieberhaft den Kopf darüber zerbrochen, ob Simone erwähnt hatte, in welches Kino sie ging. Schließlich glaubte er sich zu erinnern, dass sie im Godesberger Kinocenter war. Auf dem kleinen Parkplatz gegenüber fand er wie durch ein Wunder eine Lücke.

Als Alban vor dem Eingang angekommen war, wurde ihm klar, dass er gar keine Chance hatte, an Simone heranzukommen. Ihr Handy war ausgeschaltet, das hatte er bereits herausgefunden. Sogar wenn er sich eine Karte kaufen und hineingehen würde – es hätte keinen Zweck. Wie sollte er sie im voll besetzten Kino finden?

Alban fragte an der Kasse, wie lang der Film noch lief. Die Antwort war ernüchternd. Eine gute halbe Stunde.

Er stellte sich an den Eingang und versuchte, seine wachsende Ungeduld unter Kontrolle zu bringen.

♪

Der Junge beobachtet aus einem Versteck, wie der Wagen hinunter ins Tal rast. Auch als das Motorengeräusch verschwunden ist, bleibt er noch eine Weile zwischen den Büschen.

Seine Zuversicht ist plötzlich wie weggeblasen. Wie hat er nur so optimistisch sein können! Natürlich ist der Mann genau jetzt damit beschäftigt, ihn zu suchen. Und er wird ihn schnell finden!

Verzweiflung packt ihn. Soll er reumütig zurückkehren?

Nein!

Wenn er schon zurückmuss, will er vorher wenigstens alles versuchen. Jede Chance ergreifen.

Vorsichtig, als würde er von unsichtbaren Verfolgern gejagt, kriecht der Junge aus seinem Versteck. Auf der Straße klopft er sich die Blätter und Nadeln von der Kleidung und läuft weiter.

Weiter ins Tal hinein.

♪

Mindestens ein Dutzend Mal war Alban nahe dran, allein zu fahren. Dasselbe Dutzend Mal sagte er sich, dass es keinen Zweck hatte. Er brauchte Simones Hilfe. Außerdem hatte er das dringende Bedürfnis, mit ihr seine Theorie durchzusprechen. Vielleicht war er ja doch auf dem Holzweg. Vielleicht stimmte eine Kleinigkeit nicht – eine Kleinigkeit, die die ganze Theorie zum Einsturz brachte ...

Und der Plan, der sich in seinem Kopf abzeichnete, war gefährlich. Konnte er sich überhaupt darauf einlassen? Aber die Zeit drängte.

Er versuchte sich abzulenken, indem er seine Theorie auf Schwachstellen absuchte. Ab und zu schien eine aufzutauchen. Zum Beispiel war es ein wirklich gewichtiges Argument, dass es nicht so einfach war, einen Jungen zehn Jahre in einem Anwesen mitten in Deutschland zu verstecken. Da musste es viele Mitwisser geben, die alle nicht zur Polizei gingen. Und der Junge muss bei der Sache mitspielen, dachte Alban. Und der Junge muss begabt sein. Extrem begabt!

Alban drehte und wendete die Gedanken. Endlich tat sich etwas in den Gängen des Kinos. Menschen strömten heraus. Und dann fand er Simone.

Sie machte ein erstauntes Gesicht, als sie ihn sah. »Nikolaus. Was machst du denn hier? Ist was passiert?«

»Ich muss mit dir reden.«

Simone blieb in dem Menschenstrom stehen, und neben ihr hielt ein junger, blasser Mann, der misstrauisch dreinsah.

»Das ist Tommy«, sagte Simone und stellte Alban vor. Hatte sie nicht gesagt, sie sei mit einer Freundin unterwegs?

»Könntest du dich von den restlichen Plänen des Abends losreißen?«, bat Alban.

Simone runzelte die Stirn. »Hat das nicht bis morgen Zeit? Schau mal, der Abend hat erst ...«

»Ich habe alles herausgefunden. Wir müssen handeln. Gerhard glaubt mir zwar immer noch nicht, aber es passt alles zusammen. Komm bitte mit. Im Auto erkläre ich dir alles.«

Simone sah ihn zweifelnd an und wandte sich ihrem Begleiter zu. »Tommy, ich muss weg.«

»Hey«, rief er und machte ein Gesicht, als hätte er erst in dieser Sekunde begriffen, worum es ging. »Willst du abhauen?«

»Ich hab was zu erledigen. Ich wusste das vorher nicht. Es ist was passiert, um das ich mich kümmern muss.«

Der Junge grinste und sah erst Alban und dann wieder Simone an. »Was Wichtiges? Mit dem da?«

Wieder mal so ein Exemplar aus der jüngeren Generation, das nicht in ganzen Sätzen sprechen kann, dachte Alban.

»Ist mir egal, was du denkst. Wir gehen jetzt. Komm, Nikolaus.«

»Nikolaus!«, rief der Junge und lachte höhnisch. »Ja, bald kommt der Nikolaus. He, Weihnachtsmann. Bisschen früh, was?« Ein paar andere Kinobesucher lachten mit.

Sie überquerten gemeinsam die Straße. Alban drückte auf den Knopf, der die Zentralverriegelung öffnete, und sie stiegen ein.

»Das war sowieso ein Idiot«, sagte Simone. »Die ganze Zeit hat er versucht, mich im Dunkeln zu begrapschen.«

»Ich dachte, du wärst mit einer Freundin im Kino.«

»Sie konnte nicht. Als ich gerade die Karten hatte, rief sie mich auf dem Handy an und sagte ab.«

»Und dann bist du trotzdem ins Kino gegangen.«

»Ja, ich hab Tommy die zweite Karte verkauft.«

»Was für ein Glück, dass er gerade da war. Woher kennst du ihn denn?«

»Ich kenne ihn gar nicht. Ich hab ihn vor dem Kino angesprochen.«

Alban schüttelte den Kopf und ließ den Motor an.

Er hatte vor dem Kinocenter so lange über die Zusammenhänge der Geschichte nachgedacht, dass es ihm jetzt schwerfiel, sie Simone in kurzen Worten zu erklären. Er versuchte es trotzdem, und als er fertig war, schwieg sie nachdenklich.

»Klingt das plausibel oder nicht?«, drängte Alban.

Sie runzelte die Stirn. »Aber wer hat denn nun Joch umgebracht? Und warum?«

»Es wird sich zeigen.«

»Kann es nicht sein, dass Zimmermann doch in der ganzen Sache drinhängt?«

»Würde er dann nicht eine entsprechende Aussage machen, um sich zu entlasten?«

»Wahrscheinlich.«

»Wir müssen einfach rauskriegen, ob da oben hinter Remagen jemand wohnt. Oder gewohnt hat.«

»Muss es gerade dort geschehen sein?«

»Es ist abgelegen. Einsam. Man ist von anderen Menschen abgeschottet ... Und es scheint Frau von Schaumburg zu gehören. Oder zumindest der Familie.«

»Ist das nicht gefährlich, wenn wir uns da jetzt umsehen? Und dann auch noch nachts?«

Er registrierte, dass Simone ihm einen besorgten Blick zuwarf.

»Nachts können wir uns besser verstecken«, sagte er. Und ich will es jetzt endlich wissen, fügte er in Gedanken hinzu.

♪

Da sind Häuser.

Damit hat er nicht gerechnet. Er hat gedacht, der Weg sei irgendwann zu Ende und er komme an den großen Fluss, den er vor vielen Jahren schon einmal gesehen hat und von dem ihm die Frau erzählte.

Doch nun liegt am Ende eines abschüssigen Hohlwegs ein Dorf. Die Siedlung reiht sich an einer Hauptstraße entlang.

Kein Mensch außer ihm ist zu Fuß unterwegs, aber kaum ist er ein Stück durch den Ort gewandert, kommt hinter ihm ein Auto angeschossen.

Den Jungen überfällt Panik. Hier ist alles von Straßenlaternen hell erleuchtet. Er kann sich nicht so leicht verstecken wie oben zwischen den Hügeln. Was ist, wenn der Mann im Auto kommt? Wo soll er hin?

Schon ist der Wagen an ihm vorbei und im Tal verschwunden.

Er folgt weiter der Straße. Sie kommt ihm endlos vor. Hinter manchen Fenstern sieht er Licht.

Irgendwann schiebt sich eine hohe Brücke über seinen Weg. Oben braust ab und zu ein Auto vorbei.

Er beginnt zu laufen. Seine Schritte hallen.

Schließlich liegt eine schwarze glitzernde Fläche vor ihm.

Er steigt über ein Geländer, klettert über Steine.

Da ist der Fluss.

Breit und mächtig.

Unüberwindlich.

24

Als Alban und Simone am Sonntag zurück nach Remagen gelaufen waren, hatte sie der Weg zunächst durch ein Dorf namens Unkelbach geführt, dessen Häuser sich an einer langen Straße reihten. Der Ort füllte ein kleines Tal, an dessen Ende die B9, die Rheinuferstraße lag. Schließlich hatten sie dann noch einen langen Fußmarsch machen müssen, bis sie gerade noch rechtzeitig die letzte Fähre erreichten.

Jetzt fuhr Alban in der Dunkelheit die Strecke in umgekehrter Richtung ab – immer weiter aufwärts.

»Wo sind wir neulich rausgekommen?«, fragte er.

»Ziemlich weit oben, glaube ich. Da war doch auf der gegenüberliegenden Seite ein Friedhof.«

»Hier ist es schon«, rief Alban und bremste. Auf der linken Seite lag ein kleiner Parkplatz. Auf seiner Rückseite gähnte der Hohlweg, durch den sie herausgekommen waren. Er war für Autos befahrbar, aber Alban entschied, den Wagen hier unten zu lassen.

Sie stiegen aus. Kein Mensch war zu sehen. Unkelbach schlief.

Simone blieb vor der schwarzen Einmündung stehen. »Haben wir eine Taschenlampe?«, fragte sie.

Mist, dachte Alban. Daran hätte ich denken müssen.

»Ich fürchte, nein. Aber wir wollen ja ohnehin nicht gesehen werden.«

Es ging ein Stück bergauf. In der Dunkelheit war es nicht zu sehen, aber Alban wusste, dass sich links und rechts Abzweigungen zu Schrebergärten befanden. Als sie die Höhe erreichten, hatten sich Albans Augen an die Dunkelheit gewöhnt. Die Wiesen links und rechts waren graue Flächen, und der Wald, dem sie langsam zustrebten, hob sich deutlich vom nächtlichen Himmel ab.

Hinter einer Abzweigung verwandelte sich der asphaltierte Weg in eine Schotterpiste, und als sie am Waldrand ankamen, war es, als würden sie in einen Tunnel eintauchen. Doch auch jetzt sah Alban immer besser, je weiter sie gingen. Das Sträßchen war hell, und das

Gebüsch links und rechts wies eine ganze Palette von Grauschattierungen auf.

Ob Dagmar Dennekamp auch hier entlanggewandert war?

Bestimmt, dachte Alban. Es musste so gewesen sein. Der Weg, den wir neulich gegangen sind, war ja wohl ihre große Wanderung.

Irgendwo in der Dunkelheit krachte etwas, und ein Tier gab ein aufgeregtes krächzendes Geräusch von sich. Dann war wieder alles ruhig, und Alban fiel wieder auf, dass in dieser Totenstille selbst die Geräusche aus dem Rheintal, dieser ewige Klangdunst aus Autoverkehr und donnernden Zügen, versank.

Wir müssten gleich bei dem Tor sein, dachte Alban. Noch eine Kurve vielleicht …

Simone blieb stehen.

»Schau mal da«, flüsterte sie.

Alban drehte sich ein wenig, und da sah er es auch. Zwischen den Bäumen, dort, wo nach einer weiteren Serpentine das Anwesen liegen musste, schwebte ein Licht. Der gelbliche Kegel bewegte sich. Jemand lief mit einer Lampe herum. Vorsichtig schlichen sie an den Rand des Weges. Der Blick zum Vorplatz vor dem Anwesen war frei.

Das Licht tastete an der Mauer entlang, wo der kleine Pfad verschwand, und traf dann das eiserne Tor.

»Es ist offen«, flüsterte Simone.

Die Gestalt mit der Lampe drehte sich um, als hätte sie Simone gehört. Sie duckten sich, als der Lichtstrahl in ihre Richtung zeigte.

Sie hörten eine tiefe fluchende Stimme. Alban war sicher, dass es italienische Worte waren, die der Mann von sich gab.

»Bernardi«, flüsterte er.

»Was macht der denn da?«, hauchte Simone.

Sie beobachteten, wie der Dottore mit der Lampe auf seine Armbanduhr sah, noch einmal einen Fluch ausstieß und dann in der Toreinfahrt verschwand. Der Lichtschein schwankte noch ein bisschen, die Schritte wurden immer leiser, und dann war er weg.

Alban und Simone erhoben sich und betraten den Vorplatz.

»Meine Theorie scheint zu stimmen«, sagte Alban leise.

»Und was willst du jetzt machen?«

»Mit ihm reden.«

»Sollen wir nicht lieber noch mal Herrn Kessler anrufen und ihm alles erklären? Ich hab mein Handy dabei. Vielleicht ...«

»Still«, zischte Alban.

Ein Geräusch näherte sich. Das dumpfe Rumoren eines Motors. Reifen knirschten auf Kies. Aus dem Areal hinter der Mauer kam ein Wagen angefahren.

Alban zog Simone durch das Tor. Vor der Mauer wuchsen große Büsche. Ohne zu zögern sprang Alban mitten hinein. Keine Sekunde zu früh. Autoscheinwerfer kamen um die Ecke. Ein großer dunkler Wagen rollte vorbei. Das Motorengeräusch verlor sich in der Ferne.

Alban verließ das Gebüsch, klopfte sich die Kleidung ab und sah sich vorsichtig um. Es raschelte, als Simone das Versteck verließ.

»Alles dunkel«, sagte er. »Dann können wir uns ja mal umsehen.«

Unter ihren Sohlen knirschte es in rhythmischem Abstand. Der Wind rauschte in den trockenen Blättern der Bäume, die die Zufahrt auf beiden Seiten säumten. Der Kiesweg beschrieb eine lang gestreckte Kurve; dann tauchte das Gebäude auf.

Es war ein schwarzer Block, der sich vom bewölkten Nachthimmel abhob. Plötzlich ging ein Licht an. Ein Bewegungsmelder. In seinem Schein erkannte Alban, dass sie an eine hohe hölzerne Eingangstür gelangt waren. Die Zufahrt verbreiterte sich zu einem großen Platz. Auf der anderen Seite befand sich eine Garage. Das Tor stand offen.

Simone drückte die Türklinke nach unten. Verschlossen.

Alban versuchte sich zu orientieren. Die Fassade, vor der sie standen, war recht schmal. Offensichtlich befanden sie sich an der Stirnseite des Gebäudes. Die lang gestreckte Seite des Hauses, die sie am Sonntag durch das Loch in der Mauer hatten sehen können, musste auf der linken Seite liegen.

»Komm«, sagte Alban.

Sie verließen den gelblichen Lichtkegel. Alban spürte unter seinen Sohlen, dass sie jetzt weichen Rasen betraten. Wieder dauerte es eine Weile, bis sich seine Augen an die Finsternis gewöhnt hatten, dann erkannte er, dass das Gebäude hier hinten auf zwei Seiten eine große Grasfläche umschloss – wie ein riesiges, eckiges Hufeisen.

»Ob es einen zweiten Eingang gibt?«, fragte Alban.

»Ich glaube, hier links ist etwas.« Simone lief auf das Gebäude zu. Sofort wurde ihre fahle Gestalt von der Schwärze verschluckt.

»Nikolaus!«, hörte Alban sie rufen. »Ich hab was gefunden.«

Er bewegte sich über den Rasen und versuchte die Richtung zu halten, aus der die Stimme gekommen war. Das Gebäude schien dabei riesenhaft vor ihm aus der Erde zu wachsen.

»Wo bist du denn?«, rief er ärgerlich. Im nächsten Moment spürte er, wie sein rechter Fuß irgendwo hängen blieb und er nach vorne fiel.

»Pass auf, da ist eine Mauer«, rief Simone von irgendwo, aber da war Alban schon gestürzt. Er hörte schnelle Schritte, die auf ihn zukamen.

»Alles in Ordnung?«

Alban saß auf hartem Untergrund und rieb sich sein Knie.

»Ich glaube schon«, stöhnte er. »Nichts passiert.«

»Hier führt ein Weg an dem Gebäude entlang. Und ein Stück weiter geht eine Treppe runter. Da ist eine Kellertür. Sie ist nicht abgeschlossen.«

Alban tastete sich die Stufen hinunter. War das finster! Wie konnte sich Simone hier nur so einfach bewegen? Die Jugend hat eben bessere Augen, dachte er.

»Kommst du klar?«, fragte sie. »Ich helf dir. Gib mir deine Hand.«

»Es geht schon.« Alban prüfte mit den Fußspitzen Stufe für Stufe, bis er endlich unten angekommen war. Absolut gar nichts war zu erkennen. Als er die Hand ausstreckte, stieß er an eine rissige Mauer.

Es gab ein schleifendes Geräusch, als Simone die Tür öffnete. Typischer Kellergeruch drang an Albans Nase. Ein Gemisch aus verschiedenen Aromen: nasser Stein, Waschlauge, Staub.

Eine Neonröhre flackerte auf. Alban blinzelte in einen großen Raum. An der einen Wand stand eine Waschmaschine nebst Trockner, daneben ein Tiefkühlschrank mit digitaler Temperaturanzeige. Auf der anderen Seite reihten sich Schränke mit Lebensmittelvorräten: Konserven, Packungen mit Nudeln. Davor Kisten mit Mineralwasser.

»Bernardi scheint hier tatsächlich zu wohnen«, sagte Simone.

»Nicht nur er. Da bin ich sicher.«

»Aber das Haus liegt völlig im Dunkeln. Ich glaube nicht, dass hier noch jemand ist.«

»Finden wir es heraus, bevor er zurückkommt.«

Simone schüttelte den Kopf. »Sollen wir diesen Einbruch hier wirklich weitertreiben?«

Natürlich nicht, dachte Alban. Natürlich geht das nicht. Aber er spürte, wie er von Sekunde zu Sekunde stärker dem entgegenfieberte, was er oben in dem Haus vielleicht finden mochte.

Und wenn er wirklich da ist, dachte er, würde ich so gern seine Stimme hören ...

»Nikolaus, was ist mit dir los?«

Er riss sich zusammen.

»Nichts. Du hast recht. Wir rufen jetzt Gerhard an. Ein letztes Mal. Er wird mir zuhören, wenn ich ihm sage, dass Bernardi wirklich hier oben wohnt. Das kann kein Zufall sein ...«

Simone zog ihr Handy hervor. »Weißt du die Nummer?«

»Ja, sicher.« Die innere Erregung ließ seine Stimme zittern.

Während Simone die Nummer eintippte, versuchte er seine Ungeduld zu bezähmen, indem er sich weiter umsah.

Ein Keller wie in einem ganz normalen Einfamilienhaus. Alban musste unwillkürlich lächeln, als er ein paar grüne Gummistiefel in der Ecke bemerkte. Sogar die fehlten nicht. Irgendwo hier unten gab es sicher auch Gartengeräte. Einen Gartenschlauch zum Bewässern. Einen Rasenmäher.

Aber keine Noten. Kein Archiv. Keine CDs.

»Verdammt«, sagte Simone neben ihm.

Er fuhr herum. »Was ist los?«

Sie ging zur Tür, die nach außen führte, und verschwand in der Dunkelheit. Alban hörte, wie sie die Treppe hinauflief. Kurz darauf kam sie zurück.

»Ich kriege keinen Empfang. Wir können Herrn Kessler nicht anrufen. Herrn Kessler nicht, und auch sonst niemanden. Wir können nur ans Tor zurückgehen«, überlegte Simone. »Und sehen, ob es dort Empfang gibt.«

Alban ging ein paar Schritte in den Keller hinein. Weiter hinten wurde eine Treppe sichtbar, die nach oben führte.

Er war an der Treppe angelangt. Am oberen Ende war eine Tür zu erkennen. Er ging die paar Stufen hinauf, drückte die Klinke. Offen. Der Weg war frei.

»Nikolaus, was machst du denn?«

Er drehte sich zu Simone um, die unten stehen geblieben war.

»Ich will es endlich wissen«, murmelte er.

»Aber Nikolaus ...«

Er konnte einfach nicht anders. Er musste dort hinaufgehen.

Es ist wie in diesem lächerlichen Film über die Dinosaurier, dachte er. So müssen sich die Forscher gefühlt haben, als man ihnen in Aussicht stellte, einen echten Tyrannosaurus Rex zu sehen. Im selben Moment, in dem ihm dieser Gedanke durch den Kopf ging, erschrak er auch schon über den monströsen Vergleich. Es war kein prähistorisches Tier, das sie hier gezüchtet hatten. Es handelte sich um einen Menschen. Einen Menschen, dessen Leben man zerstört hatte. Zerstört durch Geldgier, übertriebenen wissenschaftlichen Eifer und sexuelle Perversion. Einen Menschen mit einer faszinierenden Fähigkeit ...

»Wenn du willst, geh zurück«, sagte er ruhig. »Ich werde jedenfalls herauszufinden versuchen, ob meine Theorie stimmt. Bisher spricht alles dafür. Wenn wir uns beeilen, finden wir die entsprechenden Beweise, bevor Bernardi zurückkommt.«

Er wandte sich um, ging durch die Tür und trat auf weichen Teppichboden. Das Licht, das aus dem Keller drang, beleuchtete einen schmalen Flur. Alban tastete sich an der Wand entlang und fand einen Lichtschalter.

Dann hörte er Schritte hinter sich.

Simone kam hinter ihm die Treppe herauf.

25

Links und rechts reihten sich weiß gestrichene Türen aneinander.

Ohne zu zögern, drückte Alban die erste Klinke herunter, öffnete und machte Licht.

Sie standen in einem großen Wohnzimmer mit Couchgarnitur, Schrankwand, einem Fernseher, Stereoanlage und Schreibtisch. Er ging an das Regal und zog ein paar CDs heraus. Es waren Aufnahmen von Countertenören. Alban legte den Kopf schief und studierte die Titel der Bücher. Hier fand sich das, was er in Jochs Wohnung vermisst hatte. Die typische Bibliothek eines Musikfreundes: Biografien der großen Komponisten. Hildesheimers Mozart-Buch, flankiert von einer Auswahl Mozart-Briefe, die Bach-Biografie von Albert Schweitzer. Alban erkannte sofort, dass es sich um ein Originalexemplar von 1908 handelte.

»Schau mal hier«, sagte Simone hinter ihm. Er drehte sich um und sah, wie sie ein gerahmtes Foto vom Schreibtisch nahm. Es zeigte ein junges lächelndes Gesicht. Arne Zimmermann.

Alban überprüfte zwei weitere Türen, die von dem Zimmer abgingen. Die eine führte in ein Bad, das offensichtlich auch benutzt worden war, denn es gab die typischen Utensilien. Hinter der anderen lag ein Schlafzimmer.

Dr. Jochs eigentliches Domizil, dachte Alban. Er wird sich hier häufiger aufgehalten haben als in seiner Wohnung am Poppelsdorfer Schloss.

Zurück auf dem Flur, überprüften sie die nächste Tür. Die Räume dahinter waren genauso geschnitten, doch das Wohnzimmer glich hier viel mehr einem mit Büchern und Manuskripten vollgestopften Arbeitsraum. Alle Wände waren mit Regalen bedeckt, und auch auf dem Fußboden stapelten sich Papiere.

Vor einem der Fenster befand sich ein riesiger Schreibtisch, ähnlich altertümlich wie Albans, allerdings völlig mit Büchern und Papieren überfrachtet. Dahinter ragte ein Computerbildschirm auf.

»Hier dürfte Bernardi residieren«, sagte Alban. Sein Blick fiel auf eine außergewöhnliche Reihe von Büchern. Ein- und derselbe Titel stand etwa zwanzigmal nebeneinander. Der Buchrücken war breit und leuchtete in aggressivem Rot. Alban nahm einen der Bände heraus und zeigte ihn Simone. »Hier hast du den Beweis«, sagte er.

»Ich kann kein Italienisch. Was heißt das auf Deutsch?«

Alban war durch seine Internetrecherchen vorbereitet. »Die Kunst der Kastraten im Licht der Musikpädagogik. Bernardi hat es geschrieben. Er ist Kastratenforscher. Eine Kapazität auf diesem Gebiet.«

Simone schüttelte den Kopf. »Unglaublich.«

»Es passt alles zusammen. Sie wollten einen Kastraten erschaffen. Jeder hatte sein eigenes Interesse daran. Bernardi ein wissenschaftliches. Joch ein, sagen wir mal, erotisches. Von Schaumburg ein finanzielles. Alles, was sie brauchten, war ein begabter Junge. Da kam ihnen dieser kleine Domenico aus dem italienischen Waisenchor gerade recht. Sie haben ihn entführt und hierher gebracht. Bernardi wird sich seiner angenommen und ihn ausgebildet haben. Er hat so intensiv darüber geforscht, dass ihm das nicht schwergefallen sein dürfte. Ich habe im Internet ein Interview mit ihm gefunden, in dem er sagte, das Einzige, was uns heute daran hindere, einen jungen Mann zum Kastraten zu machen, sei die Justiz, die die Kastration verboten hat. Bei dem Waisenjungen allerdings, dessen Entführung und angebliche Ermordung man auch noch einem anderen in die Schuhe schieben konnte, hatte man freie Hand. Joch wird dann, als es so weit war, die Operation durchgeführt haben. Schließlich war er Urologe.«

Simone schlug das italienische Buch auf und betrachtete die Seiten, als könne sie darin Antworten auf die Fragen finden, die sie offensichtlich noch beschäftigten.

»Und du glaubst, in diesem Anwesen hier lebt ein echter Kastrat? Ein junger Mann mit einer Stimme, wie man sie seit Jahrhunderten nicht mehr gehört hat? Ein junger Mann, der kurz vor der großen Karriere steht? Er soll das geheimnisvolle Projekt sein, um das es Guido von Schaumburg ging?«

»Er war der Sänger, den ich auf dem kleinen Video gesehen habe, da bin ich absolut sicher.«

»Du meinst, sie haben ihn zehn Jahre hier oben leben lassen? Wie ein moderner Kaspar Hauser … abgeschieden von der Welt?«

»Ärztliche Versorgung hatte er durch Joch. Frau von Schaumburg wird für das Finanzielle gesorgt haben.«

»Aber wenn er mit seiner Stimme an die Öffentlichkeit geht, kommt doch alles heraus. Dann muss Bernardi, von Schaumburg oder sonst wer doch alles erklären.«

»Nicht unbedingt. Es gibt medizinische Erklärungen, die man vorschieben kann. Auch darüber habe ich im Internet einiges gefunden. Es gibt Krankheiten, bei denen Jungen schon im frühen Alter die Hoden entfernt werden müssen. Zum Beispiel bei Krebs. Den Mangel an Hormonen gleicht man mit Medikamenten aus, damit sich die Kinder später im Teenageralter normal entwickeln. Man könnte behaupten, dass Domenico in jungen Jahren ebenfalls krank war und die Medikamente später nicht bekommen hat. Man kann aus ihm einen Mythos machen. Man könnte sagen, dass er aus einem Entwicklungsland stammt, wo er medizinisch nicht richtig versorgt werden konnte. Dazu könnte man ihm gefälschte Papiere besorgen. Es gibt viele Möglichkeiten.«

Simone nickte nachdenklich. »Und warum musste Dr. Joch sterben? Und Dagmar Dennekamp? ... Nikolaus, ich glaube, wir sollten machen, dass wir wegkommen. Es ist unheimlich hier.«

»Einen Moment noch.« Alban ging auf den Flur. Er fand keine weitere Tür, nur eine Treppe, die weiter hinaufführte. Dann standen sie wieder in einem Gang. Gleich neben dem Treppenabsatz gab es ein weiteres Zimmer.

Ein Bett, ein kleiner Tisch am Fenster, daneben an der Wand ein zugeklapptes Klavier. Auf dem Tisch lagen ein paar Blätter beschriebenes Notenpapier, daneben ein Stift. Alban erkannte die Handschrift wieder. Es war dieselbe wie die der Arie.

Zur Ausbildung von Kastraten gehörte im 18. Jahrhundert nicht nur der Gesang, sondern die Musik insgesamt, auch die musikalische Komposition. Der kleine Domenico, jetzt ein erfahrener Musiker, hatte die Arie komponiert. Er verbarg sich hinter dem Kürzel »D.«.

»Schau mal hier«, sagte Simone hinter ihm. Sie deutete auf das Bett, auf dem Decken und Kissen aufgetürmt waren. »Da liegt was drunter.«

Alban zog die Bettdecke weg und fand einen Wust von zusammengebundenen Kleidern. Eine Hose, Hemden, T-Shirts.

»Was hat das zu bedeuten?«, fragte Simone.

»Der Junge ist geflohen. Er ist hinausgeklettert. Und jemand hat die Flucht entdeckt. Jetzt wissen wir auch, wen Bernardi da draußen so fieberhaft sucht.«

Sie eilten über den Flur bis zu einer Tür an der Stirnseite. Was wird wohl als Nächstes kommen?, dachte Alban, als er langsam die Klinke hinunterdrückte. Ein Operationssaal?

Ein grässliches Bild entstand vor seinem geistigen Auge. Ein weiß gekachelter Raum, hell erleuchtet. In der Mitte eine Liege aus Edelstahl. Darauf ein nackter Junge. Und überall Blut. An den weißen Wänden, auf dem silbernen Metall und auf der blassen Haut des Kindes …

»Noch immer kein Empfang«, sagte Simone hinter ihm. »Lass uns gehen. Wir haben doch genug gesehen.«

»Der eine Raum noch«, sagte Alban.

»Nikolaus, es ist gefährlich.«

»Danach gehen wir. Ganz sicher.«

Er öffnete die Tür. Sie verbarg zunächst nichts als Finsternis. Alban tastete links und rechts an den Wänden entlang und drückte auf einen Schalter. Licht flackerte auf und beleuchtete einen Saal mit kahlen bräunlichen Wänden, ungefähr so groß wie ein Klassenzimmer. Auf der gegenüberliegenden Seite erhob sich ein Podest wie eine kleine Bühne, das im Hintergrund von einem schwarzen Vorhang begrenzt wurde. Auf der Bühne stand etwas, das mit seinen dünnen Beinen aussah wie ein fremdartiges, riesiges Insekt. Ein Cembalo.

Der vordere Bereich des Raumes war leer bis auf drei Stühle, die ordentlich nebeneinander standen.

»Was ist das hier?«, fragte Simone.

»Ein Sänger braucht einen Konzertsaal. Und das hier ist einer. Allerdings nur für ein kleines Publikum. Ich denke, es bestand lediglich aus Dr. Joch, Bernardi und Frau von Schaumburg oder ihrem Neffen.«

Alban trat in den Raum hinein und sah sich weiter um. In der rechten Ecke stand eine Videokamera auf einem Stativ. Sie war genau auf die kleine Bühne gerichtet.

Er betrat das Podest und drehte sich um. Hier hatte er gestanden und seinen Förderern vorgesungen. Arien, die sein ganzes Können erforderten. Und weil es hier oben kein Orchester gab und man wegen der Geheimhaltung des Projekts keines engagieren konnte, mussten sie entweder mit der dünnen Cembalobegleitung vorliebnehmen oder …

Alban wandte sich um, griff in den Vorhang und zog ihn zur Seite. Die restliche Tiefe des Saales betrug gut und gern noch einmal drei Meter. Der Raum war angefüllt mit Elektronik. Eine Stereoanlage, zwei große Boxen auf rollbaren Stativen. Daneben ein großer hölzerner Notenständer. Alban öffnete einen hohen Schrank, und sein Blick fiel auf Stapel von Noten und CDs. Er sah das Material durch und stieß immer wieder auf den Stempel des Amadeus Studios in Köln.

Er schloss den Schrank wieder und atmete tief durch. Die Anspannung fiel von ihm ab. Jetzt hatten sie wirklich genug gesehen.

Simone war ihm nicht auf die kleine Bühne gefolgt. Sie stand neben den drei Stühlen und fixierte wieder ihr Handy.

»Was ist dahinten?«, fragte sie.

»Das Material aus dem Studio in Köln. Wie wir vermutet haben: Übungsmaterial für den großen Sänger. Gehen wir.«

Simone sah auf und nickte. Es war nicht zu übersehen, dass sie erleichtert war.

Alban wollte gerade von dem Podest heruntersteigen, da bemerkte er eine Bewegung auf der anderen Seite des Raumes.

Die Tür öffnete sich.

Simone sah seinen erstaunten Blick. Sie drehte sich um und blieb überrascht stehen.

Im Türrahmen stand eine kleine Frau. Sie mochte um die vierzig Jahre alt sein. Ihr Kopf war von glatt anliegendem schwarzem Haar umschlossen. Ein paar Atemzüge lang geschah nichts, außer dass die Frau, die reglos stehen blieb, Alban und Simone mit einem Ausdruck größter Furcht anstarrte und sich ein seltsames Seufzen ihrem geöffneten Mund entrang.

Dann kam plötzlich Leben in sie. Sie ging einen Schritt zurück, packte die Tür und knallte sie zu.

Simone, die nur ein paar Meter entfernt stand, setzte sich in Bewegung. Ein unmissverständliches metallisches Knirschen deutete darauf, dass die Frau auf der anderen Seite den Schlüssel herumgedreht hatte.

♪

Es rasen zwar die Autos, und auch das Donnern eines Zuges, der durch das nächtliche Tal braust, lässt ihn manchmal aufhorchen. Aber diese Geräusche haben kein Leben. Sie sind tot. Die Welt ist tot.

Der Junge setzt langsam einen Schritt vor den anderen. Er hat wieder Häuser erreicht. Bald wird er am Ziel sein. An der Stelle, an der die Nixe anlegt und ihn auf die andere Seite bringt.

Einmal sieht er von Weitem eine Gruppe Menschen. Er drückt sich an die nächste Mauer.

An der langen Promenade, wo die Anlegestelle sein soll, wartet eine dunkle Gestalt.

Ein Mann.

Er tritt in den Lichtkegel einer Straßenlaterne, und der Junge erkennt ihn. Vor Schreck bleibt er wie angewurzelt stehen, während der Mann langsam auf ihn zukommt. Und jetzt erkennt der Junge auch, dass er ein kleines Blatt Papier in der Hand hat. Der Zettel, den er in seinem Zimmer vergessen hat. In der anderen Hand glänzt etwas Silbernes.

Der Junge hört den Mann raunen. Schön, dass du da bist Domenico. Hast versucht auszureißen? Lassen wir es gut sein. Lass uns wieder zurückfahren.

Plötzlich, in einem letzten Impuls, will der Junge fliehen. Die Stimme, diese falsche Stimme widert ihn an. Doch da ist der Mann schon ganz nahe und packt ihn am Arm. Der eisenharte Griff schmerzt, und der Junge stöhnt auf. Etwas Hartes drückt ihm brutal in die Leiste. Der Pistolenlauf.

Komm mit, fordert der Mann scharf. Komm jetzt mit.

Der Junge dreht den Kopf, obwohl er sich dafür sehr anstrengen muss, denn der Mann will ihn in die andere Richtung drängen. Die Lichter dort drüben auf der anderen Seite des Flusses … Ein harter Griff und der Junge schreit vor Schmerz auf. Die Lichter verschwinden.

Es ist vorbei. Sie wartet nicht. Sie ist gar nicht mehr da.

Ohne Gegenwehr geht er mit. Es sind nur wenige Schritte bis zu dem großen dunklen Wagen.

♪

Alban legte zum x-ten Mal einen kreisförmigen Weg rund um die drei Stühle zurück. Simone saß in der Mitte und starrte auf ihr Handy.

Ich hätte es wissen müssen, dachte Alban. Es musste noch jemand im Haus sein. Mit den Studierzimmern und dem kleinen Ausbildungsraum hier war es nicht getan. Es musste sich jemand um die Hauswirtschaft kümmern. Jemand musste die Menschen, die hier lebten, versorgen. Musste kochen, einkaufen, putzen.

Das Haus war riesig. Sie hatten nur einen Bruchteil sehen können. Irgendwo musste es eine Küche geben. Weitere Wohnräume …

Simone blickte auf. »Kannst du nicht mal stehen bleiben? Das macht mich nervös.«

Alban ging zu einer der Fensterbänke an der Längsseite. Das Erste, was sie versucht hatten, war, durch die Fenster nach draußen zu kommen. Aber die Fenster waren vergittert. Und wahrscheinlich so hoch, dass sie sich ohnehin den Hals brechen würden …

Warum ist uns die Frau nicht früher begegnet?, dachte er. Offensichtlich ist sie selbst jetzt erst zurückgekommen. Sie hat das Licht gesehen und gedacht, Bernardi wäre da. Vielleicht hat sie auch nach dem Jungen gesucht. Sie muss genauso überrascht gewesen sein wie wir.

Alban lehnte sich an die Fensterbank, aber lange hielt er es in dieser Ruhestellung nicht aus. Unter Simones missbilligendem Blick marschierte er auf das Podest, betrat die improvisierte Bühne und nahm die Noten und CDs in dem Regal in Augenschein. Soweit die CDs beschriftet waren, handelte es sich um Sängerliteratur. Sopranarien aus verschiedenen Barockopern. Die Noten gehörten zum selben Repertoire. Alban erkannte Beistiftnotizen. Einzeichnungen, wie man sie bei Proben machte.

Er untersuchte einen großen Stapel. Wie er erwartet hatte, fand er handschriftliche Noten. Wieder dieselbe Schrift wie die der Arie. Sie war schwungvoll, ästhetisch, selbstbewusst.

Alban legte die Noten zurück und bemerkte eine große Holzkiste, die in der Ecke stand. Er öffnete den Deckel. Ein Sammelsurium von Kostümen. Natürlich, dachte er. Hier hat die Aufführung der Arie stattgefunden, die auf dem Video zu sehen war. Sicher gibt es hier noch mehr aufgezeichnetes Material. Sie haben den jungen Mann auf seine Karriere vorbereitet …

Alban schreckte auf, als er Schritte hörte. Es gab ein knirschendes Geräusch, und die Tür öffnete sich. Bernardi betrat den Raum. Hinter ihm die schwarzhaarige Frau.

Der Dottore trug denselben dunklen Anzug wie an dem Abend, als Alban mit ihm im Restaurant gewesen war. Das Goldkettchen glänzte fahl. In einer Geste der Entrüstung nahm Bernardi seine Brille ab, steckte sie in die Innentasche seiner Anzugjacke und sah Alban mit einer Mischung aus Bosheit und Hohn an.

»Herr Alban«, sagte er. »Ich nahm an, gewöhnliche Einbrecher vorzufinden, aber dass Sie es sind … Wie kommen Sie dazu, hier einzudringen?«

Der Dottore gab der Frau ein paar Zeichen. Sie nickte erleichtert und verließ den Raum.

Gebärdensprache, dachte Alban. Sie ist taub. Das erklärt einiges.

Er bemühte sich, seiner Stimme Festigkeit zu verleihen. »Wir wissen, was hier los ist, Herr Bernardi. Und die Polizei weiß es auch.«

Der Dottore verzog den Mund zu einem Lächeln. »Was soll hier los sein, Herr Alban? Ich lebe hier oben zusammen mit meiner Schwester und widme mich meinen Studien. Das dürfte Ihnen doch nicht fremd sein.«

»Sie leben hier aber nicht allein, Herr Bernardi.«

»Natürlich nicht. Wie gesagt, meine Schwester …«

»Herr Joch hatte hier ebenfalls sein Refugium. Wollen Sie das bestreiten?«

Bernardi nickte langsam, wobei er seine schwarzen Augen auf Alban ruhen ließ. »Sicher«, sagte er dann, »auch Dottore Joch war manchmal hier. Aber ich wüsste nicht, was Sie das angeht.« Bernardi schüttelte den Kopf und bemühte sich, belustigt zu wirken. »Ich habe keine Lust, mit Ihnen darüber zu diskutieren, wer hier lebte und wer nicht. Sie sind hier eingedrungen. Warum, weiß ich nicht.

Ich denke, ich werde jetzt die Polizei anrufen. Oder haben Sie eine Erklärung, die mir und Ihnen das erspart? Schließlich sind wir so etwas wie Kollegen. Es täte mir sehr leid ...«

Alban dachte nach. Bernardi konnte sich immer noch damit herausreden, dass er einfach ein abgelegenes Studiendomizil bewohnte, das ihm Frau von Schaumburg zur Verfügung gestellt hatte. Wenn niemand den Jungen fand, fehlte der Beweis, der seiner Theorie die entscheidende Stütze verlieh. Er warf einen kurzen Blick auf Simone, die ängstlich dreinsah.

Wenn sie jetzt gingen, war alles verloren. Bernardi würde seinen Kastraten wiederfinden. Vielleicht hatte er ihn auch schon gefunden. Die Polizei würde ihn vielleicht befragen, weil er Dr. Joch kannte. Aber es würde kaum eine Hausdurchsuchung geben – und wenn, würde sie die Beamten nicht auf die ganze Wahrheit bringen.

Alban entschloss sich, nicht so einfach die Waffen zu strecken.

»Welches ist Ihr musikwissenschaftliches Spezialgebiet?«, fragte er Bernardi.

Der Dottore machte ein amüsiertes Gesicht. Er setzte den rechten Fuß auf einen der Stühle und stützte einen Ellbogen auf den Oberschenkel. »Was soll das, Herr Alban?«

»Sagen Sie es mir.«

»Ich habe über allerlei geforscht. Die Oper. Schließlich bin ich Italiener. Aber auch andere Themen interessieren mich. Habe ich es Ihnen nicht erzählt? Bach, Beethoven natürlich ...«

»Sie sind Experte für Kastraten«, brach es aus Alban hervor. »Schon vor über zehn Jahren haben Sie in einem Interview erklärt, dass die Frage, wie die Stimmen der Kastraten geklungen haben, eines der größten Geheimnisse der Musikwissenschaft sei.«

»Aber Herr Alban! Was ist daran so ungewöhnlich? Und es gibt die Aufnahmen von Alessandro Moreschi ...«

»... die aber nicht aus der Blütezeit der Kastratenmusik stammen. Sie haben in demselben Interview gesagt, sie seien in der Lage, einen solchen Sänger auszubilden, wenn es denn einen gäbe. Außerdem erklärten Sie sehr genau, wie man vorgehen muss, um so etwas zu machen. Man braucht einen sängerisch und allgemein musikalisch begabten Jungen, den man unter seine Obhut nehmen muss, wenn er etwa sieben Jahre alt ist. Vor dem Stimmbruch muss die Operation durchgeführt werden. Eine Operation, die im 18. Jahrhundert eine grausame und lebensgefährliche Schlachterei war. Heute ist das nur noch ein kleiner Eingriff. Aber natürlich hat er extreme Folgen für den Patienten. Doch wenn man die Sensation eines Kastraten haben will, könnte es die Sache wert sein. Sogar das haben Sie in dem Interview gesagt.«

Bernardi unterbrach Alban durch dröhnendes Gelächter. Es war schlecht geschauspielert, das war Alban sofort klar. Bernardi nahm das Bein vom Stuhl und wanderte im Saal umher, wobei er immer wieder den Kopf schüttelte. Plötzlich blieb er stehen und sah Alban an.

»Und Sie glauben, ich hätte diesen Plan hier oben verwirklicht? Das glauben Sie tatsächlich?«

»Ich habe Ihnen die Arie gezeigt. Sie taten so, als hätten Sie die Partitur noch nie gesehen. Sie haben das Stück als Komposition eines Stümpers niedergemacht. Dabei hat sie der junge Domenico Carini geschrieben. Der Junge, den Sie vor Jahren entführten oder entführen ließen. Einen jungen, begabten Sänger, damals gerade sieben Jahre alt. Genau im richtigen Alter. Er hat das Werk geschrieben, und dabei natürlich sein Instrument, die Stimme, am besten eingesetzt. Die anderen Instrumente, die begleitenden Streicher, beherrschte er nicht so gut. Deswegen ist das Werk in dieser Beziehung auch handwerklich alles andere als perfekt.«

»Was faseln Sie da von einem entführten Jungen? Was wäre, wenn ich einen Sohn hätte, den ich musikalisch ausbilden will? Ist das verboten? Ich kann hier oben machen, was ich will.«

»Warum musste Dr. Joch sterben, Herr Bernardi? Hat er vielleicht nicht mehr mitmachen wollen bei Ihrer subtilen Kindesmisshandlung?«

Bernardi schüttelte den Kopf.

»Oder hat er vielleicht herausgefunden, dass Sie, um das Projekt geheim zu halten, bereits einen Mord begangen hatten?«

Der Dottore sah Alban aufmerksam an. Der inszenierte Humor war verflogen.

»Ja, ich spreche von Dagmar Dennekamp«, redete Alban weiter. »Sie ist hier in den Wäldern umhergestreift und hat den kleinen Domenico singen hören. Sein Gesang muss sie fasziniert haben. Und dann ist sie dahintergekommen, was hier passiert. Sie war zwar eine romantische Dichterin, aber so weltfremd war sie nun auch wieder nicht, dass sie nicht irgendwann verstanden hätte, dass hier ein grausam misshandeltes Kind eingesperrt lebt.«

Alban verstummte. In Bernardi ging etwas vor. Er hatte die Kiefer aufeinandergepresst. Ein Schweißfilm zeigte sich auf der Stirn.

Weg hier, dachte Alban. Er packte Simone an der Hand und zog sie mit in Richtung der Tür, doch sie hatten gerade einen Schritt hinter sich gebracht, da schrie Bernardi auf.

»Stehen bleiben. *Subito.*«

Sie drehten sich um. Bernardis Gesicht war wutverzerrt. In der Hand hielt er eine Pistole.

♪

Alles ist verloren.

Verloren, verloren.

Sie wartet nicht mehr auf dich, hat der Mann gesagt. Und der Junge hat begriffen, dass das die Wahrheit ist.

Sie wartet nicht mehr …

Die Stimme des Mannes hat nicht gelogen.

Es dauert eine Weile, bis ihm bewusst wird, dass sich etwas verändert hat.

Da sind Menschen im Haus. Weit weg, aber für sein feines Ohr deutlich zu hören. Sie sprechen laut miteinander. Einer davon ist der Mann. Aber da ist noch jemand.

Ein Fremder.

Der Junge steht auf und will die Tür öffnen. Es geht nicht. Der Mann hat ihn eingeschlossen.

Der Junge lehnt sich an das kalte Holz des Türblatts.

Er hört Schritte auf dem Flur.

Er klopft.

Die Person draußen bleibt stehen und öffnet.

Luisa sieht ihn aufmerksam an und gibt ihm zu verstehen, dass da zwei Leute im großen Saal sind. Seltsame Menschen. Angsteinflößend.

Dann fragt sie ihn, ob sie ihm etwas bringen soll. Einen Tee vielleicht?

Er schüttelt den Kopf, und sie geht in Richtung des anderen Flügels, wo ihre Wohnung liegt.

Der Junge tritt auf den Flur. Langsam nähert er sich der Tür.

Die Stimmen werden lauter.

♪

»Sie sind zu weit gegangen, Herr Alban. Es tut mir leid, das sagen zu müssen.«

»Sie haben sie also tatsächlich getötet«, sagte Alban, und obwohl er angesichts der Waffe, die Bernardi in seine Richtung hielt, wachsende Angst verspürte, erfüllte ihn paradoxerweise auch ein Gefühl der Befriedigung.

Was kann ich nur tun?, fragte er sich. Einfach auf Bernardi loslaufen und ihm die Pistole aus der Hand schlagen? Zu zweit könnte es vielleicht gelingen. Aber Simone stand nur reglos da, wie erstarrt.

»Wir stehen vor der Schlussphase des Projekts«, rief Bernardi. »Jahrelang haben wir auf diesen Moment hingearbeitet. Bald wird Domenico ein Superstar sein. Er besitzt eine Stimme, wie sie die Welt noch nicht gehört hat.«

Ich muss ihn hinhalten, dachte Alban. Hinhalten, damit er uns nicht einfach über den Haufen schießt. Mit ihm reden.

»Sie können uns nicht beide zugleich erschießen«, sagt Alban.

»Wollen Sie es darauf ankommen lassen?«

»Lassen Sie uns zur Polizei gehen und alles klären. Wegen Jochs Tod sitzt ein anderer im Gefängnis. Finden Sie das gerecht?«

»Der schwule Freund«, sagte Bernardi verächtlich. »Er hat es nicht anders verdient. Es war viel zu gefährlich von Joch, sich diesen Freund anzuschaffen, gerade wo wir mit unserem Projekt an die Öffentlichkeit gehen wollten.«

»Um auf Kosten eines unschuldigen Kindes Profit zu machen.«

Bernardi schüttelte den Kopf. »Unsinn, ich habe Geld genug. Es geht darum, dieses große Geheimnis der Musik zu lüften. Viele haben versucht, die Musik der Kastraten auf die Bühne zu bringen. Countertenöre, aber auch Sängerinnen. Cecilia Bartoli. Aber das sind alles hilflose Versuche gegen das, was ich der Welt zeigen werde. Die Kastraten werden wiederauferstehen. Ihre Stimme wird wiederauferstehen. Dank eines einzigartigen Experiments. Meines Experiments. Des bedeutendsten Experiments, das es in der Musikwissenschaft je gegeben hat. Wenn es in unserem Fach den Nobelpreis gäbe, ich müsste ihn bekommen.« Er machte eine Pause und hielt dabei weiter Alban und Simone in Schach. »Auch Sie würden doch gern seine Stimme hören, oder nicht? Warum sind Sie sonst hergekommen? Doch nicht, um einen Mörder zu finden ... Schade, dass Sie, Herr Kollege, die Stimme des Kastraten nicht mehr hören werden. Haben Sie gelesen, was über diese Sänger geschrieben steht? Haben Sie gelesen, wie sie umjubelt wurden? Frau von Schaumburg ... wussten Sie, dass sie Moreschi noch gehört hat? Als Kind, im Vatikan, auf einer Reise. Der Engel von Rom ... Sie war seitdem verzaubert von dieser Stimme, und sie war bereit, viel Geld dafür auszugeben, um eine solche Stimme wieder lebendig werden zu lassen. Aber Sie, Herr Alban, Sie werden nie erfahren, wie die Stimme klingt. Doch ich versichere Ihnen: Sie ist es wert, dass man dafür einen kleinen Jungen aus einem dreckigen sizilianischen Waisenhaus holt. Und sie ist es auch wert, dass dafür diese neugierige Dichterin starb. Und Joch ... Er hatte sich seinen Tod selbst zuzuschreiben. Er hat mit Domenico über Dagmar Dennekamp gesprochen und eins und eins zusammengezählt. Und er wollte aussteigen. Zur Polizei gehen. Dabei waren wir fast am Ziel.«

Ein metallisches Schnalzen ertönte, als Bernardi die Pistole durchlud.

Er will es tatsächlich hier zu Ende bringen, dachte Alban. Eigenartigerweise verfiel er nicht in Panik. Es war wie in einem seiner Träume. Er schien sich selbst dabei zuzusehen, wie er hier vor Bernardi stand und gleich erschossen wurde. Niemand würde diesen Schuss und den zweiten Schuss, der dann Simone galt, hören. Sie waren kilometerweit von anderen Häusern entfernt. Die einzige Person, die außer ihnen hier im Hause war, war taub.

»Es tut mir leid, Simone«, murmelte er, und sie sagte ebenfalls etwas, ohne ihn anzusehen. Er konnte sie nicht verstehen.

Alban schloss die Augen und erwartete, durch die gewaltige Wucht des Geschosses niedergestreckt zu werden. Ob man große Schmerzen litt? Oder ob man sofort das Bewusstsein verlor?

Plötzlich quietschte etwas leise. Dann trat wieder Stille ein. Alban machte die Augen auf und erkannte, dass sich die Szene verändert hatte.

Der Junge steht hinter der Tür und kann nicht fassen, was er da hört. Die Frau ist tot. Der Mann hat sie getötet. Der Mann ist ein Mörder. Und den anderen Mann, den er immer Wolfgang nannte, weil er den Nachnamen nicht aussprechen konnte, hat er ebenfalls umgebracht. Und das alles seinetwegen.

Jäh überfällt ihn der Schmerz. Es glüht in seiner Brust wie Lava. Der Junge ringt nach Atem. Ein plötzlicher Weinkrampf schüttelt ihn. Dann wird ihm klar, dass dort drinnen gleich ein weiterer Mord geschehen wird.

Er drückt die Klinke hinunter und öffnet die Tür.

Durch den Türrahmen trat ein sehr großer, schlanker junger Mann. Er musste sich ducken, als er hereinkam, denn die Tür war für ihn zu niedrig. Er trug ein weißes Hemd und eine dunkle Hose. Seine Gestalt sah merkwürdig unproportioniert aus. Der Oberkörper wirkte wuchtig, wie aufgebläht, der Kopf mit dem dichten dunklen Haar und dem unnatürlich roten Mund viel zu klein.

Alban erschrak über die Gestalt, die schön und doch erschreckend wirkte. Wie ein Monster – angsteinflößend und gleichzeitig mitleiderregend. Ein gequälter Blick, als habe der Junge schlimme seelische Folter hinter sich, legte sich auf Alban und Simone.

Bernardi blickte überrascht in die Richtung des Jungen, fasste sich aber sofort wieder und rief ihm etwas auf Italienisch zu.

Alban verstand so viel, dass er dem Jungen befahl, zurück auf sein Zimmer zu gehen.

Der Junge kümmerte sich nicht darum, ging ein paar Schritte auf Alban zu, betrachtete ihn, als wolle er erforschen, wer der Mann war. Alban hatte das Gefühl, als starre ihn ein fremdes Wesen an, das noch nie einen Menschen gesehen hatte. Ein Tier, das aus irgendwelchen Tiefen der Urzeit gekrochen war.

»Domenico«, sagte Alban, aber der Junge wandte sich Bernardi zu und näherte sich ihm mit wenigen Schritten. Dann streckte er den unglaublich langen Arm aus und entwand dem überraschten Dottore mit einem einzigen Griff die Pistole.

Für ein, zwei Herzschläge fror die Szenerie ein. Der Junge schien zu überlegen, was er tun sollte. Dann setzten seine riesigen Hände den Lauf der Waffe an seine Brust. Der Knall, der folgte, war überraschend dumpf. Die riesenhafte Gestalt brach um wie ein gefällter Baum, dann lag der Junge am Boden, die Augen starr geöffnet. Auf dem Hemd wuchs ein roter Fleck.

Alban sah, wie in Simone das Leben erwachte. Sie preschte zu dem Jungen, nahm ihm die Pistole aus der schlaffen Hand und zielte auf Bernardi, der nur dastand und auf Domenico starrte.

Es war still im Raum, als sich vom Mund des Jungen ein langer, letzter Seufzer löste.

26

Zwei Tage später verfolgten Alban die Bilder immer noch.

Bernardi, der hilflos mit ansah, wie Domenico starb. Wie er versteinert stehen geblieben war, als Alban den Raum verlassen, sich auf die Suche nach einem Telefon gemacht hatte und schließlich nach langer Lauferei über die Gänge in den anderen Flügel des Anwesens geraten war, wo er Bernardis Schwester fand – und sie genauso wie bei dem ersten Zusammentreffen erschreckte.

Es dauerte eine Weile, bis sie verstanden hatte, was er sagen wollte. Nach seinem Anruf bei der Polizei war er nach vorne zum Tor gelaufen, um auf den Krankenwagen zu warten.

Nun saß Alban vor Kessler in dessen Büro im Polizeipräsidium. Der Hauptkommissar sah aus dem Fenster auf die Baustelle gegenüber.

»Ich muss mich bei dir entschuldigen. Aber das, was da passiert ist …« Er suchte nach Worten. »So was habe ich noch nicht erlebt.«

»Schon gut«, sagte Alban.

Kessler wies auf einen Stapel Papier. »Ein ziemlich umfangreiches Protokoll. Unterschreib es bitte, wenn du es gelesen hast.«

»Ich vertraue dir. Außerdem habe ich keine Lust, das alles noch mal durchzukauen.« Alban nahm seinen Stift aus der Jackentasche und kritzelte seinen Namen an die markierte Stelle.

»Dieser Domenico und Dagmar Dennekamp hatten sich mehrmals am Mauerdurchbruch getroffen«, sagte Kessler. »Manchmal erlaubten sie ihm wohl, in den Garten zu gehen. Vor allem nachts, wo sie nicht damit rechneten, dass Spaziergänger an dem Anwesen vorbeikamen. Das hat Bernardi ausgesagt.« Er schüttelte den Kopf. »Es klingt wie eine Liebesgeschichte. Und ich dachte immer, Kastraten … na ja …«

»Sie hatten angeblich eine geringere Libido«, erklärte Alban sachlich. »Aber Liebe zu empfinden ist ja etwas anderes, oder nicht? Abgesehen davon hatten viele von ihnen auch Verhältnisse – und sie waren bei den Frauen höchst begehrt. Erstens wirkte ihre Stimme erotisch, und zweitens waren sie zeugungsunfähig. Im 18. Jahrhundert, als es noch keine Verhütungsmittel gab, hat das die Damenwelt vielleicht begeistert. Heute wäre Domenico allerdings nur durch seine Stimme ein Star geworden … Mithilfe von Guido von Schaumburg.«

»Wo du gerade davon sprichst – wir haben ihn festgenommen. Er hat zugegeben, dass er in dieser Nacht neulich bei dir eingedrungen ist, um die CD zurückzuholen.«

»Wie konnten die CD und die Partitur eigentlich aus dem Anwesen kommen?«

»Bernardi behauptet, Domenico habe Frau Dennekamp die CD gegeben, weil darauf das Video zu sehen war. Als Beweis. Es hat eine Weile gedauert, aber dann hat sie schließlich vorgehabt, zur Polizei zu gehen. Als Bernardi Frau Dennekamp umgebracht hatte und sie deswegen nicht mehr auf dem Anwesen auftauchte, geriet Domenico in eine Krise und wollte nicht mehr singen. Er hat sich daraufhin Joch anvertraut, der Frau Dennekamp suchen wollte. Domenico hat eine Abschrift der Partitur angefertigt und sie Joch gegeben. Die Partitur war also letztlich auch für sie bestimmt. Wahrscheinlich hat Joch es nicht übers Herz gebracht, Domenico zu sagen, dass Frau Dennekamp tot war. Aber er begann Bernardi unter Druck zu setzen. Der Mord ging ihm zu weit. Und da hat Bernardi gehandelt. Dass Joch einen vorbestraften Freund hatte, kam ihm gerade recht. Er konnte ihm alles in die Schuhe schieben. Die Beethovenbüste, die von Zimmermann stammte, war eine ideale Mordwaffe. Dann der Versuch, am Automaten Geld abzuheben. Die Buchung des Fluges nach Los Angeles … Alles nur, um den Verdacht auf Zimmermann zu lenken. Und am Ende die falsche Zeugenaussage, die Guido von Schaumburg uns geliefert hat. Wir hatten ja keine Ahnung, dass die beiden in Verbindung standen. Da warst du uns ein Stück voraus. Zimmermann ist jedenfalls frei.«

Alban nickte. Er fühlte sich müde und ausgebrannt. Er stand auf.

»Ach, hier habe ich noch was für dich. Von den Kollegen von der Spurensicherung.«

Er griff in die Schublade und holte eine CD hervor. »Es ist eine Kopie. Die Original-CD ist bei den Beweisstücken, aber die hier kannst du haben. Die Partitur müssen wir erst mal behalten.«

»Danke«, sagte Alban. »Das hier ist interessanter. Und von der Arie habe ich ja Fotokopien.«

Kessler sah ihm fest in die Augen. »Wie gesagt, es tut mir leid …«

»Du kannst nichts dafür. Es ist in Ordnung.«

Alban fuhr zurück nach Godesberg. Simone war nicht zu Hause. Er ging hinauf in sein Büro und schaltete den Computer an. Während er hochfuhr, sah er, dass der Anrufbeantworter blinkte. Das Display meldete zwei Anrufe. Wahrscheinlich Dr. Schneider und Zimmermann, dachte Alban. Ohne sich darum zu kümmern, legte er die CD ein und startete das Video.

Immer und immer wieder sah er sich den winzigen Ausschnitt aus der Arie an. Die einzige Aufnahme eines echten Kastraten aus heutiger Zeit.

Die Stimme klang blechern. Die Aufnahmequalität war schlecht. Aber wenn er sich konzentrierte, ergriff ihn die Faszination, die von der Stimme ausging.

Der weiche helle Klang schlich sich ein. Er war ein süßes Gift, das verführte und schwächte. Gleichzeitig war es ein himmlischer Gesang. Ein engelsgleicher Gesang. Das Gift der Engel …

Alban sah auf, als Zerberus seinen schmalen Körper durch den Türspalt zwängte und auf den Sessel sprang.

Nachbemerkung

In diesem Roman ist manches real, aber auch vieles erfunden – unter anderem ist das geheimnisvolle Anwesen der ebenfalls fiktiven Gräfin von Schaumburg das Produkt schriftstellerischer Fantasie.

Einige der Schallplattenaufnahmen, die Nikolaus Alban in der Geschichte hört, gibt es jedoch, und ich fand sie sehr inspirierend.

Das Paradestück von Albans Streichquartett, Beethovens Quartett op. 59 Nr. 1 findet sich vorbildlich musiziert (Dr. Stollmann spielt nicht mit!) auf einer Aufnahme des Auryn-Quartetts (Tacet, 2 CDs, TACET 125). Die CD, die Alban am Beginn der Geschichte so gut gefällt, ist die erste Folge der Gesamtaufnahme der Ouvertüren, Sonaten und Konzerte von Georg Philipp Telemann mit dem Ensemble Musica Alta Ripa (Musikproduktion Dabringhaus und Grimm MDG 309 1189-2, Vertrieb Codaex). Auch wenn es Lea Rosemanns Klavierspiel nicht in Wirklichkeit gibt, stelle ich mir die Fantasie op. 17 von Robert Schumann am liebsten in der Interpretation von Matthias Kirschnereit vor (Arte Nova 82876 57745 2, Vertrieb Sony BMG), und eine kleine Auswahl der Klaviermusik von Franz Liszt (etwa die Elegie »Die Zelle in Nonnenwerth«) spielt meisterhaft Leif Ove Andsnes (EMI Classics 5 57002 2). Der französische Pianist, dessen Bachspiel Alban so schätzt, ist Alexandre Thauraud (harmonia mundi HMC 901871). Bei der Vivaldi-Einspielung, die Alban Dr. Eisenmenger empfiehlt, handelt es sich um die sagenhaft mitreißende Aufnahme der Konzertserie »L'Estro armonico« (12 Konzerte op. 3), eingespielt von Fabio Biondi und dem Ensemble Europa Galante (EMI/Virgin Veritas 2 CDs 5 45315 2). Und eine besondere Rolle spielt nicht zuletzt die CD »Le Temps des Castrats«, auf der die Originalstimme von Alessandro Moreschi zu hören ist (EMI Classics 5 55054 2). Die Einspielung des Requiems von Wolfgang Amadeus Mozart unter der Leitung von Nikolaus Harnoncourt, die auf einem CD-ROM-Track Mozarts Originalmanuskript enthält, gibt es ebenfalls (deutsche harmonia mundi 82876 58705 2, Vertrieb Sony BMG).

Bedanken möchte ich mich bei meinen vielen Helfern, die mich bei der Recherche für diesen Krimi unterstützt haben – vor allem bei den Ärzten Uwe Berk und Dr. Klaus Heinemann für medizinische Hinweise, außerdem bei den Herren Jürgen Pawelzik und Joachim Grünkemeyer von der Polizei in Bonn sowie bei Philipp Scharrenberg für einige Erklärungen zur Bonner Topografie. Frau Lore Wilke aus Remagen habe ich anregende Informationen über die Gegend hinter dem Schloss Marienfels zu verdanken. Dem Emons-Team (vor allem Stefanie Rahnfeld und Christel Steinmetz) danke ich für den Enthusiasmus, den sie der Alban-Figur und der Geschichte von Anfang an entgegenbrachten. Dank auch an Eva Krautter, die mich bei den Korrekturarbeiten unterstützte.

OB

Oliver Buslau
SCHÄNGELS SCHATTEN
Broschur, 272 Seiten
ISBN 3-89705-284-9

»Ein wirklich spannender Krimi. Sollte in keinem Reisegepäck fehlen.« Stadt-Anzeiger Koblenz

»Hier schreibt einer, der sein Handwerk versteht. Spannend von der ersten bis zur letzten Seite.« *Rhein-Zeitung*